大量練習掌握考題趨勢，

經典 1000 題突破關鍵題型，

靠這本書，破解 N1 關鍵文字及語彙！

　　新日本語能力試驗是由日本國際交流基金會和日本國際教育支援協會創建的測驗評量體系，考試分為三個專項：言語知識（文字語彙、語法）、讀解、聽解。考生在備考新日本語能力試驗時，常常認為最難的專項是讀解或聽解，而文字語彙比較簡單，這其實是一種片面的認識。筆者認為，在新日本語能力試驗的所有專項中，文字語彙是最重要的。如果文字語彙掌握得不扎實，不僅會影響言語知識部分的得分，還會影響讀解、聽解的成績。所以，文字語彙是新日本語能力試驗中最基礎、最重要的部分。

　　筆者花費多年的時間對新日本語能力試驗N1考古題進行了深入仔細的研究，在此基礎上編寫了本書。本書涵蓋文字語彙部分的四大題型，共有1000道題，並把1000道題分成35個單元，考生只需每天做一個單元的練習題，5週即可輕鬆完成1000道N1文字語彙題的訓練。

本書特點：

❶ 貼近考古題

　　本書的模擬試題與新日本語能力試驗歷年考古題的題型完全一致，內容的難易度適中，適合考生在備考階段大量練習。

❷ 解析全面

　　本書對每道題都進行了講解，不僅針對正確選項，對錯誤選項也進行了解析。針對每種題型的測驗重點，解析方式也有所不同。

❸ 精準模擬

　　本書是由多名新日本語能力試驗的輔導專家通力合作、自主編寫的模擬試題，每道模擬試題都經過中日知名專家的審訂，緊跟命題趨勢。

　　在本書的編寫過程中，外語教學與研究出版社的編輯對本書的結構和內容提出了諸多寶貴的意見和建議，在此深表謝意。由於筆者水準有限，書中難免會有錯誤，懇請廣大讀者、同行予以指正。

李曉東

N1文字・語彙答題技巧

題型1：「漢字的音讀與訓讀」破解技巧

題　　目：＿＿＿の言葉の読み方として最もよいものを、1・2・3・4から一つ選びなさい。

出題數量：6題。

測驗內容：選出畫線部分的正確讀音。

例　　題：

> 1. ただ、高額な趣味がある場合はそれ相応の収入が必要となる。
> 1　あいお　　　　2　そうお　　　　3　あいおう　　　　4　そうおう

答題技巧：

1. 本題主要測驗名詞、動詞、形容詞、形容動詞、副詞的漢字讀音，在文字語彙部分的四大題型中，本題型最容易得分。

2. 測驗動詞、形容詞、形容動詞、副詞的時候，通常考日文漢字的訓讀讀音，偶爾會考日文漢字的音讀讀音，所以在備考的時候，要多花一些時間反覆記憶。像「偽り」、「滯る」、「驚嘆」、「自肅」這些詞，如果你在考試的時候遇到這些詞卻不知道怎麼讀，建議你立即選一個答案就進入下一題，不要浪費時間。畢竟這些詞的讀音都比較特別，需要在複習時多加記憶。

3. 本題常考名詞的讀音，尤其會測驗名詞漢字的清音、濁音、半濁音、長音、促音、撥音、拗音等。在記名詞的時候，要特別留意漢字的這些讀音。

4. 此外，還需要注意日文漢字到底是音讀還是訓讀，比如「強火」這個詞中兩個漢字的讀音都是訓讀，讀成「つよび」，如果讀成「きょうか」（音讀）便是錯誤的。像這樣的單字，在複習時就要特別留意。

該題型常考詞彙自測表：

1. 音讀

かいこ □回顧	けんおかん □嫌悪感	きゅうりょう □丘陵	じしゅく □自粛	かい □開拓
ふっこう □復興	りょうしょう □了承	さっ □殺	けいしゃ □傾斜	ばく □暴露
じんみゃく □人脈	けんちょ □顕著	そうば □相場	たき □多岐	じゅ □樹木
ちんれつ □陳列	てい □定	こう □興	へんせん □変遷	ずい □随時
てんぷ □添付	は □破	かくいつてき □画一的	しょうだく □承諾	がい □概略

□ 督促_{とくそく} □ 厳正_{げんせい} □ 躍進_{やくしん} □ 凝縮_{ぎょうしゅく} □ 中枢_{ちゅう}
□ 遂行_{すいこう} □ 伴奏_{ばんそう} □ 把握_{はあく} □ 旨_し □ 富_{とみ}
□ 巧妙_{こうみょう} □ 需要_{じゅよう} □ 緩和_{かんわ} □ 網羅_{もうら} □ 名誉_{めい}
□ 由緒_{ゆい}

2・訓讀
□ 偽_{いつわ}り □ 戒_{いまし}める □ 怠_{おこた}る □ 巡_{めぐ}る □ 潤_{うるお}す
□ 託_{たく}す □ 阻_{はば}む □ 賢_{かしこ}い □ 廃_{すた}れる □ 蓄_{たくわ}える
□ 華_{はな}やか □ 偏_{かたよ}る □ 唱_{とな}える □ 励_{はげ}む □ 値_{あたい}する
□ 慕_{した}う □ 臨_{のぞ}む □ 漂_{ただよ}う □ 拒_{こば}む □ 健_{すこ}やか
□ 否_{いな}めない □ 貫_{つらぬ}く □ 憤_{いきどお}り □ 愚_{おろ}か □ 憩_{いこ}い
□ 費_{つい}やす □ 覆_{くつがえ}す □ 鈍_{にぶ}る □ 兆_{きざ}し □ 逃_{のが}れる
□ 遮_{さえぎ}る □ 極_{きわ}めて □ 練_ねる □ 締_しめる □ 華々_{はなばな}しい
□ 劣_{おと}る

題型2：「選出符合句意的單字」破解技巧

題　　目：（　　）に入れるものに最もよいものを、1・2・3・4から一つ選び
なさい。

出題數量：7題。

測驗內容：根據句意選出適當的單字。

例　　題：

> 1. 全てを理解することなど（　　）できないと言うジレンマも抱えている。
> 1　相当　　　　　2　到底　　　　　3　きわめて　　　　4　はたして

答題技巧：

1・本題要求選出符合句意的單字，主要測驗考生對單字的理解能力和對固定搭配的掌
握情況。

2・本題是詞彙部分四大題型中較難的題型，會測驗名詞、動詞、形容詞、形容動詞、
副詞、外來語、慣用表達方式等。

該題型常考詞彙自測表：

1・名詞

□ 在庫 <small>ざいこ</small>	□ 言及 <small>げんきゅう</small>	□ 遮断 <small>しゃだん</small>	□ 完結 <small>かんけつ</small>	□ 念願 <small>ねんがん</small>
□ 本音 <small>ほんね</small>	□ 結束 <small>けっそく</small>	□ 修復 <small>しゅうふく</small>	□ 逸材 <small>いつざい</small>	□ 並行 <small>へいこう</small>
□ 大筋 <small>おおすじ</small>	□ 究明 <small>きゅうめい</small>	□ 加工 <small>かこう</small>	□ 妥協 <small>だきょう</small>	□ 人出 <small>ひとで</small>
□ 一任 <small>いちにん</small>	□ 念頭 <small>ねんとう</small>	□ 流出 <small>りゅうしゅつ</small>	□ 腕前 <small>うでまえ</small>	□ 支障 <small>ししょう</small>
□ 可決 <small>かけつ</small>	□ 異色 <small>いしょく</small>	□ 駆使 <small>くし</small>	□ 稼働 <small>かどう</small>	□ 直面 <small>ちょくめん</small>
□ 該当 <small>がいとう</small>	□ 合意 <small>ごうい</small>	□ 起伏 <small>きふく</small>	□ 権威 <small>けんい</small>	□ 交渉 <small>こうしょう</small>
□ 募集 <small>ぼしゅう</small>	□ 同感 <small>どうかん</small>	□ 視野 <small>しや</small>	□ 模型 <small>もけい</small>	□ 謝絶 <small>しゃぜつ</small>
□ 家計 <small>かけい</small>	□ 断言 <small>だんげん</small>	□ 収容 <small>しゅうよう</small>	□ 論理 <small>ろんり</small>	□ 身の回り <small>みのまわり</small>
□ 取り締まり <small>とりしまり</small>	□ 棄権 <small>きけん</small>	□ こつ	□ 教訓 <small>きょうくん</small>	□ 一連 <small>いちれん</small>
□ 孤立 <small>こりつ</small>	□ 誘惑 <small>ゆうわく</small>	□ 同意 <small>どうい</small>	□ 緊急 <small>きんきゅう</small>	□ 忠告 <small>ちゅうこく</small>
□ 自覚 <small>じかく</small>	□ 意図 <small>いと</small>	□ 強制 <small>きょうせい</small>	□ 再発 <small>さいはつ</small>	□ 概念 <small>がいねん</small>
□ 気品 <small>きひん</small>	□ 愛想 <small>あいそ</small>	□ 圧迫 <small>あっぱく</small>	□ 目下 <small>もっか</small>	□ 特技 <small>とくぎ</small>
□ 密接 <small>みっせつ</small>				

2・動詞

□ なだめる	□ うなだれる	□ 遂げる <small>とげる</small>	□ 弾く <small>はじく</small>	□ 称える <small>たたえる</small>
□ 染みる <small>しみる</small>	□ 敬う <small>うやまう</small>	□ 仰ぐ <small>あおぐ</small>	□ 持て成す <small>もてなす</small>	□ 溶ける <small>とける</small>
□ 逸らす <small>そらす</small>	□ 見掛ける <small>みかける</small>	□ 尽くす <small>つくす</small>	□ 切り出す <small>きりだす</small>	□ 心掛ける <small>こころがける</small>
□ 交わる <small>まじわる</small>	□ 唱える <small>となえる</small>	□ 緩める <small>ゆるめる</small>	□ 撒く <small>まく</small>	□ 蘇る <small>よみがえる</small>
□ 突く <small>つく</small>	□ 拘る <small>こだわる</small>	□ 仕上げる <small>しあげる</small>	□ 嵩張る <small>かさばる</small>	□ 見合わせる <small>みあわせる</small>
□ 保つ <small>たもつ</small>	□ ぼやける	□ 免れる <small>まぬがれる</small>	□ 差し支える <small>さしつかえる</small>	□ 込み上げる <small>こみあげる</small>
□ 使いこなす <small>つかいこなす</small>	□ 生かす <small>いかす</small>	□ 和らげる <small>やわらげる</small>	□ 込める <small>こめる</small>	□ 明かす <small>あかす</small>
□ 惚ける <small>とぼける</small>	□ 察する <small>さっする</small>	□ 興じる <small>きょうじる</small>	□ 改める <small>あらためる</small>	□ 冴える <small>さえる</small>
□ 取り次ぐ <small>とりつぐ</small>	□ 自惚れる <small>うぬぼれる</small>	□ 弄る <small>いじる</small>	□ 取り締まる <small>とりしまる</small>	□ 備わる <small>そなわる</small>
□ 誤る <small>あやまる</small>	□ 見積もる <small>みつもる</small>	□ 深まる <small>ふかまる</small>	□ 負う <small>おう</small>	□ 割り込む <small>わりこむ</small>
□ 拗れる <small>こじれる</small>	□ 取り戻す <small>とりもどす</small>	□ 紛れる <small>まぎれる</small>	□ 揺らぐ <small>ゆらぐ</small>	□ 食い止める <small>くいとめる</small>
□ たどる	□ ためらう	□ 障る <small>さわる</small>	□ 立て替える <small>たてかえる</small>	□ 言い張る <small>いいはる</small>

3・形容詞

□あっけない　□心地(ここち)よい　□紛(まぎ)らわしい　□おびただしい　□心細(こころぼそ)い

□すさまじい　□幅広(はばひろ)い　□望(のぞ)ましい　□悩(なや)ましい　□疑(うたが)わしい

□目(め)まぐるしい　□限(かぎ)りない　□極(きわ)まりない　□清(きよ)い　□慌(あわ)ただしい

□やかましい　□勇(いさ)ましい　□分厚(ぶあつ)い　□相応(ふさわ)しい　□待(ま)ち遠(どお)しい

□はかない　□みすぼらしい　□決(き)まり悪(わる)い　□心強(こころづよ)い　□容易(たやす)い

□だるい　□でかい　□しぶとい　□そっけない　□ばかばかしい

□卑(いや)しい　□済(す)まない　□厚(あつ)かましい　□逞(たくま)しい　□著(いちじる)しい

□切(せつ)ない　□あくどい　□馴(な)れ馴(な)れしい　□汚(けが)らわしい　□すばしこい

□尊(とうと)い　□生臭(なまぐさ)い　□久(ひさ)しい　□うっとうしい　□生(なま)ぬるい

□若々(わかわか)しい　□だらしない　□なにげない　□みっともない　□情(なさ)けない

□渋(しぶ)い　□脆(もろ)い　□乏(とぼ)しい　□浅(あさ)ましい　□煙(けむ)たい

□眩(まぶ)しい　□あくどい　□見苦(みぐる)しい　□甚(はなは)だしい　□物足(ものた)りない

□好(この)ましい　□荒々(あらあら)しい　□香(こう)ばしい　□息苦(いきぐる)しい　□名高(なだか)い

4・形容動詞

□堅実(けんじつ)　□零細(れいさい)　□綿密(めんみつ)　□繊細(せんさい)　□濃密(のうみつ)

□しとやか　□しなやか　□円滑(えんかつ)　□性急(せいきゅう)　□まばら

□不備(ふび)　□不当(ふとう)　□不順(ふじゅん)　□無謀(むぼう)　□無念(むねん)

□無実(むじつ)　□無残(むざん)　□強硬(きょうこう)　□果敢(かかん)　□健(すこ)やか

□穏(おだ)やか　□爽(さわ)やか　□膨大(ぼうだい)　□偉大(いだい)　□鮮(あざ)やか

□おおらか　□細(こま)やか　□活発(かっぱつ)　□自在(じざい)　□頻繁(ひんぱん)

□不調(ふちょう)　□頑固(がんこ)　□強力(きょうりょく)　□頑丈(がんじょう)　□強行(きょうこう)

□厳密(げんみつ)　□過密(かみつ)　□肝心(かんじん)　□厳(おごそ)か　□疎(おろそ)か

□なめらか　□ぞんざい　□台無(だいな)し　□でたらめ　□うつろ

□不適切(ふてきせつ)　□明朗(めいろう)　□切実(せつじつ)　□迅速(じんそく)　□極端(きょくたん)

□貧弱(ひんじゃく)　□壮大(そうだい)　□有望(ゆうぼう)　□のどか　□猛烈(もうれつ)

□楽観的(らっかんてき)　□和(なご)やか　□無茶(むちゃ)　□大胆(だいたん)　□盛大(せいだい)

5・副詞

□がらりと	□しんなり	□やんわり	□うんざり	□ひんやり
□急遽（きゅうきょ）	□ひたむき	□むしょうに	□一途に（いちずに）	□とりわけ
□いよいよ	□まさしく	□てきぱき	□めきめき	□さらさら
□強いて（しいて）	□いかにも	□よほど	□一層（いっそう）	□あっさり
□げっそり	□じっくり	□たとえ	□まさに	□ひいては
□さも	□どうにか	□もっぱら	□いかに	□あえて
□まして	□努めて（つとめて）	□きっちり	□きっかり	□くっきり
□じっくり	□いやに	□仮に（かりに）	□もろに	□やけに
□なんだか	□ことごとく	□つくづく	□ようやく	□到底（とうてい）
□ことによると	□きっぱり	□どうにか	□予め（あらかじめ）	□ごろごろ
□ぐっすり	□はらはら	□てっきり	□わざわざ	□いっそ
□おおかた	□一概に（いちがいに）	□だぶだぶ	□へとへと	

6・外來語

□リスク	□フォロー	□キープ	□マッチ	□アップ
□キャリア	□ステータス	□ポジション	□ベテラン	□ニュアンス
□キャラクター	□センス	□ヘクタール	□タレント	□スケッチ
□チャージ	□ストック	□シェア	□ノルマ	□ハードル
□リミット	□ブロック	□リストアップ	□エントリー	□ストック
□コーディネート	□ウエイト	□チーフ	□コスト	□メディア
□スクリーン	□データベース	□フォーム	□オーバー	□データ
□ショック	□ナンセンス	□カンニング	□シック	□リード
□スペース	□セレモニー	□ジャンル	□ファイト	□ウイルス
□デザート	□ロマンチック	□ユーモア	□スタイル	□ルーズ
□ムード	□エレガント	□ガレージ	□デザイン	□アドバイス
□プライド	□クリア	□コンスタント	□レート	□ランク

7．慣用表達方式

- □ 足が付く
- □ 足が出る
- □ 足が向く
- □ 足に任せる
- □ 足を洗う
- □ 足を運ぶ
- □ 足を引っ張る
- □ 頭が上がらない
- □ 頭が下がる
- □ 頭に来る
- □ 頭を掻く
- □ 頭を絞る
- □ 腕が上がる
- □ 腕を磨く
- □ 顔が広い
- □ 顔を立てる
- □ 肩が凝る
- □ 肩を貸す
- □ 肩を並べる
- □ 肩を持つ
- □ 気が合う
- □ 気が多い
- □ 気が進む
- □ 気が短い
- □ 気に入る
- □ 気に掛かる
- □ 気を落とす
- □ 気を配る
- □ 気を揉む
- □ 口に合う
- □ 首にする
- □ 首になる
- □ 首を突っ込む
- □ 心を打たれる
- □ 心を打つ
- □ 心を奪われる
- □ 手が空く
- □ 手を入れる
- □ 手を貸す
- □ 手を抜く
- □ 骨が折れる
- □ 骨を惜しむ
- □ 骨を折る
- □ 身に沁みる
- □ 身を売る
- □ 身を投じる
- □ 耳に障る
- □ 耳を傾ける
- □ 胸が痛む
- □ 胸を打ち明ける
- □ 目が覚める
- □ 目がない
- □ 目が回る
- □ 目に付く
- □ 目を瞑る
- □ 長い目で見る
- □ 図に乗る
- □ 見栄を張る
- □ 相槌を打つ
- □ 匙を投げる

題型3：「意義相近的單字」破解技巧

題　　目： ＿＿＿の言葉に意味が最も近いものを、1・2・3・4から一つ選びなさい。

出題數量： 6題。

測驗內容： 選出與畫線單字意思相近的詞。

例　　題：

> 1. 入社した頃は大変だったが、最近はさほど忙しくない。
> 1　さっぱり　　　2　たいして　　　3　かならず　　　　4　けっして
> 2. 彼は豊富なキャリアと知識を活かして活躍している。
> 1　経歴　　　　2　資格　　　　3　能力　　　　4　身分

答題技巧：

1．本題測驗單字的近義詞，選項可能是一個單字，也可能是一個片語。

2．平時複習的時候，要刻意去記單字的近義詞。

3．答題時，要看完整個句子再選擇，這樣有助於理解畫線單字的意思。

4．需要注意的是，有些單字有多個意思，應先確認題目測驗的是哪個意思。

該題型常考詞彙自測表：

□ 速やか	□ 漠然	□ 妨害する	□ エレガント	□ つかの間
□ しくじる	□ 粘り強い	□ 入念	□ うすうす	□ 難点
□ むっとする	□ 照会する	□ 抱負ふ	□ ゆとり	□ 若干
□ 撤回	□ 張り合う	□ 頑な	□ かねがね	□ 故意に
□ 詫びる	□ 意気込み	□ 怯える	□ 安堵する	□ 端的
□ 煩わしい	□ 弁解	□ かろうじて	□ 自尊心	□ 些細
□ 戸惑う	□ 有り触れる	□ うろたえる	□ 糸口	□ 不意に
□ 誇張する	□ 仕上がる	□ 互角	□ クレーム	□ 助言
□ 錯覚	□ 殺到する	□ 気掛かり	□ 案の定	□ 不用意
□ 厄介	□ 回想する	□ 手分け	□ 無償	□ 打ち込む
□ ストレート	□ お手上げ	□ 格段に	□ いたって	□ ことごとく
□ 雑踏	□ メカニズム	□ 裏付け	□ 急かす	□ すべ
□ 従来	□ あらかじめ	□ 抜群	□ バックアップ	□ 仰天
□ 概ね	□ 当面	□ スケール	□ しきりに	□ 先方
□ 貶す	□ 億劫	□ 触発	□ 清々しい	□ 簡素
□ 密かに	□ 断念	□ おのずと	□ ありきたり	□ 歴然

題型4：「詞彙的正確用法」破解技巧

題　　目：次の言葉の使い方として最もよいものを、1・2・3・4から一つ選びなさい。

出題數量：6題。

測驗內容：選出某詞的正確用法。

例　　題：

---
1. 結束
1　この家の完成は、長年にわたって共働きしてきた、血と汗の結束なのです。
2　2019年度から、田中歌子グループが向山研究室から独立して新たに結束することになりました。
3　最近結束する機会すらなくなっていた気になる異性に、1日のうちに何度も声をかけられたのです。
4　これよりは一段と彼等との間の結束を固めるようにいたすべきだと存じます。

答題技巧:

1・本題是文字語彙部分四大題型中最難的一種。

2・本題測驗單字的用法。同一個單字用在不同的句子中意思可能不一樣。

3・要想選出正確答案,需要在平時背單字時,將其固定的搭配一併記住。如「叶う」這個詞,固定搭配是「夢が叶う」。

4・很多單字有多個意思,比如「はずす」意為「ねらった目標などをそらす」、「メンバーから除く」等,這時,考生需要從選項中確認本題測驗的是哪個意思。注意,在選項中不會同時出現兩個意思。

該題型常考詞彙自測表:

□ 満喫（まんきつ）	□ 密集（みっしゅう）	□ 潔い（いさぎよ）	□ 発足（ほっそく）	□ 賑わう（にぎ）
□ ひとまず	□ 調達（ちょうたつ）	□ 細心（さいしん）	□ めきめき	□ 目先（めさき）
□ 見落とす（みお）	□ 赴任（ふにん）	□ 連携（れんけい）	□ 不服（ふふく）	□ かなう
□ 目覚ましい（めざ）	□ ほどける	□ とっくに	□ まちまち	□ ゆとり
□ 配布（はいふ）	□ 質素（しっそ）	□ 見失う（みうしな）	□ 免除（めんじょ）	□ ブランク
□ 怠る（おこた）	□ 見込み（みこ）	□ 満たない（み）	□ 有数（ゆうすう）	□ 広大（こうだい）
□ 発散（はっさん）	□ 秘める（ひ）	□ 仕業（しわざ）	□ 無造作（むぞうさ）	□ 総じて（そう）
□ 円滑（えんかつ）	□ 優位（ゆうい）	□ 庇う（かば）	□ 加味（かみ）	□ 気配（けはい）
□ 合致（がっち）	□ 処置（しょち）	□ 拍子（ひょうし）	□ 口出し（くちだ）	□ 煩雑（はんざつ）
□ 当てはめる（あ）	□ 打開（だかい）	□ 一律（いちりつ）	□ はがす	□ 心構え（こころがま）
□ 損なう（そこ）	□ しがみつく	□ 工面（くめん）	□ 抱え込む（かかこ）	□ 裏腹（うらはら）
□ 耐え難い（たがた）	□ 携わる（たずさ）	□ 人一倍（ひといちばい）	□ 復旧（ふっきゅう）	□ 統合（とうごう）
□ 没頭（ぼっとう）	□ 人手（ひとで）	□ 今更（いまさら）	□ くまなく	□ 安静（あんせい）
□ はなはだしい	□ 辞任にん（じにん）	□ 帯びる（お）	□ 軌道（きどう）	□ 思い詰める（おもつ）
□ もはや	□ 規制（きせい）	□ 入手（にゅうしゅ）	□ 素早い（すばや）	□ 経緯（けいい）
□ 退く（しりぞ）	□ 還元（かんげん）	□ 心当たり（こころあ）	□ 文句（もんく）	□ 面識（めんしき）
□ 配属（はいぞく）	□ 未練（みれん）	□ 分岐（ぶんき）	□ 不服（ふふく）	□ 得点（とくてん）

目錄

練習問題	解說

1. この仕事は彼にとっては<u>朝飯前</u>だね。

1 ちょうはんぜん
2 ちょうはんまえ
3 あさはんぜん
4 あさめしまえ

1・答案：4

譯文：這工作對他來說輕而易舉。

朝：音讀為「ちょう」，例如「朝会」；訓讀為「あさ」，例如「朝寝坊」。

飯：音讀為「はん」，例如「晩御飯」；訓讀為「めし」，例如「飯粒」。

前：音讀為「ぜん」，例如「前日」；訓讀為「まえ」，例如「前払い」。

---

2. 子供が<u>片言</u>を言っている。

1 かたげん
2 かたこと
3 へんけん
4 へんこと

2・答案：2

譯文：孩子說著（意思）不完整的話。

片：音讀為「へん」，例如「断片」；訓讀為「かた」，例如「片道」。

言：音讀為「げん」，例如「言語」；音讀還可讀作「ごん」，例如「無言」；訓讀為「こと」，例如「一言」；在動詞中讀作「い」，例如「言う」。

へんけん：寫成「偏見」，意為「偏見」。

▶偏見を持つ。／有偏見。

---

3. 事故を<u>詳細</u>に報告した。

1 せんさい
2 しさい
3 しょうさい
4 しゅうさい

3・答案：3

譯文：詳細地彙報了事故經過。

詳：音讀為「しょう」，例如「詳解」；訓讀為「くわ」，例如「詳しい」。

細：音讀為「さい」，例如「細部」；訓讀為「ほそ」，例如「細い」；訓讀還可讀作「こま」，例如「細かい」。

せんさい：寫成「繊細」，意為「繊細」、「繊弱」、「細膩」。

▶繊細な指／織細的手指

しゅうさい：寫成「秀才」，意為「秀才」、「才子」。

▶あの一家は秀才ぞろいだ。／那家人都很有學問。

4. 彼の損害を<u>償った</u>。

1 あつかった
2 あらそった
3 おぎなった
4 つぐなった

4・答案：4

譯文：賠償了他的損失。

償：音讀為「しょう」，例如「賠償」；在動詞中讀作「つ
ぐな」，例如「償う」。

あつかう：寫成「扱う」，意為「使用」、「處理」、「經
營」、「對待」。

▶この事件は扱いやすい。／這個事件很好處理。

あらそう：寫成「争う」，意為「爭奪」、「爭鬥」、「爭
論」。

▶決勝で強敵と争うことになった。／在決賽中和勁敵競
爭。

おぎなう：寫成「補う」，意為「補上」、「補充」、「彌
補」。

▶欠陥を補う。／彌補缺陷。

5. 黒雲が空を覆うと、急に<u>竜巻</u>が起こり、家の屋根が吹き飛んだ。

1 りゅうかん
2 りゅうまき
3 たつまき
4 たつかん

5・答案：3

譯文：天空中烏雲密布，突然刮起了龍捲風，房子的屋頂被風吹走了。

竜：音讀為「りゅう」，例如「竜骨」；音讀還可讀作「りょう」，例如「画竜点睛」；訓讀為「たつ」，例如「竜巻」。

巻：音讀為「かん」，例如「圧巻」；訓讀為「まき」，例如「巻紙」。

りゅうかん：寫成「流汗」，意為「流汗」；也可以寫成「流感」，意為「流感」。

▶流汗淋漓／汗流浹背

▶最近は流感がはやっている。／最近得流感的人很多。

6. 彼女は<u>内気</u>で人前で話ができない。

1 ないき
2 だいき
3 うちき
4 うっき

6・答案：3

譯文：她非常羞怯，不敢在眾人面前說話。

内：音讀為「ない」，例如「内容」；音讀還可讀作「だい」，例如「境内」；訓讀為「うち」，例如「内側」。

気：音讀為「き」，例如「天気」；音讀還可讀作「け」，例如「湿気」。

7. 何者かが電波を妨害していて放送番組が映らない。

1 ほうがい
2 ぼうがい
3 へいがい
4 べいがい

7・答案：2

譯文：不知是誰干擾了訊號，導致電視節目無法播放。

妨：音讀為「ぼう」，例如「妨害」；在動詞中讀作「さまた」，例如「妨げる」。

害：音讀為「がい」，例如「災害」。

へいがい：寫成「弊害」，意為「弊端」、「危害」。

▶弊害を除く。／消除弊端。

8. この軍艦は商船のように偽装している。

1 いぞう
2 ぎそう
3 いつぐり
4 ぎづくり

8・答案：2

譯文：這艘軍艦偽裝成了商船的樣子。

偽：音讀為「ぎ」，例如「偽善」；訓讀為「にせ」，例如「偽物」；在動詞中讀作「いつわ」，例如「偽る」。

造：音讀為「ぞう」，例如「造詣」；在動詞中讀作「つく」，例如「造る」。

いぞう：寫成「遺贈」，意為「遺贈」。

▶蔵書を母校に遺贈する。／把藏書遺贈給母校。

9. その国で新政権が樹立された。

1 きたつ
2 きりつ
3 じゅたつ
4 じゅりつ

9・答案：4

譯文：那個國家建立了新政權。

樹：音讀為「じゅ」，例如「樹脂」；訓讀為「き」，例如「樹」。

立：音讀為「りつ」，例如「立法」；在動詞中讀作「た」，例如「立てる」。

10. 仕事は円滑に進んでいる。

1 えんかく
2 えんかつ
3 えんこつ
4 えんまん

10・答案：2

譯文：工作進展順利。

円：音讀為「えん」，例如「円満」；訓讀為「まる」，例如「円い」。

滑：音讀為「かつ」，例如「平滑」；訓讀為「なめ」，例如「滑らか」；在動詞中讀作「すべ」，例如「滑る」。

えんかく：寫成「沿革」，意為「沿革」。

▶學校の沿革／學校的沿革

えんまん：寫成「円満」，意為「圓滿」、「沒有缺點」。

▶円満な家庭／美滿家庭

11. 官製はがきについては<u>消印</u>を省略する。

1 しょういん
2 きえいん
3 けしいん
4 けしじるし

11・答案：3

譯文：官方印製的明信片上沒有郵戳。

消：音讀為「しょう」，例如「消化」；訓讀為「け」，例如「消しゴム」；在動詞中讀作「き」，例如「消え去る」。

印：音讀為「いん」，例如「印象」；訓讀為「しるし」，例如「矢印」。

12. <u>悪気</u>はなかったのだが、彼を怒らせてしまった。

1 あっき
2 あっけ
3 わるき
4 わるぎ

12・答案：4

譯文：我明明沒有惡意，卻惹他生氣了。

悪：音讀為「あく」，例如「悪事」；音讀還可讀作「お」，例如「好悪」；訓讀為「わる」，例如「悪者」。

気：音讀為「き」，例如「気持ち」；音讀還可讀作「け」，例如「気配」。

あっけ：寫成「呆気」，意為「震驚」、「愣住」。

▶呆気にとられる。／目瞪口呆。

13. この季節は一雨（　）に暖かくなるという。

1 ごと
2 ずつ
3 つき
4 あたり

13・答案：1

譯文：人們都說，這個季節每下過一次雨，氣溫就會溫暖一分。

～ごと：每次，每回

▶五時間ごとに薬を飲む。／每五個小時吃一次藥。

～ずつ：每，各

▶机と椅子を二つずつ用意する。／準備兩張桌子兩把椅子。

～付き：①（接在表示身體某部分的名詞後）樣子，姿勢②附有，帶有

▶プール付きのホテル／有游泳池的飯店

～あたり：每，平均

▶一日あたりの生産高／日均產量

14. 市民の（　　　）にこたえるため、道路を改善した。

1　ニーズ
2　ブーム
3　ポリシー
4　ポピュラー

14・答案：1

譯文：為了滿足市民的需求，整修了道路。

ニーズ：要求，需求

▶消費者のニーズにこたえる。／滿足消費者的需求。

ブーム：流行，熱潮

▶ブームに乗る。／趕流行。

ポリシー：①方針，政策 ②策略

▶彼にはポリシーがない。／他沒有原則。

ポピュラー：①通俗，大眾化 ②流行，受歡迎

▶ポピュラーミュージック／流行樂

15. この二つの出来事の間には（　　　）関係はない。

1　連動
2　連携
3　連合
4　連鎖

15・答案：4

譯文：這兩件事沒有任何關聯。

連鎖（れんさ）：連鎖，連繫

▶過去との文化的連鎖／與過去的文化連繫

連動（れんどう）：連動，傳動

▶連動装置／傳動裝置

連携（れんけい）：聯合，合作，協作

▶密接な連携を保つ。／保持密切合作。

連合（れんごう）：聯合，聯盟

▶国際連合／聯合國

16. 彼は悪徳政治家の真相暴露のために（　　　）努力を続けた。

1　根強い
2　辛抱強い
3　根深い
4　執念深い

16・答案：1

譯文：為了揭露無德政客的真面目，他鍥而不捨地努力著。

根強い（ねづよ）：①根深蒂固 ②堅韌不拔，鍥而不捨

▶根強い努力を重ねる。／鍥而不捨地努力。

辛抱強い（しんぼうづよ）：有耐心，忍耐力強

▶辛抱強い人／有耐心的人

根深い（ねぶか）：①植物的根扎得很深 ②根深蒂固

▶根深い恨み／深仇大恨

執念深い（しゅうねんぶか）：固執

▶執念深い男／固執的男人

17. 批評家たちはみな彼の
作品を（　　）。

1　けなしている
2　さらっている
3　もてなしている
4　ひきいている

17 · 答案：1

譯文：評論家們都在貶低他的作品。

貶す：貶低，誹謗

▶頭から貶す。／徹底貶低（對方）。

攫う：①搶走，奪取，拐走 ②拿走，取得，贏得

▶賞品を全部攫ってしまった。／贏得了全部獎品。

持て成す：對待，款待

▶コーヒーで客を持て成す。／用咖啡招待客人。

率いる：①帶領 ②率領，統率

▶生徒を率いる。／帶領學生。

---

18. その歌手はファンから
（　　）されていい気
になっている。

1　あちこち
2　あやふや
3　ちやほや
4　ちらほら

18 · 答案：3

譯文：那個歌手被歌迷捧得飄飄然的。

ちやほや：迎合，奉承，溺愛

▶ちやほやと機嫌を取る。／百般奉承。

あちこち：①到處，各處 ②正相反，顛倒

▶あちこちを見學する。／到處參觀。

あやふや：含糊

▶あやふやな返答／模稜兩可的回答

ちらほら：①零零星星，稀稀疏疏 ②不時地，漸漸地

▶桜の花がちらほら咲きはじめる。／櫻花零星綻放。

---

19. ご一読の後、この手紙
はご（　　）願いま
す。

1　処分
2　処置
3　対処
4　善処

19 · 答案：1

譯文：您讀過之後，請銷毀此信。

処分：①處理，處置 ②處罰，處分

▶退學処分になる。／受到退學處分。

処置：①處置，採取措施 ②醫療處理，治療

▶適切に処置する。／妥善處理。

対処：處理，應付

▶困難に対処する手腕／應付困難的本領

善処：妥善處理

▶協議のうえ善処する。／在協商的基礎上妥善處理。

20. 机のそばに（　　）な
棚がある。

1　手薄
2　手引き
3　手抜き
4　手頃

20・答案：4

譯文：桌子旁邊有便於使用的架子。
手頃：①合手 ②適合
▶手頃な価格／價錢正合適
手薄：①人手少 ②缺少金錢或物品 ③不充分
▶在庫が手薄になる。／庫存不多了。
手引き：①引導，引路，嚮導 ②入門書
▶手引き書／入門書
手抜き：偷工
▶手抜き工事／豆腐渣工程

21. そのけがに対し、いく
ら（　　）を要求して
いるのか。

1　補助
2　賠償
3　救済
4　訴訟

21・答案：2

譯文：對於本次受傷，要求賠償多少錢呢？
賠償：賠償，補償
▶損害を賠償する。／賠償損失。
補助：補助
▶生活費を補助する。／補助生活費。
救済：救濟
▶難民を救済する。／救濟難民。
訴訟：訴訟
▶訴訟に勝つ。／勝訴。

22. この工場は（　　）に
操業している。

1　ハイ
2　マクロ
3　フル
4　オール

22・答案：3

譯文：該工廠在全力進行機械作業。
フル：①充分，最大限度 ②全部，整個
▶フルに利用する。／充分利用。
ハイ：①高的 ②高級 ③迅速
▶ハイランド／高地
マクロ：巨大，宏觀
▶マクロ分析／常量分析
オール：所有，全部
▶オール日本／全日本

23. 嵐は作物に大きな被害
　　を（　　　）。

1　およんだ
2　かぶせた
3　おそった
4　もたらした

23・答案：4

譯文：暴風雨給農作物帶來了極大危害。

もたらす：帶來，招致

▶幸福をもたらす。／帶來幸福。

及ぶ：①達到 ②波及，涉及 ③（後多接否定）匹敵，趕上 ④（後多接否定）必要

▶全世界に及ぶ。／遍及全球。

被せる：①蓋上，蒙上 ②推諉，嫁禍

▶人に罪を被せる。／把罪名嫁禍給別人。

襲う：①襲擊，侵襲 ②沿襲，繼承

▶敵を襲う。／襲擊敵人。

---

24. どんな名医も彼の病気
　　を（　　　）だろう。

1　たるませない
2　まるめられない
3　治めさせない
4　いやせない

24・答案：4

譯文：不管多有名的醫生都治不好他的病吧。

癒す：①醫治 ②解除

▶病を癒す。／治病。

弛む：鬆弛，鬆懈

▶精神が弛む。／精神鬆懈。

丸める：①把某物品揉成球形 ②攏絡，拉攏

▶紙を丸める。／把紙揉成一團。

治める：①治理 ②平定，平息

▶国を治める。／治國。

---

25. 社長のスピーチは聞き
　　飽きた内容で、（　　　）
　　目新しいものはなかっ
　　た。

1　しょせん
2　たかが
3　なんら
4　ふんだんに

25・答案：3

譯文：總經理講的盡是些陳腔濫調，絲毫沒有令人耳目一新的內容。

何ら：（後接否定）絲毫，任何

▶何ら困らない。／毫不為難。

所詮：最終，歸根究柢，畢竟

▶所詮できない相談です。／歸根究柢還是做不到。

高が：最多，至多

▶高が一万円ぐらいの品です。／這東西最多值一萬日元。

ふんだんに：充分，充足

▶食糧はふんだんにある。／食物充足。

26. 物事を（　　）で決めるのはいい方法だと思う。

1　くじ
2　ぐち
3　あいず
4　あいづち

26・答案：1

譯文：我認為用抽籤決定一件事是個不錯的方法。
籤（くじ）：抽籤
▶籤に弱い。／籤運不好。
愚痴（ぐち）：牢騷，抱怨
▶愚痴を言う。／發牢騷。
合図（あいず）：信號
▶合図の旗／信號旗
相槌（あいづち）：附和，幫腔
▶人の話に相槌を打つ。／別人説話時隨聲附和。

27. この辺りは（　　）車が通るだけで静かな所だ。

1　ときおり
2　めったに
3　せいぜい
4　なかなか

27・答案：1

譯文：這附近只是偶爾有車經過，是個很安靜的地方。
時折（ときおり）：有時，偶爾
▶時折子供の声が聞える。／偶爾傳來孩子的聲音。
めったに：（後接否定）幾乎（不），很（少）
▶めったに怒らない。／很少發火。
せいぜい：①盡力，盡量 ②至多，充其量
▶せいぜい頑張ってください。／請努力加油吧。
なかなか：非常，相當
▶なかなか時間がかかる。／很耗時間。

28. この件につき（　　）のご批判を仰ぎたいと思っています。

1　わずか
2　大方
3　大體
4　とりわけ

28・答案：2

譯文：在這件事上，希望大家給予批評。
大方（おおかた）：①大部分，大概 ②一般人，大家 ③大約，差不多
▶おおかたの意見／大家的意見
僅か（わずか）：一點點
▶僅かな日数／寥寥數日
大體（だいたい）：①概要 ②大致，大約 ③本來
▶大體を述べる。／講述概要。
とりわけ：特別，格外
▶とりわけ君には目をかけている。／對你特別照顧。

29. 週刊誌は彼女の話題で（　　）だ。

1　持ち切り
2　売り切れ
3　受け持ち
4　落ち着き

29・答案：1

譯文：週刊雑誌的話題始終圍繞在她身上。

持ち切り：始終談論，一直討論某個話題
▶その話で持ち切りだ。／始終談論那件事。

売り切れ：賣光
▶新商品が売り切れになった。／新商品銷售一空。

受け持ち：職責，擔任，擔當（者）
▶数学の受け持ち／數學老師

落ち着き：①平靜，沉著 ②穩定
▶世の中が落ち着きを取り戻した。／社會恢復了穩定。

30. 友達の（　　）一言に励まされた。

1　おしみない
2　さりげない
3　たよりない
4　みっともない

30・答案：2

譯文：朋友無意間的一句話激勵了我。

さり気ない：無意，毫不在乎，若無其事
▶さり気なく尋ねる。／若無其事地詢問。

惜しみない：慷慨，毫不吝惜
▶惜しみない拍手をおくる。／報以熱烈的掌聲。

頼りない：①沒把握，不放心 ②不可靠 ③無依無靠
▶頼りない返事／不可靠的答覆

見っともない：不像樣，不體面
▶みっともない振る舞い／丟人的舉止

練習問題	解説
31. 小野さんは普通の人とは違い、考え方が（　　）。 1　強いている 2　傾いている 3　極めている 4　偏っている	**31・答案：4** 譯文：小野不同於一般人，他愛鑽牛角尖。 偏る：①偏，不均衡 ②偏袒，不公正 ▶針路が東に偏る。／航線偏東。 強いる：強迫，迫使 ▶寄付を強いる。／強迫人捐款。 傾く：①傾斜，偏 ②偏向 ③傾心於 ④衰落 ▶反対側に傾く。／傾向於反對的那方。 極める：①走到盡頭 ②達到極限 ③極端 ▶贅沢を極める。／極度奢侈。
32. 彼らは議事の進行を（　　）しようと企んでいる。 1　害悪 2　妨害 3　傷害 4　損害	**32・答案：2** 譯文：他們正企圖干擾審議。 妨害：妨害，妨礙 ▶電波妨害／訊號干擾 害悪：貽害，危害 ▶世に害悪を流す。／貽害社會。 傷害：傷害 ▶傷害罪／傷害罪 損害：損害，損壞 ▶損害賠償／賠償損失

33. 下っぱからスタートしたが、うまくトップの座に（　）着いた。

1　おしみ
2　まねき
3　すがり
4　たどり

33・答案：4

譯文：從基層做起，最終坐上了最上層的位子。

辿る：①沿路前進，邊走邊摸索 ②追尋，探索 ③走向，步入

▶暗闇を辿る。／在黑暗中摸索。

惜しむ：①吝惜，捨不得 ②不願意出力 ③愛惜，珍惜 ④惋惜

▶費用を惜しむ。／捨不得花錢。

招く：①招呼 ②聘請，邀請 ③招致

▶子供を招く。／招呼孩子。

縋る：①緊緊抓住，倚靠 ②依靠，仰仗

▶杖に縋る。／拄著拐杖。

注意：「辿り着く」為複合動詞，意為「好不容易到達目的地」、「歷經種種曲折終於到達」。

34. 彼は（　）よく努力しないから、成功しないだろう。

1　根気
2　正気
3　気性
4　気風

34・答案：1

譯文：因為他沒有堅持努力，所以大概不會成功吧。

根気：耐性，毅力，精力

▶根気がない。／沒有毅力。

正気：神志清醒，理智

▶正気を失う。／喪失理智。

気性：秉性，脾氣，性情

▶気性が強い。／性格剛強。

気風：風氣，習性

▶学校の気風をよくする。／整頓校風。

35. いつも気さくな彼女が今日は妙に（　）。

1　なまやさしい
2　みすぼらしい
3　よそよそしい
4　みずみずしい

35・答案：3

譯文：平時平易近人的她今天莫名冷淡。

よそよそしい：冷淡，見外，疏遠

▶よそよそしい態度／冷淡的態度

生易しい：輕而易舉，容易

▶思ったほど生易しい仕事ではない。／這份工作並沒有想得那麼輕鬆。

みすぼらしい：寒酸，破舊，難看

▶みすぼらしい家／破舊的房子

みずみずしい：水靈，新鮮，嬌嫩

▶みずみずしい若葉／嬌嫩的新葉

36. 二つの論文には（　）した点が多い。

1 同類
2 親類
3 類例
4 類似

36・答案：4

譯文：兩篇論文有許多類似的地方。
類似：類似，相似

▶類似の犯罪／類似的犯罪
同類：同類，同伙

▶同類に属する。／屬於同類。
親類：親屬，親戚

▶親類に頼る。／依賴親戚。
類例：類似的例子

▶他に類例を見ない。／沒有其他類似的例子。

37. 彼は昨日<u>容体</u>が急変した。

1 最近の状況
2 仕事の様子
3 健康状態
4 病気の状態

37・答案：4

譯文：昨天他的病情驟變。
容体：①形狀，形態 ②病情

▶容体が悪化した。／病情惡化。

38. 彼は警官と<u>紛らわしい</u>服装を着ている。

1 混同しやすい
2 煩わしい
3 明瞭な
4 そっけない

38・答案：1

譯文：他穿著容易令人將他誤認為警察的衣服。
紛らわしい：容易混淆，不易分辨

▶紛らわしい色／不易分辨的顏色
混同：混同，混淆

▶混同しやすい。／容易混淆。
煩わしい：①麻煩，煩瑣 ②令人煩惱

▶煩わしい人間関係／令人煩惱的人際關係
明瞭：明瞭，清晰

▶簡単明瞭／簡單明瞭
素っ気ない：冷淡，無情，不客氣

▶そっけない態度／冷淡的態度

39. 彼は<u>飲み込み</u>が早い。

1 理解
2 反応
3 行動
4 回転

39・答案：1

譯文：他領會得很快。
飲み込み：①吞下 ②領會，理解事物

▶飲み込みが早い。／很快領會。
理解：①懂得，理解 ②體諒

▶理解に苦しむ。／難以理解。

40. 彼女が突然キスしたので面食らった。

1 なまいきだった
2 とまどった
3 そわそわした
4 はずかしそうだった

40・答案：2

譯文：她突如其來的吻，讓我慌了手腳。

面食らう：不知所措，吃驚，手忙腳亂

▶不意の試験に面食らう。／面對突如其來的考試，我不知所措。

戸惑う：困惑，不知所措

▶対応に戸惑う。／苦於應對。

生意気：驕傲，狂妄

▶生意気盛り／盛氣凌人

そわそわ：心神不安，慌慌張張

▶そわそわした態度／不安的態度

41. 警告をおろそかにした者が遭難した。

1 粗末に
2 乱暴に
3 素朴に
4 単純に

41・答案：1

譯文：無視警告的人遇難了。

疎か：疏忽，草率，馬虎，不認真

▶勉強を疎かにする。／念書不認真。

粗末：①粗糙 ②疏忽，怠慢

▶粗末な衣服／粗布衣服

乱暴：①粗暴，粗魯 ②粗糙，不工整

▶乱暴を働く。／動粗。

素朴：樸實，簡單

▶素朴な人／樸實的人

単純：①單純，簡單 ②純淨 ③單一

▶単純な考え方／單純的想法

42. 「速やかに出ていけ」と彼女は叫んだ。

1 すぐに
2 きちんと
3 きれいに
4 しっかりと

42・答案：1

譯文：她大喊：「立刻出去！」

速やか：快速，立刻

▶速やかに処理する。／迅速處理。

直ぐに：立即，馬上

▶すぐに帰る。／立刻回去。

きちんと：規矩地，準確地

▶きちんと片付ける。／收拾得整整齊齊。

しっかり：①結實，牢固 ②穩固，穩定 ③牢記 ④確實，扎實，可靠

▶しっかりしろ！／振作起來！

第一週 第二天
第二週
第三週
第四週
第五週

43. 割り込む

1 警官が群衆の中に<u>割り込ん</u>でいった。
2 あいつはチケットの代金を銀行に<u>割り込ん</u>だ。
3 閉店前だったので店員は値段を<u>割り込ん</u>でくれた。
4 小島さんは酒のつき合いも仕事のうちだと<u>割り込ん</u>で考えていた。

44. ずさん

1 彼はやることが<u>ずさん</u>だ。
2 ホームには<u>すざん</u>な人影があった。
3 愛し合う二人が<u>ずさん</u>に会う。
4 部屋の温度は<u>ずさん</u>だった。

45. あくまでも

1 失恋などの嫌な記憶は、あくまでも忘れることができない。

2 最近、「学力の低下」があくまでも話題にあがっている。

3 昔の日本には士農工商という、あくまでも「階級」があった。

4 自分の考えをあくまでも通そうとする。

45・答案：4

譯文：想要貫徹自己的主張。

あくまでも：一貫，徹底，堅決

▶何事があろうとあくまでもやり抜くつもりです。／不管發生什麼都會堅持到底。

選項1應該替換成「いつまでも」，意為「永遠」。

選項2應該替換成「いつも」，意為「總是」。

選項3應該替換成「いわゆる」，意為「所謂的」。

46. 心細い

1 記者の心細い質問に、政治家は答えられなかった。

2 たった一人取り残されて彼女はどんなに心細いことだろう。

3 彼は彼女のことが心細かったので家まで送って行った。

4 怒ったときの田中さんの顔はとても心細かった。

46・答案：2

譯文：只剩她一個人，她心裡該是多麼不安啊。

心細い：心虚，心中不安，沒把握

▶ひとりで夜道を歩くのは心細い。／一個人走夜路總覺得不安。

選項1應該替換成「鋭い」，意為「敏銳的」。

選項3應該替換成「心配した」，意為「擔心」。

選項4應該替換成「怖かった」，意為「恐怖」。

47. 吟味

1 さっそく警察が事件の<u>吟味</u>を開始した。
2 製品開発のため市場を<u>吟味</u>した。
3 あのコックは材料の<u>吟味</u>に気をつかう。
4 健康診断で血液を<u>吟味</u>してもらった。

譯文：那個廚師在食材上很花心思。

吟味（ぎんみ）：①玩味，斟酌，考慮 ②審問

▶用語を吟味する。／斟酌字句。

選項1應該替換成「捜査」，意為「搜查」。
選項2應該替換成「調査」，意為「調查」。
選項4應該替換成「検査」，意為「檢查」。

48. 知恵

1 彼は母国で日本語についての基礎<u>知恵</u>を学んだ。
2 どうか<u>知恵</u>を貸してください。
3 彼女の話には<u>知恵</u>が感じられる。
4 非常に<u>知恵</u>のいい女の子だ。

譯文：請幫我想想辦法。

知恵（ちえ）：智慧，辦法

▶年を取ると知恵がつく。／隨著年齡增長，也越來越有經驗。

選項1應該替換成「知識」，意為「知識」。
選項3應該替換成「知性」，意為「知性」。
選項4應該替換成「頭」，意為「頭腦」。

49. 警察の治安対策はいっそう<u>抑圧</u>的なものとなった。

1 りゅうあつ
2 りょくあつ
3 ようあつ
4 よくあつ

譯文：警察的治安政策變得更加強硬了。

抑：音讀為「よく」，例如「抑止（よくし）」；在動詞中讀作「おさ」，例如「抑える（おさえる）」。

圧：音讀為「あつ」，例如「圧力（あつりょく）」。

50. この紛争の解決は彼の<u>斡旋</u>を待たねばならない。

1　かんし
2　かんせん
3　あっし
4　あっせん

50・答案：4

譯文：得靠他的斡旋來解決這場紛爭。

斡：音讀為「あつ」，例如「斡旋」。
旋：音讀為「せん」，例如「回旋」。
かんせん：寫成「感染」，意為「感染」。
▶コレラに感染する。／染上霍亂。

51. 工事が完成するまでに5名の<u>尊い</u>犠牲者を出した。

1　いさぎよい
2　とうとい
3　しぶとい
4　ひらたい

51・答案：2

譯文：工程完工之前，已經有五名犧牲者了。

尊：音讀為「そん」，例如「尊敬」；訓讀為「みこと」，例如「尊」；訓讀還可讀作「とうと」，例如「尊い」。
いさぎよい：寫成「潔い」，意為「清高」、「純潔」、「勇敢」、「果斷」、「乾脆」。
▶潔く責任を取る。／勇於承擔責任。
しぶとい：意為「頑強」、「固執」。
▶しぶとく食い下がる。／緊追不放。
ひらたい：寫成「平たい」，意為「平坦」、「淺顯易懂」。
▶平たい土地／平坦的土地

52. 初めて飛行機に<u>搭乗</u>するので心配です。

1　とうしょう
2　とうじょう
3　どうしょう
4　どうじょう

52・答案：2

譯文：第一次坐飛機，心裡很不安。

搭：音讀為「とう」，例如「搭載」。
乗：音讀為「じょう」，例如「乗客」；在動詞中讀作「の」，例如「乗り越える」。

53. 地震に備えて<u>日夜</u>警戒態勢をとっている。

1　にちや
2　にちよ
3　じつや
4　じつよ

53・答案：1

譯文：為預防地震，處於日夜戒備的狀態。

日：音讀為「にち」，例如「日英」；音讀還可讀作「じつ」，例如「落日」；訓讀為「ひ」，例如「日替わり」。
夜：音讀為「や」，例如「深夜」；訓讀為「よ」，例如「夜空」；訓讀還可讀作「よる」，例如「夜顔」。

54. 一瞬外国にいるような錯覚を起こした。

1 せきかく
2 せっかく
3 しゃっかく
4 さっかく

54・答案：4

譯文：一瞬間有一種身在國外的錯覺。

錯：音讀為「さく」，例如「錯誤」。

覚：音讀為「かく」，例如「覚悟」；在動詞中讀作「おぼ」，例如「覚える」；在動詞中還可讀作「さ」，例如「覚める」。

55. 彼女はいつも斬新なアイデアを出す。

1 きんしん
2 せんしん
3 ぜんしん
4 ざんしん

55・答案：4

譯文：她總能想出新主意。

斬：音讀為「ざん」，例如「斬首」。

新：音讀為「しん」，例如「新聞」；訓讀為「あら」，例如「新た」；訓讀還可讀作「あたら」，例如「新しい」。

きんしん：寫成「謹慎」，意為「謹慎」、「反省」、「停課處分」。

▶謹慎の意を表す。／表示反省。

せんしん：寫成「先進」，意為「先進」、「發達」。

▶先進國／先進國家

56. 彼は本を開いたまま机に伏せた。

1 かぶせた
2 あわせた
3 ふせた
4 むせた

56・答案：3

譯文：他把翻開的書倒扣在桌子上。

伏：音讀為「ふく」，例如「威伏」；在動詞中讀作「ふ」，例如「伏せる」。

57. そのような不当な処置に憤りを禁じ得なかった。

1 いかり
2 おこり
3 とどこおり
4 いきどおり

57・答案：4

譯文：那種不當處置肯定會引起公憤的。

憤：音讀為「ふん」，例如「憤怒」；在動詞中讀作「いきどお」，例如「憤る」。

いかり：寫成「怒り」，意為「憤怒」、「生氣」。

▶怒りに燃える。／怒火中燒。

とどこおり：寫成「滞り」，意為「延遲」、「拖欠」。

▶養育費を滞りなく支払う。／按期支付贍養費。

58. 私は<u>小銭</u>の持ち合わせがない。

1 こぜに
2 こせん
3 しょうぜに
4 しょうせん

58 · 答案：1

譯文：我沒有零錢。

小：音讀為「しょう」，例如「小心（しょうしん）」；訓讀為「ちい」，例如「小さい（ちい）」；訓讀也可讀作「こ」，例如「小型（こがた）」；訓讀還可讀作「お」，例如「小川（おがわ）」。

しょうせん：寫成「商戦」，意為「商戰」。
▶クリスマス商戦／聖誕節商戰

59. 彼は投票権を<u>喪失</u>した。

1 すうしつ
2 そうしつ
3 ちゅうしつ
4 ちょうしつ

59 · 答案：2

譯文：他已經失去了投票權。

喪：音讀為「そう」，例如「喪家（そうか）」；訓讀為「も」，例如「喪主（もしゅ）」。

失：音讀為「しつ」，例如「失意（しつい）」；訓讀為「う」，例如「失せ物（うもの）」；在動詞中讀作「うしな」，例如「失う（うしな）」；在動詞中還可讀作「な」，例如「失くす（な）」。

60. ジャズはだれの<u>嗜好</u>にも合うというものではない。

1 しゃこう
2 しこう
3 じゃこう
4 じこう

60 · 答案：2

譯文：並非所有人都對爵士樂感興趣。

嗜：音讀為「し」，例如「嗜眠（しみん）」。

好：音讀為「こう」，例如「好評（こうひょう）」；訓讀為「す」，例如「好き（すき）」；在動詞中讀作「この」，例如「好む（このむ）」。

第二週 ▼

第三週 ▼

第四週 ▼

第五週 ▼

練習問題	解說

61. 彼は（　　）された少年時代を送っていた。

1　抑止
2　抑圧
3　圧倒
4　制圧

61・答案：2

譯文：他度過了壓抑的少年時代。

抑圧（よくあつ）：①壓制，壓迫 ②壓抑

▶抑圧を受ける。／受壓迫。
抑止（よくし）：抑制，制止

▶人の行動を抑止する。／制止他人的行動。
圧倒（あっとう）：①壓倒 ②勝過 ③絕對

▶人数で圧倒する。／以人多制勝。
制圧（せいあつ）：壓制，鎮壓

▶敵を制圧する。／壓制敵人。

---

62. あいつは、食べるのも速く（　　）性格だ。

1　穏やかな
2　せっかちな
3　幾帳面な
4　勝気な

62・答案：2

譯文：那小子性格急躁，連吃飯都慢不下來。

せっかち：性急，急躁

▶せっかちな質／急性子
穏やか（おだ）：①平靜，平穩 ②溫和，安詳 ③穩妥，妥當

▶穏やかな海／風平浪靜的海面
幾帳面（きちょうめん）：規規矩矩，一絲不苟

▶幾帳面な性格／一絲不苟的性格
勝気（かちき）：好勝，要強

▶勝気な性格／要強的性格

---

63. 雇い主の不興を買うのを（　　）して、本当のことが言えなかった。

1　観念
2　疑念
3　懸念
4　執念

63・答案：3

譯文：擔心雇主會不高興，沒敢說出實情。

懸念（けねん）：擔心，掛念

▶病状悪化の懸念がある。／擔心病情惡化。
観念（かんねん）：①觀念，理念 ②覺悟，死心

▶時間の観念がない。／沒有時間觀念。
疑念（ぎねん）：疑問，存疑

▶疑念を抱く。／抱有疑問。
執念（しゅうねん）：固執，執念

▶執念を燃やす。／念念不忘。

64. この銘柄のビールは市場の70パーセントの（　　）を持っている。

1　シェア
2　ケア
3　ファン
4　イン

64・答案：1

譯文：這個牌子的啤酒的市場占有率為70%。

シェア：份額，市場占有率
▶シェア20%を占めている。／占有20%的市場份額。
ケア：關懷，照顧
▶ホームケア／家庭護理
ファン：①風扇 ②支持者
▶映画ファン／電影迷
イン：①內部 ②界內
▶インドア／室內

65. 彼はその陰謀に（　　）していたらしい。

1　参画
2　参会
3　参上
4　参考

65・答案：1

譯文：聽說他參與策劃了那場陰謀。

参画(さんかく)：參與計劃，參與策劃
▶草案の起草に参画する。／參與草案的起草工作。
参会(さんかい)：參加會議
▶参会者／參加會議的人
参上(さんじょう)：拜訪
▶直ちに参上いたします。／親自拜訪。

66. 彼は「殴れるものなら殴れ」と私に（　　）。

1　きそった
2　いどんだ
3　せまった
4　たたかった

66・答案：2

譯文：他挑釁說：「你敢打我？那你打啊！」

挑む(いど)：①挑戰 ②挑釁 ③競爭
▶難問に挑む。／挑戰難題。
競う(きそ)：競爭，比賽，爭奪
▶先を競う。／爭先恐後。
戦う(たたか)：①打仗 ②鬥爭 ③競賽
▶敵と戦う。／與敵作戰。

67. 一刻の（　　）もできない。

1　予感
2　余地
3　猶予
4　残余

67・答案：3

譯文：刻不容緩。

猶予（ゆうよ）：①猶豫，遲疑 ②延期，緩期

▶猶予せず断行せよ。／不要猶豫，果斷執行。

予感（よかん）：預感，預兆

▶不吉な予感／不祥的預感

余地（よち）：①空地 ②寬裕，餘地

▶まだ発展の余地がある。／還有發展的空間。

残余（ざんよ）：殘餘，剩餘

▶残余財産／剩餘財產

---

68. 皆のおかげで、問題は（　　）に収まった。

1　スリム
2　ジャスト
3　スムーズ
4　ジグザグ

68・答案：3

譯文：托大家的福，問題得以順利解決。

スムーズ：順利，順暢

▶事がスムーズに運んだ。／事情順利進行。

スリム：①細長 ②苗條

▶スリムな体形／身材苗條

ジャスト：正，整

▶8時ジャストに会場に入った。／八點整進了會場。

ジグザグ：之字形，彎彎曲曲

▶ジグザグデモ／蛇行的遊行隊伍

---

69. （　　）勢いの風が吹き荒れます。

1　あわただしい
2　やかましい
3　いさましい
4　すさまじい

69・答案：4

譯文：狂風大作。

凄（すさ）まじい：①駭人，驚人 ②厲害，猛烈

▶凄まじい人気／紅得發紫

慌（あわ）ただしい：慌忙，匆忙，不穩

▶政局が慌ただしい。／政局動盪不安。

喧（やかま）しい：①吵鬧，喧嘩 ②囉嗦，嘮叨 ③嚴厲，嚴格 ④挑剔

▶しつけに喧しい母親／管教嚴格的母親

勇（いさ）ましい：①勇敢，勇猛 ②活潑，生機勃勃 ③振奮人心，雄壯

▶勇ましい発言／振奮人心的發言

70. 今回の（　　）で彼は
九州へ転勤になった。

1　異動
2　異状
3　異例
4　異端

70・答案：1

譯文：他因這次的人事異動調往九州了。

異動：調動，變動
▶人事異動／人事異動
異状：異狀，異樣
▶異状なし／沒有異常
異例：破例，破格
▶異例の昇進／破格升遷
異端：異端，邪說
▶異端の説を唱える。／傳播邪説。

---

71. （　　）爆音が聞こえ
た。びっくりした。

1　突如
2　突発
3　突破
4　突撃

71・答案：1

譯文：突然聽到爆炸聲，嚇了一跳。

突如：突然，突如其來
▶突如出現する。／突然出現。
突発：突發
▶突発事故／突發事故
突破：①衝破，突破　②超過
▶難関を突破する。／衝破難關。
突撃：突擊，衝鋒
▶敵に向かって突撃する。／突擊敵人。

---

72. 彼は（　　）顔つきで
講釈する。

1　こころよい
2　すがすがしい
3　もっともらしい
4　うたがわしい

72・答案：3

譯文：他裝模作樣地説明。

もっともらしい：好像很有道理，煞有介事
▶もっともらしく話す。／煞有介事地説。
快い：①高興，愉快　②爽快
▶快い朝／愉快的早晨
清々しい：神清氣爽，舒暢
▶清々しい表情／神清氣爽的表情
疑わしい：①有疑問，不確定　②靠不住，說不定　③可疑，
奇怪
▶できるかどうか疑わしい。／不確定能不能做到。

73. 人間関係を健全に保ち、充実した生活を送るための（　　）を身に付けるべきだ。

1　パワー
2　マナー
3　スキル
4　モラル

73・答案：3

譯文：應該掌握一定的技巧，使自己能維持健全的人際關係，過有意義的生活。

スキル：技巧，本領
▶訓練してスキルを身につける。／透過訓練掌握技能。
パワー：①力量，權力 ②馬力
▶パワーに欠ける。／力量不足。
マナー：禮貌，禮節
▶テーブルマナー／餐桌禮儀
モラル：道德，倫理
▶モラルに欠ける。／缺乏道德觀念。

74. 三日前に喧嘩して以来、二人は（　　）いない。

1　口を利いて
2　口を挟んで
3　口を揃えて
4　口を開いて

74・答案：1

譯文：那兩個人三天前吵了架，那之後都不和對方說話。

口を利く：①開口，說話 ②交談，介紹 ③斡旋，調停
▶生意気な口を利く。／口出狂言。
口を挟む：插嘴
▶脇から口を挟む。／從旁插嘴。
口を揃える：異口同聲，統一口徑
▶口を揃えて反対する。／異口同聲地反對。
口を開く：開口說話
▶ようやく口を開いた。／總算開口説話了。

75. 法案は（　　）的多数で可決された。

1　圧勝
2　圧倒
3　圧迫
4　圧力

75・答案：2

譯文：法案在壓倒性贊成下通過。

圧倒：①壓倒 ②勝過 ③絕對
▶安価な輸入品に圧倒された。／被便宜的進口商品打敗了。
圧勝：大勝，全勝
▶10対1で圧勝した。／以十比一大勝。
圧迫：①壓迫 ②壓制
▶首が圧迫されて苦しい。／脖子被掐著很難受。
圧力：壓力
▶圧力をかける。／施加壓力。

76. 新しい紙幣は来月から（　　）することになっている。

1　運搬
2　通運
3　搬入
4　流通

76・答案：4

譯文：新版紙幣從下個月開始流通。
流通<ruby>りゅうつう</ruby>：流通，暢通
▶空気の流通／空氣流通
運搬<ruby>うんぱん</ruby>：搬運，運輸
▶トラックで運搬する。／用卡車運輸（貨物）。
通運<ruby>つううん</ruby>：運送，運輸
▶通運会社／運輸公司
搬入<ruby>はんにゅう</ruby>：搬入，搬進
▶展覧会場に作品を搬入する。／將展品搬進展覽會場。

77. そのような措置は閣議の了承を（　　）。

1　有する
2　要する
3　得する
4　欲する

77・答案：2

譯文：那項措施需要得到內閣的同意。
要<ruby>よう</ruby>する：必須，需要
▶急を要する問題／極待解決的問題
有<ruby>ゆう</ruby>する：所有，享有
▶権利を有する。／享有權利。
得<ruby>とく</ruby>する：合算，節省
▶一万円得する。／省下一萬日元。
欲<ruby>ほっ</ruby>する：想要，希望
▶和平を欲しない者はいない。／沒有人不希望和平。

78. どうも僕は部下に（　　）されているようだ。

1　退廃
2　退治
3　敬愛
4　敬遠

78・答案：4

譯文：總覺得部下都對我敬而遠之。
敬遠<ruby>けいえん</ruby>：敬而遠之，回避
▶面倒な仕事を敬遠する。／回避麻煩的工作。
退廃<ruby>たいはい</ruby>：頹廢，頹敗
▶紀律が退廃する。／紀律敗壞。
退治<ruby>たいじ</ruby>：降伏，消滅
▶ゴキブリ退治／消滅蟑螂
敬愛<ruby>けいあい</ruby>：敬愛
▶敬愛する人物／敬愛的人物

79. （　　）挨拶は抜きに
する。

1　堅苦しい
2　暑苦しい
3　寝苦しい
4　苦々しい

79・答案：1

譯文：免去繁文縟節。

堅苦しい：死板，一本正經，刻板

▶堅苦しい挨拶／繁文縟節

暑苦しい：①悶熱，酷暑 ②熱呼呼

▶暑苦しい夏の夜／悶熱的夏夜

寝苦しい：難以入睡，睡不著

▶寝苦しい夜／難眠之夜

苦々しい：非常不愉快，十分討厭

▶苦々しく思う。／心裡非常不愉快。

---

80. この村には20（　　）
が住んでいる。

1　世代
2　世帯
3　世間
4　世相

80・答案：2

譯文：這個村子住著20戶人家。

世帯：家庭，戶

▶世帯を破る。／夫婦分居。

世代：代

▶三世代が一軒の家に同居する。／祖孫三代同堂。

世間：世間，社會

▶世間を気にする。／擔心外人議論。

世相：世態，社會情況

▶世相を反映する。／反映世態。

---

81. 娘のできちゃった婚を
知って、父は（　　）
になって怒り出した。

1　かんかん
2　ごくごく
3　ぞくぞく
4　まんまん

81・答案：1

譯文：得知女兒奉子成婚，父親大發雷霆。

かんかん：①叮叮噹噹 ②（火焰）熊熊 ③大發雷霆

▶彼は今かんかんだ。／他正在大發脾氣。

極々：最，極

▶ごくごく平凡な家庭／極其平凡的家庭

ぞくぞく：①渾身發冷，打寒顫 ②心情激動

▶ぞくぞくするほど寒い。／冷得直打哆嗦。

満々：滿滿的，充滿

▶自信満々の態度／充滿自信的態度

82. 彼女は幼い息子を叔父 の手に（　　）。

1　課した
2　画した
3　帰した
4　託した

82・答案：4

譯文：她把年幼的兒子託付給了叔父。

託す：①委托，託付 ②藉口，推託 ③寄託

▶財産の運用を託す。／委託他人管理財産。

課す：課税

▶重税を課す。／課以重税。

画する：①畫線 ②劃分 ③計劃，籌劃

▶新時代を画する。／開創新時代。

帰する：①歸於，化為 ②歸順 ③歸因於

▶帰するところ／歸根究柢

83. ギターの（　　）を教 えてください。

1　ライセンス
2　テクニック
3　ハイライト
4　ストライキ

83・答案：2

譯文：請您教我吉他的彈奏技巧。

テクニック：技術，技巧

▶音楽のテクニック／音樂技巧

ライセンス：許可，執照

▶ライセンス生産／授權生產

ハイライト：①強光部分 ②精華，亮點

▶今週のハイライト／本週亮點

ストライキ：罷工，罷市，罷課

▶ストライキに踏み切る。／決意罷工。

84. 悪い友達が彼を（　　） してたばこを吸わせ た。

1　困惑
2　迷惑
3　当惑
4　誘惑

84・答案：4

譯文：狐朋狗友引誘他抽菸。

誘惑：誘惑，引誘

▶誘惑に打ち勝つ。／戰勝誘惑。

困惑：困惑，為難

▶未来がはっきりせず困惑する。／前途茫然，不知所措。

迷惑：麻煩，煩擾

▶迷惑をかける。／添麻煩。

当惑：為難，困惑

▶この問題には当惑している。／對這個問題感到棘手。

85. 人の論文を盗むとは何て情けないんだろう。

1 死にそう
2 くやしい
3 はずかしい
4 残念

85・答案：4

譯文：居然盜用別人的論文，真是可悲。

情け無い：可悲，可憐

▶情けない声を出す。／發出慘叫。

86. 自分の私利私欲のために人を欺くのはよくないと思います。

1 だます
2 いじめる
3 こまらせる
4 おびやかす

86・答案：1

譯文：為了私利欺騙他人，我覺得這樣做不好。

欺く：矇騙，詎騙

▶敵を欺く。／矇騙敵人。

騙す：欺騙，哄

▶甘い言葉に騙される。／被甜言蜜語欺騙。

いじめる：欺負，虐待

▶友達をいじめる。／欺負朋友。

脅かす：①威脅 ②逼迫

▶社長の地位を脅かす。／威脅到董事長的地位。

87. 彼はまめに働く人だ。

1 まじめに
2 気持ちをこめて
3 心から
4 正直に

87・答案：1

譯文：他是一個勤懇工作的人。

まめ：①勤懇，勤快 ②健康 ③認真

▶まめな人／勤快的人

88. 海の音はだんだん遠くかすかになった。

1 大きく
2 小さく
3 高く
4 低く

88・答案：2

譯文：海浪聲漸漸變弱。

微か：①微弱 ②模糊，隱約

▶微かに聞こえる。／隱約可以聽見。

89. 彼は同僚の誘いを<u>断っ</u><u>た</u>。

1 同意した
2 反省した
3 拒絶した
4 対応した

89・答案：3

譯文：他拒絕了同事的邀請。

断る：①先打招呼，預告 ②拒絕

▶要請を断る。／拒絕請求。

同意：同意，贊成

▶同意を得る。／得到同意。

反省：反省

▶反省の色が見えない。／未見反省之意。

対応：①對應，相對 ②相稱，協調 ③適應，應付

▶対応策／對策

90. 景気は<u>緩やか</u>に回復して
いる。

1 かたむいた
2 ゆっくり
3 はてしない
4 なめらか

90・答案：2

譯文：市場經濟形勢正緩慢回暖。

緩やか：①寬鬆 ②緩慢 ③舒暢

▶緩やかな気分／舒暢的心情

傾く：①傾斜，偏 ②偏向 ③傾心於 ④衰落

▶船が傾く。／船隻傾斜。

果てし無い：無限，無邊無際

▶果てしなく続く議論／永無休止的辯論

滑らか：①光滑，平滑 ②流利，流暢

▶滑らかな口調／流利的語言

練習問題	解説

91. びくびく

1 緊張で膝が<u>びくびく</u>して しまった。

2 田中さんは前を向いて、 早足で<u>びくびく</u>と歩いて いった。

3 人気歌手の来日を、みん な<u>びくびく</u>しながら待っ ている。

4 <u>びくびく</u>しながら先生に 質問した。

91・答案：4

譯文：戰戰兢兢地向老師提問。

びくびく：戰戰兢兢，提心吊膽
▶恐ろしさにびくびくする。／嚇得渾身發抖。
選項1應該替換成「ぶるぶる」，意為「哆嗦」、「發抖」。
選項2應該替換成「ばたばた」，意為「忙亂的樣子」。
選項3應該替換成「わくわく」，意為「心撲通撲通地跳」。

92. 着実

1 妹は試験に受かるのは<u>着 実</u>だった。

2 休み時間が終わったの で、<u>着実</u>した。

3 彼は彼女に対して<u>着実</u>な 態度を示した。

4 彼は目標に向かって<u>着実</u> に進んでいる。

92・答案：4

譯文：他正向著目標踏實前進。

着実（ちゃくじつ）：踏實，扎實，穩健
▶着実に仕事をする。／踏踏實實地工作。
選項1應該替換成「確実」，意為「確實」。
選項2應該替換成「着席」，意為「就坐」。
選項3應該替換成「明確」，意為「明確」。

93. たよりない

1 鈴木さんは、アメリカへ行ったきり、たよりなくなってしまった。
2 彼女からたよりない返事が来た。
3 弟は早く親から独立して、たよりなくなりたいと思っている。
4 あの人のようなたよりない存在になりたくないと彼は言った。

93・答案：2

譯文：她給了一個含糊的回答。

頼^たりない：①沒把握，不放心 ②不可靠 ③無依無靠
▶頼りない身の上／無依無靠的境遇
選項1應該替換成「たよりがなく」，意為「杳無音信」。
選項3應該替換成「たよりに」，意為「依賴」。
選項4應該替換成「たのもしくない」，意為「不可靠的」。

94. くつがえす

1 最高裁は高裁の判決をくつがえした。
2 財布を忘れたことに気付いて、會社から家にくつがえした。
3 小石につまずいて、くつがえしてしまった。
4 部長は急に予定をくつがえして出かけていった。

94・答案：1

譯文：最高法院推翻了高等法院的判決。

覆^{くつがえ}す：①打翻，翻轉 ②推翻 ③徹底改變
▶実験の成功で従来の定説を覆す。／由於實驗成功，迄今為止的定論被推翻了。
選項2應該替換成「折り返した」，意為「折回」。
選項3應該替換成「転んで」，意為「跌倒」。
選項4應該替換成「取り消して」，意為「取消」。

95. 措置

1 会議室にエアコンを<u>措置</u>した。

2 君のとった最初の<u>措置</u>は間違っていた。

3 駆けつけた救急隊員が彼のけがを<u>措置</u>した。

4 使わなくなった古いベッドを<u>措置</u>することにした。

95・答案：2

譯文：你最開始的處理方法是錯誤的。

措置（そち）：措施，處理

▶臨機応変の措置をとる。／採取隨機應變的措施。

選項1應該替換成「設置」，意為「設置」。

選項3應該替換成「処置」，意為「處理」、「治療」。

選項4應該替換成「処分」，意為「處理」、「處置」。

96. やんわり

1 あの子たちは<u>やんわり</u>としかったのではききめがない。

2 野菜が腐って、<u>やんわり</u>となってしまった。

3 小林さんは授業中ずっと<u>やんわり</u>外を眺めていた。

4 彼は何か悪いことを考えていそうな顔で<u>やんわり</u>笑った。

96・答案：1

譯文：蜻蜓點水式的批評對那些孩子沒有效果。

やんわり：委婉，柔和，溫和

▶やんわりと断る。／委婉拒絕。

選項2應該替換成「ぐにゃぐにゃ」，意為「軟」。

選項3應該替換成「ぼんやり」，意為「發呆」。

選項4應該替換成「そっと」，意為「悄悄地」。

97. この裏通りは昔の<u>面影</u>をとどめている。

1 めんかげ

2 おもてかげ

3 つらかげ

4 おもかげ

97・答案：4

譯文：這條後街還保留著舊時的模樣。

面：音讀為「めん」，例如「対面（たいめん）」；訓讀為「おも」，例如「面白い（おもしろ）」；訓讀還可讀作「つら」，例如「馬面（うまづら）」。

影：音讀為「えい」，例如「影響（えいきょう）」；訓讀為「かげ」，例如「月影（つきかげ）」。

98. 菜の花が萎びた。

1 しなびた
2 ほろびた
3 ひからびた
4 ほころびた

98・答案：1

譯文：油菜花凋謝了。

萎：音讀為「い」，例如「萎靡」；在動詞中讀作「しな」，例如「萎びる」。

ほろびる：寫成「滅びる・亡びる」，意為「滅亡」、「不復存在」。

▶国が滅びる。／國家滅亡。

ひからびる：寫成「干涸びる」，意為「乾涸」、「枯燥」。

▶パンが干涸びる。／麵包乾巴巴的。

ほころびる：寫成「綻びる」，意為「初綻」、「微笑」。

▶桜の花が綻び始めた。／櫻花初綻。

99. 教師は生徒の不注意を戒めた。

1 いましめた
2 こらしめた
3 ひきしめた
4 とりしめた

99・答案：1

譯文：老師訓誡學生粗心大意。

戒：音讀為「かい」，例如「警戒」；在動詞中讀作「いまし」，例如「戒める」。

こらしめる：寫成「懲らしめる」，意為「懲罰」。

▶いたずら者を懲らしめる。／懲罰惡作劇的人。

ひきしめる：寫成「引き締める」，意為「繃緊」、「縮減」。

▶家計を引き締める。／縮減家裡的開銷。

100. 親はこの建物を息子ではなく、ほかの親戚に譲渡した。

1 しょうと
2 じょうと
3 しょうど
4 じょうど

100・答案：2

譯文：父母沒有把這棟房子留給兒子，而是過戶給了其他親戚。

譲：音讀為「じょう」，例如「譲位」；在動詞中讀作「ゆず」，例如「譲る」。

渡：音讀為「と」，例如「渡河」；在動詞中讀作「わた」，例如「渡す」。

101. 彼女は<u>衣装</u>持ちだ。

1　いそう
2　いしょう
3　いぞう
4　いじょう

101・答案：2

譯文：她有很多衣服。

衣：音讀為「い」，例如「衣食住」；訓讀為「ころ
も」，例如「衣替え」。

装：音讀為「そう」，例如「服装」；音讀還可讀作「しょ
う」，例如「装束」；在動詞中讀作「よそお」，例如「装
う」。

102. 彼女の努力は十分に<u>報われた</u>。

1　すくわれた
2　ぬぐわれた
3　かばわれた
4　むくわれた

102・答案：4

譯文：她的努力得到了豐厚的回報。

報：音讀為「ほう」，例如「報告」；在動詞中讀作「む
く」，例如「報いる」。

ぬぐう：寫成「拭う」，意為「擦拭」。

▶ナプキンで口を拭う。／用餐巾擦嘴。

かばう：寫成「庇う」，意為「袒護」、「庇護」。

▶母はいつも私を庇ってくれる。／母親總是護著我。

103. 彼は<u>一身上</u>の理由で退職する。

1　いちみじょう
2　ひとみじょう
3　いっしんじょう
4　ひとしんじょう

103・答案：3

譯文：他因個人因素辭職了。

一：音讀為「いち」，例如「一度」；音讀還可讀作「い
つ」，例如「唯一」；訓讀為「ひと」，例如「一粒」。

身：音讀為「しん」，例如「身長」；訓讀為「み」，例如
「身持ち」。

上：音讀為「じょう」，例如「上級」；訓讀為「うえ」，
例如「父上」；訓讀也可讀作「うわ」，例如「上着」；
訓讀還可讀作「かみ」，例如「上半期」；在動詞中讀作
「あ」，例如「上がる」；在動詞中還可讀作「のぼ」，例
如「上る」。

104. これは美術史上<u>画期</u>的な作品なんだ。

1　がきてき
2　かきてき
3　かっきてき
4　かくきてき

104・答案：3

譯文：這是美術史上劃時代的作品。

画：音讀為「が」，例如「画家」；音讀還可讀作「か
く」，例如「計画」；在動詞中讀作「えが」，例如「画
く」。

期：音讀為「き」，例如「期末」；音讀還可讀作「ご」，
例如「最期」。

的：音讀為「てき」，例如「的確」；訓讀為「まと」，例
如「的外れ」。

105. 家自体は小さいが屋敷は広い。

1 おくふ
2 やふ
3 おくじき
4 やしき

105・答案：4

譯文：屋子本身很小，但占地很廣。

屋：音讀為「おく」，例如「屋外^{おくがい}」；訓讀為「や」，例如「部屋^{へや}」。

敷：音讀為「ふ」，例如「敷衍^{ふえん}」；在動詞中讀作「し」，例如「敷^しく」。

106. 彼の前ではいつも居心地が悪い。

1 いここち
2 いこごち
3 いごこち
4 いここじ

106・答案：3

譯文：（我）在他面前總是覺得很不自在。

居：音讀為「きょ」，例如「住居^{じゅうきょ}」；在動詞中讀作「い」，例如「居^いる」。

心：音讀為「しん」，例如「心情^{しんじょう}」；訓讀為「こころ」，例如「心得^{こころえ}」。

地：音讀為「ち」，例如「地位^{ちい}」；音讀還可讀作「じ」，例如「生地^{きじ}」。

107. 泥で溝が詰まった。

1 あな
2 すみ
3 はし
4 みぞ

107・答案：4

譯文：汙泥把排水溝堵住了。

溝：音讀為「こう」，例如「溝渠^{こうきょ}」；訓讀為「みぞ」，例如「溝^{みぞ}」；訓讀還可讀作「どぶ」，例如「溝川^{どぶがわ}」。

108. 今、虚偽の申し立てをした。

1 きょい
2 きょうい
3 きょぎ
4 きょうぎ

108・答案：3

譯文：（我）剛剛作了偽證。

虚：音讀為「きょ」，例如「虚脱^{きょだつ}」；音讀還可讀作「こ」，例如「虚空^{こくう}」；訓讀為「むな」，例如「虚^{むな}しい」；訓讀也可讀作「うつけ」，例如「虚^{うつけ}」；訓讀還可讀作「うろ」，例如「虚^{うろ}」。

偽：音讀為「ぎ」，例如「偽善^{ぎぜん}」；訓讀為「にせ」，例如「偽物^{にせもの}」；在動詞中讀作「いつわ」，例如「偽^{いつわ}る」。

きょうい：寫成「脅威」，意為「威脅」。

▶脅威を与える。／施加威脅。

きょうぎ：寫成「協議」，意為「協議」。

▶協議会／商討會

109.

相手の気持ちも考えて、できるだけ（　　）が立たないように、言葉には十分気をつける。

1　うで
2　かお
3　かど
4　ゆび

109・答案：3

譯文：要考慮對方的心情，說話時注意措辭，盡量客氣。

角が立つ：不圓滑，粗暴，不客氣

▶角が立つ言い方をする。／説話不客氣。

腕が立つ：技術高超，有能力

▶腕が立つ職人／技術高超的工匠

顔が立つ：臉上有光，有面子

▶そうすれば、彼の顔が立つ。／這樣做他才不會丟面子。

注意：「指が立つ」不構成慣用表達方式。

110.

私には彼の話は（　　）が悪くて、全くわからなかった。

1　要領
2　本領
3　受領
4　領収

110・答案：1

譯文：我完全掌握不到他講話的要點。

要領：①要點，重要之處 ②訣竅

▶要領がいい。／精明。

本領：本領，特長

▶本領を発揮する。／發揮專長。

受領：領取，接收，收取

▶受領者／接收人

領収：收到，收取

▶領収書／收據

111.

東京の山田さんの（　　）でこの曲をお送りいたします。

1　オーダー
2　インプット
3　インタビュー
4　リクエスト

111・答案：4

譯文：接下來是東京的山田先生點播的歌曲。

リクエスト：要求，希望

▶みなさんのリクエストにより演奏する。／在大家的要求下演奏。

オーダー：①順序，次序 ②訂貨

▶オーダーを受ける。／接受訂貨。

インプット：輸入（資訊、訊息、資料等）

▶データをインプットする。／輸入資料。

インタビュー：採訪，訪問

▶インタビュー記事／採訪報導

112. 旅行中、学生たちの ホテルの部屋の （　　　）が難しい。

1　見積もり
2　取り扱い
3　割り当て
4　結びつき

112・答案：3

譯文：旅行中，很難分配學生們的旅館房間。

割り当て：分配，分攤
▶割り当てを決める。／決定（如何）分配。
見積もり：估計，估價單
▶これでは当初の見積もりと違う。／這和當初的估計有所出入。
取り扱い：①對待，接待 ②操作，處理
▶取り扱い時間／業務時間
結びつき：相互聯繫，結合
▶政界と財界の結びつき／政界和金融界間的聯繫

113. どういう目的でこの 企画が行われたの か、その（　　　）が ぜんぜん分からな い。

1　意図
2　意地
3　意識
4　意思

113・答案：1

譯文：我完全不明白（他們）究竟是抱著什麼目的實施了這個計劃。

意図：意圖，打算
▶意図が分からない。／不明白（對方的）意圖。
意地：①心術，用心 ②固執，倔強 ③貪婪，貪吃
▶意地が悪い。／壞心腸。
意識：①意識到，認識到 ②知覺，神志 ③認識，自覺
▶意識を集中する。／集中注意力。
意思：意思，想法
▶意思を伝える。／傳達（自己的）想法。

114. 車の多い大通りで遊 んでいる小さい子供 を見ると、（　　　） する。

1　だらだら
2　にやにや
3　はらはら
4　むかむか

114・答案：3

譯文：看到小孩子在很多車的大街上玩耍，就為他們擔心。

はらはら：①飄落，撲簌 ②擔心，憂慮 ③頭髮散亂
▶子供のプレーをはらはらしながら見守る。／提心吊膽地看著孩子們的比賽。
だらだら：①滴滴答答地 ②傾斜度小 ③冗長
▶汗がだらだらと流れる。／大汗淋漓。
にやにや：①默默地笑 ②嗤笑，冷笑
▶にやにやしている。／默默地笑著。
むかむか：①想嘔吐狀 ②怒火直冒
▶胸がむかむかする。／噁心想吐。

115. 彼は（　　）性格で、小さなことは気にせず、ゆったりとしている。

1　飽きっぽい
2　大らかな
3　頑固な
4　わがままな

115・答案：2

譯文：他豁達大度，不拘泥於小事，一副鎮定自若的樣子。

大（おお）らか：豁達，落落大方，心胸開闊
▶大らかな心の持ち主／一個豁達的人
飽（あ）きっぽい：動不動就厭煩，沒耐性
▶飽きっぽい人／沒耐性的人
頑固（がんこ）：頑固，固執
▶頑固に自説を主張する。／固執己見。
我儘（わがまま）：任性，為所欲為
▶わがままな子供／任性的孩子

116. 将軍はその兵団の（　　）を取った。

1　指針
2　指令
3　指摘
4　指揮

116・答案：4

譯文：將軍取得了那個兵團的指揮權。

指揮（しき）：指揮
▶軍隊を指揮する。／指揮軍隊。
指針（ししん）：①指針 ②方針，準則
▶指針を与える。／指明方向。
指令（しれい）：指令，指示，通知
▶指令を与える。／給予指示。
指摘（してき）：指出，指摘
▶重要な点を指摘する。／指出重點。

117. こんな有名になった彼の名を知らない人は、（　　）いないだろう。

1　とことん
2　たまに
3　せいぜい
4　よもや

117・答案：4

譯文：他大名鼎鼎，恐怕無人不知吧。

よもや：未必，不至於
▶よもやそんなことはあるまい。／未必有那樣的事。
とことん：最後，到底
▶とことんまで戦う。／戦鬥到底。
せいぜい：①盡力，盡量 ②至多，充其量
▶せいぜい頑張ってください。／請努力加油吧。

118. 彼は故郷に強い
（　　）を持ってい
る。

1　愛想
2　愛用
3　愛護
4　愛着

118・答案：4

譯文：他對故鄉有著深深的眷戀。

愛着：留戀，眷戀，難以忘懷

▶愛着のある品／用慣了而產生喜愛之情的東西

愛想：①（待人的態度）親切 ②款待 ③顧客付錢

▶愛想のない人／冷淡的人

愛用：喜歡並一直使用

▶愛用の辞書／喜歡並一直使用的辭典

愛護：愛護

▶動物愛護／愛護動物

---

119. その言葉はここでは
（　　）になってい
る。

1　禁句
2　禁止
3　制止
4　抑制

119・答案：1

譯文：那句話在這個地方是禁語。

禁句：禁語

▶使ってはいけない禁句／不能使用的禁句

---

120. 大した話でないと
思っても、子供の話
は（　　）、きちん
と聞いたほうがい
い。

1　受け流さず
2　受け継がず
3　受け持たず
4　受け取らず

120・答案：1

譯文：孩子的話即使不重要，也要認真傾聽。

受け流す：搪塞，避開

▶質問を軽く受け流す。／把問題輕易地搪塞過去。

受け継ぐ：繼承

▶財産を受け継ぐ。／繼承財產。

受け持つ：掌管，擔任，負責

▶2年3組を受け持つ。／負責帶二年三班。

受け取る：①接受，領取，收到 ②理解，領會

▶手紙を受け取る。／收到來信。

第一週 > 第五天

練習問題	解説

121. 彼女は美容院に行ってきたらしいけど、（　　）変わらないね。

1 たいして
2 ぐんと
3 いったん
4 とっくに

121・答案：1

譯文：她好像去了美容院，但（我）並沒看出太大變化。

大（たい）して：（後多接否定）並（不）太，並（不）怎麼
▶大して安くない。／並不怎麼便宜。
ぐんと：①使勁 ②格外，更加
▶ぐんと成績があがる。／成績提升很多。
一旦（いったん）：①暫且，姑且 ②一旦，萬一
▶一旦決めたからには、変えるな。／一旦決定了，就不要改了。
とっくに：早就，已經
▶とっくに知っている。／早已知道。

122. ローンの（　　）がやっと終わった。

1 返還
2 返却
3 返信
4 返済

122・答案：4

譯文：貸款終於還清了。

返済（へんさい）：償還，還債
▶ローンの返済／還貸款
返還（へんかん）：歸還，退還
▶優勝旗を返還する。／退還冠軍旗。
返却（へんきゃく）：歸還，退還
▶図書を返却する。／歸還圖書。
返信（へんしん）：回信，回電話
▶返信はがき／回信用的明信片
注意：「ローンの返済」為固定搭配。

123. 1時間も待っているのに、友達は（　　）現れなかった。

1　もろに
2　とうぶん
3　一向に
4　一概に

123・答案：3

譯文：已經等了一個多小時，朋友卻還沒有來。

一向に：①（後接否定）一點也（不）②完全
▶一向に驚かない。／毫不驚慌。
諸に：全面，無處不
▶もろにぶつかる。／正面相撞。
当分：暫時，一時
▶当分の間／暫時
一概に：一概，籠統地
▶一概に否定はできない。／不能一概否定。

---

124. 父に頼まれたのは、面倒臭い仕事だったので、弟に（　　）。

1　押し入った
2　押し黙った
3　押し付けた
4　押し返した

124・答案：3

譯文：因為父親吩咐的事非常麻煩，所以（我）推給了弟弟。

押し付ける：①按住，壓住 ②強加於人，強迫
▶責任を押し付ける。／將責任強加於人。
押し入る：擅自進入，闖入，擠進
▶人ごみの中へ押し入る。／擠進人群裡。
押し黙る：沉默，一言不發
▶何を聞かれても押し黙っていた。／怎麼問都不回話。
押し返す：推回去，反抗
▶押しされたら、押し返せ。／被壓迫就要反抗。

---

125. この計画の（　　）が大きいため、諦めるしかない。

1　ケース
2　プラン
3　リード
4　リスク

125・答案：4

譯文：由於這個計劃風險很大，所以只能作罷。

リスク：風險，危險
▶営業上のリスク／經營上的風險
リード：①帶領，率領 ②領先，超過
▶仲間をリードする。／帶領朋友。

126. 彼女は自動車事故で（　　）の死をとげた。

1　不覚
2　不慮
3　未知
4　未定

126・答案：2

譯文：她由於交通事故意外身亡。

不慮（ふりょ）：意外，不測
▶不慮の事故／意外事故
不覚（ふかく）：①失敗，過失　②失去知覺
▶不覚をとる。／遭受失敗。

127. 次回の（　　）は大阪で開催される。

1　ダメージ
2　カリキュラム
3　インターナショナル
4　フォーラム

127・答案：4

譯文：下一場論壇將在大阪舉辦。

フォーラム：論壇
▶日本語教育フォーラム／日語教學論壇
ダメージ：損壊，損害，損傷
▶ダメージを与える。／給予打撃。
カリキュラム：教學計劃，課程計劃
▶カリキュラムを企画する。／設計教學計劃。

128. 父の会社は（　　）不況の波をかぶった。

1　とっさに
2　まことに
3　やけに
4　もろに

128・答案：4

譯文：父親的公司受到了經濟不景氣的全面衝擊。

諸に（もろに）：全面，無處不
▶高波をもろに受ける。／迎著大浪。
とっさに：一下子，一瞬間
▶とっさに思いつく。／急中生智。
誠に（まことに）：真，的確，實在
▶誠にありがとうございます。／十分感謝您。
やけに：非常，特別
▶やけに寒い。／非常冷。

129. 彼らは他のチームより（　　）していることを証明した。

1　優位
2　優先
3　優遇
4　優越

129・答案：4

譯文：他們證明了自己優於其他團隊。

優越（ゆうえつ）：優越，優秀
▶優越を感じる。／有優越感。
優位（ゆうい）：優越地位，優勢
▶優位を占める。／占優勢。
優先（ゆうせん）：優先
▶公務は私事に優先する。／公務優先於私事。
優遇（ゆうぐう）：優遇，優待
▶留学生を優遇する。／優待留學生。

130. 彼の演技は（　　）の喝采を浴びた。

1　満載
2　満場
3　満票
4　満席

130・答案：2

譯文：他的演技獲得了滿堂喝彩。

満場（まんじょう）：全場，滿堂
▶満場の喝采／滿堂喝彩
満載（まんさい）：滿載，裝滿
▶白菜を満載したトラック／裝滿白菜的卡車
満票（まんぴょう）：全票
▶満票で当選／以全票當選
満席（まんせき）：滿座
▶劇場は満席だ。／劇場的座位都坐滿了人。

131. あの先生の顔が（　　）と思い浮かんできた。

1　すらすら
2　まざまざ
3　がくん
4　ぴしゃり

131・答案：2

譯文：那位老師的容顏清晰地浮現在腦海裡。

まざまざ：清楚地，清晰地
▶力の強さの差をまざまざと思い知らされる。／清晰地認識到力量的差距。
すらすら：流暢地，順利地
▶すらすら答える。／流利地回答。
がくんと：猛然，一下子
▶成績ががくんと落ちた。／成績一下子退步了。
ぴしゃりと：①砰的關門聲 ②手掌擊打聲 ③毫不客氣，劈頭蓋臉 ④恰好，正好
▶ぴしゃりと断る。／一口拒絕。

132. 彼にはにせ物をかぎわける（　　）がある。

1 才能
2 本能
3 本気
4 本質

132・答案：2

譯文：他天生具有辨別真偽的能力。

本能：本能，天生具有的能力
▶動物の本能／動物的本能
本気：認真，真實
▶本気で考える。／認真考慮。
本質：根本，本質上
▶本質的な問題／根本問題

---

133. しとやかなお嬢さんが綺麗な服装を着ている。

1 元気な
2 上品な
3 こわそうな
4 年をとった

133・答案：2

譯文：嫻靜的姑娘穿著漂亮的服装。

淑やか：賢淑，嫻靜，端莊
▶淑やかな娘さん／嫻靜的姑娘
年を取る：①上年紀 ②歲月流逝
▶年を取った人／上了年紀的人

---

134. この写真はコントラストが強すぎ、人があまり綺麗に撮っていなかった。

1 混合
2 存在
3 対比
4 調和

134・答案：3

譯文：這張照片的色彩對比太強，人拍得不太漂亮。

コントラスト：對比，反差
▶コントラストが強すぎる。／反差太強。
対比：對照，對比
▶東西文化を対比する。／對比東西文化。
調和：調和，和諧
▶調和を欠く。／不和諧。

---

135. 彼はあたふたと部屋を出て行った。

1 急いで
2 遅れて
3 困って
4 あわてて

135・答案：4

譯文：他慌慌張張地出了門。

あたふた：慌忙，慌慌張張
▶あたふたするな。／別慌張。
慌てる：慌忙，慌張
▶慌てて外に出た。／慌忙出去了。

136. 交渉はついに<u>行き詰</u><u>まって</u>しまった。

1 完了した
2 予定が一杯になった
3 やり直した
4 進まなくなった

136・答案：4

譯文：交涉最終陷入僵局。

行^ゆき詰^づまる：①陷入僵局，停滯 ②走到盡頭

▶研究が行き詰まった。／研究停滯了。

やり直^{なお}す：重做

▶最初からやり直す。／重新來過。

137. 父の主張が正しかったのだと<u>つくづく</u>思うようになった。

1 少々
2 心から
3 ときどき
4 どんどん

137・答案：2

譯文：我深切地體會到父親的想法是正確的。

つくづく：①仔細 ②深切

▶つくづく嫌になる。／深感厭惡。

138. いろいろ<u>せわしくて</u>手紙を書く時間がない。

1 くるしくて
2 さびしくて
3 いそがしくて
4 にぎやかで

138・答案：3

譯文：最近很忙，連寫信的時間都沒有。

忙^{せわ}しい：忙碌，匆忙

▶忙しい毎日／繁忙的每一天

139. 融通

1 道がわからなくて困っていると、通りがかりの人が<u>融通</u>してくれた。
2 中村さんは手際よく仕事を<u>融通</u>していった。
3 この学校の規則は<u>融通</u>がきかない。
4 妻は家計の<u>融通</u>が上手だ。

139・答案：3

譯文：這個學校的規則很死板。

融通^{ゆうずう}：①通融，靈活 ②暢通

▶融通が利く人／懂得隨機應變的人

選項1應該替換成「案内」，意為「帶路」。

選項2應該替換成「処理」，意為「處理」。

選項4應該替換成「やりくり」，意為「安排」、「籌劃」。

140. うっとり

1 しまった！夫の誕生日を<u>うっとり</u>忘れていた。

2 もう少し時間をかけて<u>うっとり</u>考えてから、お返事します。

3 風景のあまりの美しさに<u>うっとり</u>とした。

4 こちらのシャンプーで洗うと、髪が<u>うっとり</u>しますよ。

141. まして

1 薬を飲んだが、<u>まして</u>効果はなかった。

2 このドラマの最終回が<u>まして</u>どうなるのか、誰にも分からない。

3 大人でも大変なのだから、<u>まして</u>子供には無理だ。

4 おいしい食事をごちそうになり、<u>まして</u>おみやげまでいただいた。

140・答案：3

譯文：陶醉於優美的風景。

うっとり：陶醉，入迷，出神

▶うっとりと見惚れる。／看得入迷。

選項1應該替換成「うっかり」，意為「馬虎」、「糊里糊塗」。

選項2應該替換成「ゆっくり」，意為「慢慢地」。

選項4應該替換成「すっきり」，意為「清爽」。

141・答案：3

譯文：連大人（做起來）都很困難，更何況孩子。

まして：何況，況且

▶君で駄目なのに、まして僕にやれるものか。／連你都不行，我更不可能了。

選項1應該替換成「まったく」，意為「完全」。

選項2應該替換成「まさか」，意為「萬一」。

選項4應該替換成「また」，意為「又」。

142. 当て嵌まる

1 子供が急に道路に飛び出して、車に<u>当て嵌まる</u>事故が増えている。
2 この描写は大半の日本の大学生に<u>当て嵌まる</u>。
3 最近の天気予報はよく<u>当て嵌まる</u>と思う。
4 この部屋の壁によく<u>当て嵌まる</u>絵を探しています。

142・答案：2

譯文：這個描寫符合大部分日本大學生的情況。

当て嵌る（あ　はま）：完全適合，符合
▶規則が当てはまる場合／規則適用於該場合
選項1應該替換成「ひかれる」，意為「被撞」。
選項3應該替換成「当たる」，意為「準確」。
選項4應該替換成「似合う」，意為「相稱」。

---

143. 均衡

1 輸出入の<u>均衡</u>がよくとれている。
2 このビルは自然との<u>均衡</u>を目指して設計された。
3 経営者と労働者は<u>均衡</u>の立場にある。
4 社員の通勤時間の<u>均衡</u>をとってみたら、約50分だった。

143・答案：1

譯文：進出口平衡。

均衡（きんこう）：均衡，平衡
▶均衡を保つ。／保持均衡。
選項2應該替換成「調和」，意為「和諧」。
選項3應該替換成「対立」，意為「對立」。
選項4應該替換成「平均」，意為「平均」。

144. 執着

1 この料理は素材に<u>執着</u>して作りました。
2 その子はもう1時間もテレビゲームに<u>執着</u>している。
3 この腕時計は壊れているが、<u>執着</u>があって捨てられない。
4 彼は自分の権利に<u>執着</u>する。

144・答案：4

譯文：他看重自己的權利。
執着（しゅうちゃく）：執著，固執
▶旧習に執着する。／固守舊習。
選項1應該替換成「拘って」，意為「講究」。
選項2應該替換成「没頭」，意為「埋頭」。
選項3應該替換成「愛着」，意為「留戀」。

145. 間際になって招待を断るのは失礼になる。

1 あいきわ
2 まぎわ
3 あいわき
4 まわき

145・答案：2

譯文：（活動）快開始了才拒絕邀請，這麼做非常不禮貌。
間：音讀為「かん」，例如「時間（じかん）」；音讀還可讀作「けん」，例如「世間（せけん）」；訓讀為「あいだ」，例如「間柄（あいだがら）」；訓讀還可讀作「ま」，例如「昼間（ひるま）」。
際：音讀為「さい」，例如「国際（こくさい）」；訓讀為「きわ」，例如「際物（きわもの）」。

146. 返事を書くのを怠っている。

1 なまけって
2 おこたって
3 あやまって
4 たまわって

146・答案：2

譯文：偷懶不回信。
怠：音讀為「たい」，例如「怠慢（たいまん）」；訓讀為「だる」，例如「怠い（だるい）」；在動詞中讀作「おこた」，例如「怠る（おこたる）」；在動詞中還可讀作「なま」，例如「怠ける（なまける）」。
たまわる：寫成「賜る」，意為「賞賜」、「承蒙」。
▶ご指導を賜る。／承蒙指點。

147. 彼はいつも自説に固執する。

1 こしつ
2 こちつ
3 こじつ
4 こじゅう

147・答案：1

譯文：他總是固執己見。
固：音讀為「こ」，例如「固定（こてい）」；訓讀為「かた」，例如「固い（かたい）」。
執：音讀為「しつ」，例如「執筆（しっぴつ）」；音讀還可讀作「しゅう」，例如「執念（しゅうねん）」；在動詞中讀作「と」，例如「執る（とる）」。

148. 彼は物まねが非常に<u>巧み</u>である。

1 うまみ
2 きわみ
3 たくみ
4 なじみ

譯文：他的模仿非常巧妙。

巧：音讀為「こう」，例如「巧妙<ruby>こうみょう</ruby>」；在動詞中讀作「たく」，例如「巧<ruby>たく</ruby>む」。

うまみ：寫成「旨味」或「旨み」，意為「鮮味」、「妙處」、「甜頭」、「好處」。
▶うまみのない商売／沒油水的買賣

きわみ：寫成「極み」，意為「極點」、「頂點」。
▶喜びの極み／高興至極

なじみ：寫成「馴染み」，意為「熟人」。
▶幼馴染み／青梅竹馬

149. その人は軍縮の必要性を<u>唱える</u>。

1 となえる
2 おびえる
3 ちがえる
4 うったえる

譯文：那個人主張裁軍是必要的。

唱：音讀為「しょう」，例如「合唱<ruby>がっしょう</ruby>」；在動詞中讀作「とな」，例如「唱<ruby>とな</ruby>える」。

おびえる：寫成「怯える」，意為「害怕」、「恐懼」、「做惡夢」。
▶飛行機の爆音に怯える。／害怕飛機的轟鳴聲。

ちがえる：寫成「違える」，意為「弄錯」、「搞錯」。
▶道を違える。／走錯路。

うったえる：寫成「訴える」，意為「訴說」、「起訴」、「打動」。
▶悩みを訴える。／傾訴煩惱。

150. 彼は政治に<u>携わって</u>いる。

1 かかわって
2 たずさわって
3 たまわって
4 ことわって

譯文：他從事政治方面的工作。

携：音讀為「けい」，例如「携行<ruby>けいこう</ruby>」；在動詞中讀作「たずさ」，例如「携<ruby>たずさ</ruby>える」。

たまわる：寫成「賜る」，意為「賞賜」、「承蒙」。
▶いつもご愛顧を賜り厚くお礼申し上げます。／您一直很照顧我們的生意，真是不勝感激。

練習問題	解說

151. 石炭の<u>蓄え</u>がなく なった。

1 そなえ
2 ひかえ
3 たずさえ
4 たくわえ

151・答案：4

譯文：煤炭快要用完了。

蓄：音讀為「ちく」，例如「蓄財」；在動詞中讀作「たくわ」，例如「蓄える」。

ひかえ：寫成「控え」，意為「備用」、「備份」、「備忘錄」、「等候」。

▶控えの間／休息室

152. 二人の男が争ってい るのを<u>目撃</u>した。

1 もくげき
2 もくしゅ
3 もくてつ
4 もくしょう

152・答案：1

譯文：看到兩個男人在爭吵。

目：音讀為「もく」，例如「目標」；訓讀為「め」，例如「人目」。

撃：音讀為「げき」，例如「衝撃」；在動詞中讀作「う」，例如「撃つ」。

153. 彼の顔に<u>嫌悪</u>の情が 表れていた。

1 けんあく
2 げんあく
3 けんお
4 げんお

153・答案：3

譯文：他臉上露出厭惡的表情。

嫌：音讀為「けん」，例如「嫌疑」；音讀還可讀作「げん」，例如「機嫌」；在動詞中讀作「きら」，例如「嫌う」；動詞中還可讀作「いや」，例如「嫌がる」。

悪：音讀為「あく」，例如「悪事」；音讀還可讀作「お」，例如「好悪」；訓讀為「わる」，例如「悪者」。

けんあく：寫成「険悪」，意為「險惡」、「緊張」。

▶両者の関係が険悪になる。／雙方關係變得十分緊張。

154. このところ<u>寒気</u>が一
段と加わった。

1 かんげ
2 かんけ
3 さむき
4 さむけ

154・答案：4

譯文：近來天氣越發寒冷了。

寒：音讀為「かん」，例如「寒冷」；訓讀為「さむ」，例
如「寒い」。

気：音讀為「き」，例如「天気」；音讀還可讀作「け」，
例如「湿気」。

注意：「寒気」既可讀作「さむけ」，也可讀作「かん
き」。讀作「さむけ」時，意為「寒氣」、「發冷」、「寒
冷」；讀作「かんき」時，意為「寒冷」、「冷空氣」。

---

155. <u>怪我</u>した足を<u>労わり</u>
ながらゆっくり歩い
た。

1 そなわり
2 かまわり
3 いたわり
4 こだわり

155・答案：3

譯文：一邊注意受傷的腳，一邊慢慢行走。

労：音讀為「ろう」，例如「労働」；在動詞中讀作「い
た」，例如「労わる」。

そなわる：寫成「備わる」，意為「設有」、「齊備」、
「具備」。

▶気品が備わる。／具有高尚的品格。

こだわる：寫成「拘る」，意為「拘泥」、「特別在意」、
「講究」。

▶味にこだわる。／講究味道。

---

156. 彼は<u>間一髪</u>のところ
で死を免れた。

1 まいちがみ
2 まいっぱつ
3 かんいっぱつ
4 かんひとかみ

156・答案：3

譯文：他在千鈞一髮之際幸免於難。

間：音讀為「かん」，例如「間接」；音讀還可讀作「け
ん」，例如「世間」；訓讀為「あいだ」，例如「間柄」；
訓讀還可讀作「ま」，例如「昼間」。

一：音讀為「いち」，例如「一度」；音讀還可讀作「い
つ」，例如「唯一」；訓讀為「ひと」，例如「一粒」。

髪：音讀為「はつ」，例如「金髪」；訓讀為「かみ」，例
如「髪型」。

157. 鈴木さんに伝言を（　　）もらえますか。

1　取り扱って
2　取り次いで
3　取り替えて
4　取りかかって

157・答案：2

譯文：您能幫我帶話給鈴木先生嗎？

取り次ぐ：①傳達，通報 ②代辦，代購
▶女中が主人に取り次ぐ。／女傭（將事件）通報給主人。
取り扱う：①擺弄 ②處理，辦理 ③對待
▶苦情を取り扱う。／處理投訴。
取り替える：交換，互換
▶友人と洋服を取り替える。／和朋友互換衣服。
取り掛かる：著手，開始
▶研究に取り掛かる。／著手研究。

158. 彼は派閥争いの渦に（　　）。

1　埋め込まれた
2　飲み込まれた
3　引き込まれた
4　巻き込まれた

158・答案：4

譯文：他被捲入了派系鬥爭的漩渦中。

巻き込む：捲進，牽連
▶罪のない人を巻き込む。／牽連無辜。
埋め込む：埋入，塞入
▶体の中に異物を埋め込む。／體內塞入異物。
飲み込む：①嚥下，吞下 ②理解，領會
▶こつを飲み込む。／領會技巧。
引き込む：①引入，拉進 ②吸引
▶級友を悪の道に引き込む。／把同學引入歧途。

159. 卒業式の（　　）をした後、なんとかほっとした。

1　マネージャー
2　アプローチ
3　リハーサル
4　エピソード

159・答案：3

譯文：畢業典禮彩排結束之後，總算鬆了一口氣。

リハーサル：彩排，排練
▶劇のリハーサルをする。／彩排戲劇。
アプローチ：①通道 ②探討，研究
▶玄関のアプローチ／大門前的通道
エピソード：逸聞，逸事
▶芸能人は面白いエピソードが多い。／藝人的逸聞趣事多。

160. 彼は会費の支払いを2年間（　　）している。

1 延滞
2 渋滞
3 遅延
4 遅刻

160・答案：1

譯文：他拖欠了兩年會費。

延滞（えんたい）：拖延，拖欠，滯納

▶延滞金／欠款

渋滞（じゅうたい）：①停滯，遲滯 ②塞車，堵塞

▶業務が渋滞する。／業務停滯。

遅延（ちえん）：延遲，耽擱，延誤

▶列車が3時間ほど遅延した。／火車誤點了三個小時左右。

161. 彼女の頬は（　　）赤らんでいた。

1 しんみり
2 たんまり
3 ほんのり
4 ぼんやり

161・答案：3

譯文：她的面頰變得微紅。

ほんのり：微微，稍微

▶ほんのりした風味／清淡的風味

しんみり：①心平氣和 ②沉靜，悄然

▶しんみりと話す。／心平氣和地交談。

たんまり：很多，許多

▶たんまりチップをやる。／給了很多小費。

ぼんやり：①發呆 ②模糊

▶ぼんやりするな。／不要發呆。

162. 規模を拡大するよりも内容を（　　）させることが大事だ。

1 充満
2 補充
3 充実
4 結実

162・答案：3

譯文：比起擴大規模，充實內容更重要。

充実（じゅうじつ）：充實

▶毎日が充実している。／每天都過得很充實。

充満（じゅうまん）：充滿

▶煙が室内に充満する。／室內滿是煙。

補充（ほじゅう）：補充

▶補充計画／補充計劃

結実（けつじつ）：①結實，結果 ②收穫，成果

▶多年の努力が結実した。／多年來的努力有了收穫。

163. どうしても（　　）
を打ち明けようとし
なかった。

1　内心
2　内因
3　内向
4　内蔵

163・答案：1

譯文：無論怎樣也無法說出心裡話。

内心（ないしん）：內心，心中
▶内心を打ち明ける。／説出心裡話。
内因（ないいん）：內因
▶物事の内因と外因／事情的內因和外因
内向（ないこう）：性格內向
▶気持ちが内向する。／性格內向。
内蔵（ないぞう）：暗藏，潛伏，蘊藏
▶分裂の危険を内蔵いている。／暗藏分裂的危險。

---

164. その本をアメリカか
ら（　　）。

1　取り次いだ
2　取り戻した
3　取り寄せた
4　取り扱った

164・答案：3

譯文：那本書是從美國買回來的。

取り寄せる（とりよせる）：①用手拽過來 ②索取，讓人把東西拿來
▶外国から雑誌を取り寄せる。／從國外訂購雜誌。
取り次ぐ（とりつぐ）：①傳達，通報 ②代辦，代購
▶件を取り次ぐ。／傳達事情。
取り戻す（とりもどす）：取回，收回，恢復
▶貸した本を取り戻す。／收回借出的書。
取り扱う（とりあつかう）：①擺弄 ②處理，辦理 ③對待
▶男女平等に取り扱う。／男女平等對待。

---

165. 人事部はこの会社で
重要な（　　）にあ
る。

1　スペース
2　ジャンル
3　ポジション
4　レギュラー

165・答案：3

譯文：人事部在該公司占據著重要地位。

ポジション：地位，職位
▶重要なポジション／重要地位
ジャンル：類別，體裁
▶新しいジャンルを開拓する。／開拓新領域。
レギュラー：①有規則的，正規的 ②正式選手
▶レギュラーメンバー／正式成員

166. 彼は彼女に（　　　）を持っている。

1 傾向
2 傾倒
3 偏向
4 偏見

166・答案：4

譯文：他對她懷有偏見。

偏見（へんけん）：偏見

▶偏見を抱く。／懷有偏見。

傾向（けいこう）：傾向，趨勢

▶物価は下がる傾向にある。／物價有下降的趨勢。

傾倒（けいとう）：傾倒，傾心

▶実存主義に傾倒する。／傾心於存在主義。

偏向（へんこう）：偏向，偏好

▶保守主義的偏向／偏向保守主義

167. あの人は人込みに（　　　）消えた。

1 なじんで
2 からんで
3 おさまって
4 まぎれて

167・答案：4

譯文：他混入人群中不見了身影。

紛れる（まぎ）：①混同，混雜，摻雜 ②忘懷

▶どれがどれだか紛れてしまう。／分不清哪個是哪個。

馴染む（なじ）：①熟悉，適應 ②融合，和諧，融為一體

▶新しい環境にすぐ馴染む。／很快適應新環境。

絡む（から）：①纏上，纏繞 ②死纏爛打，無理取鬧 ③密切相關，緊密結合

▶入試に絡む。／與入學考試相關。

収まる（おさ）：①容納，收納 ②復原，恢復 ③滿意 ④解決，了結

▶紛争が収まる。／解決糾紛。

168. ひたすら人まねをしていては（　　　）はない。

1 見積もり
2 見込み
3 目途
4 目安

168・答案：2

譯文：一味地步人後塵是不會有出息的。

見込み（みこ）：①希望 ②計劃 ③估計，預料

▶将来の見込み／未來的希望

見積もり（みつ）：估計，估價單

▶見積もりをとる。／估價。

目途（もくと）：目標，目的

▶来春を目途として工事を急ぐ。／以明年春天（完工）為目標加緊施工。

目安（めやす）：大致目標，頭緒

▶目安を立てる。／定目標。

第一週 ▼ 第六天

第二週 ▼

第三週 ▼

第四週 ▼

第五週 ▼

169. 彼らの考えはまだ
（　　）だと思いま
せんか。

1　不備
2　不満
3　未定
4　未熟

169・答案：4
譯文：你不認為他們的想法還不成熟嗎？
未<ruby>熟</ruby>（み じゅく）：①未熟，生 ②不熟練，不成熟
▶未熟な腕前／技術不熟練
不備（ふ び）：不完備，不周到
▶計画に不備な点がある。／計劃有不周到的地方。
未定（み てい）：未定，尚未決定
▶未定の問題／尚未決定的問題

---

170. その計画に失敗する
と彼は（　　）を失
うだろう。

1　面目
2　面識
3　顔面
4　一面

170・答案：1
譯文：要是那個計劃失敗了，他恐怕會威信掃地吧。
面目（めんもく）：臉面，名譽，體面
▶面目を保つ。／保住面子。
面識（めんしき）：認識
▶面識がある。／見過面。
顔面（がんめん）：臉，面
▶顔面に負傷する。／臉上受傷。
一面（いちめん）：①一面，（事物的）一個方面 ②第一版，頭版 ③全體
▶一面の草原／一片草原
注意：「面目」既可讀作「めんもく」，也可讀作「めんぼく」。讀作「めんぼく」時，意為「臉面」、「面子」、「面目」、「外表」。

---

171. 新学期になり、
（　　）桜も咲き始
める。

1　ぼつぼつ
2　ぺこぺこ
3　ずるずる
4　つくづく

171・答案：1
譯文：新學期開始，櫻花也慢慢綻放。
ぼつぼつ：①斑點 ②快要 ③慢慢地
▶ぼつぼつ歩く。／慢慢走。
ぺこぺこ：①痛 ②點頭哈腰 ③肚子餓
▶ぺこぺこと謝る。／點頭哈腰地道歉。
ずるずる：①拖，拉 ②滑溜 ③拖延，猶豫不決
▶ずるずる期限をのばす。／一再拖延期限。
つくづく：①仔細 ②深切
▶つくづく考える。／仔細思量。

172. 調査によると、うつ病になる人は誰にも悩みを（　　）場合が多いそうだ。

1　打ち明けない
2　打ち消さない
3　打ち負けない
4　打ち合わない

172・答案：1

譯文：根據調查，患憂鬱症的人大多不對他人傾訴自己的煩惱。

打ち明ける：傾訴，坦率說出
▶心を打ち明ける。／説出心裡話。
打ち消す：①否定，否認 ②消除
▶事実を打ち消す。／否認事實。
打ち負ける：（在比賽中）輸給對方
▶相手に打ち負ける。／輸給對方。
打ち合う：對打，互攻
▶ホームランを打ち合う。／雙方都打出了本壘打。

173. 手術から4日が経ち、どうにか危険な状態を（　　）ことができた。

1　阻む
2　滅びる
3　遂げる
4　脱する

173・答案：4

譯文：手術之後過了四天，總算成功脫離了險境。

脱する：①逃出，逃脫 ②脫落，漏掉
▶虎口を脱する。／逃離虎口。
阻む：阻止，阻擋，阻礙
▶草木の成長を阻む。／阻礙草木生長。
滅びる：滅亡，不復存在
▶国が滅びる。／國家滅亡。
遂げる：完成，達到，實現
▶目的を遂げる。／達到目的。

174. 結果より（　　）のほうが大切だと思っている。

1　アドレス
2　アクセス
3　プロセス
4　ピリオド

174・答案：3

譯文：我認為過程比結果更重要。

プロセス：經過，過程，工序
▶思考のプロセス／思考的過程
アクセス：①訪問 ②交通，通道 ③（電腦）存取
▶インターネットにアクセスする。／上網。
ピリオド：①句號 ②終止，結束 ③（體育比賽中）局，盤
▶ピリオドを打つ。／畫上句號。

175. （　　）は対象や職種、用途によって書き方が異なってきます。

1 フェイス
2 リコール
3 プライバシー
4 プロフィール

175・答案：4

譯文：根據對象、職業、用途的不同，人物簡介的寫法也不同。

プロフィール：①側面像 ②人物簡介，人物評論
▶プロフィールを描く。／畫側面像。
フェイス：面孔，長相
▶ニューフェイス／新人
リコール：①回收，召回 ②免職
▶自動車のリコール／召回汽車
プライバシー：隱私
▶プライバシーを犯す。／侵犯隱私。

176. 各界の名士が（　　）顔をそろえた。

1 ずるずる
2 ずらっと
3 ぽつぽつ
4 はらはら

176・答案：2

譯文：各界知名人士齊聚一堂。

ずらっと：一長排，成排地
▶ずらっと居並ぶ。／坐成一排。
ずるずる：①拖，拉 ②滑溜 ③拖延，猶豫不決
▶結論をずるずる引き延ばす。／遲遲不下結論。
ぽつぽつ：①緩慢地，漸漸地②零零星星，稀稀疏疏 ③滴滴答答
▶ぽつぽつ事を進める。／緩慢推進工作。
はらはら：①飄落，撲簌 ②擔心，憂慮 ③頭髮散亂
▶木の葉がはらはらと散る。／樹葉無聲飄落。

177. その種のスカートはもう（　　）。

1 廃れた
2 投げた
3 除いた
4 薄れた

177・答案：1

譯文：那種裙子已經過時了。

廃れる：廢除，過時，衰敗
▶流行はすぐに廃れる。／流行（的東西）很快就會過時。
薄れる：變薄，變淡，變少，變弱
▶記憶が薄れる。／記憶力減弱。

178. 経済の（　）で父
　　　は失職した。

1　不振
2　不運
3　不快
4　不作

178・答案：1

譯文：由於經濟不景氣，我爸爸失業了。

不振（ふしん）：不振，不興旺，不景氣

▶食欲不振／食慾不佳
不運（ふうん）：不走運

▶不運な出来事／倒霉事
不快（ふかい）：①不快，不感興趣 ②身體不適

▶不快を覚える。／令人不快。
不作（ふさく）：①歉收 ②沒有佳品，效果差

▶今年は米が不作だ。／今年稻米歉收。

---

179. 彼に借りた金を
　　　（　）する。

1　決済
2　返済
3　返送
4　別納

179・答案：2

譯文：把他借給我的錢還給他。

返済（へんさい）：償還，還債

▶債務を返済する。／還債。
決済（けっさい）：結算，結帳，清帳

▶勘定を決済する。／結清帳目。
返送（へんそう）：送回，寄回

▶荷物を返送する。／寄回包裹。
別納（べつのう）：（費用等）另行交納

▶料金別納郵便／郵費另付的郵件

---

180. 建物の傷んだ部分を
　　　（　）して基本性
　　　能を進化させる。

1　補強
2　補給
3　補導
4　補欠

180・答案：1

譯文：把建築物損壞的地方修好，並提升其基本性能。

補強（ほきょう）：補充，加強，強化

▶チームの補強／加強球隊（實力）
補給（ほきゅう）：補給，補充，供給

▶栄養補給／補充營養
補導（ほどう）：輔導，引導

▶非行少年を補導する。／教育不良少年。
補欠（ほけつ）：①補充 ②候補，替補

▶補欠で合格する。／以候補身分被錄取。

練習問題	解説

181. <u>さんざん</u>迷惑をかけておきながら涼しい顔をしている。

1　一人で
2　ずっと
3　ひどく
4　むなしく

181・答案：3

譯文：（他）給人添了很多麻煩卻佯裝不知。

散散（さんざん）：①狼狽不堪，狼狽地 ②嚴重

▶さんざんに降られた。／被淋成了落湯雞。

虛しい（むな）：①虛偽，空洞 ②徒勞 ③虛幻，不可靠

▶時が虛しく過ぎた。／虛度光陰。

182. あのクラブへ入会を申し込むのには<u>煩わしい</u>手続きが必要だ。

1　さわがしい
2　めずらしい
3　めんどうな
4　このましい

182・答案：3

譯文：想要申請加入那個倶樂部，需要辦理繁瑣的手續。

煩わしい（わずら）：①麻煩，繁瑣 ②令人煩惱

▶煩わしい手続き／繁瑣的手續

面倒（めんどう）：①麻煩，棘手 ②照料

▶面倒な仕事／棘手的工作

騒がしい（さわ）：①吵鬧，嘈雜 ②匆忙 ③不安定

▶世の中が騒がしい。／社會不穩定。

好ましい（この）：討人喜歡的，令人滿意的

▶好ましい青年／討人喜歡的青年

183. 今日入社試験の結果がわかると思うと<u>そわそわしてしまう</u>。

1　うれしそうだった
2　疲れていた
3　恐れていた
4　落ち着かなかった

183・答案：4

譯文：一想到今天就會知道入職考試的成績就坐立不安。

そわそわ：心神不安，慌慌張張

▶そわそわと落ち着かない。／心慌得無法鎮靜下來。

落ち着く（お）：①平靜下來，靜下心來 ②穩定

▶気持ちが落ち着く。／情緒穩定。

184. 本を読みながらうとうとしてしまった。

1 安心して
2 くつろいで
3 ゆっくりして
4 居眠りして

第一週 ▼ 第七天
第二週 ▼
第三週 ▼
第四週 ▼
第五週 ▼

184・答案：4

譯文：邊看書邊打瞌睡。

うとうと：迷迷糊糊，似睡非睡的樣子

▶明け方になってうとうとした。／天將亮時人昏昏沉沉的。

居眠り：瞌睡，打盹

▶居眠り運転／疲勞駕駛

寛ぐ：①輕鬆，自在 ②放鬆，鬆弛 ③不拘禮節

▶音楽でも聞いて寛ぐ。／聽音樂放鬆一下。

ゆっくり：①慢慢地 ②充裕 ③舒適

▶ゆっくりと立ち上がる。／慢慢起身。

185. 彼は無断欠勤をとがめられた。

1 許された
2 笑われた
3 責められた
4 あきれられた

185・答案：3

譯文：他因無故缺勤受到責備。

咎める：①責備，挑剔 ②盤問

▶遅刻を咎める。／責備（他）遲到。

責める：責備，強求，折磨

▶自らを責める。／自責。

呆れる：吃驚，呆若木雞

▶呆れて物が言えない。／驚訝到啞口無言。

186. ストレートに発言すると、人の心を傷つけてしまうよ。

1 ちなみに
2 論理的に
3 一貫して
4 ずばずば

186・答案：4

譯文：說話太直白會傷害他人。

ストレート：直，直接

▶ストレートな言い方／直截了當的説法

ずばずば：不客氣地直說，一針見血

▶思ったことをずばずば言う。／直截了當地説出心中所想。

ちなみに：順便，附帶

▶ちなみに言う。／順帶一提。

論理的：合乎邏輯的

▶論理的には間違っていない。／邏輯上沒錯。

一貫：一貫，一向如此

▶終始一貫／始終如一

187. 途方

1 その人は家を出て帰宅途中に<u>途方</u>不明となってしまった。

2 知らない街で道に迷い、<u>途方</u>に参った。

3 高橋さんは試合に勝つためなら<u>途方</u>を選ばなかった。

4 彼に融資を断られて<u>途方</u>に暮れた。

187・答案：4

譯文：他拒絕融資，我走投無路了。

途方（とほう）：方法，手段

▶途方もない。／毫無道理；亂七八糟。

▶途方に暮れる。／窮途末路。

選項1應該替換成「行方」，意為「行蹤」。

選項2應該替換成「非常」，意為「非常」。

選項3應該替換成「手段」，意為「手段」。

---

188. こりる

1 肩が<u>こりて</u>辛いと言うので、毎晩父の肩をもんであげる。

2 目を<u>こりて</u>遠くをみつめる。

3 いいかげん<u>こりたら</u>いいのに、また競馬に手を出した。

4 部屋に<u>こりた</u>まま出てこない若者が急増している。

188・答案：3

譯文：（他）吃過苦頭本就該收手了，卻又開始賭馬。

懲りる（こりる）：因吃過苦頭而不敢再嘗試

▶ほとほとこりました。／吃夠了苦頭。

選項1應該替換成「こって」，意為「痠痛」。

選項2應該替換成「こらして」，意為「凝神」。

選項4應該替換成「こもった」，意為「閉門不出」。

189. あっけない

1 この店の料理はおいしい
　が、量が少なくてあっけ
　ない。
2 飼い犬が死んで、胸が締
　めつけられるようにあっ
　けない。
3 議論はあっけなく終わっ
　た。
4 全財産を失いながらも、
　あっけない望みを抱く。

189・答案：3

譯文：討論很快便結束了。

あっけない：太簡單，沒意思
▶あっけない勝利／輕鬆獲勝
選項1應該替換成「ものたりない」，意為「不夠」。
選項2應該替換成「せつない」，意為「難過」。
選項4應該替換成「はかない」，意為「不切實際」。

190. 昇進

1 10年間で物価が3倍に昇
　進した。
2 彼は課長への昇進の見込
　みはほとんどない。
3 会議室へは、エレベー
　ダーで4階に昇進してくだ
　さい。
4 試験の順位が100位から
　50位に昇進してとても嬉
　しい。

190・答案：2

譯文：他幾乎不可能晉升課長。

昇進<ruby>しょうしん</ruby>：升遷，晉升
▶部長に昇進する。／晉升部長。
選項1、選項3、選項4都應該替換成「上昇」，意為「上
升」。

第一週 ▼ 第七天
第二週 ▼
第三週 ▼
第四週 ▼
第五週 ▼

191. 無邪気

1 ついテレビに<u>無邪気</u>になって宿題をするのを忘れた。
2 彼女は<u>無邪気</u>に痩せようとして体を壊した。
3 病院では医者の指示に<u>無邪気</u>に従ってください。
4 彼はすっかり大人びているが、いたって<u>無邪気</u>だ。

191・答案：4

譯文：他雖然是個大人，卻非常孩子氣。
<ruby>無邪気<rt>むじゃき</rt></ruby>：①天真無邪，單純 ②幼稚
▶無邪気な質問／幼稚的問題
選項1應該替換成「夢中」，意為「沉迷」。
選項2應該替換成「むやみ」，意為「胡亂」。
選項3應該替換成「無条件」，意為「無條件」。

---

192. 手口

1 その説明書の<u>手口</u>にそってやってみた。
2 だんだん料理の<u>手口</u>が上がってきた。
3 同じ<u>手口</u>で3人が詐欺に掛かった。
4 会社から空港までの交通<u>手口</u>を調べてください。

192・答案：3

譯文：三人被同樣的手法詐騙了。
<ruby>手口<rt>てぐち</rt></ruby>：手法，方法，手段
▶これは彼女がよく使う手口だ。／這是她經常使用的手段。
選項1應該替換成「手順」，意為「順序」。
選項2應該替換成「腕」，意為「本領」。
選項4應該替換成「手段」，意為「方法」。

---

193. ピアノ演奏技術にかけては彼は妹に<u>一目</u>置いている。

1 いちめ
2 ひとめ
3 いちもく
4 ひともく

193・答案：3

譯文：在鋼琴演奏技巧方面，他比妹妹略遜一籌。
一：音讀為「いち」，例如「<ruby>一度<rt>いちど</rt></ruby>」；音讀還可讀作「いつ」，例如「<ruby>唯一<rt>ゆいいつ</rt></ruby>」；訓讀為「ひと」，例如「<ruby>一粒<rt>ひとつぶ</rt></ruby>」。
目：音讀為「もく」，例如「<ruby>目標<rt>もくひょう</rt></ruby>」；訓讀為「め」，例如「<ruby>人目<rt>ひとめ</rt></ruby>」。

194. 交通違反で罰金を徴収された。

1 ちょしゅ
2 ちょしゅう
3 ちょうしゅ
4 ちょうしゅう

194・答案：4

譯文：因違反交通規則被罰款。

徴：音讀為「ちょう」，例如「特徴（とくちょう）」；訓讀為「しるし」，例如「徴（しるし）」。

収：音讀為「しゅう」，例如「収入（しゅうにゅう）」；在動詞中讀作「おさ」，例如「収（おさ）める」。

ちょうしゅ：寫成「聴取」，意為「聽取」、「收聽」。
▶住民から意見を聴取する。／聽取居民的意見。

195. 刑務所から出た彼は自力で更生しようとしている。

1 じりょく
2 じろく
3 じろき
4 じりき

195・答案：4

譯文：他出獄後想靠自己的力量重新做人。

自：音讀為「じ」，例如「自己（じこ）」；訓讀為「みずか」，例如「自（みずか）ら」。

力：音讀為「りょく」，例如「能力（のうりょく）」；音讀還可讀作「りき」，例如「力量（りきりょう）」；訓讀為「ちから」，例如「力強（ちからづよ）い」。

じりょく：寫成「磁力」，意為「磁力」。
▶磁力計／磁力計

196. 彼は寸暇を惜しんで勉強した。

1 おしんで
2 かなしんで
3 つつしんで
4 なつかしんで

196・答案：1

譯文：他珍惜每分每秒努力學習。

惜：音讀為「せき」，例如「愛惜（あいせき）」；訓讀為「お」，例如「惜（お）しい」。

つつしむ：寫成「慎む」，意為「謹慎」、「節制」、「恭謹」。
▶言葉を慎みなさい。／説話要慎重。

なつかしむ：寫成「懐かしむ」，意為「想念」、「懷念」。
▶古き良き時代を懐かしむ。／懷念過去的黃金時代。

197. 彼はかたくなに面会を拒絶した。

1 こぜつ
2 こうぜつ
3 きょぜつ
4 きょうぜつ

197・答案：3

譯文：他固執地拒絕了本次會面。

拒：音讀為「きょ」，例如「拒否」；在動詞中讀作「こば」，例如「拒む」。

絶：音讀為「ぜつ」，例如「絶対」；在動詞中讀作「た」，例如「絶える」。

こぜつ：寫成「孤絶」，意為「孤零零」。
▶大海に孤絶した小島／海上孤零零的小島

こうぜつ：寫成「口舌」，意為「口舌」、「口頭」。
▶口舌の徒／耍嘴皮子的人

198. 古い事務機器を廃棄した。

1 はっき
2 はつぎ
3 はいき
4 ばいぎ

198・答案：3

譯文：舊的辦公用品已經被廢棄了。

廃：音讀為「はい」，例如「廃立」；在動詞中讀作「すた」，例如「廃れる」。

棄：音讀為「き」，例如「棄権」；在動詞中讀作「す」，例如「棄てる」。

199. 何気ない風を装って彼は手紙を渡した。

1 なにき
2 なにげ
3 なんき
4 なんげ

199・答案：2

譯文：他裝作不經意的樣子，把信遞了過去。

何：音讀為「か」，例如「幾何」；訓讀為「なに」，例如「何もかも」；訓讀還可讀作「なん」，例如「何人」。

気：音讀為「き」，例如「天気」；音讀還可讀作「け」，例如「湿気」。

200. お聞きしたいことが若干あります。

1 じゃくかん
2 じゃっかん
3 じゃくがん
4 しゃくがん

200・答案：2

譯文：我有一些問題想問。

若：音讀為「じゃく」，例如「若年」；音讀也可讀作「にゃく」，例如「老若男女」；音讀還可讀作「にゃ」，例如「般若」；訓讀為「わか」，例如「若い」；訓讀還可讀作「も」，例如「若しくは」。

干：音讀為「かん」，例如「干渉」；訓讀為「ひ」，例如「干物」；在動詞中讀作「ほ」，例如「干す」。

201. 彼の行為は公務員の本分を逸脱している。

1 めんたつ
2 めんだつ
3 いったつ
4 いつだつ

201・答案：4

譯文：他的行為沒有盡到公務員應盡的責任。

逸：音讀為「いつ」，例如「安逸（あんいつ）」。

脱：音讀為「だつ」，例如「脱色（だっしょく）」；在動詞中讀作「ぬ」，例如「脱（ぬ）ぐ」。

202. この植物は無性生殖により生じた。

1 むせい
2 ぶせい
3 むしょう
4 ぶしょう

202・答案：3

譯文：這種植物是無性生殖的。

無：音讀為「む」，例如「無休（むきゅう）」；音讀還可讀作「ぶ」，例如「無難（ぶなん）」；訓讀為「な」，例如「無（な）い」。

性：音讀為「せい」，例如「理性（りせい）」；音讀還可讀作「しょう」，例如「性分（しょうぶん）」。

ぶしょう：寫成「無精」，意為「懶惰」。

▶無精者／懶漢

203. 若い学生ではとても彼には匹敵できない。

1 ひきてき
2 ひてき
3 ひいてき
4 ひってき

203・答案：4

譯文：年輕學生完全不是他的對手。

匹：音讀為「ひつ」，例如「匹夫（ひっぷ）」；訓讀為「ひき」，例如「一匹（いっぴき）」。

敵：音讀為「てき」，例如「無敵（むてき）」；訓讀為「かたき」，例如「敵役（かたきやく）」。

204. 病人を徹夜で介抱する。

1 かいたく
2 かいだく
3 かいほう
4 かいぼう

204・答案：3

譯文：徹夜照顧病人。

介：音讀為「かい」，例如「紹介（しょうかい）」。

抱：音讀為「ほう」，例如「抱負（ほうふ）」；在動詞中讀作「だ」，例如「抱（だ）く」；在動詞中也可讀作「いだ」，例如「抱（いだ）く」；在動詞中還可讀作「かか」，例如「抱（かか）える」。

かいたく：寫成「開拓」，意為「開墾」、「開荒」、「開發」、「開拓」。

▶開拓地／新開拓的土地

かいぼう：寫成「解剖」，意為「解剖」、「剖析」。

▶動物を解剖する。／解剖動物。

205. 彼の（　）は固くて、誰の話も受け入れなかった。

1　辞令
2　辞意
3　固辞
4　世辞

205・答案：2

譯文：他堅決辭職，誰勸他都不聽。

辞意：辭職之意
▶辞意を表明する。／表明（自己）想辭職。
辞令：①辭令，措辭 ②任免書
▶転勤の辞令を受ける。／接到調職的命令。
固辞：堅決推辭
▶会長就任を固辞する。／堅決推辭就任會長。
世辞：奉承（話），恭維（話）
▶心にもないお世辞を言う。／説言不由衷的恭維話。

206. これから10人で（　）を組んで仕事をしていきます。

1　アクション
2　ポジション
3　オペレーション
4　ローテーション

206・答案：4

譯文：今後，以十人為一組輪班工作。

ローテーション：替換順序，輪流，輪班
▶ローテーションを組む。／排班。
アクション：①活動，行動 ②動作，武打戲
▶アクションを起こす。／開始行動。
ポジション：地位，職位
▶重要なポジションに就く。／擔任重要職務。
オペレーション：①操作，運算 ②手術 ③經營，交易
▶オペレーションボード／控制盤

207. うちの会社は銀行からの支援によって経営の悪化を何とか（　）ことができた。

1　投げ出す
2　吸い上げる
3　打ち切る
4　食い止める

207・答案：4

譯文：由於銀行的支援，我們公司的經營總算不再惡化。

食い止める：防止，阻止，抑制
▶物価の値上がりを食い止める。／抑制物價上漲。
投げ出す：①抛出，甩 ②抛棄，丟棄，放棄 ③豁出，拿出
▶仕事を投げ出す。／丟下工作不管。
吸い上げる：①吸上來 ②奪取，侵占
▶水を吸い上げる。／把水吸上來。
打ち切る：停止，中止
▶放送を打ち切る。／停止廣播。

208. 彼女は旅行の（　　）
を決めた。

1　ひので
2　ひどり
3　ひあたり
4　ひがえり

208・答案：2

譯文：她確定了旅行的日程。

日取り：日期，日程
▶日取りを決める。／決定日程。
日の出：日出
▶きれいな日の出／壯觀的日出
日当り：向陽，向陽處
▶日当りの悪い家／日照不佳的房子
日帰り：當天往返
▶日帰りの旅行／當天往返的旅行

209. 試合を目前に
（　　）、彼らはそ
わそわしている。

1　控え
2　抑え
3　絶え
4　収め

209・答案：1

譯文：臨近考試，他們不安起來。

控える：①拉住，勒住 ②節制，控制 ③臨近，靠近
▶食事を控える。／控制飲食。
抑える：控制，抑制，壓制
▶感情を抑える。／抑制感情。
絶える：①斷絕，停止 ②死亡
▶人通りが絶える。／人跡罕至。
収める：①取得，獲得 ②收納，收藏
▶利益を収める。／獲得利益。

210. その制度はとっくに
（　　）になってい
る。

1　破棄
2　放棄
3　廃棄
4　廃止

210・答案：4

譯文：那個制度很早就被廢除了。

廃止：廢止，廢除，作廢
▶虚礼を廃止する。／廢除虚禮。
破棄：①破壞，毀約 ②撤銷原判
▶契約を破棄する。／撕毀合約。
放棄：放棄，丟棄，抛棄
▶授業を放棄する。／罷課。
廃棄：扔掉，廢棄，廢除
▶廃棄処分にする。／作為廢物處理。
辨析：「破棄」表示撕毀合約、條約、法律條文等，「放棄」表示放棄權利、利益等，「廃棄」表示處理不需要的東西，「廃止」表示廢除制度、習慣。因此本題選擇「廃止」最合適。

練習問題	解説

211. 田中さんは評判が悪いが、会ってみると（　　）悪い人ではなかった。

1　ろくに
2　まんざら
3　むしょうに
4　さながら

211・答案：2

譯文：雖然田中先生的口碑不好，但見了他之後，覺得他人並不壞。

まんざら：並非，未必

▶まんざら嫌でもないらしい。／（他）似乎也不是不願意。

ろくに：（後接否定）充分地，滿足地

▶この子犬は弱っていてろくに歩けない。／這隻小狗太虛弱了，都不能好好行走。

無性に：①不問是非，就知道，一味地 ②非常

▶無性に腹が立つ。／怒不可遏。

宛ら：①宛如，好像 ②原封不動 ③完全，一味地

▶宛ら滝のような雨／瀑布一樣的雨

212. 君の作業の（　　）にこの仕事をやっておいてくれ。

1　合図
2　合間
3　瞬間
4　一瞬

212・答案：2

譯文：你抽空把這工作做了。

合間：①空閒時間 ②縫隙

▶勉強の合間／唸書的空檔

合図：信號

▶目で合図する。／使眼色。

瞬間：瞬間，轉眼，頃刻

▶瞬間にして消え去る。／轉眼消失。

一瞬：一瞬，一刹那

▶一瞬の出来事／瞬間發生的事

213. 会議は（　　）6時間も続いた。

1　延々
2　続々
3　順々
4　脈々

213・答案：1

譯文：會議開了六個小時。

延々：長長的，沒完沒了，接連不斷

▶延々と続く行列／長長的隊伍

続々：陸續，紛紛，不斷地

▶電話が続々かかってきた。／不斷有電話打來。

順々：按順序，依次

▶順々に名前を言う。／依次説出名字。

脈々：連綿不斷，代代

▶脈々と伝わる。／代代相傳。

214. 非常用発電機は、停電時に防災設備を（　　）させるために必要かつ重要な機器です。

1　展開
2　稼働
3　発信
4　運行

214・答案：2

譯文：緊急發電機是保證停電時防災設備能夠運轉的重要設備。

稼働：①開動，運轉 ②勞動，做工，工作
▶稼働人口／勞動人口
展開：①展開，開展，展現 ②逐步擴展
▶美しい景色が展開する。／展現美麗的景色。
発信：①發布，發送 ②寄信
▶SOSを発信する。／發出求救信號。
運行：運行，行駛
▶列車の運行が乱れる。／列車時刻表被打亂了。

215. その問題は（　　）して考えましょう。

1　除外
2　除去
3　控除
4　排除

215・答案：1

譯文：我們在考慮時應把那個問題排除在外。

除外：除外，免除
▶特殊な事情の場合は除外する。／特殊情況除外。
除去：除去，去掉，消除
▶不純物を除去する。／清除雜質。
控除：扣除
▶必要な経費を控除する。／扣除必要經費。
排除：排除，消除
▶バリケードを排除する。／排除路障。
辨析：「除外」表示將某事從某範圍中排除，「除去」和「排除」均可表示除去不要的東西，「控除」表示扣除費用。

216. これを30分で全部読むんですか。（　　）無理ですよ。50ページもあるんですよ。

1　いくら何でも
2　何となく
3　何とか
4　何といっても

216・答案：1

譯文：要在30分鐘內把這些看完嗎？再怎麼說也不可能啊，有50幾頁耶。

いくら何でも：再怎麼說
▶いくら何でも上司の前でそんなことを言うのは失礼だ。／再怎麼說，在上司面前説那樣的話都是很沒有禮貌的。
何となく：①不知為何總覺得 ②無意中
▶あの人は何となく近づきにくい人です。／總覺得那個人有點不易親近。
何とか：①無論如何，想方設法 ②總算，勉強
▶何とかしなければならない。／總得想個辦法。
何といっても：①畢竟，終究 ②總而言之，不管怎麼說
▶何といっても金が世の中を動かすのさ。／不管怎麼説，有錢能使鬼推磨啊。

217. 彼の恋は（　　）そうもない。

1 叶い
2 担い
3 補い
4 潤い

217・答案：1

譯文：他的愛情似乎無法如願以償。

叶う：實現，達到，做到

▶望みが叶う。／如願以償。

担ぐ：①擔任，肩負 ②推選

▶会長に担ぐ。／推選為會長。

補う：①補上，補充 ②彌補

▶赤字を補う。／填補虧空。

潤う：①濕潤 ②寬裕 ③受惠

▶ふところが潤う。／手頭寬裕。

218. その俳優はハワイで（　　）を隠して旅行しようとした。

1 正体
2 面目
3 実情
4 実質

218・答案：1

譯文：那個演員打算悄悄去夏威夷旅行。

正体：①原形，真面目 ②清醒的意識，正常的神志

▶正体を暴く。／揭露真面目。

面目：臉面，名譽，體面

▶面目をつぶす。／丟臉。

実情：①實情，實際情況 ②真心，實話

▶実情を訴える。／訴說實情。

実質：實質，本質

▶実質本位／重視實用

219. 掲示板にお知らせをピンで（　　）。

1 とめる
2 さだめる
3 かためる
4 しずめる

219・答案：1

譯文：把通知用大頭針固定在布告欄上。

留める：①停止，遏止，抑制 ②阻止，勸阻 ③把……固定

▶髪をピンで留める。／用髮夾固定頭髮。

定める：①決定，制定 ②選定，確定

▶狙いを定める。／選定目標。

固める：①凝固 ②堅定，鞏固 ③堆集到一處 ④加強防守

▶決心を固める。／堅定決心。

沈める：①把……沉入水中 ②使降落，使降低

▶苦海に身を沈める。／身陷苦海。

220. 彼は（　　）にも、
よく考えずに決定を
下してしまった。

1　無力
2　無効
3　無謀
4　無害

220・答案：3

譯文：他太魯莽，沒仔細思考就做了決定。
無謀（むぼう）：無謀，魯莽，胡來，輕率
▶無謀な計画／魯莽的計劃
無力（むりょく）：無力
▶無力な経営者／無力的經營者
無効（むこう）：無効，失効
▶無効になる。／失效。
無害（むがい）：無害
▶無害化／無害化

221. 彼の行動は（　　）
計算の上だ。

1　厳格な
2　正当な
3　適当な
4　綿密な

221・答案：4

譯文：他的行動經過縝密的考量。
綿密（めんみつ）：周密，詳盡
▶綿密な計画／縝密的計劃
厳格（げんかく）：嚴格，嚴肅，嚴厲
▶厳格に審査する。／嚴格地審查。
正当（せいとう）：正當，合理，公正
▶正当に評価する。／公正地評價。
適当（てきとう）：適當，恰當
▶適当な語を入れてください。／請填寫恰當的詞。

222. ここは（　　）の良
い場所だと彼は嬉
しそうな顔をしてい
る。

1　リード
2　ロード
3　アクセス
4　サクセス

222・答案：3

譯文：他一臉開心地說這地方交通方便。
アクセス：①訪問 ②交通，通道 ③（電腦）存取
▶都心へのアクセスが便利だ。／去往東京都內的交通很方便。
リード：①帶領，率領 ②領先，超過
▶8対5でリードしている。／以8比5領先。
ロード：路，道路
▶シルクロード／絲綢之路
サクセス：成功，成就，發跡
▶サクセスストーリー／成名史

223. 暑さにやられたの か、頭が（　）す る。

1　くらくら
2　もたもた
3　びくびく
4　だらだら

223・答案：1

譯文：或許是太熱了，頭有點暈。

くらくら：眩暈
▶目がくらくらする。／眼花。

もたもた：緩慢，慢吞吞
▶もたもた走る。／跑得慢吞吞的。

びくびく：戰戰兢兢，提心吊膽
▶恐ろしさにびくびくする。／提心吊膽。

だらだら：①滴滴答答地 ②傾斜度小 ③冗長
▶演説がだらだらと続いた。／演説冗長乏味。

224. 誰に何を言われて も、彼は（　）意 見を変えなかった。

1　最中
2　始末
3　終盤
4　終始

224・答案：4

譯文：不管別人怎麼說，他自始至終都沒有改變意見。

終始（しゅうし）：始終，從頭到尾，一貫
▶終始善戦した。／始終頑強爭鬥。

最中（さいちゅう）：最盛期，正當
▶忙しい最中だから後でね。／現在正忙，待會再説吧。

始末（しまつ）：①（事情的）始末 ②地步（主要指不好的狀態）
③處理，應對
▶こんな始末になってしまった。／落到了這般田地。

終盤（しゅうばん）：最後階段
▶終盤を迎える。／迎來最後階段。

225. 私の研究には次の二 つの（　）の方法 が考えられる。

1　アピール
2　サクセス
3　アプローチ
4　コントロール

225・答案：3

譯文：我的研究中運用了以下兩種研究方法。

アプローチ：①通道 ②探討，研究
▶社会的なアプローチ／社會學角度的研究

アピール：①呼籲，控訴 ②吸引，有魅力
▶平和へのアピール／呼籲和平

サクセス：成功，成就，發跡
▶個人のサクセス／個人的成功

コントロール：控制，調節，支配，管理
▶コントロールセンター／管理中心

226.
みんなは残業の決定
に（　　）に嫌な顔
をしている。

1　まっぴら
2　こりごり
3　あらわ
4　目ざわり

226・答案：3

譯文：**大家對加班的決定露出厭煩的神色。**

露わ：①裸露，露出 ②顯露，大白

▶真相が露わになる。／真相大白。

真っ平：①務必，但願，無論如何也 ②絕不願意，千萬別

▶そんなことは真っ平だ。／那種事説什麼也不幹。

懲り懲り：受夠了，膽怯，再也不敢

▶前の失敗で懲り懲りした。／之前的失敗已經（讓我）學夠教訓了。

目障り：礙眼，刺眼

▶目障りな存在／礙眼的存在

227.
先方の（　　）を打
診していただけませ
んか。

1　意義
2　意図
3　意地
4　意向

227・答案：4

譯文：**能否請您探聽一下對方的意向呢？**

意向：意向，打算，意圖

▶反対の意向が強い。／反對的呼聲很高。

意義：①意思，意義 ②價值，重要性

▶意義のある仕事／有意義的工作

意図：意圖，打算

▶意図を隠す。／隱瞞意圖。

意地：①心術，用心 ②固執，倔強 ③貪婪，貪吃

▶意地を張る。／固執己見。

228.
彼女は隣家の人とい
つも（　　）を起こ
している。

1　あべこべ
2　あやふや
3　いざこざ
4　さかさま

228・答案：3

譯文：**她總和鄰居起爭執。**

いざこざ：糾紛，爭執

▶いざこざが絶えない。／糾紛不斷。

あべこべ：相反，顛倒

▶向きがあべこべだ。／方向相反。

あやふや：含糊

▶あやふやなことは言わない。／説話很乾脆。

逆さま：相反，顛倒

▶逆さまにつるす。／倒掛。

第一週
第二週
第一天
第三週
第四週
第五週

229. 熱心に話しかけたのに彼は上の空だった。

1 遠くを見ていた
2 怒っている様子だった
3 目をつぶっていた
4 他のことを考えている様子だった

229・答案：4

譯文：（我）熱情地和他搭話，他卻心不在焉。

上(うわ)の空(そら)：心神不定，心不在焉

▶上の空で話を聞く。／心不在焉地聽。

瞑(つぶ)る：閉眼

▶目をつぶる。／死亡；佯裝不知。

---

230. 二人は毎週ひそかに会っている。

1 内緒で
2 綿密に
3 注意深く
4 おとなしく

230・答案：1

譯文：**両人毎週都偷偷見面。**

密(ひそ)か：暗中，偷偷

▶密かに会う。／偷偷見面。

綿密(めんみつ)：周密，詳盡

▶綿密な計画／縝密的計劃

注意深(ちゅういぶか)い：十分注意，很小心

▶注意深く点検する。／十分小心地檢査。

大人(おとな)しい：①溫順，溫和 ②素淨，淡雅 ③（小孩子等）安靜，老實

▶大人しい性質／性格溫和

---

231. 彼はなめらかな口調で話している。

1 めちゃくちゃな
2 すらすらと進む
3 声が小さくて聞こえない
4 声が大きくてよく聞こえる

231・答案：2

譯文：他說話流利。

滑(なめ)らか：①光滑，平滑 ②流利，流暢

▶滑らかな肌／光滑的皮膚

すらすら：流暢地，順利地

▶中国語ですらすら話す。／中文説得很流利。

滅茶苦茶(めちゃくちゃ)：①不合理，沒道理 ②胡鬧，荒謬 ③雜亂無章，亂七八糟

▶めちゃくちゃなことを言う。／胡説八道。

---

232. どうやら約束を忘れているらしい。

1 絶対に
2 ついに
3 おそらく
4 とうとう

232・答案：3

譯文：他好像忘記了約定。

どうやら：①總算，好不容易才 ②仿佛，似乎

▶どうやら晴れそうだ。／天好像要放晴了。

とうとう：終於，到底，最後

▶とうとう実験に成功した。／最終實驗成功了。

第一週
第二週
第一天
第三週
第四週
第五週

233. 不意に立ち退きを言い渡されて、<u>おろおろ</u>してしまった。

1 かわした
2 うろたえた
3 感心した
4 閉口した

233・答案：2

譯文：（房東）突然要我搬家，弄得我不知所措。

おろおろ：①坐立不安,不知所措 ②嗚咽,抽泣

▶ただおろおろするばかりです。／（我）不知該如何是好。

狼狽える（うろたえる）：驚慌,倉皇,慌張

▶何が起きても狼狽えるな。／無論發生什麼事都不要驚慌。

感心（かんしん）：①欽佩,佩服 ②令人吃驚

▶彼の態度に感心した。／佩服他的態度。

閉口（へいこう）：①閉口不談 ②為難,受不了,沒辦法

▶この暑さには閉口するよ。／最近熱得讓人受不了。

234. 彼の行動は彼の信条とは全く<u>ちぐはぐ</u>であった。

1 よそよそしい
2 ややこしい
3 かみあわない
4 ろくでもない

234・答案：3

譯文：他的行為和他的信條完全不一致。

ちぐはぐ：不一致,不成雙

▶話がちぐはぐになる。／話不投機。

噛み合う（かみあう）：①咬合 ②相合,達成一致 ③互相撕咬

▶議論が噛み合わない。／議論出現分歧。

よそよそしい：冷淡,見外,疏遠

▶よそよそしい態度／冷淡的態度

ややこしい：複雜,糾纏不清

▶ややこしい話／複雜的話

碌でも無い（ろくでもない）：沒用的,差勁的

▶碌でもない品物／沒用的東西

235. <u>てこずる</u>

1 終わったことに<u>てこずって</u>いたら、先に進めない。
2 森の中で道に<u>てこずって</u>いた。
3 彼は作る資料は、いつも<u>てこずって</u>いてわかりやすい。
4 説得に<u>てこずって</u>、仕方がなくやめた。

235・答案：4

譯文：難以說服（對方），沒辦法只好放棄。

てこずる：棘手,難對付

▶赤ちゃんに泣かれててこずった。／被嬰兒哭到沒轍。

選項1應該替換成「こだわって」,意為「拘泥」。

選項2應該替換成「まよって」,意為「迷路」。

選項3應該替換成「ねられて」,意為「錘鍊」、「推敲」。

236. 一概

1 舶来品なら上等だと<u>一概</u>に思い込むのは愚かなことだ。

2 これらの絵は、一つ一つが<u>一概</u>にすばらしい。

3 パーティーの後、客は<u>一概</u>に会場を出て行った。

4 お腹が空いていたので、出された料理を<u>一概</u>に食べてしまった。

237. ずるずる

1 大勢のお客に押されて、<u>ずるずる</u>と壁の方へ後退した。

2 猿は高い木に飛び付くと、上手に<u>ずるずる</u>登って行った。

3 のどが渇いていたのか、<u>ずるずる</u>一気に水を飲み干した。

4 長年愛用しているパソコンはもう<u>ずるずる</u>だ。

238. 満喫

1 すべてのことに<u>満喫</u>できる職場を見つけるのは難しい。

2 どんなに良い点数をとっても<u>満喫</u>しないで勉強を続ける。

3 きっと皆さんに<u>満喫</u>してもらえるような結果を出してみせます。

4 彼らは春の暖かい日ざしを<u>満喫</u>していた。

239. ひたすら

1 前の住人が引っ越してから、その部屋はひたすら空いたままだ。
2 最近、ひたすら忙しく、肩の張る毎日だ。
3 ひたすらルールを破ってはいけません。
4 あなたの成功をひたすら願っている。

240. かなえる

1 国民としての義務をかなえるために選挙に行った。
2 大切な人が落ち込んでいたら、なんとかかなえてあげたいと思う。
3 夢をかなえるために、全力をつくすことを決意した。
4 選手たちはスタンドからの応援をかなえて手を振った。

239・答案：4

譯文：真心祝願你成功。

ひたすら：一味，一個勁

▶ひたすら謝るのみ。／只是一味道歉。

選項1應該替換成「ずっと」，意為「一直」。
選項2應該替換成「むやみ」，意為「非常」。
選項3應該替換成「けっして」，意為「絕不」。

240・答案：3

譯文：為了實現夢想，我下定決心要全力以赴。

叶（かな）える：滿足願望，實現夢想

▶君の希望をかなえてやろう。／那我就滿足你的願望吧。

選項1應該替換成「果たす」，意為「實現」、「完成」。
選項2應該替換成「励まして」，意為「鼓勵」。
選項4應該替換成「受けて」，意為「接受」。

練習問題	解說

241. その宗教は2000年前に滅亡した。

1 めつぼう
2 めつもう
3 げんぼう
4 げんもう

241・答案：1

譯文：那個宗教兩千年前就消亡了。

滅：音讀為「めつ」，例如「消滅」；在動詞中讀作「ほろ」，例如「滅びる」。

亡：音讀為「ぼう」，例如「亡命」；在動詞中讀作「な」，例如「亡くす」。

---

242. 彼は急遽上京した。

1 きゅうりょ
2 きゅうたい
3 きゅうこ
4 きゅうきょ

242・答案：4

譯文：他急急忙忙去了東京。

急：音讀為「きゅう」，例如「急速」；在動詞中讀作「いそ」，例如「急ぐ」。

遽：音讀為「きょ」，例如「急遽」。

きゅうたい：寫成「旧態」，意為「舊態」、「老樣子」。
▶旧態依然／依然如故

---

243. 勘定の内訳を示しなさい。

1 ないやく
2 ないわけ
3 うちやく
4 うちわけ

243・答案：4

譯文：請出示帳單明細。

内：音讀為「ない」，例如「内容」；音讀還可讀作「だい」，例如「境内」；訓讀為「うち」，例如「内側」。

訳：音讀為「やく」，例如「日本語訳」；訓讀為「わけ」，例如「言い訳」。

244. <u>処方箋</u>によって薬剤師が薬を調剤する。

1 しょほうさん
2 しょほうしん
3 しょほうせん
4 しょほうそん

244・答案：3

譯文：藥劑師根據處方箋開藥。

処：音讀為「しょ」，例如「処刑」；訓讀為「ところ」，例如「食事処」。

方：音讀為「ほう」，例如「方面」；訓讀為「かた」，例如「方違い」。

箋：音讀為「せん」，例如「便箋」。

245. その事について話し合った<u>気配</u>はなかった。

1 きはい
2 けはい
3 きぱい
4 けぱい

245・答案：2

譯文：似乎沒有談論過那件事。

気：音讀為「き」，例如「天気」；音讀還可讀作「け」，例如「湿気」。

配：音讀為「はい」，例如「配備」；在動詞中讀作「くば」，例如「配る」。

246. 日本ではかもしかの<u>捕獲</u>は禁じられている。

1 ほかく
2 ほうかく
3 ほがく
4 ほうがく

246・答案：1

譯文：日本禁止捕捉羚羊。

捕：音讀為「ほ」，例如「逮捕」；在動詞中讀作「と」，例如「捕らえる」；在動詞中還可讀作「つか」，例如「捕まる」。

獲：音讀為「かく」，例如「乱獲」；在動詞中讀作「え」，例如「獲る」。

第一週
第二週
第二天
第三週
第四週
第五週

247. 人前で彼に<u>侮辱</u>された。

1 かいしん
2 かいじょく
3 ぶしん
4 ぶじょく

247・答案：4

譯文：在眾人面前被他侮辱了。

侮：音讀為「ぶ」，例如「侮蔑」；在動詞中讀作「あなど」，例如「侮る」。

辱：音讀為「じょく」，例如「栄辱」；在動詞中讀作「はずかし」，例如「辱める」。

---

248. イベント開催に先立って会場を<u>手配</u>する。

1 しゅはい
2 てぱい
3 てはい
4 しゅっぱい

248・答案：3

譯文：在活動開始之前布置會場。

手：音讀為「しゅ」，例如「手段」；音讀還可讀作「ず」，例如「上手」；訓讀為「て」，例如「手首」。

配：音讀為「はい」，例如「配布」；在動詞中讀作「くば」，例如「配る」。

---

249. その記事は週刊誌が<u>捏造</u>したものであった。

1 てつぞう
2 れつぞう
3 ねつぞう
4 めつぞう

249・答案：3

譯文：那件事是週刊雜誌捏造的。

捏：音讀為「ねつ」或「でつ」，例如「捏造」或「捏造」；在動詞中讀作「こ」，例如「捏ねる」。

造：音讀為「ぞう」，例如「造詣」；在動詞中讀作「つく」，例如「造る」。

250. この店は<u>顧客</u>が多
い。

1　かんきゃく
2　こきゃく
3　かんかく
4　きゃくいん

250・答案：2

譯文：這家店的顧客很多。

顧：音讀為「こ」，例如「顧問（こもん）」；在動詞中讀作「かえり」，例如「顧（かえり）みる」。

客：音讀為「きゃく」，例如「乗客（じょうきゃく）」；音讀還可讀作「かく」，例如「主客（しゅかく）」。

かんきゃく：寫成「観客」，意為「觀眾」。

▶観客席／觀眾席

かんかく：寫成「感覚」，意為「感覺」；也可以寫成「間隔」，意為「間隔」、「距離」。

▶感覚が鋭い。／感覺敏銳。

▶十五分間隔で電車はやってくる。／地鐵每隔十五分鐘一班。

きゃくいん：寫成「客員」，意為「客座」、「客席」。

▶客員教授／客座教授

---

251. 行こうかどうしよう
かまだ<u>躊躇</u>してい
る。

1　じゅちょ
2　ちゅちょ
3　じゅうちょ
4　ちゅうちょ

251・答案：4

譯文：還在猶豫要不要去。

躊：音讀為「ちゅう」，例如「躊躇（ちゅうちょ）」。

躇：音讀為「ちょ」，例如「躊躇（ちゅうちょ）」。

注意：「躊躇う」讀作「ためらう」。

---

252. 学生がみな英会話が
うまいのは<u>驚異</u>だっ
た。

1　けいい
2　げいい
3　こうい
4　きょうい

252・答案：4

譯文：學生們都能流利地用英語交流，這真令人吃驚。

驚：音讀為「きょう」，例如「驚喜（きょうき）」；在動詞中讀作「おどろ」，例如「驚（おどろ）く」。

異：音讀為「い」，例如「異常（いじょう）」；在動詞中讀作「こと」，例如「異（こと）なる」。

けいい：寫成「経緯」，意為「經度和緯度」、「事情的經過」、「原委」；也可以寫成「敬意」，意為「敬意」。

▶これまでの経緯を語る。／說明原委。

▶敬意をこめる。／滿懷敬意。

253. 今度こそ成功させようと（　　）。

1　いとなむ
2　いきごむ
3　いためる
4　いやしむ

253・答案：2

譯文：這回鼓足幹勁，一定要成功。
意気込む：幹勁十足，興致勃勃
▶意気込んで話す。／踴躍發言。
営む：①從事 ②經營 ③營造，建造
▶暮らしを営む。／營生。
傷める：①弄壞，損壞 ②（食物等）使腐爛，使受傷
▶家具を傷める。／損傷家具。
卑しむ：輕視，鄙視，瞧不起
▶人を卑しむ。／瞧不起人。

254. 彼は勝利の（　　）を得た。

1　栄華
2　栄冠
3　栄養
4　繁栄

254・答案：2

譯文：他奪得了桂冠。
栄冠：桂冠，勝利，榮譽
▶入賞の栄冠を得る。／獲獎。
栄華：榮華
▶栄華を極める。／極盡奢華。
栄養：營養，滋養
▶栄養を取る。／攝取營養。
繁栄：繁榮，昌盛，興旺
▶繁栄ぶり／繁榮景象

255. 危険だと彼に（　　）注意したがだめだった。

1　再現
2　再生
3　再発
4　再三

255・答案：4

譯文：雖然再三警告他這很危險，但還是沒用。
再三：再三，屢次
▶再三試みる。／屢次嘗試。
再現：再現，屢次出現
▶当時の状況を再現する。／再現當時的情況。
再生：①復活，重生，新生 ②改造，再生 ③播放（錄音、錄像等）
▶再生の思いがする。／彷彿獲得新生。
再発：復發，再次發生，再次發作
▶戦争が再発しかねない。／戰爭難免再次發生。

256. 灯台は時間を決めて（　　）される。

1　出火
2　放火
3　点火
4　噴火

256・答案：**3**

譯文：定時點亮燈塔。

点火：點火，點燃
▶花火に点火する。／放煙火。
出火：起火，發生火災
▶台所から出火する。／廚房起火。
放火：放火，縱火
▶連続放火／接連縱火
噴火：（火山）噴發
▶猛烈に噴火する。／（火山）猛烈噴發。

---

257. だれにも（　　）を侵されたくない。

1　パートナー
2　プレーヤー
3　セキュリティー
4　プライバシー

257・答案：**4**

譯文：不想被任何人侵犯自己的隱私。

プライバシー：隱私
▶プライバシーを重視する。／重視隱私。
パートナー：伙伴，搭檔，合伙人
▶ダンスのパートナー／舞伴
プレーヤー：①運動員，選手 ②演員，演奏者 ③播放器
▶CDプレーヤー／CD播放器
セキュリティー：安全，保全
▶セキュリティーシステム／保全系統

---

258. 立ち上がったら頭が（　　）した。

1　すらすら
2　ふらふら
3　めらめら
4　ゆらゆら

258・答案：**2**

譯文：站起來後覺得頭暈。

ふらふら：①（因疲累而導致）蹣跚，搖晃 ②游移不定
③糊里糊塗，考慮不周
▶頭がふらふらする。／頭昏腦脹。
すらすら：流暢地，順利地
▶仕事が思ったよりすらすらと運ぶ。／工作進展得比想像
的順利。
めらめら：（火焰）熊熊燃燒
▶めらめらと燃える。／（火焰）熊熊燃燒。
ゆらゆら：晃蕩，輕輕晃動
▶ゆらゆらと揺れる。／輕輕搖晃。

第一週
第二週
第二天
第三週
第四週
第五週

259. 証拠もないのに
　　　（　　）他人を疑う
　　　のは悪いですよ。

1　むげんに
2　むすうに
3　むやみに
4　むしょうに

259・答案：3

譯文：沒有證據就隨便懷疑別人，這樣做不好。
無闇：①胡亂，隨便 ②過度，過分
▶むやみに山の木を切る。／濫伐林木。
無限：無限，無止境
▶無限の可能性／無限的可能性
無数：無數
▶無数の星／無數顆星星
無性に：①不問是非，就知道，一味地 ②非常
▶無性に悲しい。／非常悲傷。

260. 具体的な例をあげて
　　　説明しても彼はなか
　　　なか（　　）しない
　　　だろう。

1　納得
2　説得
3　習得
4　得意

260・答案：1

譯文：即使舉出具體例子向他說明，他也不會理解吧。
納得：領會，同意，認可，理解
▶納得がいく。／能理解。
説得：說服，勸服
▶親を説得する。／說服父母。
習得：學習，掌握
▶運転技術を習得する。／掌握駕駛技術。
得意：①老主顧 ②拿手，擅長 ③得意
▶彼の得意とする所だ。／這是他的拿手好戲。

261. 機械を定期（　　）
　　　したほうがいい。

1　点滅
2　点検
3　観点
4　重点

261・答案：2

譯文：機器最好定期檢查。
点検：檢查
▶点検を受ける。／接受檢查。
点滅：（燈光）忽亮忽滅
▶ネオンが夜空に点滅している。／霓虹燈在夜空中閃爍。

262. 二つの文の間には微妙な（　　）の違いがある。

1　トレーニング
2　ナンセンス
3　ニュアンス
4　アプリング

262・答案：3

譯文：兩句話的語感存在著微妙的差異。

ニュアンス：細微的差別，微妙的差異
▶ニュアンスが違う／微妙的差異
トレーニング：訓練，鍛鍊，練習
▶シーズンを前にトレーニングに勤しむ。／新賽季前忙於訓練。
ナンセンス：無意義，荒謬
▶ナンセンスな話／廢話

263. 彼はよく（　　）人を笑わせた。

1　だまして
2　とぼけて
3　のぞいて
4　ふせいで

263・答案：2

譯文：他經常出洋相逗人笑。

惚（とぼ）ける：①裝糊塗 ②腦筋遲鈍 ③出洋相
▶とぼけて返事をしない。／裝糊塗不回答。
騙（だま）す：欺騙，哄
▶泣く子をだます。／哄哭泣的孩子。

264. 彼は怒って私の手から本を（　　）。

1　さまたげた
2　ひきとった
3　たたき落とした
4　おいだした

264・答案：3

譯文：他生氣了，打落了我手中的書。

叩（たた）き落（お）とす：拍掉，打落
▶毛布のほこりを叩き落す。／拍掉毛毯上的灰塵。
妨（さまた）げる：妨礙，阻撓
▶発展を妨げる。／妨礙發展。
引（ひ）き取（と）る：①離開，退出 ②取回 ③接著說
▶品物を引き取る。／取回物品。
追（お）い出（だ）す：趕出去，驅逐出去
▶敵を国境から追い出す。／把敵人驅逐出境。

265. 住まいを見つける（　　）がまだ立たない。

1　めんもく
2　めど
3　げんいん
4　めつき

265・答案：2

譯文：找房子的事還沒有眉目。

目処（めど）：目標，頭緒

▶完成の目処が付く。／有了完工的眉目。

面目（めんもく）：臉面，名譽，體面

▶面目を失う。／沒面子。

目付き（めつき）：眼神

▶目付きが悪い。／眼神凶惡。

266. 管制官は飛行機を（　　）して着陸させた。

1　誘導
2　主導
3　誘拐
4　勧誘

266・答案：1

譯文：導航員引導飛機著陸。

誘導（ゆうどう）：①引導，導航 ②誘導 ③感應

▶目の見えない人を誘導する犬／導盲犬

主導（しゅどう）：主導

▶主導権を握る。／掌握主導權。

誘拐（ゆうかい）：誘拐，拐騙

▶子供を誘拐する。／拐騙小孩。

勧誘（かんゆう）：勧說，勧誘

▶勧誘されて劇団に入った。／受邀加入了劇團。

267. その選手は（　　）から外された。

1　ファミリー
2　ヒーロー
3　ノーマル
4　レギュラー

267・答案：4

譯文：那名運動員被調離一軍了。

レギュラー：①有規則的，正規的 ②正式選手

▶レギュラーサイズ／標準尺寸

ファミリー：家庭，家屬

▶ファミリーレストラン／家庭餐廳

ヒーロー：①英雄，勇士 ②男主角

▶国民のヒーロー／國民英雄

ノーマル：正常的，普通的

▶ノーマルな状態／正常狀態

268. 彼はふだん全く連絡
してこないのに、お
金を借りたい時だけ
私に電話をかけてく
るなんて、（　　）
がいい。

1　ねこ
2　うま
3　むし
4　あじ

268・答案：3

譯文：他平時幾乎不和我聯繫，只有想找我借錢時才會
打電話給我，真是厚臉皮。
虫がいい：只顧自己，自私自利，臉皮厚
▶虫がいい提案だ。／自私的提議。
注意：「ねこがいい」、「うまがいい」、「あじがいい」
均不構成慣用表達方式。

---

269. この条件を申込用紙
に（　　）しなけれ
ばならない。

1　候補
2　補修
3　補足
4　補助

269・答案：3

譯文：此項條件必須補充到申請表上。
補足：補充
▶人員を補足する。／補充人員。
候補：候補，候選人
▶ノーベル賞候補／諾貝爾獎候選人
補修：維修，修補
▶補修工事／維修工程
補助：補助
▶学費を補助する。／補助學費。

---

270. 結果を出す人はたい
てい（　　）努力す
ることが大好きなの
です。

1　こつこつ
2　ながなが
3　ぽちぽち
4　もたもた

270・答案：1

譯文：成功人士大都是努力不懈的人。
こつこつ：孜孜不倦
▶こつこつと働く。／埋頭工作。
ながなが：①冗長 ②長時間 ③長長地
▶ながながとしゃべる。／喋喋不休。
ぽちぽち：①零零星星，稀稀落落 ②慢慢，漸漸
▶黒いしみがぽちぽちとできる。／形成零零星星的黑斑。
もたもた：緩慢，慢吞吞
▶もたもたと仕事をする。／慢吞吞地工作。

練習問題	解説
271. 二人の話がゆき詰まったら、決定を（　　）送りにしたほうがいいと思う。 1 先 2 前 3 後 4 次	**271・答案：1** **譯文：當兩個人的談話陷入僵局的時候，我認為最好先不要做決定。** 先送り：延後，推遲 ▶決定を先送りする。／先不做決定。 注意：「前送り」、「後送り」、「次送り」均不構成複合詞。
272. 就職か、進学か、（　　）に暮れる。 1 思考 2 思案 3 思索 4 思弁	**272・答案：2** **譯文：要就業還是升學，不知走哪條路好。** 思案：①考慮，盤算，打主意 ②憂慮，擔心 ▶思案に暮れる。／左思右想。 思考：思考，考慮 ▶思考をねる。／苦思冥想。 思索：思索，思考，探求 ▶物事を深く思索する。／深入思考事物。 思弁：思辨，思考 ▶思弁哲学／思辨哲學 注意：「思案に暮れる」為慣用表達方式，意為「苦苦思索」。
273. （　　）がたまると怒りっぽくなる。 1 スマート 2 ジャンプ 3 ストレス 4 ロマンチック	**273・答案：3** **譯文：壓力太大容易生氣。** ストレス：①壓力 ②語調，重音 ▶ストレスを解消する。／緩解壓力。 スマート：①漂亮，時髦 ②苗條 ▶スマートな服装／時髦的服裝 ジャンプ：跳起，跳躍 ▶ジャンプしてボールを取る。／跳起來接球。 ロマンチック：浪漫 ▶ロマンチックな話／浪漫的故事

274. たった1枚の絵が、（　　）100万円もすると言う。

1　なんと
2　なんか
3　なんだか
4　なにとぞ

274・答案：1

譯文：只是一張畫，居然要100萬日元。

なんと：①怎樣，如何 ②多麼……啊 ③（表示感嘆或吃驚）哎呀

▶なんと美しい花だ！／多麼美的花啊！

なんか：①等等 ②（輕蔑語氣）之類的

▶君なんか分かるものか。／你這種人根本就不懂。

<ruby>何<rt>なん</rt></ruby>だか：①總覺得 ②不由得

▶なんだか雲行きが怪しい。／總覺得形勢有點奇怪。

<ruby>何卒<rt>なにとぞ</rt></ruby>：請，務必

▶なにとぞご許可ください。／請您批准。

275. 優勝できるかどうかわからないが、とりあえず（　　）をつくしたい。

1　最良
2　最高
3　最終
4　最善

275・答案：4

譯文：雖然不知道能否奪冠，總之全力以赴吧。

<ruby>最善<rt>さいぜん</rt></ruby>：①最好 ②全力

▶最善を尽くす。／全力以赴。

<ruby>最良<rt>さいりょう</rt></ruby>：最優良，最精良，最好

▶最良の品質／最優良的品質

<ruby>最高<rt>さいこう</rt></ruby>：最好，最佳

▶最高の敬意を表する。／致以最崇高的敬意。

<ruby>最終<rt>さいしゅう</rt></ruby>：最後，最末尾

▶最終便／末班飛機

注意：「最善をつくす」為慣用表達方式，意為「全力以赴」。

276. あの夫婦は（　　）けんかをしている。

1　かろうじて
2　めったに
3　さほど
4　しょっちゅう

276・答案：4

譯文：那對夫妻經常吵架。

しょっちゅう：經常，總是

▶しょっちゅう人の名前を忘れる。／老是忘記別人的名字。

<ruby>辛<rt>かろ</rt></ruby>うじて：好不容易才，勉勉強強，最大限度

▶辛うじて間に合った。／好不容易才趕上。

めったに：（後接否定）幾乎（不），很（少）

▶めったに来ない。／不常來。

さほど：（後接否定）（並不）那麼

▶さほど暑くなかった。／沒那麼熱。

277. この丘からは関東平野の見晴らしがよい。

1　眺め
2　外観
3　環境
4　装飾

277・答案：1

譯文：這座山丘上能遠眺關東平原的美景。

見晴らし：遠眺，眺望，景致

▶見晴らしがきく。／能望到很遠的地方。

眺め：景色，風景

▶眺めがいい。／風景優美。

278. 彼女は質素な暮らしをしている。

1　とぼしい
2　かくれた
3　こりつした
4　つつましい

278・答案：4

譯文：她過著儉樸的生活。

質素：樸素，儉樸

▶質素な暮らし／儉樸的生活

慎ましい：①儉樸　②恭謹，拘謹

▶慎ましい生活／儉樸的生活

乏しい：①缺乏，不足　②貧困

▶乏しい生活／貧窮的生活

隠れる：①隱藏　②埋沒　③隱居

▶隠れた人材／被埋沒的人才

279. 二人の楽しい生活はほんのつかの間であった。

1　独身
2　青春
3　一瞬
4　一息

279・答案：3

譯文：兩人同居的快樂時光十分短暫。

束の間：剎那間，瞬間

▶つかの間も忘れない。／片刻難忘。

一瞬：一瞬，一剎那

▶一瞬のうち／一瞬間

一息：①喘口氣　②一口氣　③（再加）一把勁

▶一息つく。／喘口氣。

280. 小野先生はいつも弱い側の肩を持つ。

1　味方をする
2　批判する
3　反対する
4　ばかにする

280・答案：1

譯文：小野老師總是偏袒弱小的一方。

肩を持つ：袒護，偏袒

▶女房の肩を持つ。／偏袒妻子。

味方：①同伴　②援助，幫助

▶弱い方に味方する。／幫助弱小的一方。

批判：①批判，批評　②評論

▶手厳しく批判する。／嚴厲批判。

281. 込み入った事情があって、その申し出を断らざるを得なかった。

1　複雑な
2　プライベートな
3　内面的な
4　家庭内の

281・答案：1

譯文：由於情況錯綜複雜，不得不拒絕那個提議。

込み入る：錯綜複雜，糾纏不清
▶込み入った事情／複雜的情況
複雑：複雜
▶複雑な気持ち／複雜的心情
プライベート：①私人的，個人的 ②非公開的
▶プライベートな問題／私人問題
内面的：內部的，內心的
▶内面的な変化／內心的變化

282. お金のために人を裏切るくらいなら、いっそ貧乏でいたほうがよい。

1　いつか
2　なんとか
3　できるだけ
4　思いきって

282・答案：4

譯文：與其為了金錢背叛別人，（我）寧可繼續貧窮下去。

いっそ：寧可，索性，乾脆
▶いっそやめたほうがいい。／你乾脆別幹了。
思い切って：下決心，乾脆，大膽
▶思い切って言う。／大膽地說。
いつか：①不知不覺 ②曾經
▶いつか夜が明けた。／不知不覺天亮了。
なんとか：①無論如何，想方設法 ②總算，勉強
▶なんとかなるだろう。／總會有辦法。
できるだけ：盡量
▶できるだけ早く返事を下さい。／請盡早答覆。

283. 気まま

1 若者の中には、「気まま
な一人暮らしを楽しんで
いる」という方も多いの
ではないでしょうか。

2 薄着になるとメタボ腹も
気になるが、逆に気まま
な身体が悩みという男性
もいるだろう。

3 仕事を気ままに進めるた
めには、毎日の心掛けが
大切です。

4 もっと早く知って投資し
ておけばよかったと気ま
まな感想を抱いていた。

284. ひやひや

1 ビールは冷蔵庫でひやひ
やしておこう。

2 犬が飛びかかって来ない
かと、ひやひやした。

3 寝ている子を起こさない
ように夫婦はひやひや話
した。

4 渡辺さんは高い崖の上か
らひやひやしたをのぞい
てみた。

283・答案：1

譯文：很多年輕人都享受著隨心所欲的單身生活吧。

気まま：隨便，任意，隨心所欲。

▶勝手気ままにやる。／肆意妄為。

選項2應該替換成「貧弱」，意為「瘦弱」。

選項3應該替換成「円滑」，意為「順利」。

選項4應該替換成「月並み」，意為「平凡」。

284・答案：2

譯文：擔心狗會撲過來，不由得脊背發涼。

ひやひや：①發冷，發涼 ②提心吊膽，戰戰兢兢

▶背筋がひやひやする。／脊背發涼。

選項1應該替換成「ひやして」，意為「冰鎮」。

選項3應該替換成「ひそひそ」，意為「悄悄地」。

選項4應該替換成「びくびく」，意為「提心吊膽」。

285. 軽率

1 交通事故に遭い、足に軽率な障害が残った。
2 ダイエットをして、ずいぶん体が軽率になった。
3 軽率な気持ちで読み始めた小説に、すっかり夢中になった。
4 理由も聞かずに子供をしかったのは軽率だった。

285・答案：4

譯文：不問理由就訓斥孩子，這樣做太草率了。
軽率(けいそつ)：輕率，草率
▶重大問題を軽率に処理する。／草率地處理重大問題。
選項1應該替換成「軽微」，意為「輕微」。
選項2應該替換成「軽快」，意為「輕便」。
選項3應該替換成「気軽」，意為「輕鬆愉快」。

286. 発足

1 交通が発足し、どこへ行くのも便利になった。
2 最近この町では、たびたび事件が発足している。
3 新しい協会は3月に発足することになっている。
4 8時に家を発足すれば、11時には空港に着くだろう

286・答案：3

譯文：新協會計劃於三月成立。
発足(ほっそく)：①出發，動身 ②開始活動
▶協会は発足したばかりだ。／協會剛成立。
選項1應該替換成「発達」，意為「發達」。
選項2應該替換成「発生」，意為「發生」。
選項4應該替換成「出発」，意為「出發」。

287. 段取り

1 彼が来てくれたので電話をかける段取りが省けた。
2 会議は月曜日に開く段取りだ。
3 企画を進める段取りでいくつか問題が発生した。
4 友達が訪れて来るので、夕食を段取りした。

287・答案：2

譯文：會議計劃在週一召開。
段取り(だんど)：①安排，計劃，步驟 ②（戲劇、小說等）情節展開
▶段取りを決める。／定計劃。
選項1應該替換成「手間」，意為「功夫」。
選項3應該替換成「段階」，意為「階段」。
選項4應該替換成「用意」，意為「準備」。

288. なじむ

1 悲しいことをを聞いて、目に涙がなじんできた。
2 彼はすぐ外国の慣習になじんだ。
3 最近飼い始めた子犬が、なかなか私になじんでくれない。
4 人生はチャンスと変化になじんでいる。

288・答案：2

譯文：他立即適應了外國的習慣。
馴染む：①熟悉，適應 ②融合，和諧，融為一體
▶長年なじんだ土地／多年來一直生活的土地
選項1應該替換成「にじんで」，意為「流出」。
選項3應該替換成「なついて」，意為「接近」。
選項4應該替換成「とんで」，意為「充滿」。

289. ガムが靴底に粘りついている。

1 こすり
2 たどり
3 まさり
4 ねばり

289・答案：4

譯文：鞋底黏著一塊口香糖。
粘：音讀為「ねん」，例如「粘液」；在動詞中讀作「ねば」，例如「粘る」。

290. 突如爆音が聞こえた。

1 とつじょ
2 とつじょう
3 とっきょ
4 とっきょう

290・答案：1

譯文：突然聽到一聲爆炸聲。
突：音讀為「とつ」，例如「唐突」；在動詞中讀作「つ」，例如「突き出す」。
如：音讀為「じょ」，例如「如上」；音讀還可讀作「にょ」，例如「一如」；訓讀為「ごと」，例如「如く」。

291. 犯人が子供だと知って愕然とした。

1 ごうぜん
2 ごくぜん
3 がくぜん
4 がいぜん

291・答案：3

譯文：當得知犯人是個孩子時，我十分驚愕。
愕：音讀為「がく」，例如「驚愕」。
然：音讀為「ねん」，例如「天然」；音讀還可讀作「ぜん」，例如「偶然」。

292. 将軍は兵士の胸に<u>勲章</u>をつけた。

1 くんしょう
2 ふんしょう
3 どうしょう
4 しょうしょう

292・答案：**1**

譯文：將軍把勳章戴在士兵的胸前。

勲：音讀為「くん」，例如「勲功」。
章：音讀為「しょう」，例如「文章」。

293. 弾丸は彼の右腕を<u>貫</u>いた。

1 つぶやいた
2 つらぬいた
3 はばたいた
4 しりぞいた

293・答案：**2**

譯文：子彈貫穿了他的右臂。

貫：音讀為「かん」，例如「貫徹」；在動詞中讀作「つらぬ」，例如「貫く」。
つぶやく：寫成「呟く」，意為「嘟囔」、「發牢騷」。
▶不満げにつぶやく。／不滿地嘟囔。
はばたく：寫成「羽搏く」，意為「振翅」、「拍打翅膀」、「展翅高飛」。
▶大空にはばたく鳥／在天空中飛翔的鳥
しりぞく：寫成「退く」，意為「倒退」、「後退」、「退出」、「離開」、「退職」、「退位」。
▶政界から退く。／退出政界。

294. ここは<u>樹木</u>の茂った地帯だ。

1 じゅもく
2 じゅぼく
3 じゅうもく
4 じゅうぼく

294・答案：**1**

譯文：該地區樹木繁茂。

樹：音讀為「じゅ」，例如「樹脂」；訓讀為「き」，例如「樹」。
木：音讀為「もく」，例如「木製」；訓讀為「き」，例如「青木」；訓讀還可讀作「こ」，例如「木の葉」。

295. 戸が開くやいなや学生たちは室内に殺到した。

1 さっとう
2 せっとう
3 ざっとう
4 ぜっとう

295・答案：1

譯文：門一開，學生們就衝進了室內。

殺：音讀為「さつ」，例如「殺人」；在動詞中讀作「ころ」，例如「殺す」。

到：音讀為「とう」，例如「到達」。

296. 横丁の路地を抜けてから約束の場所に着いた。

1 ろち
2 ろじ
3 ろうち
4 ろうじ

296・答案：2

譯文：穿過小巷就到了約定的地點。

路：音讀為「ろ」，例如「経路」；訓讀為「じ」，例如「越路」。

地：音讀為「ち」，例如「地位」；音讀還可讀作「じ」，例如「生地」。

297. ピアノとバイオリンでは音色が違う。

1 ねいろ
2 ねしき
3 おといろ
4 おんいろ

297・答案：1

譯文：鋼琴與小提琴的音色不同。

音：音讀為「おん」，例如「音声」；音讀還可讀作「いん」，例如「音信」；訓讀為「おと」，例如「風の音」；訓讀還可讀作「ね」，例如「鐘の音」。

色：音讀為「しょく」，例如「彩色」；音讀還可讀作「しき」，例如「景色」；訓讀為「いろ」，例如「顔色」。

注意：「音色」既可讀作「ねいろ」，也可讀作「おんしょく」。

298. 滑走路は長さのほか
航空機の最大重量と
着陸時の衝撃に耐え
うる強度が要求され
る。

1 こつそうろ
2 こっそうろ
3 かつそうろ
4 かっそうろ

298・答案：4

譯文： 飛機跑道除了長度的要求外，還應有一定的強
度，使其能夠承受飛機最大的重量和著陸時的衝擊力。

滑：音讀為「かつ」，例如「円滑」；訓讀為「なめ」，例
如「滑らか」；在動詞中讀作「すべ」，例如「滑る」。

走：音讀為「そう」，例如「競走」；在動詞中讀作「は
し」，例如「走る」。

路：音讀為「ろ」，例如「経路」；訓讀為「じ」，例如
「越路」。

---

299. 合意の上で契約を破
棄した。

1 はき
2 はいき
3 はかい
4 ほうき

299・答案：1

譯文： 在雙方同意下廢除了合約。

破：音讀為「は」，例如「破壊」；在動詞中讀作「や
ぶ」，例如「破る」。

棄：音讀為「き」，例如「廃棄」；在動詞中讀作「す」，
例如「棄てる」。

---

300. あの投手は黄金の腕
を持つといわれてい
る。

1 こうきん
2 おうきん
3 こうごん
4 おうごん

300・答案：4

譯文： 大家都說那名投手投球技術很棒。

黄：音讀為「こう」，例如「黄色」；音讀還可讀作「お
う」，例如「黄金」；訓讀為「き」，例如「黄色い」。

金：音讀為「こん」，例如「金色」；音讀還可讀作「き
ん」，例如「金色」；訓讀為「かね」，例如「金持ち」；
訓讀還可讀作「かな」，例如「金槌」。

注意：「黄金」既可讀作「おうごん」，也可讀作「こが
ね」。「黄金の腕」指棒球運動員投球技術很棒。

第一週

第二週
第三天

第三週

第四週

第五週

練習問題	解說

301. 消費者の反応は（　　）で、商品についての特別な意見はなかった。

1　むちゃくちゃ
2　まちまち
3　ちやほや
4　いやいや

301・答案：**2**

譯文：消費者的反應各不相同，但都對商品沒有什麼特別的意見。

まちまち：各式各樣，形形色色，紛紜
▶意見がまちまちだ。／意見紛紜。
むちゃくちゃ：①特別，格外　②混亂，亂七八糟
▶計画がむちゃくちゃになる。／計劃很混亂。
ちやほや：迎合，奉承，溺愛
▶子供をちやほやする。／溺愛孩子。
嫌々：不情願，不樂意，勉強
▶いやいやついて行く。／不情願地跟去。

302.（　　）の間秘密にしておいてください。

1　当分
2　即刻
3　随時
4　適宜

302・答案：**1**

譯文：請暫時保密。

当分：暫時，一時
▶当分はお目にかかれませんね。／暫時無法見面。
即刻：立即，馬上
▶即刻帰国する。／立即回國。
随時：隨時，時常
▶随時利用できる。／可以隨時使用。
適宜：適宜，恰當
▶適宜に処置する。／恰當地處置。

303. 壊れ物なので、（　　）には気をつけてください。

1　取り組み
2　取り扱い
3　取り調べ
4　取り除き

303・答案：**2**

譯文：這是易碎品，搬運時請小心。

取り扱う：①擺弄　②處理，辦理　③對待
▶人を公平に取り扱う。／待人公平。
取り組む：①和……比賽　②致力於，專心致志
▶難問に取り組む。／致力於解決難題。
取り調べる：調查，審訊
▶容疑者を取り調べる。／審訊嫌疑犯。
取り除く：除掉，拆除
▶害虫を取り除く。／驅除害蟲。

304. ほしかったスニーカーを（　　）で手に入れた。

1　オークション
2　オペレーション
3　インフォメーション
4　セッション

304・答案：1

譯文：透過拍賣買到自己想要的運動鞋。

オークション：拍賣
▶オークションに参加する。／參加拍賣。
オペレーション：①操作，運算 ②手術 ③經營，交易
▶オペレーションセンター／營運中心
インフォメーション：①訊息，資訊，消息，資料 ②傳達室，詢問處
▶インフォメーションを集める。／收集資訊。
セッション：會議，會期，會議日程
▶午後のセッション／下午的會議日程

---

305. 眠気を（　　）ときはコーヒーを飲むことにしている。

1　催した
2　促した
3　戻した
4　返した

305・答案：1

譯文：愛睏的時候，我就喝杯咖啡。

催_{もよお}す：①舉行 ②感覺 ③有徵兆
▶涙を催す。／催淚。
促_{うなが}す：①促使，促進 ②催促
▶成長を促す。／促進生長。

---

306. 子どもは（　　）の世界を探ることが大好きだ。

1　未明
2　未遂
3　未練
4　未知

306・答案：4

譯文：孩子們非常喜歡探索未知的世界。

未知_{みち}：未知，不知道
▶未知の世界／未知的世界
未明_{みめい}：黎明，拂曉，凌晨
▶未明に出航する。／凌晨起航。
未遂_{みすい}：未遂，沒有達到（目的）
▶未遂に終わった政変／政變未遂
未練_{みれん}：戀戀不捨，不乾脆
▶未練を残す。／留戀。

113

307. 疑いを招きそうな条項はすべて（　　）しよう。

1 排泄
2 排除
3 廃止
4 廃棄

307・答案：2

譯文：將容易引起懷疑的條款全部刪除吧。

排除：排除，消除
▶暴力を排除する。／消除暴力。
排泄：排泄
▶体外に排泄する。／排出體外。
廃止：廢止，廢除，作廢
▶虚礼を廃止する。／廢除虛禮。
廃棄：扔掉，廢棄，廢除
▶廃棄処分にする。／作為廢物處理。

308. 度胸を（　　）かかればうまくゆくよ。

1 おって
2 すえて
3 ぬかして
4 もんで

308・答案：2

譯文：只要橫下心去做，事情就會變好的。

据える：①安置，擺放 ②使就位
▶性根を据える。／下定決心。
折る：①折疊 ②折斷 ③屈服
▶鼻柱を折る。／挫其銳氣。
抜かす：①遺漏，漏掉 ②跳過 ③洩氣，脫力 ④胡說
▶腰を抜かす／站不起來；嚇呆。
揉む：①揉，搓 ②擁擠 ③磨練 ④心神不定，煩惱
▶気を揉む。／擔心。

309. 彼は（　　）坂道を上がっていった。

1 くどくどと
2 ぼろぼろと
3 とぼとぼと
4 ぼつぼつと

309・答案：3

譯文：他有氣無力地爬著坡。

とぼとぼ：蹣跚，有氣無力
▶夜道をとぼとぼ歩く。／有氣無力地走夜路。
くどくど：囉嗦
▶くどくど同じことを言う。／沒完沒了地說同樣的話。
ぼろぼろ：①破爛不堪 ②乾巴巴
▶ぼろぼろの小屋／破爛不堪的小房子
ぼつぼつ：①斑點 ②快要 ③慢慢地
▶それではぼつぼつ始めるとしようか。／那麼就慢慢開始吧。

310. 彼女は（　　）の涙を呑んで4歳にしかならない子を連れて家を出た。

1 無茶
2 貧困
3 貧弱
4 無念

第一週▽ 第二週▽第四天 第三週▽ 第四週▽ 第五週▽

310・答案：4

譯文：她忍住悔恨的眼淚，帶著只有四歲的孩子離開了家。

無念（むねん）：懊悔，遺憾，悔恨

▶無念の涙がこみ上げる。／湧出悔恨的淚水。

無茶（むちゃ）：①毫無道理，豈有此理 ②格外，離譜

▶無茶を言う。／提出無理的要求。

貧困（ひんこん）：①貧困，貧窮 ②貧乏，極度缺乏

▶極度の貧困に陥る。／陷入極度的貧困。

貧弱（ひんじゃく）：①貧乏，欠缺 ②難看，瘦弱

▶貧弱な体／瘦弱的身體

311. 春にパンジーの（　　）を植えた。

1 なえ
2 とげ
3 くき
4 ね

311・答案：1

譯文：春天種下了三色堇的幼苗。

苗（なえ）：苗，秧

▶花の苗／花苗

刺（とげ）：刺

▶きれいなバラには刺がある。／玫瑰美麗而帶刺。

茎（くき）：①（植物的）莖 ②柄，桿

▶植物の茎／植物的莖

根（ね）：①（植物的）根 ②根源 ③秉性，本性

▶紛争の根は深い。／糾紛的根源很深。

312. 社長が視察に来る。（　　）、社員は緊張している。

1 ゆえに
2 すなわち
3 ならびに
4 もっとも

312・答案：1

譯文：總經理要來視察，因此員工都很緊張。

故（ゆえ）に：所以，因而

▶我思う、故に我在り。／我思故我在。

即（すなわ）ち：①即，換言之 ②於是，則

▶金陵即ち今の南京／金陵也就是現在的南京

並（なら）びに：以及，和

▶住所並びに氏名／地址和姓名

最（もっと）も：最

▶最も明るい星／最亮的星

313.

この新型車開発の（　　）は、環境にやさしいということです。

1　コンセプト
2　コンセント
3　モーター
4　モニター

313・答案：1

譯文：這種新型車的開發理念是不汙染環境。

コンセプト：概念，思想，創意
▶新しいコンセプト／新概念

コンセント：插座，萬能插座
▶埋め込みコンセント／嵌入式插座

モーター：馬達，引擎
▶モーターを動かす。／啟動引擎。

モニター：①評論員 ②監聽器，監視器 ③顯示器
▶モニターテレビ／監視器

314.

日本女性の平均寿命は世界一だそうだ。（　　）、男性は3位ということだ。

1　ただし
2　ちなみに
3　いわば
4　もしくは

314・答案：2

譯文：據說日本女性的平均壽命是世界第一。順帶一提，男性是世界第三。

ちなみに：順便，附帶
▶ちなみに言う。／順帶一提。

ただし：但是
▶レポートは手書きでも可。ただし、きれいに書くこと。／報告可以手寫，但得書寫工整。

言わば：說起來，可以說
▶彼は、言わば業界の救世主だ。／他可說是我們這行的「救世主」。

もしくは：或者，或許
▶行くか、もしくはやめるか。／去還是不去？

315.

こんな多くの資料の整理は、一人では（　　）。

1　手に負えない
2　手につかない
3　手が届かない
4　手が回らない

315・答案：1

譯文：一個人整理不了這麼多資料。

手に負えない：處理不了，力不能及
▶手に負えない乱暴者／難以應付的粗魯的人

手に付かない：心不在焉，無法專心於某事
▶勉強も手に付かない。／無法專心學習。

手が届かない：①搆不著 ②買不起 ③照顧不周
▶子供の手が届かない所に置いてください。／請放在孩子搆不著的地方。

手が回らない：安排不周到
▶時間がなくてそこの掃除までは手が回らない。／時間不夠，以至於沒有打掃那個地方。

316. 田中さんはここに3年
　　　住んでいます。
　　　（　　）、この近所
　　　の店などあまり知ら
　　　なさすぎる。

1　それにしては
2　もしくは
3　というのは
4　おまけに

316・答案：1

**譯文：田中先生在這裡住了三年。儘管如此，他對附近
的商店仍不太熟悉。**

それにしては：儘管如此，然而，不過
▶今日は日曜日なんだが、それにしては人出が少ない。／
今天是週日，可是外出的人並不多。
もしくは：或者，或許
▶夜は雨、もしくは雪になるでしょう。／晚上可能會下雨
或下雪吧。
というのは：之所以……是因為……
▶これは10万円でも安い。というのは一生使えるものだか
ら。／這個就算賣10萬日元也算便宜，因為可以用一輩子。
おまけに：而且，加之，再加上
▶今日は非常に暑い。おまけに風がちっともない。／今天
很熱，而且一點風都沒有。

317. 今年は無理だったけ
　　　ど、来年こそ（　　）
　　　自分の店を持つぞ。

1　何といっても
2　何が何でも
3　何だか
4　何とも

317・答案：2

**譯文：今年沒能辦到，但明年無論如何也要開家自己的
小店。**

何が何でも：無論如何，不管怎樣
▶何が何でもやりぬくぞ。／不管怎樣都要做完。
何といっても：①畢竟，終究 ②總而言之，不管怎麼說
▶何といってもあいつは天才だ。／不管怎麼說，他都是個
天才。
何だか：總覺得，不由得
▶何だか寂しい。／總覺得有點寂寞。
何とも：①真的，實在 ②（後接否定）怎麼也 ③沒什麼了
不起
▶何とも申し訳ない。／真的很抱歉。

318. 二度とそのようなことが起こらないよう（　　）する。

1　親善
2　善意
3　善良
4　善処

318・答案：4

譯文：（我們會）妥善處理，以防那種事情再次發生。

善処（ぜんしょ）：妥善處理
▶前向きに善処する。／積極妥善地處理。

親善（しんぜん）：親善，友好
▶国際親善／國際友好

善意（ぜんい）：①善心，好意　②將事物從好的方面理解
▶善意に解釈する。／從好的方面解釋。

善良（ぜんりょう）：善良
▶善良な市民／善良的市民

---

319. 当時その一族が（　　）を極めていた。

1　全盛
2　全快
3　全権
4　万全

319・答案：1

譯文：當時那個家族達到鼎盛。

全盛（ぜんせい）：全盛，鼎盛
▶全盛を極める。／達到鼎盛。

全快（ぜんかい）：痊癒
▶思ったより早く全快した。／痊癒得比預想的更快。

全権（ぜんけん）：全權，一切權限
▶全権を委ねる。／全權委託。

万全（ばんぜん）：萬全，非常周到，毫無漏洞
▶万全の策／萬全之策

---

320. お湯が（　　）煮え立っている。

1　ぐらぐら
2　ぶらぶら
3　ぐるぐる
4　ぶるぶる

320・答案：1

譯文：水咕嚕咕嚕地沸騰起來。

ぐらぐら：①不穩，搖搖晃晃　②咕嚕咕嚕
▶歯がぐらぐらだ。／牙齒晃動。

ぶらぶら：①搖晃　②無所事事　③閒逛
▶風でぶらぶらしている。／（樹枝）被風刮得來回搖晃。

ぐるぐる：①骨碌碌，團團轉　②層層纏繞
▶綱をぐるぐると巻く。／一圈一圈地繞繩子。

ぶるぶる：哆嗦，發抖
▶手がぶるぶると震える。／手直打顫。

321. その話は彼女が勝手
に（　　）したもの
だ。

1　成立
2　傑作
3　創立
4　創作

321・答案：4

譯文：那件事是她隨意編造的。

創作（そうさく）：①創作 ②捏造，編造
▶作品を創作する。／創作作品。
成立（せいりつ）：成立，締結，達成
▶商談が成立する。／貿易談判取得成功。
傑作（けっさく）：傑作
▶なかなかの傑作ができた。／完成了了不起的傑作。
創立（そうりつ）：創立，創設
▶学校の創立記念日／建校紀念日

---

322. 二人の関係について
は（　　）がとんで
いる。

1　スケール
2　ボリューム
3　スキャンダル
4　ガレージ

322・答案：3

譯文：傳聞那兩個人關係曖昧。

スキャンダル：醜聞，醜事，緋聞
▶スキャンダルを生む。／製造緋聞。
スケール：①規模 ②捲尺，縮尺
▶スケールで測る。／用捲尺量。
ボリューム：①體積 ②分量 ③音量
▶ボリュームのある声／洪亮的聲音
ガレージ：車庫
▶ガレージに自動車を入れる。／把汽車停進車庫。

---

323. 息子は叱られると、
父親の言うことが
無理だと（　　）し
た。

1　口当たり
2　口出し
3　口止め
4　口答え

323・答案：4

譯文：一被批評，兒子就頂嘴說父親不講道理。

口答え（くちごたえ）：頂嘴，頂撞，還嘴
▶親に口答えする。／跟父母頂嘴。
口当たり（くちあたり）：①口感，味道 ②接待，款待
▶口当たりのいい酒／很可口的酒
口出し（くちだし）：插嘴，多嘴
▶口出しするな。／不要多嘴。
口止め（くちどめ）：堵嘴，不讓說出去
▶口止め料／封口費

324. 彼らの努力してる姿や歯を（　　）姿を見ると思わず手伝ってしまった。

1　かみきる
2　くいしばる
3　つめこむ
4　なめまわす

324・答案：2

譯文：看著他們努力的身影和咬緊牙關堅持的樣子，就不由自主地出手幫忙。

食い縛る：咬緊，緊緊咬住
▶歯を食い縛る。／咬緊牙關。
嚙み切る：咬斷，咬掉
▶犬が綱を嚙み切った。／狗咬斷了繩子。
詰め込む：①塞滿，裝滿 ②擁入，擠滿
▶知識を詰め込む。／灌輸知識。
舐め回す：不停地舔
▶親ネコが子ネコを舐め回す。／大貓不停地舔小貓。

325. その男には会ったことがないと彼は頑固に主張した。

1　強情に
2　手ごわく
3　たくましく
4　さっぱりした

325・答案：1

譯文：他固執地說自己沒見過那個男人。

頑固：頑固，固執
▶頑固なおやじ／頑固的老爺子
強情：頑固，固執
▶強情に言い張る。／固執己見。
手強い：難對付
▶手強い相手／勁敵
逞しい：①健壯，魁梧 ②旺盛，堅強
▶逞しい精神力／堅韌不拔的毅力
さっぱり：①爽快，清爽 ②清淡 ③（後接否定）完全（不）
▶さっぱりした身なりをしている。／打扮得乾淨俐落。

326. 父は小遣いをふんだんにくれた。

1　たっぷり
2　自由自在に
3　特別に
4　みずみずしく

326・答案：1

譯文：父親給了我很多零用錢。

ふんだんに：充分，充足
▶食べ物がふんだんにある。／食物充足。
たっぷり：足夠，充分，寬裕
▶まだたっぷり時間がある。／時間還很寬裕。
みずみずしい：水靈，新鮮，嬌嫩
▶みずみずしい果物／新鮮的水果

327. 病人はただちに<u>手術</u>を必要とする。

1 至急
2 直接
3 次第に
4 順番に

327・答案：**1**

譯文：病人需要立刻進行手術。

直ちに：①立刻，馬上 ②直接

▶直ちに出発する。／立即出發。

至急：火急，緊急

▶至急の用事／非常緊急的事情

次第に：逐漸地，慢慢地

▶次第に寒くなる。／逐漸變冷。

順番：按順序，輪流

▶順番に配る。／按順序發放。

---

328. 彼は<u>うかつ</u>なことに彼女に伝言するのを忘れた。

1 あわてて
2 冗談に
3 さっそく
4 不注意に

328・答案：**4**

譯文：他粗心大意，忘記留言給她了。

迂闊：①粗心大意，馬虎 ②囉嗦

▶なんともうかつなことだ。／實在是太大意了。

不注意：不注意，馬虎

▶不注意から事故が起きた。／粗心大意引發了事故。

---

329. 昔、この<u>みすぼらしい</u>建物は<u>図書館</u>だった。

1 小さくて汚い
2 古いが大きい
3 狭いがきれいな
4 有名ですばらしい

329・答案：**1**

譯文：以前，這棟簡陋的樓房是間圖書館。

みすぼらしい：寒酸，破舊，難看

▶みすぼらしい身なり／難看的裝束

---

330. あの先生はよく<u>月並</u>みな訓示をしている。

1 ユニークな
2 ありふれた
3 感無量な
4 盛大な

330・答案：**2**

譯文：那位老師說的話多是些老生常談。

月並み：①每月，月月 ②平凡，平庸

▶月並みな文章／平淡無奇的文章

有り触れる：常見，司空見慣

▶有り触れた話／老生常談

ユニーク：獨特

▶ユニークな発想／獨特的構思

感無量：感慨萬千

▶感無量の面持ち／感慨萬千的表情

練習問題	解說

331. ぎりぎり

1 景気が<u>ぎりぎり</u>上向いてきた。

2 交通事故で<u>ぎりぎり</u>死ぬところだった。

3 原稿は締め切り<u>ぎりぎり</u>に届いた。

4 ほんの<u>ぎりぎり</u>時間が足りなかった。

331・答案：3

譯文：截稿日到了才交稿。

ぎりぎり：最大限度，極限

▶合格点ぎりぎりだ。／勉強及格。

選項1應該替換成「ますます」，意為「漸漸」。

選項2應該替換成「あやうく」，意為「險些」。

選項4應該替換成「すこし」，意為「一點」。

332. なやましい

1 ノミに食われて<u>なやましい</u>一夜を過ごした。

2 これは小学生の算数の問題にしては<u>なやましい</u>。

3 この小説は登場人物が多くて、ストーリーが<u>なやましい</u>。

4 何か<u>なやましい</u>ことがあったら、いつでも相談してください。

332・答案：1

譯文：被跳蚤叮咬，度過了痛苦的一夜。

悩(なや)ましい：①惱人的，令人煩惱的 ②迷人，誘人

▶悩ましい持病／惱人的老毛病

選項2應該替換成「難かしい」，意為「困難」。

選項3應該替換成「ややこしい」，意為「複雜」。

選項4應該替換成「煩わしい」，意為「厭煩」。

333. 行き届く

1 その先生に関するうわさが本人の耳にまで<u>行き届いた</u>。
2 電車の音がかすかに<u>行き届いて</u>くる。
3 小野さんは半日かけてようやく頂上に<u>行き届いた</u>。
4 この家はいつも掃除が<u>行き届いて</u>いますね。

333・答案：4

譯文：這房子總是打掃得很乾淨。

行_いき届_{とど}く：仔細，周到
▶万事に行き届いた人／事事都做得很周到的人
選項1應該替換成「届いた」，意為「傳達」。
選項2應該替換成「響いて」，意為「聲音傳播」。
選項3應該替換成「辿り着いた」，意為「到達」。

334. へきえき

1 小野さんは力のある人には、<u>へきえき</u>おじぎばかりしている。
2 彼女に口説かれて<u>へきえき</u>した。
3 今回の不祥事については、<u>へきえき</u>残念に思っております。
4 ふいに質問されて、<u>へきえき</u>してしまい、何も答えられなかった。

334・答案：2

譯文：被她說得心服口服。

へきえき
辟易：①畏縮，屈服 ②感到為難
▶相手の勢いにへきえきする。／屈服於對方的氣勢。
選項1應該替換成「ぺこぺこ」，意為「點頭哈腰」。
選項3應該替換成「まことに」，意為「的確」、「實在」。
選項4應該替換成「閉口」，意為「閉口不談」。

335. ことごとく

1 彼は半年で30社近くの入社試験を受けたがことごとく落ちた。

2 彼は毎日ことごとく部屋を片付けている。

3 あいつはことごとく仕事もしないで遊んでばかりいる。

4 5年ぶりに帰国して母に会ったらことごとく老けていた。

335・答案：1

譯文：半年內他應徵了近30家企業，但是沒一間錄取。

ことごとく：（常用於貶義）全部，所有
▶計画はことごとく流産した。／計劃全都流產了。
選項2應該替換成「きちんと」，意為「整齊」。
選項3應該替換成「ろくに」，意為「像樣」。
選項4應該替換成「すっかり」，意為「完全」。

336. 下見

1 彼女は人を下見したような態度をとる。

2 この半年で会社の経営が下見になってきた。

3 入試の前に校舎の下見をする。

4 ベッドに下見に寝てください。

336・答案：3

譯文：入學考試前事先看好校舍。

下見（したみ）：①事先查看，預先檢查 ②預習
▶修学旅行の下見をする。／預先訪查修學旅行的目的地。
選項1應該替換成「見下ろす」，意為「瞧不起」、「輕視」。
選項2應該替換成「下火」，意為「走下坡路」。
選項4應該替換成「うつ伏せ」，意為「趴著」。

337. 最近ある新興勢力が台頭してきた。

1 しんきょう
2 しんこう
3 しんぎょう
4 しんごう

337・答案：2

譯文：最近有股新興勢力正在抬頭。

新：音讀為「しん」，例如「新案（しんあん）」；訓讀為「あら」，例如「新た（あらた）」；訓讀還可讀作「あたら」，例如「新しい（あたらしい）」。
興：音讀為「こう」，例如「興行（こうぎょう）」；音讀還可讀作「きょう」，例如「興味（きょうみ）」；在動詞中讀作「おこ」，例如「興す（おこす）」。

338. 彼は事情を<u>偽って</u>彼女からお金を借りた。

1　おちいって
2　いつわって
3　のっとって
4　あなどって

338・答案：2

譯文：他隱瞞了真實情況，從她那兒借了錢。

偽：音讀為「ぎ」，例如「偽善」；訓讀為「にせ」，例如「偽物」；在動詞中讀作「いつわ」，例如「偽る」。

おちいる：寫成「陥る」，意為「落入」、「掉進」、「陷入」、「墜入」。

▶ピンチに陥る。／陷入困境。

のっとる：寫成「則る」，意為「遵照」、「根據」、「效法」；也可以寫成「乗っ取る」，意為「進攻」、「奪取」、「劫持」。

▶法律に則る。／遵照法律。

▶城を乗っ取る。／進攻城堡。

あなどる：寫成「侮る」，意為「輕視」、「小看」、「瞧不起」。

▶相手を侮る。／輕視對方。

---

339. 勝手に<u>訴訟</u>を起こしてはいけない。

1　そこう
2　そうこう
3　そしょう
4　そうしょう

339・答案：3

譯文：不要隨意提起訴訟。

訴：音讀為「そ」，例如「訴因」；在動詞中讀作「うった」，例如「訴える」。

訟：音讀為「しょう」，例如「訟獄」。

---

340. 古い家の外壁が<u>歪ん</u>できた。

1　たるんで
2　ゆるんで
3　かすんで
4　ゆがんで

340・答案：4

譯文：老房子的外牆歪了。

歪：音讀為「わい」，例如「歪力」；在動詞中讀作「ゆが」，例如「歪む」；在動詞中還可讀作「ひず」，例如「歪む」。

たるむ：寫成「弛む」，意為「鬆弛」、「鬆懈」。

▶皮膚が弛む。／皮膚鬆弛。

ゆるむ：寫成「緩む」，意為「鬆懈」、「鬆動」。

▶ロープが緩む。／繩子鬆了。

かすむ：寫成「霞む」，意為「朦朧」、「看不清」。

▶山が霞む。／山色朦朧。

341. 僕を中傷するなんて君は卑劣だ。

1　ひきょう
2　ひれつ
3　ひわい
4　ひにく

341・答案：2

譯文：你惡意中傷我，真是太卑鄙了。

卑：音讀為「ひ」，例如「卑怯(ひきょう)」；在動詞中讀作「いや」，例如「卑(いや)しめる」。

劣：音讀為「れつ」，例如「劣等(れっとう)」；在動詞中讀作「おと」，例如「劣(おと)る」。

342. 両者の間にはかなりの間隙がある。

1　かんりょう
2　かんげき
3　けんりょう
4　けんげき

342・答案：2

譯文：兩個人之間有不小的隔閡。

間：音讀為「かん」，例如「時間(じかん)」；音讀還可讀作「けん」，例如「世間(せけん)」；訓讀為「あいだ」，例如「間柄(あいだがら)」；訓讀還可讀作「ま」，例如「昼間(ひるま)」。

隙：音讀為「げき」，例如「空隙(くうげき)」；訓讀為「すき」，例如「手隙(てすき)」。

343. この課は社の文化施設を管轄している。

1　かんがい
2　かんかい
3　かんがつ
4　かんかつ

343・答案：4

譯文：這個課負責管理公司的文化設施。

管：音讀為「かん」，例如「管理(かんり)」；訓讀為「くだ」，例如「管(くだ)」。

轄：音讀為「かつ」，例如「直轄(ちょっかつ)」。

344. 学校当局は事件の真相を隠蔽しようとした。

1　いんへい
2　いんぺい
3　いんべい
4　いんめい

344・答案：2

譯文：學校方面決定隱瞞事件的真相。

隠：音讀為「いん」，例如「隠居(いんきょ)」；音讀還可讀作「おん」，例如「隠密(おんみつ)」；在動詞中讀作「かく」，例如「隠(かく)れる」。

蔽：音讀為「へい」，例如「掩蔽(えんぺい)」；在動詞中讀作「おお」，例如「蔽(おお)う」。

345. 彼女の<u>繊細</u>な指がとても綺麗だ。

1　しゅんさい
2　さんさい
3　ざんさい
4　せんさい

第一週

345・答案：4

譯文：她那纖細的手指十分漂亮。

繊：音讀為「せん」，例如「繊巧」。

細：音讀為「さい」，例如「細部」；訓讀為「ほそ」，例如「細い」；訓讀還可讀作「こま」，例如「細かい」。

---

346. これから、新教授法を<u>試行</u>する。

1　しこう
2　せこう
3　しぎょう
4　せぎょう

第二週
第五天

346・答案：1

譯文：現在開始試行新的教學法。

試：音讀為「し」，例如「試験」；在動詞中讀作「ため」，例如「試す」；在動詞中還可讀作「こころ」，例如「試みる」。

行：音讀為「こう」，例如「銀行」；音讀也可讀作「ぎょう」，例如「行事」；音讀還可讀作「あん」，例如「行脚」；在動詞中讀作「い」或「ゆ」，例如「行く」、「行く」；在動詞中還可讀作「おこな」，例如「行う」。

---

347. 交歓会は<u>和やか</u>に行われた。

1　やわらかに
2　さわやかに
3　なごやかに
4　あざやかに

第三週

347・答案：3

譯文：順利地舉辦了聯歡會。

和：音讀為「わ」，例如「平和」；在動詞中讀作「なご」，例如「和む」。

やわらか：寫成「柔らか」，意為「鬆軟」、「柔和」、「和藹」。
▶柔らかな土／鬆軟的土

さわやか：寫成「爽やか」，意為「爽快」、「清楚」。
▶爽やかな笑顔／爽朗的笑容

あざやか：寫成「鮮やか」，意為「新鮮」、「鮮艷」。
▶鮮やかな色彩／鮮艷的色彩

---

348. 医療費が10万円を越えたので、税金の<u>控除</u>を受けられる。

1　くうじょ
2　くうじょう
3　こうじょ
4　こうじょう

第四週

第五週

348・答案：3

譯文：因為醫療費超過了10萬日元，所以可以辦理稅金扣抵（手續）。

控：音讀為「こう」，例如「控訴」；在動詞中讀作「ひか」，例如「控える」。

除：音讀為「じょ」，例如「削除」；音讀還可讀作「じ」，例如「掃除」；在動詞中讀作「のぞ」，例如「除く」。

349. ちょっとした（　　）があって、あの会社を辞めた。

1　経緯
2　経験
3　経歴
4　経路

349・答案：1

譯文：因為一些特殊情況，我從那家公司辭職了。
経緯（けいい）：①經度和緯度 ②事情的經過，原委
▶経緯を説明する。／說明原委。
経歴（けいれき）：經歷，經過
▶経歴不詳の人物／來歷不明的人
経路（けいろ）：①路徑，路線 ②軌跡，過程，歷程
▶正当な経路／正當途徑

350. みんなが残業しているというのに、私だけ先に帰るなんて、なんだか気が（　　）。

1　とがめる
2　そこなう
3　許せない
4　置けない

350・答案：1

譯文：大家都在加班，只有我先回去了，總感覺過意不去。
気が咎める（きがとがめる）：過意不去，於心有愧
▶陰口をして気が咎める。／背地裡說人壞話，心裡過意不去。
気が置けない（きがおけない）：沒有隔閡，親密
▶気が置けない仲間どうし／親密的朋友
注意：「気が損なう」、「気が許す」均不構成慣用表達方式。

351. 彼の頑固さにはすっかり（　　）した。

1　参拝
2　参照
3　参上
4　降参

351・答案：4

譯文：拿他的固執沒輒。
降参（こうさん）：①投降，降服 ②折服，認輸，受不了
▶今日の暑さには降参した。／今天熱得受不了。
参拝（さんぱい）：參拜，拜
▶恭しく参拝する。／恭恭敬敬地參拜。
参照（さんしょう）：參照，參閱，參考
▶文献を参照する。／參考文獻。
参上（さんじょう）：拜訪
▶お宅へ参上します。／登門拜訪。

352. 文中の括弧で（　　）ある部分は省略可能である。

1 くっつけて
2 つないで
3 つつんで
4 くくって

352・答案：4

譯文：文中帶括號的部分可以省略。

括る：①捆，紮 ②綁上，縛住 ③總結，總括 ④吊
▶髪を括る。／紮頭髮。
くっ付ける：①把……黏上 ②使靠著，使挨著 ③拉攏
▶机をくっ付けて並べる。／把桌子拼起來。
繋ぐ：①繫，拴 ②連上，接上 ③維持（生命等）
▶命を繋いでいる。／維持生命。
包む：包，裹，捲
▶火に包まれる。／被火吞沒。

353. 図書館への（　　）を調べるために、ホームページを見た。

1 アジェンダ
2 アカウント
3 アクセス
4 アドミッション

353・答案：3

譯文：為了查找去圖書館的交通路線，瀏覽了其官方網頁。

アクセス：①訪問 ②交通，通道 ③（電腦）存取
▶芸能人のブログにアクセスする。／訪問藝人的部落格。
アジェンダ：計劃表，議題，議程
▶アジェンダセッティング／議題設定
アカウント：①帳號，帳戶 ②結帳 ③用戶名
▶新規アカウントの登録／註冊新帳號
アドミッション：①許可 ②入場費
▶アドミッションオフィス／招生辦公室

354. この小説のプロットは（　　）。

1 うやうやしい
2 もったいない
3 ややこしい
4 まぶしい

354・答案：3

譯文：這篇小說的情節有點複雜。

ややこしい：複雑，糾纏不清
▶説明がややこしくて分からない。／説明很複雜，聽不懂。
恭しい：恭恭敬敬，彬彬有禮
▶恭しい心／虔心
もったいない：①可惜，浪費 ②過分 ③不勝惶恐
▶捨てるのはもったいない。／扔掉太可惜。
眩しい：①耀眼，刺眼 ②光彩奪目
▶太陽が眩しい。／太陽耀眼。

355. 息子に死なれて
**　　　（　　）していま**
**　　　す。**

1　ばっさり
2　どっしり
3　きっちり
4　がっくり

355・答案：4

譯文：因兒子去世而萎靡不振。

がっくり：①失望，頹喪，灰心 ②突然無力
▶試合に負けてがっくりした。／因輸了比賽而頹喪。
ばっさり：①一刀砍斷 ②果斷捨去
▶予算をばっさり削る。／大刀闊斧地削減預算。
どっしり：①沉甸甸 ②威嚴而穩重
▶どっしりした机／沉重的桌子
きっちり：整，正好，恰好，正合適
▶今5時きっちりだ。／現在五點整。

---

356. この件については
**　　　（　　）の余地がな**
**　　　い。**

1　交換
2　交渉
3　請求
4　要求

356・答案：2

譯文：關於這件事沒有商量的餘地。

交渉：①談判，交涉 ②關係，聯繫
▶交渉による解決／透過談判解決問題
交換：交換，互換
▶名刺を交換する。／交換名片。
請求：①請求，要求 ②索要，索取
▶損害賠償を請求する。／索賠。
要求：要求，需要
▶不当な要求には応じない。／不接受不正當的要求。

---

357. みんなの中で彼女が
**　　　（　　）美しい。**

1　かくだんに
2　ぼうだいに
3　ごうまんに
4　いまだに

357・答案：1

譯文：在所有人中，她格外漂亮。

格段：特別，非常，格外
▶格段に上品だ。／特別文雅。
膨大：龐大，巨大
▶膨大な損失を被る。／蒙受巨大損失。
傲慢：傲慢，驕傲
▶傲慢な顔／驕傲的表情
未だ：未，尚，還，仍然
▶事情はいまだ明らかでない。／情況至今不明。

358. その問題を会議に出
すかどうか今（　　）
中だ。

1 検定
2 検索
3 検閲
4 検討

358・答案：4

譯文：現在正在商討要不要在會議上提出那個問題。

<ruby>検討<rt>けんとう</rt></ruby>：商討，探討，研究

▶さらに検討を要する。／需要進一步探討。

<ruby>検定<rt>けんてい</rt></ruby>：檢定，審定

▶英語検定試験／英語檢定考試

<ruby>検索<rt>けんさく</rt></ruby>：①檢索 ②查看

▶キーワードで検索する。／用關鍵字搜尋。

<ruby>検閲<rt>けんえつ</rt></ruby>：審查，檢查

▶出版物を検閲する。／審查出版物。

---

359. 「そのとおり」と彼
はしきりに（　　）
を打った。

1 あいず
2 あいづち
3 いいわけ
4 うかがい

359・答案：2

譯文：他一直附和著說：「確實是這樣。」

<ruby>相槌<rt>あいづち</rt></ruby>を打つ：附和，幫腔

注意：「合図を打つ」、「言い分けを打つ」、「伺いを打つ」均不構成慣用表達方式。

---

360. 学校に入って一年は
大変なことも多かっ
たが、このごろ
（　　）慣れてき
た。

1 ようやく
2 とにかく
3 なにより
4 ついでに

360・答案：1

譯文：剛上大學的第一年發生了太多事，最近終於習慣了。

ようやく：①漸漸地 ②好不容易 ③終於，總算

▶一時間も待ってようやく彼がやってきた。／等了一個小時，他總算來了。

とにかく：無論如何，總之，姑且

▶結果はとにかく君の努力は大いに買おう。／結果暫且不説，你的努力是值得肯定的。

なにより：再好不過，最好

▶お元気でなによりです。／（您）身體健康比什麼都重要。

ついでに：順便，順手

▶買い物に出たついでに、山田さんのお宅へ寄ってきた。／出去買東西，順便去了趟山田家。

練習問題	解說
361. 今日彼女は（　　）服装をしていて、元気な少女に見える。 1 気軽な 2 手軽な 3 軽快な 4 軽率な	**361・答案：3** 譯文：她今天穿著輕便的服裝，宛如一個朝氣蓬勃的少女。 軽快（けいかい）：①輕快 ②輕鬆愉快，舒暢 ▶軽快なリズム／輕快的節奏 気軽（きがる）：爽快，隨隨便便，隨意 ▶誰にも気軽にできる運動／誰都可以輕鬆進行的運動 手軽（てがる）：簡單，輕易 ▶手軽な食事／便飯 軽率（けいそつ）：輕率，草率 ▶軽率に判断する。／草率地做出判斷。
362. （　　）気分で朝を迎えることが大切だと思う。 1 みずみずしい 2 すがすがしい 3 なれなれしい 4 そうぞうしい	**362・答案：2** 譯文：我認為以舒暢的心情迎接早晨很重要。 清々しい（すがすがしい）：神清氣爽，舒暢 ▶清々しい気持ちになる。／感到神清氣爽。 みずみずしい：水靈，新鮮，嬌嫩 ▶みずみずしい若葉／嬌嫩的新葉 馴れ馴れしい（なれなれしい）：裝熟，毫不拘禮，過分親暱 ▶なれなれしくしない。／保持疏遠。 騒々しい（そうぞう）：吵鬧，嘈雜，不安寧 ▶騒々しくて安眠できない。／吵得人無法入睡。
363. （　　）言えば鈴木のほうが作文はよく出来る。 1 よほど 2 いっそう 3 しいて 4 いかにも	**363・答案：3** 譯文：如果硬要說的話，鈴木寫的文章略勝一籌。 強いて（しいて）：強迫，強逼，勉強 ▶強いて白状させる。／逼供。 余程（よほど）：①很，頗，相當 ②差一點就 ▶よほどの事情／萬不得已的情況 一層（いっそう）：①越發，更加 ②索性 ▶風が一層ひどくなった。／風越發大了。 如何にも（いかにも）：①真的，的確 ②果然，誠然 ▶いかにも本当らしいうそ／説得像真的一樣的謊言

364. 今年は、11月という
のに、マイナス10度
にもなる低い気温に
（　　）した。

1　叫喚
2　困惑
3　閉口
4　変調

第一週 ▼
第二週 ▼ 第六天
第三週 ▼
第四週 ▼
第五週 ▼

364・答案：3

譯文：**今年才11月就零下10度了，實在讓人吃不消。**

へいこう
閉口：①閉口不談 ②為難，受不了，沒辦法

▶最近の物価高にはまったく閉口する。／最近物價上漲，真叫人受不了。

きょうかん
叫喚：叫喚，喊叫，嚎叫

▶阿鼻叫喚／痛苦的哀鳴

こんわく
困惑：困惑，為難

▶先行きがはっきりせず困惑する。／前途茫然不知所措。

へんちょう
変調：①變調 ②情況異常，不正常，故障

▶体に変調をきたす。／身體不太正常。

365. これは特殊な（　　）
で、今度はどうか許
してください。

1　ケース
2　ペース
3　ポーズ
4　レース

365・答案：1

譯文：**這是個特例，請您見諒。**

ケース：①箱，盒 ②事件，事情，事例

▶モデルケース／典型案例

ペース：歩調，速度，進度

▶仕事のペースが速い。／工作速度快。

ポーズ：①姿勢，造型 ②外表，偽裝

▶気どったポーズ／裝樣子

レース：競賽，比賽

▶ヨットレース／帆船比賽

注意：「ポーズ」也是英語「pause」的外來語，意為「間隔」、「休止符」。

366. 私は事故で死亡した
子らに（　　）を禁
じ得なかった。

1　同情
2　感心
3　同感
4　協調

366・答案：1

譯文：**我很同情那些因事故死亡的孩子。**

どうじょう
同情：同情

▶同情心／同情心

かんしん
感心：①欽佩，佩服 ②令人吃驚

▶李さんの仕事ぶりにはいつも感心する。／我一直很佩服小李的工作態度。

どうかん
同感：同感

▶私も全く同感です。／我也很有同感。

きょうちょう
協調：合作，協調

▶労資協調／勞資合作

367. この問題には（　）に対策を施さねばならない。

1　特急
2　緊急
3　緊迫
4　性急

367・答案：2

譯文：必須立刻採取措施解決這個問題。

<ruby>緊急<rt>きんきゅう</rt></ruby>：緊急

▶緊急で一刻の猶予もならない。／刻不容緩。

<ruby>特急<rt>とっきゅう</rt></ruby>：①火急，緊急 ②特快列車

▶特急券／特快列車票

<ruby>緊迫<rt>きんぱく</rt></ruby>：緊迫，緊張

▶世界情勢が極度に緊迫する。／世界局勢非常緊張。

<ruby>性急<rt>せいきゅう</rt></ruby>：性急，急躁，急性子

▶性急な結論／過早下結論

---

368. （　）良心を欺くようなことはしたくない。

1　いざ
2　いっそ
3　仮にも
4　まさに

368・答案：3

譯文：我不想做違背良心的事情。

<ruby>仮<rt>かり</rt></ruby>にも：①（後接否定）決（不），千萬 ②既然，假如

▶仮にも口に出すな。／萬萬不能説出口。

いざ：①一旦 ②來吧，好啦

▶いざ鎌倉／一到緊急關頭

いっそ：寧可，索性，乾脆

▶今の職場はストレスがたまるばかりだし、いっそ思い切って転職してしまおうか。／現在的工作壓力太大，乾脆換個工作算了。

<ruby>正<rt>まさ</rt></ruby>に：①無疑，的確 ②正好，恰好

▶正に名案だ。／的確是個好主意。

---

369. 海外旅行について父親の（　）を得た。

1　承諾
2　受領
3　受容
4　任命

369・答案：1

譯文：父親同意我出國旅遊。

<ruby>承諾<rt>しょうだく</rt></ruby>：同意，應允

▶承諾を求める。／徵求同意。

<ruby>受領<rt>じゅりょう</rt></ruby>：領取，接收，收取

▶会費を受領する。／收會費。

<ruby>受容<rt>じゅよう</rt></ruby>：採納，接受，接納

▶欧美の文明を受容する。／吸收西方文明。

<ruby>任命<rt>にんめい</rt></ruby>：任命

▶大臣に任命される。／被任命為大臣。

370. 今回の選挙で彼は最
下位で（　　）当選
した。

1　はたして
2　せんだって
3　かろうじて
4　もしかして

370・答案：3

譯文：在本次選舉中，他吊車尾勉強當選了。
辛うじて：好不容易才，勉勉強強，最大限度
▶辛うじて食っている。／勉強維持生活。
果たして：果真，到底
▶果たして事実だった。／果然是事實。
先達て：前幾天，前不久
▶私は先達て風邪を引いている。／前幾天我感冒了。
もしかして：或許，說不定
▶もしかして道に迷ったのじゃないか。／（他）或許迷路
了。

---

371. 野党の反対を（　　）
可決した。

1　押し切って
2　押し出して
3　押し込んで
4　押し寄せて

371・答案：1

譯文：不顧在野黨的反對，強行通過了議案。
押し切る：①切斷 ②強行，不顧
▶荒波を押し切る。／不顧驚濤駭浪。
押し出す：①蜂擁而出 ②擠出 ③推出，走出，闖入
▶花見に押し出す。／蜂擁去賞花。
押し込む：①塞進，塞入 ②闖入
▶かばんに押し込む。／塞進包裡。
押し寄せる：①湧來，蜂擁而至 ②推到一旁，挪到一邊
▶質問に押し寄せる。／擁上來提問。

---

372. 鈴木さんは風邪のた
めか、ボーッとして
（　　）目をしてい
た。

1　つぶらな
2　うつろな
3　きよらかな
4　きざな

372・答案：2

譯文：可能是因為感冒了吧，鈴木發著愣，目光呆滯。
空ろ：①空洞 ②空虚，發呆
▶空ろな眼差し／呆滯的目光
円ら：圓
▶円らな瞳／圓圓的眼珠
清らか：清澈，清爽
▶清らかな水／清水
気障：裝腔作勢，令人討厭
▶気障な奴／裝腔作勢的家伙

第一週
第二週
第六天
第三週
第四週
第五週

373. 彼の表現はオーバーだ。

1　話が長い
2　りっぱだ
3　おおげさだ
4　いばっている

373・答案：3

譯文：他表達得過於誇張。

オーバー：超過，誇張

▶話が少しオーバーだ。／講話有些誇張。
大袈裟：誇張，小題大做

▶おおげさに言う。／言過其實。
威張る：吹牛，擺架子，耍威風

▶威張れるほどのことでもない。／並不值得大吹大擂。

374. あの子は恐ろしい光景にたじろいだ。

1　圧倒された
2　打倒された
3　破壊された
4　倒壊された

374・答案：1

譯文：面對可怕的場面，那孩子退縮了。

たじろぐ：畏縮，後退

▶相手の反撃にたじろぐ。／面對對方的反擊，（我）畏縮了。
圧倒：①壓倒 ②勝過 ③絕對

▶圧倒的勝利／壓倒性勝利
打倒：打倒，推翻

▶宿敵を打倒する。／打倒宿敵。
倒壊：坍塌

▶家屋が倒壊する。／住房坍塌。

375. この部屋は蒸し暑くて、いたたまれない気持ちになった。

1　はずかしい
2　おとなげない
3　注意したい
4　その場を離れたい

375・答案：4

譯文：這個房間太熱，待不下去了。
居た堪れない：①待不下去 ②無地自容

▶恥ずかしさで居た堪れなくなる。／羞愧得無地自容。
大人気ない：沒大人樣，孩子氣

▶大人気ないことをするな！／別做那種幼稚的事！

376. 彼の計画は成功する<u>公算</u>が大きい。

1 目算
2 予算
3 確率
4 確定

376・答案：3

譯文：他的計劃成功的可能性很大。

こうさん
公算：概率，可能性

▶公算が大きい。／可能性大。

かくりつ
確率：①概率，準確率 ②可能性

▶近年来、水害の起こる確率が少なくなった。／近年來，發生水災的概率變小了。

もくさん
目算：①估計，估量 ②計劃，企圖，策劃

▶目算で測る。／用眼睛估量。

よさん
予算：預算

▶予算が足りない。／預算不足。

かくてい
確定：確定

▶方針はすでに確定している。／方針已經確定。

---

377. パーティーに参加するなら、普段着では<u>決まりが悪い</u>。

1 まだ早い
2 気分が悪い
3 はずかしい
4 やめたほうがいい

377・答案：3

譯文：如果穿便服參加宴會，會難為情的。

き　　　　わる
決まりが悪い：害羞，不好意思，難為情

▶彼は決まりが悪そうに笑った。／他難為情地笑了。

---

378. ひどいあらしのため街路樹は<u>軒並み</u>倒れてしまった。

1 象徴的に
2 タイムリーに
3 一時的に
4 どれもこれも

378・答案：4

譯文：暴風雨讓街道兩邊的樹都倒了。

のきな
軒並み：①成排的屋簷 ②家家戶戶 ③依次，一律

▶軒並み値上がりした。／通通漲價了。

どれもこれも：都，全部

▶どれもこれも面白くなかった。／全都很無聊。

しょうちょうてき
象徴的：象徵性的

▶象徴的な物／象徵性物品

タイムリー：適時，正合時宜

▶タイムリーな発言／適時的發言

いちじてき
一時的：臨時，一時

▶一時的な措置／臨時措施

379. 支障

1 客が多くて仕事に<u>支障</u>を来した。
2 彼は彼女が勉強している間もあれこれ質問して<u>支障</u>をした。
3 その学生は大声で歌を歌い、授業を<u>支障</u>した。
4 彼女と二人きりになりたかった彼は小野さんが<u>支障</u>だった。

譯文：客人太多，妨礙工作。

支障（ししょう）：故障，障礙

▶支障が生ずる。／發生故障。

選項2應該替換成「邪魔」，意為「干擾」。
選項3應該替換成「妨害」，意為「妨礙」。
選項4應該替換成「邪魔者」，意為「電燈泡」。

380. 受け止める

1 彼は自分への批判をいさぎよく<u>受け止め</u>た。
2 A大学は後1週間入学願書を<u>受け止め</u>ている。
3 みんなで役割を分担し、彼女は会場の案内役を<u>受け止め</u>た。
4 彼は会社を辞めると言う彼女を<u>受け止め</u>、考え直させた。

譯文：他坦誠地接受了別人對自己的批評。

受け止める（うけとめる）：①接住 ②理解，接受

▶気持ちを受け止める。／理解（對方的）心情。

選項2應該替換成「受け付けている」，意為「受理」。
選項3應該替換成「引き受けた」，意為「承擔」。
選項4應該替換成「引き止め」，意為「勸阻」。

381. 踏み切る

1 彼は空き缶を踏み切って捨てた。
2 JRは運賃の値上げに踏み切った。
3 大学を卒業し社会人としての第一歩を踏み切った。
4 田中さんは借金を踏み切った。

譯文：日本鐵路公司決定上調車票價格。

踏み切る：①起跳 ②下決心 ③（相撲）腳踩出界

▶出資に踏み切る。／決心出資。

選項1應該替換成「踏み潰して」，意為「踩壞」。

選項3應該替換成「踏み出した」，意為「邁步」、「走出」。

選項4應該替換成「踏み倒した」，意為「賴帳」。

382. 仕切る

1 あの画家は1週間で大作を仕切った。
2 文章を分かりやすくするため3つの段落に仕切った。
3 一人で会の運営を仕切る。
4 部長は彼に海外出張を仕切った。

譯文：獨自負責組織的運營工作。

仕切る：①隔開，區分開 ②結帳 ③掌管，了結，處理

▶彼は宴会を仕切るのがなかなかうまい。／他很會辦宴會。

選項1應該替換成「仕上げた」，意為「完成」。

選項2應該替換成「区切った」，意為「分段」。

選項4應該替換成「仕向けた」，意為「促使」。

383. かばう

1 人との約束はきちんとかばうべきだ。
2 警察は彼女が息子をかばうために犯行を認めたのだと思っている。
3 彼は災害から村をかばった。
4 両親はいつも子どもの成長をかばっている。

譯文：警察認為她是為了包庇兒子而認罪的。

庇う：袒護，庇護

▶弱い者をかばう。／庇護弱者。

選項1應該替換成「守る」，意為「遵守」。

選項3應該替換成「救った」，意為「解救」。

選項4應該替換成「見守って」，意為「關懷」、「關注」。

384. 多岐

1 私は人生の多岐に立っていた。

2 彼の多岐にわたる話題には驚く。

3 仕事が多岐のため実家の両親に連絡が取れず心配をかけた。

4 生物の多岐性を大切にしなければならない。

384・答案：2

譯文：對他（提出的）話題之廣感到驚訝。

多岐：多方面，複雜

▶事態が多岐を極める。／事態極為複雜。

選項1應該替換成「岐路」，意為「岔道」。

選項3應該替換成「多量」，意為「大量」。

選項4應該替換成「多樣性」，意為「多樣性」。

---

385. 先客に軽く会釈して座に着く。

1 かいたく
2 かいしゃく
3 えたく
4 えしゃく

385・答案：4

譯文：向先到的賓客輕輕點頭致意後入座。

会：音讀為「かい」，例如「会議」；音讀還可讀作「え」，例如「会得」；在動詞中讀作「あ」，例如「会う」。

釈：音讀為「しゃく」，例如「釈放」。

かいたく：寫成「開拓」，意為「開墾」、「開荒」、「開發」、「開拓」。

▶市場を開拓する。／開拓市場。

かいしゃく：寫成「解釈」，意為「解釋」。

▶正しく解釈する。／正確解釋。

---

386. 地面には冬の名残の雪がうっすらと残っていた。

1 なごり
2 なのこり
3 めいごり
4 めいのこり

386・答案：1

譯文：地面上還留著薄薄一層冬天的殘雪。

名：音讀為「めい」，例如「有名」；音讀還可讀作「みょう」，例如「功名」；訓讀為「な」，例如「名前」。

残：音讀為「ざん」，例如「残念」；在動詞中讀作「のこ」，例如「残す」。

注意：「名残」讀作「なごり」，是比較特殊讀音。

▶名残を惜しむ。／惜別。

387. 耐熱性の高い材料を
使ったほうがいい。

1　ちゅうねつ
2　とうねつ
3　ていねつ
4　たいねつ

387・答案：4

譯文：使用耐熱性強的材料比較好。

耐：音讀為「たい」，例如「忍耐力」；在動詞中讀作
「た」，例如「耐える」。
熱：音讀為「ねつ」，例如「熱湯」；訓讀為「あつ」，例
如「熱い」。

---

388. その病気の顕著な兆
候が現れた。

1　けんしゃ
2　けんちょ
3　げんしゃ
4　げんちょ

388・答案：2

譯文：這個病出現了明顯的症狀。

顕：音讀為「けん」，例如「顕彰」。
著：音讀為「ちょ」，例如「著名」；訓讀為「いちじ
る」，例如「著しい」；在動詞中讀作「あらわ」，例如
「著す」。
けんしゃ：寫成「検車」，意為「檢查車輛」、「驗車」。
▶検車係／檢查車輛的工作人員
げんちょ：寫成「原著」，意為「原著」、「原作」。
▶原著を読む。／讀原著。

---

389. 罪人を捕まえるのは
警察の義務である。

1　ひじん
2　ひにん
3　ざいじん
4　ざいにん

389・答案：4

譯文：抓捕罪犯是警察的義務。

罪：音讀為「ざい」，例如「犯罪」；訓讀為「つみ」，例
如「罪深い」。
人：音讀為「じん」，例如「成人式」；音讀還可讀作「に
ん」，例如「人間」；訓讀為「ひと」，例如「旅人」。
ひにん：寫成「否認」，意為「不承認」、「否認」。
▶犯行を否認する。／否認罪行。

---

390. その事件が彼の家族
の没落を招いた。

1　べつらく
2　めつらく
3　ぼつらく
4　もつらく

390・答案：3

譯文：這件事導致了他家族的沒落。

没：音讀為「ぼつ」，例如「没収」。
落：音讀為「らく」，例如「落伍」；在動詞中讀作
「お」，例如「落とす」。

第一週
第二週
第六天
第三週
第四週
第五週

練習問題	解説
391. 足にひどい<u>発作</u>が起きた。 1 はっさ 2 ほっさ 3 はっさく 4 ほっさく	**391・答案：2** **譯文：腳突然疼起來。** 発：音讀為「はつ」，例如「出発」；音讀還可讀作「ほつ」，例如「発作」；在動詞中讀作「あば」，例如「発く」；在動詞中還可讀作「た」，例如「発つ」。 作：音讀為「さく」，例如「作文」；音讀還可讀作「ぞう」，例如「無造作」；在動詞中讀作「つく」，例如「作る」。
392. あの人は<u>紙一重</u>の差で勝った。 1 かみいちじゅう 2 かみひとじゅう 3 かみひとえ 4 しひとえ	**392・答案：3** **譯文：那個人險勝。** 紙：音讀為「し」，例如「紙面」；訓讀為「かみ」，例如「紙一枚」。 一重：讀作「ひとえ」，意為「一層」、「單」。「紙一重」意為「一紙之隔」，形容差距很小。 ▶紙一重の差／差距很小
393. 月に一度、ドアの接続<u>金具</u>が緩んでいないか確認しなさい。 1 かねぐ 2 かなぐ 3 きんぐ 4 きんぐう	**393・答案：2** **譯文：請每月檢查一次門上的金屬合頁是否鬆動。** 金：音讀為「こん」，例如「金色」；音讀還可讀作「きん」，例如「金属」；訓讀為「かね」，例如「金持ち」；訓讀還可讀作「かな」，例如「金槌」。 具：音讀為「ぐ」，例如「家具」。

394. それが部屋に一層の
風情を添えていた。

1　ふうじょう
2　ふじょう
3　ふうぜい
4　ふぜい

譯文：這（件物品）給屋子增添了風情。

風：音讀為「ふう」，例如「風力ふうりょく」；音讀還可讀作「ふ」，例如「風呂ふろ」；訓讀為「かぜ」，例如「風当かぜあたり」。

情：音讀為「じょう」，例如「心情しんじょう」；音讀還可讀作「ぜい」，例如「風情ふぜい」；訓讀為「なさけ」，例如「情け深なさぶかい」。

ふじょう：寫成「不浄」，意為「廁所」、「不乾淨」。

▶不浄の身／不淨之身

注意：「風」的音讀通常讀作「ふう」，因此要特別記憶「風情ふぜい」、「風呂ふろ」。

---

395. 彼女は援助の申し出
を**拒んだ**。

1　おがんだ
2　はばんだ
3　こばんだ
4　ねたんだ

395・答案：3

譯文：她拒絕了他人的援手。

拒：音讀為「きょ」，例如「拒否きょひ」；在動詞中讀作「こば」，例如「拒む」。

おがむ：寫成「拝む」，意為「叩拜」、「祈禱」、「祈求」。

▶仏像を拝む。／拜佛。

はばむ：寫成「阻む」，意為「阻止」、「阻擋」、「阻礙」。

▶悪天候に阻まれる。／受壞天氣阻礙。

ねたむ：寫成「妬む」或「嫉む」，意為「嫉妒」。

▶仲間の出世を妬む。／嫉妒朋友的成功。

---

396. 欠員が生じたら、**随
時**補ってください。

1　だじ
2　たいじ
3　ずいじ
4　ずうじ

396・答案：3

譯文：一旦人員不足，請務必隨時補充。

随：音讀為「ずい」，例如「随意ずいい」；訓讀為「まにま」，例如「随まにまに」；在動詞中讀作「したが」，例如「随したがう」。

時：音讀為「じ」，例如「時間じかん」；音讀還可讀作「し」，例如「時雨しぐれ」；訓讀為「とき」，例如「時々ときどき」；訓讀還可讀作「と」，例如「時計とけい」。

たいじ：寫成「退治」，意為「降伏」、「消滅」；也可以寫成「対峙」，意為「對峙」、「對抗」。

▶悪者を退治する。／懲治壞人。

▶死と対峙した経験／與死亡對抗的經歷

397. その結果いかんが 我々の（　　）を左 右するだろう。

1　天性
2　天然
3　運勢
4　運命

397・答案：4

譯文：那個結果將如何左右我們的命運呢？

運命：命運，運氣
▶運命に任せる。／聽天由命。
天性：天性，秉性
▶天性正直だ。／秉性正直。

398. 政府は（　　）の整 備を進めようとして いる。

1　インテリ
2　インドア
3　インフラ
4　インフレ

398・答案：3

譯文：政府打算完善城市的基礎設施。

インフラ：基礎設施，基本建設
▶インフラを整える。／完善基礎設施。
インテリ：知識分子，知識階層
▶なかなかのインテリ／很有學識的知識分子
インドア：室內
▶インドアリンク／室內滑冰場
インフレ：通貨膨脹
▶インフレに陥っている。／陷入通貨膨脹。

399. 会議は（　　）して いる模様だ。

1　難産
2　難航
3　難破
4　難問

399・答案：2

譯文：看樣子會議進展得不太順利。

難航：①因風浪等航行困難 ②因存在障礙，事情進展不暢
▶工事が難航する。／工程進展不暢。
難産：①（胎兒）難産 ②比喻事情因遇到困難而拖延了很久才完成
▶議案の成立は大変な難産だった。／很難通過議案。
難破：遇難，失事
▶暗礁に乗り上げて難破する。／觸礁失事。
難問：難題
▶難問にぶつかる。／碰到難題。

144

400. 顔を（　　）にして笑った。

1　くしゃくしゃ
2　さらさら
3　だぶだぶ
4　よれよれ

400・答案：1

譯文：滿臉堆笑。

くしゃくしゃ：①起皺，皺巴巴 ②雜亂無章
▶髪がくしゃくしゃだ。／頭髮蓬亂。
さらさら：①沙沙聲 ②流利，順暢 ③乾爽
▶さらさらした肌ざわり／乾爽的手感
だぶだぶ：①肥大 ②肥胖 ③滿，晃蕩
▶私にはだぶだぶだ。／我穿起來太大了。
よれよれ：皺巴巴（用舊後失去彈性的樣子）
▶よれよれの服／皺巴巴的衣服

401. 男は捕まる前に拳銃を川に（　　）していた。

1　棄却
2　棄権
3　遺棄
4　投棄

401・答案：4

譯文：男子在被捕之前，把手槍扔進了河裡。

投棄（とうき）：抛棄
▶不法投棄処分／非法丟棄
棄却（ききゃく）：①否定，否決 ②駁回
▶控訴を棄却する。／駁回上訴。
棄権（きけん）：棄權
▶選挙を棄権する。／放棄選舉的權利。
遺棄（いき）：遺棄，捨棄
▶死体を遺棄する。／遺棄屍體。
辨析：「投棄」是指扔掉某些東西，「遺棄」是指將本應妥善處理的東西隨意丟棄。相比較而言，本題選「投棄」更符合句意。

402. 彼はまんまと（　　）彼女に金を渡した。

1　だまされて
2　あやしまれて
3　うたがわれて
4　おびえられて

402・答案：1

譯文：他輕易受騙，給了她錢。

騙す（だます）：欺騙，哄
▶人を騙してお金を取る。／騙取錢財。
怪しむ（あやしむ）：懷疑，覺得可疑
▶受付で怪しまれる。／在櫃檯受到懷疑。
疑う（うたがう）：懷疑，不敢相信
▶勝利を疑う。／不敢相信會取得勝利。
怯える（おびえる）：①害怕，恐懼 ②做惡夢
▶物音に怯える。／害怕響聲。

第一週
第二週
第七天
第三週
第四週
第五週

403. 運をつかむ人は、
（　　）のある言葉
を上手に使っていま
す。

1　クール
2　パワー
3　ニーズ
4　コスト

403・答案：2
譯文：將命運緊握在自己手中的人都擅長使用正能量的
詞語。
パワー：①力量，權力 ②馬力
▶パワーのある自動車／馬力大的汽車
クール：①涼快 ②冷靜
▶クールなタッチ／手感冰涼
ニーズ：要求，需求
▶市民のニーズに応える。／滿足市民的需求。
コスト：費用，成本
▶生産コスト／生產成本

404. 山田氏に（　　）ご
支援をお願いいたし
ました。

1　過大な
2　重大な
3　絶大な
4　膨大な

404・答案：3
譯文：已拜託山田先生大力支持。
絶大（ぜつだい）：無比巨大，極大
▶絶大な支援／大力支持
過大（かだい）：過大，過高
▶過大評価／過高的評價
重大（じゅうだい）：①重大，嚴重 ②重要
▶重大な役割／重要作用
膨大（ぼうだい）：龐大，巨大
▶膨大な予算／龐大的預算

405. この課には絶えず
（　　）が持ち込ま
れる。

1　苦笑
2　苦悩
3　苦渋
4　苦情

405・答案：4
譯文：這個課總被投訴。
苦情（くじょう）：①抱怨，不滿 ②申訴，投訴
▶相手から苦情が出る。／對方（對我）發牢騷。
苦笑（くしょう）：苦笑
▶苦笑を漏らす。／露出苦笑。
苦悩（くのう）：苦惱，苦悶，煩惱
▶苦悩に満ちた人生／充滿苦惱的人生
苦渋（くじゅう）：苦惱，痛苦
▶苦渋に満ちた顔／滿臉苦澀

406. 彼女は習ったばかり
の英語で（　　）挨
拶した。

1　かるがるしく
2　たどたどしく
3　うっとうしく
4　ややこしく

406・答案：2

譯文：她用剛學的英語結結巴巴地打招呼。

たどたどしい：①蹣跚，不敏捷 ②不熟練，不流利，結巴

▶彼の日本語はいかにもたどたどしい。／他日語説得十分
不流利。

軽々(かるがる)しい：輕率，考慮不周

▶軽々しい行動／輕舉妄動

うっとうしい：①陰沉，沉悶 ②厭煩

▶うっとうしい天気／陰沉的天氣

ややこしい：複雜，糾纏不清

▶ややこしい関係／複雜的關係

---

407. 悪気はなかったんだ
なんて、（　　）う
そだ。

1　いちじるしい
2　はなはだしい
3　しらじらしい
4　わずらわしい

407・答案：3

譯文：你要説（自己）沒有惡意，簡直就是在撒謊。

白々(しらじら)しい：①顯而易見 ②佯裝不知，裝糊塗

▶白々しい嘘／顯而易見的謊言

著(いちじる)しい：明顯，顯著，格外突出

▶著しい変化／顯著的變化

甚(はなは)だしい：很，甚，非常

▶甚だしい誤解／天大的誤會

煩(わずら)わしい：①麻煩，繁瑣 ②令人煩惱

▶煩わしい計算／繁瑣的計算

---

408. うちでは家族の間で
（　　）が立ったこ
とがない。

1　雨風
2　波風
3　雷雨
4　荒波

408・答案：2

譯文：家人之間沒有發生過糾紛。

波風(なみかぜ)：①風浪 ②糾紛，風波

▶波風を立てる。／掀起風波。

雨風(あめかぜ)：①風雨，吃苦 ②風和雨，風雨交加

▶雨風をしのぐ。／冒著風雨。

雷雨(らいう)：雷雨

▶激しい雷雨／猛烈的雷雨

荒波(あらなみ)：怒濤，惡浪，顛簸，艱辛

▶荒波にもまれる。／歷盡艱辛。

第一週
第二週
第七天
第三週
第四週
第五週

409. 彼の提案に対してなんの（　　）もなかった。

1　反乱
2　反面
3　反響
4　反射

409・答案：3

譯文：他的提案沒有引起任何反響。

反響（はんきょう）：①回響，回音 ②反應，反響

▶大きな反響を呼ぶ。／引起很大反響。

反乱（はんらん）：叛亂，反叛

▶反乱が起こる。／發生叛亂。

反面（はんめん）：反面，另一面

▶律儀な反面、気が利かない。／（他）雖然忠厚老實，卻不機靈。

反射（はんしゃ）：反射

▶条件反射／條件反射

---

410. 今日の来店者数は80名で、男女の（　　）はそれぞれ40名だった。

1　比較
2　内訳
3　実態
4　有様

410・答案：2

譯文：今天來店顧客人數是80名，男女各計40名。

内訳（うちわけ）：細目，明細，詳細內容

▶内訳をする。／列清單。

実態（じったい）：實際情況，實情

▶実態調査／調査實際情況

有様（ありさま）：樣子，光景，情況

▶海底の有様／海底的景象

---

411. 私の意見を彼の意見と（　　）しないように願いたい。

1　混迷
2　混戦
3　混同
4　混入

411・答案：3

譯文：請不要把我的意見和他的意見混為一談。

混同（こんどう）：混同，混淆

▶公私を混同する。／公私不分。

混迷（こんめい）：混亂，紛亂，錯綜複雜

▶混迷する政局／錯綜複雜的政局

混戦（こんせん）：混戰，勝負未決

▶その選挙区は混戦模様だ。／那個選區的選況是一團混戰。

混入（こんにゅう）：混入，摻進

▶酒に毒を混入する。／把毒藥摻進酒裡。

412. 彼の死が（　　）と
迫っていることを
我々は知っていた。

1　延々
2　刻々
3　早々
4　黙々

412・答案：2

譯文：我們知道死亡每分每秒都在逼近他。

刻々（こっこく）：每分每秒，時時刻刻
▶危機が刻々と迫る。／危險時刻逼近。
延々（えんえん）：長長的，沒完沒了，接連不斷
▶延々と2時間の大講演／講了足足兩個小時
早々（はやばや）：①早早地，很早地 ②剛一開始就……
▶早々と出かける。／早早地出門。
黙々（もくもく）：默默，不聲不響
▶黙々と研究に励む。／默默地努力研究。

---

413. 身長が低いことに
（　　）を感じてい
る。

1　コンプレックス
2　コントロール
3　ヒューマニズム
4　コンタクト

413・答案：1

譯文：我因為個子矮而感到自卑。

コンプレックス：自卑感
▶コンプレックスを感じる。／感到自卑。
コントロール：控制，調節，支配，管理
▶市場をコントロールする。／管理市場。
ヒューマニズム：人道主義
▶ヒューマニズムに関しての研究／關於人道主義的研究
コンタクト：①接觸，交往 ②隱形眼鏡
▶人とのコンタクト／和人接觸

---

414. 輸入するとどうして
も（　　）がかかっ
てしまう。

1　ゲスト
2　ギフト
3　コスト
4　サイズ

414・答案：3

譯文：如果進口的話，必然會花費成本。

コスト：費用，成本
▶コストを下げる。／降低成本。
ゲスト：①客人，嘉賓 ②特邀演員，客串演員
▶ゲストハウス／招待所
ギフト：贈品，禮品，禮物
▶ギフトショップ／紀念品商店
サイズ：尺寸，大小，尺碼
▶サイズが合う。／尺碼合適。

415. 彼はやっと権力を手
中に（　　）。

1　おさえた
2　おさめた
3　さだめた
4　かたむけた

415・答案：2

譯文：他終於把權力握入手中。
収める：①取得，獲得 ②收納，收藏
▶成果を収める。／取得成果。
抑える：控制，抑制，壓制
▶怒りを抑える。／壓住怒火。
定める：①決定，制定 ②選定，確定
▶規則を定める。／制定規則。
傾ける：①使傾斜 ②傾注 ③使衰落
▶全力を傾ける。／用盡全力。

---

416. ひと月休んだら仕事
をまた（　　）した
い。

1　継続
2　接続
3　存続
4　連続

416・答案：1

譯文：我想休息一個月再繼續工作。
継続：繼續，持續
▶継続は力なり。／堅持就是力量。
接続：連接，銜接
▶バッテリーに接続する。／連接電池。
存続：存續，延續，連續
▶旧制度の存続／舊制度的延續
連続：連續，接連
▶三日連続して雨が降る。／連下三天雨。

---

417. 政府は何の手段も
（　　）いない。

1　案じて
2　念じて
3　演じて
4　講じて

417・答案：4

譯文：政府並未採取任何應對辦法。
講じる：①講，講解 ②想辦法，採取 ③和解
▶手段を講じる。／想辦法。
案じる：①擔心，掛念 ②思考，思索
▶一計を案じる。／想出一計。
念じる：盼望，期盼
▶成功を念じる。／期盼成功。
演じる：①扮演 ②做出（引人注目的事）
▶醜態を演じる。／出醜。

418. 2000万円を家の建築費に（　　）。

1 与えた
2 預けた
3 合わした
4 充てた

418・答案：4

譯文：把兩千萬日元用於蓋房子。

充てる：充當，用於
▶結婚費用に充てる。／用於結婚的費用。
与える：①給予 ②使蒙受 ③分配
▶金を与える。／給錢。
預ける：①寄存，存放 ②靠 ③委託，託付
▶身を預ける。／委身。
合わす：合，合併
▶手を合わす。／雙手合十。

419. 青空に（　　）と雪山が浮かんでいた。

1 くっきり
2 じっくり
3 きっぱり
4 さっぱり

419・答案：1

譯文：在蔚藍的天空的映襯下，雪山清晰可見。

くっきり：清楚，分明，顯眼
▶足跡がくっきりと残る。／足跡清晰可見。
じっくり：慢慢地，不慌不忙地，仔細地
▶じっくりと考える。／慢慢思考。
きっぱり：斷然，乾脆，明確
▶きっぱり拒否した。／斷然拒絕。
さっぱり：①爽快，清爽 ②清淡 ③（後接否定）完全（不）
▶きれいさっぱりとあきらめる。／徹底死了心。

420. 事故の後、彼は腕に大きな（　　）を受けた。

1 ショック
2 デメリット
3 スランプ
4 ダメージ

420・答案：4

譯文：他的胳膊因事故受了重傷。

ダメージ：損壞，損害，損傷
▶ダメージを受ける。／受損。
ショック：①衝擊 ②吃驚，打擊
▶ショックを受ける。／受到打擊。
デメリット：壞處，缺點，短處
▶人には誰でもデメリットがある。／人人都有缺點。
スランプ：精神不振，消沉，萎靡
▶スランプに陥る。／陷入瓶頸。

練習問題	解說

421. <u>うっとうしい</u>と感じる理由は何なのかを理解することが重要ですよ。

1　不快な
2　さわやかな
3　暑くてつらい
4　はっきりしない

421・答案：1

譯文：理解為什麼會感到厭煩是很重要的。

鬱陶しい：①陰沉，沉悶 ②厭煩

▶うっとうしい話／令人厭煩的話

不快：①不快，不感興趣 ②身體不適

▶不快感／不愉快的感覺

爽やか：①爽快 ②清楚

▶気分が爽やかだ。／心情爽快。

422. 仕事が終わって<u>やけ</u>に疲れた。

1　少し
2　たまに
3　ひどく
4　意外に

422・答案：3

譯文：工作結束後感覺非常累。

やけに：非常，特別

▶やけに腹がたつ。／非常生氣。

423. あの人は怒らせると<u>おっかない</u>ので気を付けたほうがいいよ。

1　こわい
2　大きい
3　なまいき
4　ふざけた

423・答案：1

譯文：那個人生起氣來十分可怕，你要注意點。

おっかない：可怕，令人害怕，令人提心吊膽

▶おっかない顔／可怕的面孔

生意気：驕傲，狂妄

▶生意気言うな！／別口出狂言！

ふざける：①開玩笑 ②嬉鬧 ③捉弄

▶ふざけた真似をするな！／別捉弄人！

424. 彼女の仕事ぶりは見ていてもどかしいくらいだった。

1 面倒な
2 ゆううつな
3 いらいらした
4 はらはらした

424・答案：3

譯文：她的工作狀態看著令人著急。

もどかしい：令人著急，令人不耐煩

▶思うように表現できなくてもどかしい。／無法完整表達內心的想法，心裡很著急。

苛々：①著急，焦急 ②刺痛

▶いらいらがつのる。／越來越著急。

憂鬱：憂鬱，焦慮不安

▶憂鬱症／憂鬱症

はらはら：①飄落，撲簌 ②擔心，憂慮 ③頭髮散亂

▶はらはらさせる場面／驚心動魄的場面

425. 彼の話はすんなりと頭に入った。

1 抵抗なく
2 よく考えて
3 いやいやながら
4 迷いながらも

425・答案：1

譯文：他的話非常好理解。

すんなり：①苗條，細長 ②順利，不費力

▶要求がすんなりと通る。／（對方）一下就答應了要求。

抵抗：抵抗

▶抵抗運動／抵抗運動

嫌々：不情願，不樂意，勉強

▶いやいやながら引き受ける。／不情願地接受。

426. 先日彼は辞意をほのめかした。

1 におわせた
2 打ち明けた
3 反省した
4 くやんだ

426・答案：1

譯文：前幾天，他委婉地表達了辭職之意。

仄めかす：暗示，委婉地說

▶婚約を仄めかす。／委婉地求婚。

匂わせる：①暗示，透露 ②散發香氣

▶辞意を匂わせる。／暗示辭職之意。

打ち明ける：傾訴，坦率說出

▶悩みを打ち明ける。／傾訴煩惱。

反省：反省

▶反省の色が見えない。／未見反省之意。

悔やむ：①悔恨 ②哀悼

▶友人の死を悔やむ。／哀悼朋友的死。

第一週 第二週 第三週 第一天 第四週 第五週

427. はずむ

1 母の病気が気になり、仕事をしてもこれまでのようにはずまない。
2 彼は大学教育を受けたいとはずんでいる。
3 寒さがめっきりはずんできた。
4 ひと雨降って草木ははずんだ。

427・答案：1

譯文：擔心媽媽的病，即便工作也無法像之前那樣充滿幹勁。

弾む：①反彈 ②興奮 ③起勁，高昂 ④慷慨

▶話が弾む。／談得很起勁。

選項2應該替換成「望んでいる」，意為「盼望」、「期望」。

選項3應該替換成「緩んで」，意為「緩和」。

選項4應該替換成「蘇った」，意為「復甦」。

428. いだく

1 私は彼に殺意をいだいた。
2 国王はかなりの規模の城をいだいている。
3 引っ越しで、本棚を2人がかりでいだいて運び出す。
4 昨晩いだいた夢の中に、亡くなった父が出てきた。

428・答案：1

譯文：我曾對他抱有殺意。

抱く：抱，摟抱，懷抱

▶山々に抱かれた村／群山環繞的村莊

選項2應該替換成「持って」，意為「擁有」。

選項3應該替換成「抱えて」，意為「抱著」。

選項4應該替換成「見た」，意為「做夢」。

429. 不正

1 駅前の道は不正駐車が多く、歩きにくい。
2 彼はその土地を不正な手段で手に入れた。
3 駅で不正なものを発見した場合は、すぐに駅員に知らせてください。
4 新聞記事の不正により、事実と違う情報が広まった。

429・答案：2

譯文：他使用不正當手段把那塊土地弄到手了。

不正：不正當，不正經

▶不正行為／非法行為

選項1應該替換成「違法」，意為「違法」。

選項3應該替換成「不審」，意為「可疑」。

選項4應該替換成「不実」，意為「不實」。

430. 切ない

1　わずか1点の差で合格できず、切ない思いだった。
2　息子を失った母親はさぞ切ないことだろう。
3　みんなの見ている前で転んで、切ない思いをした。
4　彼は1週間ぶりに恋人に会えるので、切ない思いをした。

第一週 ▼

430・答案：2

譯文：**失去兒子的母親一定很痛苦吧。**

切ない：難受，苦悶，痛苦
▶切ない思い／痛苦的心情
選項1應該替換成「情けない」，意為「可悲」、「可憐」。
選項3應該替換成「恥ずかしい」，意為「難為情的」、「丟臉的」。
選項4應該替換成「辛い」，意為「痛苦的」。

431. がらりと

1　あの事件以来彼はがらりと人が変わった。
2　彼は学校に着いたとき教室の中はがらりとしていた。
3　突然部屋ががらりと揺れた。
4　暑くて暑くて、もうのどががらりとなった。

第二週 ▼

431・答案：1

譯文：**發生那件事之後，他突然變了一個人。**

がらりと：①形容猛地打開門窗的聲音或樣子 ②物體碰撞、落地時的巨大聲響 ③狀況急劇變化
▶雨がからりとやんだ。／雨突然停了。
選項2應該替換成「がらんと」，意為「空蕩蕩的」。
選項3應該替換成「がらがらと」，意為「轟隆轟隆」。
選項4應該替換成「がらがらに」，意為「嘶啞」。

第三週 ▼ 第一天

432. 同調

1　平和の実現には国際同調が必要だ。
2　彼の主張に同調する者はいなかった。
3　父は私の留学にやっと同調してくれた。
4　新思想と伝統観念が同調している。

第四週 ▼

432・答案：2

譯文：**沒有人贊同他的主張。**

同調：①協調，同一步調 ②贊同
▶相手の提案に同調する。／贊同對方的提議。
選項1應該替換成「同盟」，意為「同盟」。
選項3應該替換成「同意」，意為「同意」。
選項4應該替換成「共存」，意為「同時存在」。

第五週 ▼

155

433. 王さんは拾得物を落とし主に返した。

1 じゅうとくぶつ
2 しゅうどくぶつ
3 じゅうどくぶつ
4 しゅうとくぶつ

433・答案：4

譯文：王先生把撿到的東西還給了失主。

拾：音讀為「しゅう」，例如「拾得」；在動詞中讀作「ひろ」，例如「拾う」。

得：音讀為「とく」，例如「得意」；訓讀為「え」，例如「得手」。

物：音讀為「ぶつ」，例如「物界」；訓讀為「もの」，例如「物音」。

---

434. 税金の滞納によって家財を差し押さえられた。

1 たいない
2 たいのう
3 ていない
4 ていのう

434・答案：2

譯文：（他）因為逃稅，個人財產被凍結了。

滞：音讀為「たい」，例如「滞貨」；在動詞中讀作「とどこお」，例如「滞る」。

納：音讀為「のう」，例如「納期」；音讀還可讀作「なっ」，例如「納豆」；在動詞中讀作「おさ」，例如「納まる」。

---

435. 詰め込み過ぎて袋が裂けてしまった。

1 ふけて
2 ばけて
3 さけて
4 ぼけて

435・答案：3

譯文：袋子因為塞得過滿破掉了。

裂：音讀為「れつ」，例如「裂開」；在動詞中讀作「さ」，例如「裂く」。

ふける：寫成「老ける」，意為「上年紀」、「老化」；也可以寫成「耽る」，意為「沉迷」、「埋頭於」。

▶年より老けて見える。／看上去比實際年齡老。

▶読書に耽る。／沉迷閱讀。

ばける：寫成「化ける」，意為「變化」、「化裝」、「喬裝」。

▶狐が美女に化ける。／狐狸變美人。

ぼける：寫成「惚ける」，意為「腦筋遲鈍」。

▶まだ惚ける年でもない。／還沒到老糊塗的年紀。

---

436. この薬は日向に置かぬようにと医者さんに注意された。

1 にっこう
2 ひむき
3 ひむかい
4 ひなた

436・答案：4

譯文：醫生提醒說這種藥不能放在向陽處。

日向：讀作「ひなた」，相關的詞語有「日向雨」、「日向ぼっこ」。

437. ここまでの説明の中で、何か懸念されることはございませんか。

1　けねん
2　けいねん
3　けんねん
4　げんねん

437・答案：1

譯文：至今為止的講解中，有沒有什麼不明白的地方呢？

懸：音讀為「け」，例如「懸想」；音讀還可讀作「けん」，例如「懸案」；在動詞中讀作「か」，例如「懸かる」。

念：音讀為「ねん」，例如「念仏」。

438. 近頃の青年の惰弱ぶりは見ておれない。

1　たじゃく
2　ずいじゃく
3　だじゃく
4　ずいしゃく

438・答案：3

譯文：看不慣最近年輕人頹廢的樣子。

惰：音讀為「だ」，例如「惰気」。
弱：音讀為「じゃく」，例如「衰弱」；訓讀為「よわ」，例如「弱い」。

439. 私たちの家は風下にあったが、幸い類焼を免れた。

1　ふうか
2　ふうげ
3　かぜしも
4　かざしも

439・答案：4

譯文：雖然我家處在下風處，但所幸火勢沒有蔓延到我家。

風：音讀為「ふう」，例如「風力」；音讀還可讀作「ふ」，例如「風情」；訓讀為「かぜ」，例如「先輩風」。
下：音讀為「か」，例如「部下」；音讀還可讀作「げ」，例如「下品」；訓讀為「した」，例如「下着」；訓讀也可讀作「しも」，例如「下座」；訓讀還可讀作「もと」，例如「親の下を離れる」；在動詞中讀作「さ」、「くだ」、「おろ」、「お」，例如「下げる」、「下す」、「下す」、「下りる」。

440. 二人の間には無言の
了解があった。

1　むげん
2　むごん
3　ぶげん
4　ぶごん

440・答案：2

譯文：那兩個人之間達成了默契。

無：音讀為「む」，例如「無休」；音讀還可讀作「ぶ」，例如「無難」；訓讀為「な」，例如「無い」。

言：音讀為「げん」，例如「言語」；音讀還可讀作「ごん」，例如「遺言」；訓讀為「こと」，例如「一言」；在動詞中讀作「い」，例如「言う」。

むげん：寫成「無限」，意為「無限」、「無止境」。

▶無限のな可能性／無限的可能性

ぶげん：寫成「分限」，意為「身分」、「地位」、「富豪」。

▶分限者／有錢人

注意：「分限」既可讀作「ぶげん」，也可讀作「ぶんげん」。

---

441. この提案に快いお返
事を期待しておりま
す。

1　こころよい
2　いさぎよい
3　きもちよい
4　こころづよい

441・答案：1

譯文：期待您對此提議給出令人滿意的答覆。

快：音讀為「かい」，例如「愉快」；訓讀為「こころよ」，例如「快い」。

いさぎよい：寫成「潔い」，意為「清高」、「純潔」、「勇敢」、「果斷」、「乾脆」。

▶潔く責任を取る。／勇於承擔責任。

こころづよい：寫成「心強い」，意為「膽壯」、「有把握」。

▶君がいてくれれば心強い。／你在我就安心了。

---

442. このごろは金が万能
の世の中だろうか。
私はそうとは思いま
せん。

1　まんのう
2　なんのう
3　らんのう
4　ばんのう

442・答案：4

譯文：當今是金錢萬能之世嗎？我並不這樣認為。

万：音讀為「まん」，例如「千万言」；音讀還可讀作「ばん」，例如「万全」；訓讀為「よろず」，例如「万旅」。

能：音讀為「のう」，例如「堪能」；在動詞中讀作「あた」，例如「能う」。

443. 彼は会社の<u>中枢</u>で働いている。

1　ちゅうく
2　ちゅうきょう
3　ちゅうしょう
4　ちゅうすう

443・答案：4

譯文：他在公司的重要部門工作。

中：音讀為「じゅう」，例如「一晩中」；音讀還可讀作「ちゅう」，例如「中央」；訓讀為「なか」，例如「中の間」。

枢：音讀為「すう」，例如「枢相」；訓讀為「くるる」，例如「枢」。

ちゅうしょう：寫成「抽象」，意為「抽象」；也可以寫成「中傷」，意為「中傷」、「誹謗」。
▶抽象概念／抽象概念
▶他人を中傷する。／中傷他人。

---

444. 答えの分かった人は<u>挙手</u>しなさい。

1　きょしゅ
2　きょじゅ
3　きょうしゅ
4　きょうじゅ

444・答案：1

譯文：知道答案的人請舉手。

挙：音讀為「きょ」，例如「推挙」；在動詞中讀作「あ」，例如「挙がる」；在動詞中還可讀作「こぞ」，例如「挙る」。

手：音讀為「しゅ」，例如「手段」；音讀還可讀作「ず」，例如「上手」；訓讀為「て」，例如「手足」。

きょうしゅ：寫成「興趣」，意為「興趣」、「有趣」；也可以寫成「凶手」，意為「刺客」、「凶手」。
▶興趣が高まる。／感興趣。
▶凶手に倒れた。／被凶手殺害。

きょうじゅ：寫成「教授」，意為「教授」、「傳授」；也可以寫成「享受」，意為「享有」、「享受」。
▶名誉教授／名譽教授
▶生活を享受する。／享受生活。

---

445. 値段により品物には（　　）がある。

1　格差
2　格段
3　区別
4　差別

445・答案：1

譯文：價格不同，東西也有差別。

格差：差距，差別，等級
▶経済力の格差／經濟能力上的差距
格段：特別，非常，格外
▶格段の進歩／明顯的進步
区別：差異，區別
▶老若男女の区別なし／不分男女老少
差別：①差異，區別　②歧視
▶人種差別／種族歧視

第一週
第二週
第三週
第一天
第四週
第五週

446. 会長を（　　）引き受けてしまって後悔している。

1 ひらたく
2 もろく
3 このましく
4 たやすく

446・答案：4

譯文：沒有認真考慮便接受了會長之任，現在後悔了。

容易い：容易，輕易

▶たやすい問題／簡單的問題

平たい：①平坦 ②淺顯，易懂

▶平たく言えば……／簡單來説……

脆い：①易碎，易壞 ②脆弱 ③不堅強，心軟

▶情に脆い。／容易心軟。

好ましい：令人喜歡的，令人滿意的

▶好ましくない人／不招人喜歡的人

447. 新しい提案によって緊張が（　　）した。

1 調和
2 緩和
3 飽和
4 温和

447・答案：2

譯文：新議案使緊張的局勢得以緩和。

緩和：緩和，放寬

▶制限を緩和する。／放寬限制。

調和：調和，和諧

▶音が調和しない。／音調不和諧。

飽和：飽和

▶濃度が飽和に達する。／濃度達到飽和。

温和：溫和，溫柔

▶性質の温和な人／性情溫和的人

448. 消防署は管内のホテルを（　　）的に点検した。

1 重圧
2 重点
3 重要
4 重厚

448・答案：2

譯文：消防局重點檢查了轄區內的旅館。

重点：重點

▶重点をおさえる。／抓住重點。

重圧：重壓，沉重的壓力

▶経済的重圧を受ける。／受到經濟方面的沉重壓力。

重厚：沉著，穩重

▶重厚な語り口／穩重的口吻

**449. 彼女は精一杯仕事に
（　　）いる。**

1 打ち込んで
2 たたき込んで
3 取り込んで
4 投げ込んで

449・答案：1

譯文：她全身心投入工作。

打ち込む：①打進，砸進 ②打入（敵陣）③猛烈扣球 ④專
心致志
▶学習に打ち込む。／專心學習。
叩き込む：①打進，用力敲進去 ②灌輸 ③牢記，掌握
▶頭によく叩き込む。／牢記在腦子裡。
取り込む：①收進來 ②拉攏 ③忙亂
▶仲間に取り込む。／拉他入伙。
投げ込む：扔進，投入
▶水面に石を投げ込む。／朝水面扔石頭。

**450. 新商品開発（　　）
を進めるため、今回
会議が行った。**

1 カリキュラム
2 セキュリティー
3 テクノロジー
4 プロジェクト

450・答案：4

譯文：為了推進新商品的開發，我們召開了本次會議。

プロジェクト：①計劃 ②開發計劃
▶商品開発プロジェクト／商品開發計劃
カリキュラム：教學計劃，課程計劃
▶カリキュラムを企画する。／設計教學計劃。
セキュリティー：安全，保全
▶セキュリティーシステム／保全系
テクノロジー：技術，科技
▶最先端のテクノロジー／最新技術

第一週　第二週　第三週　第一天　第四週　第五週

練習問題	解説

451. 自分の限界を超えて
まで働いたり体を
（　　）するのは間
違っています。

1 駆使
2 行使
3 乱用
4 流用

451・答案：1

譯文：身體已經無法負荷了還死撐著工作，勉強自己的身體動起來，這是不對的。

駆使：①驅使，運用 ②操縱自如

▶先端技術を駆使する。／運用先進技術。

行使：行使，使用

▶拒否権を行使する。／行使否決權。

乱用：濫用，亂用

▶職権乱用／濫用職權

流用：挪用

▶公金を流用する。／挪用公款。

---

452. 両親はまんまと
（　　）に引っ掛
かった。

1 マニュアル
2 タイトル
3 トリック
4 ラベル

452・答案：3

譯文：父母輕易受騙，中了圈套。

トリック：詭計，騙術，把戲

▶トリックを設ける。／設騙局。

マニュアル：手冊，指南

▶学生マニュアル／學生手冊

タイトル：①標題，題目 ②（電影或電視的）字幕

▶文章のタイトル／文章的題目

ラベル：標籤

▶ラベルで表示する。／用標籤來標示。

---

453. 反復練習することは
学生たちに最も
（　　）です。

1 肝要
2 活発
3 平穏
4 強情

453・答案：1

譯文：對學生來說，反覆練習最為重要。

肝要：關鍵，重要，要害

▶肝要な点／關鍵的點

活発：活潑，活躍

▶活発な子／活潑的孩子

平穏：平穩，平靜

▶平穏な毎日／平靜的日子

強情：頑固，固執

▶強情な男／頑固的男人

454. 津波が海岸に（　　）きた。

1 押し寄せて
2 引き寄せて
3 寄せ集めて
4 寄せ付けて

454・答案：1

譯文：海嘯朝岸邊襲來。

押し寄せる：①湧來，蜂擁而至 ②推到一旁，挪到一邊
▶高波が押し寄せる。／巨浪湧了過來。
引き寄せる：①拉到跟前 ②吸引
▶灰皿を手元に引き寄せる。／把菸灰缸挪到手邊。
寄せ集める：聚集，籌集，使集中
▶資金を寄せ集める。／籌集資金。
寄せ付ける：使靠近，使接近
▶足元にも寄せ付けない。／望塵莫及。

455. 車窓から御社の看板が（　　）見えた。

1 さらっと
2 どきっと
3 ちらっと
4 ずらっと

455・答案：3

譯文：從車窗往外一瞥，就看到了貴公司的招牌。

ちらっと：①一閃，一晃，一瞥 ②略微，偶爾
▶彼女は私の方をちらっと見た。／她往我這邊瞥了一眼。
さらっと：乾爽，乾燥，鬆軟
▶そこの土はさらっとしている。／那裡的泥土很鬆軟。
どきっと：大吃一驚，嚇一跳
▶どきっとするほどの美しさ／令人驚艷的美
ずらっと：一長排，成排地
▶ずらっと並んでいる。／排成一排。

456. 私が使っているコップのふちが（　　）います。

1 かけて
2 もれて
3 こぼれて
4 あふれて

456・答案：1

譯文：我使用的茶杯邊緣缺了一塊。

欠ける：①有缺口 ②缺少，不足
▶常識に欠ける。／缺乏常識。
漏れる：①漏，泄漏 ②走漏，泄露 ③流出 ④落榜，被淘汰
▶水が漏れる。／漏水。
零れる：①撒，散落 ②溢出，流出 ③顯現，露出
▶涙が零れる。／落淚。
溢れる：①溢出 ②充滿，擠滿
▶風呂の水が溢れた。／澡盆裡的水溢了出來。

457. 胸に（　　）を感じて目が覚めた。

1　迫力
2　脅迫
3　緊迫
4　圧迫

457・答案：4

譯文：感到胸口有壓迫感，就醒了。

圧迫（あっぱく）：①壓迫 ②壓制

▶胸を圧迫する。／壓迫胸部。

迫力（はくりょく）：扣人心弦，感染力

▶迫力のある演技／扣人心弦的演技

脅迫（きょうはく）：威脅，恐嚇

▶脅迫電話／恐嚇電話

緊迫（きんぱく）：緊迫，緊張

▶緊迫した空気／緊張的空氣

458. この件は次回まで（　　）事項とする。

1　議案
2　懸案
3　懸念
4　法案

458・答案：2

譯文：把這件事情留到下次解決。

懸案（けんあん）：懸案，作為問題存在且一直未解決的事項

▶長年の懸案／多年的懸案

議案（ぎあん）：議案

▶議案を提出する。／提出議案。

懸念（けねん）：擔心，掛念

▶先行きを懸念する。／擔心前途。

法案（ほうあん）：法案，法律的草案

▶法案を可決した。／通過法律的草案。

459. あてにした金が入らず、彼は（　　）している。

1　てっきり
2　ごっそり
3　げっそり
4　がっちり

459・答案：3

譯文：指望的錢沒有到帳，他無精打采的。

げっそり：①急劇消瘦 ②失望，無精打采

▶入試に落ちてげっそりする。／因沒有考上而灰心。

てっきり：一定，無疑，肯定

▶てっきりそうだと思う。／我想一定是那樣。

ごっそり：①全部，通通 ②很多

▶ごっそり盗まれた。／被偷個精光。

がっちり：①堅固，健壯，牢固 ②精打細算

▶がっちり屋／斤斤計較的人

**460. 彼が立派な人間だと
いう（　　　）を強め
た。**

1　確実
2　確信
3　確定
4　確認

460・答案：2

譯文：我更加確信他是一個了不起的人。

確信：①堅信，確信 ②有信心，有把握
▶確信をもって言う。／信心百倍地説。

確実：確實，可靠
▶確実な根拠／可靠的依據

確定：確定
▶当選が確定する。／已確定當選。

確認：確認
▶安全確認／確認安全

**461. この寺は歴史的に
（　　　）存在だ。**

1　なだかい
2　なさけぶかい
3　なだらかな
4　なごやかな

461・答案：1

譯文：這座寺廟在歷史上負有盛名。

名高い：有名，著名
▶世に名高い歌人／有名的和歌詩人

情け深い：仁慈，富有同情心
▶情け深い処置を望む。／希望寛大處理。

なだらか：①坡度小 ②平穏，順利
▶なだらかに会が進行する。／會議順利進行。

和やか：溫和，和諧，平和，和睦
▶和やかな雰囲気／和睦的氣氛

**462. 彼は組織を動かす
（　　　）を体得して
いる。**

1　ストック
2　ノウハウ
3　マスター
4　リハビリ

462・答案：2

譯文：他正在學習管理組織的技巧。

ノウハウ：①知識，技術 ②技巧
▶会社経営のノウハウを学ぶ。／學習經營公司的技巧。

ストック：①儲備，儲存 ②股份
▶知識のストック／知識儲備

マスター：①精通，掌握 ②主人，老板
▶日本語をマスターする。／精通日語。

リハビリ：復健
▶辛いリハビリ／辛苦的復健

463. その家系は10代目で（　　）した。

1 撤退
2 廃墟
3 徹回
4 廃絶

463・答案：4

譯文：那個家族在第十代絕嗣。

廃絶：①廃止，廃除 ②滅絶，絶嗣

▶核廃絶／廢除核武器

撤退：撤退

▶外国軍隊を撤退させる。／使外國軍隊撤退。

廃墟：廢墟

▶廃墟になった町／化為廢墟的城市

撤回：撤回，撤銷

▶処分を撤回する。／撤銷處分。

464. 今回は契約内容の変更や契約を（　　）する際に注意すべき点について解説します。

1 解除
2 解散
3 解体
4 解禁

464・答案：1

譯文：這次將對合約變更以及解除合約時需要注意的點進行說明。

解除：解除，廢除

▶契約を解除する。／解除合約。

解散：解散

▶群衆を解散させる。／使群眾散開。

解体：①解體，拆卸 ②解剖

▶解体工事／拆卸工程

解禁：解禁，解除禁令

▶金解禁／解除出口黃金的禁令

465. 医者は病気の原因を的確に（　　）した。

1 指揮
2 指示
3 指定
4 指摘

465・答案：4

譯文：醫生準確地指出了病因。

指摘：指出，指摘

▶君の指摘はもっともだ。／你指出的問題很有道理。

指揮：指揮

▶指揮に従う。／服從指揮。

指示：①吩咐，指示 ②指給人看

▶午前中に行けと指示する。／吩咐他上午去。

指定：指定

▶全部指定席だ。／全是需要對號入座的座位。

466. 返事は、総務部の鈴木（　）にお願いします。

1 宛て
2 行き
3 向け
4 着

466・答案：1

譯文：請把回信寄給總務部的鈴木。

～宛て：寄給，寄往
▶国際書店宛ての荷物／寄給國際書店的貨物
～行き：開往
▶北京行きの汽車／開往北京的火車
～向け：面向
▶一般向けの雑誌／供一般讀者閱讀的雜誌
～着：①達到，抵達 ②（衣服）件，套
▶東京着／抵達東京

467. 店の改築祝いに（　）の人々が集まった。

1 まなざし
2 おなじみ
3 おざなり
4 おしまい

467・答案：2

譯文：朋友們前來祝賀店面改裝開幕。

お馴染み：熟識，相好，熟人，老相識
▶お馴染みの客／常客
眼差し：目光，眼神
▶熱い眼差しを浴びる。／受到熱切注視。
お座なり：敷衍，走過場
▶お座なりにやる。／敷衍了事。
お仕舞：①結束，終了 ②完蛋，不可挽救 ③賣光
▶物語はこれでお仕舞です。／故事到這裡就結束了。

468. 明日は気楽な集まりなので、（　）な服装で来てください。

1 リラックス
2 カジュアル
3 プロセス
4 マニュアル

468・答案：2

譯文：明天是輕鬆的聚會，請穿便裝出席。

カジュアル：簡便，休閒，非正式
▶カジュアルな場／非正式場合
リラックス：輕鬆，放鬆，緩和
▶リラックスして話す。／輕鬆地談話。
プロセス：經過，過程，工序
▶思考のプロセス／思考的過程
マニュアル：手冊，指南
▶作業マニュアル／操作指南

469. この話にはそもそも
から反対だった。

1 全部
2 いつも
3 最初から
4 なんとなく

469・答案：3

譯文：從最開始就反對這件事。

そもそも：①最初，本來 ②說起來，究竟

▶そもそもの始まり／最開始

何となく：①不知為何總覺得 ②無意中

▶何となく元気がない。／總覺得有點精神不振。

---

470. 青年の心には正義感
がみなぎっていた。

1 回復して
2 満ちて
3 不足して
4 衰えて

470・答案：2

譯文：青年的心中充滿了正義感。

漲る：充滿，洋溢

▶活気が漲る。／充滿活力。

満ちる：①充滿，洋溢 ②漲潮 ③期滿

▶水が満ちる。／水即將溢出。

衰える：衰弱，衰落，凋敝

▶体力が衰える。／體力下降。

---

471. 彼はしぶとく自分の
意見にこだわった。

1 慎重に
2 丁寧に
3 つつましく
4 ねばり強く

471・答案：4

譯文：他固執己見。

しぶとい：①頑強 ②固執

▶土俵際がしぶどい。／關鍵時刻挺得住。

粘り強い：①黏性強 ②堅韌不拔，有耐心

▶粘り強く説得する。／耐心地說服。

慎重：慎重

▶慎重な態度／慎重的態度

丁寧：①認真 ②恭敬

▶丁寧に読む。／認真閱讀。

慎ましい：①儉樸 ②恭謹，拘謹

▶慎ましく意見を述べる。／恭謹地陳述意見。

---

472. 彼は拒否するだろう
と思っていたら案の
定拒否した。

1 予想どおり
2 不意に
3 気まぐれ
4 とりあえず

472・答案：1

譯文：想著他可能會拒絕，果然不出所料。

案の定：果然，不出所料

▶案の定失敗した。／果然失敗了。

不意：冷不防，突然，出其不意

▶不意に飛び出す。／突然衝出去。

気まぐれ：任性，反覆無常

▶一時の気まぐれ／一時興起

473. この失敗で彼は<u>くじ</u>
<u>ける</u>ことはない。

1　落ち着く

2　落ち込む

3　悩む

4　やめる

473・答案：2

譯文：他並沒有因為這次失敗而氣餒。

挫ける（くじ）：受挫，氣餒

▶ここで挫けるな！／別氣餒！

---

474. 私が課長のお気に入
りであるかのように
<u>いやみ</u>を言われた。

1　じょうだん

2　皮肉

3　批判

4　不満

474・答案：2

譯文：被別人挖苦說看來我是課長面前的紅人。

嫌味（いやみ）：①令人不快，挖苦 ②討厭

▶嫌味を言う。／挖苦人。

皮肉（ひにく）：①挖苦，諷刺 ②不如意，不湊巧

▶皮肉を込めて言う。／話中帶刺。

批判（ひはん）：①批判，批評 ②評論

▶批判を受ける。／受到批評。

---

475. てっきり

1　<u>てっきり</u>と曇った空を見
ていると、不快な気持ち
になってくる。

2　泥棒は<u>てっきり</u>逃げたと
思ったら屋上に隠れてい
た。

3　家具の位置をかえて、部
屋の模様替えをしたら、
<u>てっきり</u>した。

4　給料もあがらないし、休
みも少ないし、この会社
にはもう<u>てっきり</u>だ。

475・答案：2

譯文：本以為賊一定逃跑了，結果藏在房頂上。

てっきり：一定，無疑，肯定

▶てっきり雨だと思っていた。／我本以為一定會下雨。

選項1應該替換成「どんより」，意為「天空陰沉沉的」。

選項3應該替換成「すっきり」，意為「舒暢」。

選項4應該替換成「うんざり」，意為「厭煩」。

476. ころころ

1 彼は部屋の中でころころするのが好きだ。
2 中村さんはあの大学ならころころ入れると思った。
3 他人の話をころころ信じるべきではない。
4 彼の話はころころ変わる。

476・答案：4

譯文：他的話變化無常。

ころころ：①滾動的樣子 ②想法和話題的轉變 ③（笑聲）朗朗 ④胖嘟嘟

▶ころころころげる。／骨碌碌地滾動。

選項1應該替換成「ごろごろ」，意為「閒著無事」。
選項2應該替換成「やすやす」，意為「輕而易舉」。
選項3應該替換成「とことん」，意為「徹底」。

477. 還元

1 国民の払った税金はどのような形で還元されるのだろうか。
2 開会式で去年の優勝チームから優勝旗が還元された。
3 事故現場を還元するため徹夜の作業が行われた。
4 鈴木選手はけがの治療を終えて還元した。

477・答案：1

譯文：國民納的稅會以什麼樣的形式返還給國民呢？

還元（かんげん）：還原，恢復原狀

▶当初の状態に還元する。／恢復原狀。

選項2應該替換成「返還」，意為「歸還」、「退還」。
選項3應該替換成「復元」，意為「復原」。
選項4應該替換成「復帰」，意為「回歸」、「復出」。

478. 生い立ち

1 貧乏で、生い立ちするのがやっとだった。
2 二つの会社がサインして契約が生い立ちした。
3 親からの生い立ちを目指している。
4 彼の生い立ちは恵まれていた。

478・答案：4

譯文：他成長於得天獨厚的環境之中。

生い立ち（おいたち）：成長經歷，成長歷程

▶苦難にみちた生い立ち／充滿苦難的成長經歷

選項1應該替換成「生存」，意為「活下去」。
選項2應該替換成「成立」，意為「締結」。
選項3應該替換成「巣立ち」，意為「長大離開」。

479. 配慮

1 友人に誘われたが風邪気味なのでお酒は配慮した。
2 遅れのないようご配慮願います。
3 彼は増税反対のチラシを印刷し配慮した。
4 来年度から企画部に配慮されることになった。

譯文：請不要遲到。
配慮<ruby>はいりょ</ruby>：關懷，照顧
▶適切な配慮を受ける。／得到妥善照顧。
選項1應該替換成「遠慮」，意為「謝絕」。
選項3應該替換成「配布」，意為「分發」。
選項4應該替換成「配属」，意為「分配」。

480. 思い当たる

1 彼女の予想はずばり思い当たった。
2 離婚の原因はどうしても私には思い当たらない。
3 成績が良いからといって思い当たってはいけない。
4 鈴木さんは今日駅で思い当たらず彼女の後ろ姿を見た。

480·答案：2

譯文：我怎麼想也想不到離婚的原因。
思い当たる<ruby>おも あ</ruby>：想起，想到，覺得有道理
▶事件の原因については、思い当たるふしがある。／關於事件的原因，我有些想法。
選項1應該替換成「当たった」，意為「猜中」。
選項3應該替換成「思いあがって」，意為「驕傲」。
選項4應該替換成「思い掛けず」，意為「意外」。

171

練習問題	解說

481. 彼は長寿の血統だ。

1 ちょうじゅ
2 ちょうじゅう
3 ちょうしゅ
4 ちょうちゅう

481・答案：1

譯文：他有長壽的血統。

長：音讀為「ちょう」，例如「成長（せいちょう）」；訓讀為「なが」，例如「長（なが）い」；在動詞中讀作「た」，例如「長（た）ける」。

寿：音讀為「じゅ」，例如「寿命（じゅみょう）」；訓讀為「ことぶき」，例如「寿（ことぶき）」。

ちょうじゅう：寫成「鳥獣」，意為「飛禽走獸」。

▶鳥獣保護区／鳥獸保護區

ちょうしゅ：寫成「聴取」，意為「聽取」、「收聽」。

▶事件聴取／偵訊

482. 彼は根性が腐っている。

1 こんせい
2 こんぜい
3 こんしょう
4 こんじょう

482・答案：4

譯文：他的本性很壞。

根：音讀為「こん」，例如「根気（こんき）」；訓讀為「ね」，例如「屋根（やね）」。

性：音讀為「せい」，例如「理性（りせい）」；音讀還可讀作「しょう」，例如「性分（しょうぶん）」。

483. 生身の人間なら戦争の悲惨さを感じないはずはない。

1　きしん
2　なまみ
3　しょうみ
4　しょうしん

483・答案：2

譯文：只要是血肉之軀，就能切實感受到戰爭的悲慘。

生：音讀為「しょう」，例如「一生」；音讀還可讀作「せい」，例如「一年生」；訓讀為「なま」，例如「生ビール」；訓讀還可讀作「き」，例如「生真面目」；在動詞中讀作「う」，例如「生む」；在動詞中也可讀作「は」，例如「生やす」；在動詞中還可讀作「い」，例如「生きる」。

身：音讀為「しん」，例如「身体」；訓讀為「み」，例如「刺身」。

きしん：寫成「帰心」，意為「歸心」、「想回家的念頭」。
▶帰心矢のごとし／歸心似箭

しょうみ：寫成「賞味」，意為「品嚐」；也可以寫成「正味」，意為「淨重」、「實質內容」。
▶賞味期限／最佳賞味期限
▶正味200グラム／淨重200克

しょうしん：寫成「昇進」，意為「升遷」、「晉升」；也可以寫成「小心」，意為「膽小」、「謹慎」。
▶部長に昇進する。／升遷為部長。
▶小心な男／膽小的男人

484. 別荘があるなんて、君のところは財閥だね。

1　さいはつ
2　ざいはつ
3　さいばつ
4　ざいばつ

484・答案：4

譯文：你竟然有別墅，你家是財閥吧！

財：音讀為「ざい」，例如「財産」；音讀還可讀作「さい」，例如「財布」。

閥：音讀為「ばつ」，例如「派閥」。

さいはつ：寫成「再発」，意為「復發」、「再次發生」、「再次發作」。
▶五年前の病気が再発した。／五年前的病復發了。

485. 彼女の手際のよい処理に感服した。

1　てぎわ
2　てさい
3　しゅぎわ
4　しゅさい

485・答案：1

譯文：佩服她處理事情的本事。

手：音讀為「しゅ」，例如「手段」；音讀還可讀作「ず」，例如「上手」；訓讀為「て」，例如「手足」。

際：音讀為「さい」，例如「国際」；訓讀為「きわ」，例如「際物」。

しゅさい：寫成「主催」，意為「主辦」、「舉辦」。
▶大会の主催者／大會主辦方

486. 雷は自然現象の一つ
であり、稲光に雷
鳴を伴い、落ちると
甚大な被害をもたら
す。

1　とうこう
2　いねこう
3　いねひかり
4　いなびかり

486・答案：4

譯文：雷是一種自然現象，閃電伴隨著雷鳴，落下時會
造成巨大的災害。

稲：音讀為「とう」，例如「水稲」；訓讀為「いね」，例
如「稲刈り」；訓讀還可讀作「いな」，例如「稲穂」。

光：音讀為「こう」，例如「光陰」；在動詞中讀作「ひ
か」，例如「光る」。

とうこう：寫成「投稿」，意為「投稿」；也可以寫成
「登校」，意為「上學」；還可以寫成「投降」，意為「投
降」。

▶研究論文を投稿する／投稿研究論文
▶不登校の学生／不去上學的學生
▶投降兵／投降的士兵

---

487. 彼はマラソンで輝か
しい記録を立てた。

1　きらめかしい
2　ひらめかしい
3　かがやかしい
4　にぎやかしい

487・答案：3

譯文：他在馬拉松比賽中取得了出色的成績。

輝：音讀為「き」，例如「光輝」；訓讀為「かがや」，例
如「輝かしい」。

---

488. 費用が膨張して莫大
な額になった。

1　ほうちょう
2　ぼうちょう
3　ふうちょう
4　ぶうちょう

488・答案：2

譯文：費用上漲，成了一筆天文數字。

膨：音讀為「ぼう」，例如「膨大」；在動詞中讀作「ふ
く」，例如「膨らむ」。

張：音讀為「ちょう」，例如「出張」；在動詞中讀作
「は」，例如「張る」。

ほうちょう：寫成「包丁」，意為「菜刀」、「廚師」。
▶包丁を入れる。／用菜刀切開。

ふうちょう：寫成「風潮」，意為「風氣」、「潮流」。
▶社会の風潮を反映する。／反映社會風氣。

489. その法令はまだ<u>施行</u>されていない。

1　しこう
2　りこう
3　しっこう
4　りっこう

489・答案：1

譯文：那項法令還沒有實施。

施：音讀為「し」，例如「実施」；在動詞中讀作「ほどこ」，例如「施す」。

行：音讀為「こう」，例如「銀行」；音讀也可讀作「ぎょう」，例如「行事」；音讀還可讀作「あん」，例如「行脚」；在動詞中讀作「い」或「ゆ」，例如「行く」、「行く」；在動詞中還可讀作「おこな」，例如「行う」。

りこう：寫成「利口」，意為「機靈」、「乖巧」、「周到」；也可以寫成「履行」，意為「履行」。

▶利口な子供／乖巧的孩子

▶契約を履行する。／履行合約。

しっこう：寫成「執行」，意為「執行」；也可以寫成「失効」，意為「失效」。

▶執行委員／執行委員

▶法律が失効する。／法律失效。

490. 旧悪が<u>暴露</u>しないかと気にしている。

1　ぼうろ
2　ぼうろう
3　ばくろ
4　ばくろう

490・答案：3

譯文：一直擔心以前幹的壞事被揭發。

暴：音讀為「ばく」，例如「暴露」；音讀還可讀作「ぼう」，例如「暴力」；在動詞中讀作「あば」，例如「暴れる」。

露：音讀為「ろう」，例如「披露」；音讀還可讀作「ろ」，例如「暴露」；訓讀為「つゆ」，例如「露」；訓讀還可讀作「あらわ」，例如「露」。

491. 彼は禁酒を<u>誓った</u>。

1　になった
2　すくった
3　ちかった
4　いのった

491・答案：3

譯文：他發誓要戒酒。

誓：音讀為「せい」，例如「誓願」；在動詞中讀作「ちか」，例如「誓う」。

になう：寫成「担う」，意為「擔」、「挑」、「擔負」、「承擔」。

▶衆望を担う。／身負眾望。

すくう：寫成「救う」，意為「拯救」、「挽救」、「救濟」；也可以寫成「掬う」，意為「捧」、「舀」、「撈」。

▶医者さんに救われる。／被醫生拯救。

▶足を掬う。／抓住對方的弱點不擇手段地攻擊。

いのる：寫成「祈る」，意為「祈禱」、「祝願」。

▶ご成功を祈る。／祝你成功。

492. 毎日怠惰な生活を送っている人もいる。

1 だいさ
2 たいだ
3 だいせい
4 たいじょう

492・答案：2

譯文：也有人每天過著懶散的生活。

怠：音讀為「たい」，例如「怠慢」；訓讀為「だる」，例如「怠い」；在動詞中讀作「おこた」，例如「怠る」；在動詞中還可讀作「なま」，例如「怠ける」。

惰：音讀為「だ」，例如「惰性」。

たいじょう：寫成「退場」，意為「退場」、「退席」。

▶後から退場しなさい。／請從後方退場。

---

493. 彼は一気にビールを（　　）。

1 飲み込んだ
2 飲み干した
3 飲み下した
4 飲み比べた

493・答案：2

譯文：他將啤酒一飲而盡。

飲み干す：喝乾，喝光

▶一気に飲み干す。／一口氣喝光。

飲み込む：①嚥下，吞下 ②理解，領會

▶出かかった言葉を飲み込む。／話到嘴邊又吞了回去。

飲み下す：喝下，嚥下

▶薬を飲み下す。／喝藥。

---

494. 一人で考えたいので（　　）しておいてください。

1 そっと
2 すっと
3 ほっと
4 かっと

494・答案：1

譯文：我想一個人想一想，請不要打擾我。

そっと：①輕輕地，悄悄地 ②偷偷地 ③不觸及 ④少許，一點

▶そっと席を立つ。／悄悄地離開座位。

すっと：①迅速，輕快 ②爽快，痛快

▶すっと立ち上がる。／迅速站起來。

ほっと：放心，安心

▶ほっと一息つく。／鬆口氣。

かっと：①耀眼 ②猛地瞪大眼睛或張大嘴 ③突然（發生）

▶かっと目を見開く。／猛地瞪大眼睛。

---

495. 彼女は晴れ着を着て（　　）と家を出た。

1 こつこつ
2 まるまる
3 いそいそ
4 ちょくちょく

495・答案：3

譯文：她穿上漂亮的衣服興沖沖地出門了。

いそいそ：高興地，興沖沖地

▶いそいそしている。／十分高興。

こつこつ：孜孜不倦

▶こつこつと努力する。／孜孜不倦地努力。

まるまる：①圓，胖 ②整整

▶まるまると太った赤ちゃんがかわいい。／胖嘟嘟的嬰兒很可愛。

ちょくちょく：時常，往往

▶ちょくちょく行く店／常去的商店

496. 彼の文章には（　　）がよく出ている。

1　固有
2　固定
3　個別
4　個性

496・答案：4

譯文：他的文章很有個人風格。

個性（こせい）：個性
▶個性を尊重する。／尊重個性。
固有（こゆう）：固有，特有，天生
▶日本固有の動物／日本特有的動物
固定（こてい）：固定
▶固定観念／固有觀念
個別（こべつ）：個別，單個，單獨
▶生徒を個別に指導する。／個別輔導學生。

---

497. 我が校のサッカーチームは優勝候補を相手に（　　）したが、惜しくも敗れた。

1　格闘
2　健闘
3　紛争
4　奮発

497・答案：2

譯文：本校足球隊面對奪冠熱門的隊伍奮力拼搏，但很遺憾，他們還是輸了。

健闘（けんとう）：拼搏，奮鬥，再接再厲
▶強敵を相手に健闘する。／面對強敵勇敢戰鬥。
格闘（かくとう）：①格鬥 ②搏鬥，鬥爭
▶猛獣と格闘する。／與猛獸搏鬥。
紛争（ふんそう）：糾紛，紛爭，爭執
▶紛争を起こす。／起糾紛。
奮発（ふんぱつ）：①發憤，奮發 ②狠下心來拿出錢來做某事
▶チップを奮発する。／多給不少小費。

---

498. 危機（　　）への手掛かりをつかんだ。

1　打開
2　打撃
3　打倒
4　打診

498・答案：1

譯文：有了解決危機的頭緒。

打開（だかい）：打開，解決
▶局面を打開する。／打破僵局。
打撃（だげき）：①打撃 ②撃球
▶打撃を受ける。／受到精神上的打撃。
打倒（だとう）：打倒，推翻
▶宿敵を打倒する。／打倒宿敵。
打診（だしん）：①叩診 ②試探，打探
▶打診器／叩診器

第一週
第二週
第三週　第三天
第四週
第五週

177

499. 食事回数と脂肪の（　　）は関係ないと専門家が証言した。

1　成績
2　蓄積
3　体積
4　功績

499・答案：2

譯文：有專家證實，用餐次數和脂肪的堆積無關。

蓄積<ruby>ちくせき</ruby>：積蓄，積累，積攢

▶知識の蓄積／知識的積累

成績<ruby>せいせき</ruby>：成績，成果

▶販売成績／銷售成績

体積<ruby>たいせき</ruby>：體積，容積

▶体積を求める。／計算體積。

功績<ruby>こうせき</ruby>：功績，功勞

▶功績をあげる。／立功。

500. 明日午前10時に医者との（　　）がある。

1　コメント
2　アプローチ
3　アポイント
4　ミーティング

500・答案：3

譯文：我和醫生約好明天上午十點見面。

アポイント：約會，見面的約定

▶アポイントを取る。／預約見面時間。

コメント：評論，講解，點評

▶ノーコメント／無可奉告

アプローチ：①通道 ②探討，研究

▶歴史的観点からアプローチする。／從歷史學角度研究。

ミーティング：會議，集會

▶ミーティングルーム／會議室

501. 田中さんは仕事の（　　）が甘く、最後の最後に失敗することが多い。

1　果て
2　切り
3　詰め
4　結び

501・答案：3

譯文：田中在工作的最終階段容易掉以輕心，總以失敗告終。

詰め<ruby>つ</ruby>：①填充物 ②盡頭 ③最後關頭

▶詰めが甘い。／最後關頭掉以輕心。

果て<ruby>は</ruby>：①邊際，盡頭 ②結局

▶議論の果て／爭論的結果

切り：①段落，階段 ②界限，限度

▶切りがいい。／剛好告一段落。

結び<ruby>むす</ruby>：①打結 ②結合，結交 ③結束，結尾

▶結びの神／結緣之神

502. 今日は寒くて、
　　　（　　）に雨が降っ
　　　ている。

1　おせじ
2　おわび
3　おまけ
4　おとも

502・答案：3

譯文：今天很冷，而且還下雨。

おまけに：而且，加之，再加上

▶昨日、お姉さんに映画に連れて行ってもらって、おまけに夕食までご馳走になった。／昨天姐姐帶我去看了電影，還請我吃了晚飯。

お世辞：恭維（話），奉承（話）

▶お世辞がうまい。／善於應酬。

お詫び：道歉，賠罪，賠不是

▶重ね重ねお詫びをいたします。／衷心表示歉意。

お供：陪同，做伴

▶途中までお供しましょう。／我陪您走一段吧。

---

503. 彼に対して（　　）
　　　的態度をとることは
　　　できない。

1　調和
2　協調
3　協定
4　妥協

503・答案：4

譯文：對他不能採取妥協的態度。

妥協：妥協，和解

▶相互に妥協する。／互相妥協。

調和：調和，和諧

▶調和を欠く。／不和諧。

協調：合作，協調

▶協調を保つ。／保持協調。

協定：協定

▶協定を結ぶ。／締結協定。

---

504. 仕事に失敗しても、
　　　逆にそれを利用して
　　　成功に結び付ける小
　　　野さんは（　　）男
　　　だ。

1　しとやかな
2　したたかな
3　しなやかな
4　太っ腹な

504・答案：2

譯文：小野他即便在工作上失敗了，也會利用失敗走向成功，他真是個頑強的男人。

強か：①難對付，不好惹，厲害 ②充分，強烈

▶強かなやつ／不好惹的家伙

淑やか：賢淑，嫺靜，端莊

▶淑やかな女性／端莊的女性

しなやか：①柔軟，柔韌 ②優美，溫柔

▶しなやかな物腰／溫柔的態度

太っ腹：①大度，豁達 ②大腹便便

▶太っ腹な人／大度的人

第一週
第二週
第三週
第三天
第四週
第五週

179

505. 今後こんなことのないよう（　　）。

1　こめる
2　とざす
3　つつしむ
4　つぐむ

505・答案：3

譯文：今後謹防類似事件再次發生。

慎む：①謹慎 ②節制 ③恭謹
▶言葉を慎む。／謹言慎行。
込める：①裝填 ②計算在內，包括在內 ③貫注
▶心を込める。／全神貫注。
閉ざす：①關門 ②封鎖 ③封閉
▶道を閉ざす。／封鎖道路。
噤む：沉默，緘口
▶口を噤む。／緘口不言。

506. その問題は（　　）にされた。

1　後先
2　後追い
3　後出し
4　後回し

506・答案：4

譯文：那個問題被擱置了。

後回し：推遲，往後推，擱置
▶後回しにする。／以後再辦。
後先：①前後，先後 ②前因後果，始末 ③順序顛倒
▶後先かまわず／冒冒失失
後追い：①追趕，追逐 ②效仿，模擬
▶後追い商品／跟風商品
後出し：猜拳時比對方晚出拳
▶後出しじゃん拳／晚出拳

507. この街道の（　　）に小さなお堂が建っている。

1　ならび
2　はずれ
3　ふもと
4　てっぺん

507・答案：2

譯文：這條街道的盡頭有一座小廟。

外れ：①未中，落空 ②盡頭，遠離中心的地方
▶期待外れ／期望落空
並び：①並排，排列 ②相比，比較
▶並びもない人物／無與倫比的人
麓：山腳下
▶山の麓にある家／山腳下的房子
天辺：頂峰，極點
▶山の天辺に月が出た。／月亮爬上了山頂。

508. 彼らは（　　）行動に走りやすい。

1　過激な
2　過大な
3　過度な
4　過眠な

508・答案：1

譯文：他們容易採取過激行為。

過激_{かげき}：①過激，激進 ②過度，過火

▶過激な言葉を用いる。／使用過激的語言。

過大_{かだい}：過大，過高

▶過大な要求／過分的要求

過度_{かど}：過度，超過限度

▶過度の飲酒／過度飲酒

過眠_{かみん}：過度睡眠

▶過眠症／過度睡眠症

---

509. その委員会は（　　）取引を推進することを目的に設立された。

1　公正な
2　平等な
3　正直な
4　素直な

509・答案：1

譯文：那個委員會是為了推行公平交易原則而成立的。

公正_{こうせい}：公正，公平而正確

▶公正無私／大公無私

平等_{びょうどう}：平等

▶平等に扱う。／平等對待。

正直_{しょうじき}：①誠實，正直 ②其實，老實說

▶正直は一生の宝。／誠實是最寶貴的品格。

素直_{すなお}：坦率，老實，純樸

▶素直な子／老實的孩子

---

510. 僕は英語が（　　）分からない。

1　あたかも
2　まるっきり
3　のきなみ
4　ひたすら

510・答案：2

譯文：我根本不會英語。

まるっきり：完全，根本，一概

▶まるっきり興味がない。／根本不感興趣。

あたかも：恰似，宛如，好像

▶あたかも兄弟のようだ。／好像兄弟一樣。

軒並_{のきな}み：①成排的屋簷 ②家家戶戶 ③依次，一律

▶軒並みの美しい通り／屋簷排列整齊的大街

ひたすら：一味，一個勁

▶ひたすら前へと歩む。／一個勁地往前走。

練習問題	解說
511. これは事件の顛末をよく（　　）した記事である。 1　フォロー 2　ファイト 3　フェンス 4　フィードバック	**511・答案：1** **譯文：這是一則全程追蹤事件始末的新聞報導。** フォロー：①跟蹤，跟隨 ②輔助 ③跟拍 ▶調査のフォローアップ／追蹤調查 ファイト：①戰鬥，鬥志 ②加油 ▶ファイトを燃やす。／鬥志昂揚。 フェンス：①柵欄，圍欄 ②（棒球場邊的）擋網 ▶家の周りにフェンスを立てる。／在房屋的周圍圍上柵欄。 フィードバック：回饋 ▶フィードバックを与える。／給予回饋。
512. 本人の希望を（　　）したうえで決定する。 1　考案 2　考慮 3　思考 4　思索	**512・答案：2** **譯文：在考慮本人的意願之上做決定。** 考慮（こうりょ）：考慮，打算 ▶考慮に入れる。／加以考慮。 考案（こうあん）：設計，規劃，構思 ▶新しいデザインを考案する。／設計新款式。 思考（しこう）：思考，考慮 ▶思考力／思考能力 思索（しさく）：思索，思考，探求 ▶思索にふける。／用心思索。 辨析：「考慮」主要指思考某一件事或幾件事；「考案」是指想出新方法，設計出新東西；「思考」是指按照某一理論謹慎地思考；「思索」多用於抽象事物，有逐步加深思考的意思。

513. 彼は（　　　）態度を
とっていた。

1　あやふやな
2　あからさまな
3　たくましい
4　あわただしい

513・答案：1

譯文：他的態度很曖昧。

あやふや：含糊
▶あやふやな話／含糊的話
あからさま：直言不諱，公開，直截了當
▶あからさまに告げる。／直言不諱。
逞しい：①健壯，魁梧 ②旺盛，堅強
▶逞しく育つ。／茁壯成長。
慌ただしい：慌張，匆忙，不穩
▶雲の動きが慌ただしい。／流雲奔湧。

---

514. 父の転勤で、家族は東
京に邸宅を（　　　）。

1　結んだ
2　構えた
3　捉えた
4　組んだ

514・答案：2

譯文：由於父親工作調動，家人在東京蓋了房。

構える：①建造 ②架勢，擺出姿勢 ③準備好 ④捏造
▶別荘を構える。／修建別墅。
捉える：①揪住，抓住 ②把握，掌握
▶心を捉える。／抓住人心。

---

515. シャツが汗で（　　　）
濡れていた。

1　じっくり
2　ぴったり
3　びっしょり
4　びっくり

515・答案：3

譯文：襯衫被汗水浸濕了。

びっしょり：濕透
▶びっしょりと汗をかく。／汗流浹背。
じっくり：慢慢地，不慌不忙地，仔細地
▶じっくり考えてください。／請仔細考慮。
ぴったり：①緊密，嚴實 ②恰好，合適 ③說中，猜中
▶戸をぴったり閉める。／把門關得緊緊的。
びっくり：吃驚，嚇一跳
▶びっくりして目を覚ます。／驚醒。

516. 彼にとって彼女は（　　）高嶺の花のような存在だ。

1 てんで
2 しょせん
3 せっかく
4 めったに

516・答案：2

譯文：對他而言，她終歸是可望而不可及的存在。

所詮：最終，歸根究柢，畢竟

▶彼は所詮助かるまい。／他終歸性命難保。

てんで：（後接否定）簡直，根本，壓根

▶てんで役に立たない。／根本不起作用。

折角：①好不容易 ②特地

▶せっかくの努力が無駄になる。／辛勤努力付之東流。

めったに：（後接否定）幾乎（不），很（少）

▶映画館にはめったに行かない。／很少去電影院。

517. お医者さんに健康の秘訣を聞いてみた。

1 たち
2 きも
3 こつ
4 いき

517・答案：3

譯文：向醫生諮詢（保持）健康的祕訣。

秘訣：祕訣

▶英語上達の秘訣／提升英語能力的祕訣

骨：①骨頭 ②祕訣，竅門

▶こつを飲み込む。／掌握竅門。

質：①天性，資質，性格 ②品質

▶涙もろい質／愛哭的性格

肝：①肝臟 ②膽量

▶肝が太い。／膽大。

粋：①漂亮，瀟灑 ②風流 ③圓滑

▶粋な格好／瀟灑的姿態

518. 兄は無口な人だ。

1 とてもおとなしい
2 味がわからない
3 声が小さい
4 話が下手だ

518・答案：1

譯文：哥哥是個沉默寡言的人。

無口：沉默寡言，話少

▶無口な子／話少的孩子

大人しい：①溫順，溫和 ②素淨，淡雅 ③（小孩子等）安靜，老實

▶あの子はおとなしく本を読んでいる。／那個孩子安靜地讀著書。

519. 久しぶりに会ったとき彼はまったく<u>よそよそしかった</u>。

1 忙しそうだった
2 うれしそうだった
3 病気のようだった
4 他人のようだった

519・答案：4

譯文：時隔很久再次見面時，他變得很冷淡。

よそよそしい：冷淡，見外，疏遠
▶よそよそしい態度／冷淡的態度
他人（たにん）：他人，外人
▶赤の他人／毫無關係的外人
忙（せわ）しい：忙碌，匆忙
▶忙しそうに見える。／看上去很忙。

---

520. こんな<u>とりとめもない</u>議論をいつまでやっても無駄だ。

1 実にくだらない
2 あまり上品ではない
3 あまり深刻ではない
4 まとまりのない

520・答案：4

譯文：這種毫無要點的討論進行多久都沒用。

取（と）り留（と）め：要領，要點
▶取り留めのない話／不得要領的話
纏（まと）まり：歸納，要領
▶纏まりのない話／沒有條理的話
くだらない：無聊，沒有價值
▶くだらない映画／無聊的電影

---

521. この件について彼の意向を<u>打診する</u>ことにした。

1 人に聞いてもらう
2 インタビューする
3 様子を探る
4 様子を見守る

521・答案：3

譯文：關於這件事，我決定試探試探他的想法。

打診（だしん）：①叩診 ②試探，打探
▶意向を打診する。／試探意向。

---

522. 彼女と付き合うのはもう<u>こりごり</u>だ。

1 終わりだ
2 いやだ
3 順調だ
4 完璧だ

522・答案：2

譯文：我受夠了和她交往。

懲（こ）り懲（ご）り：受夠了，膽怯，再也不敢
▶もう懲り懲りだ。／受夠了。

第一週
第二週
第三週
第四天
第四週
第五週

523. お世辞

1 友達に結婚式のお世辞を頼まれた。
2 君はお世辞がうまいね。
3 母は暇さえあれば、近所の人とお世辞話をしている。
4 お世話になった人にはきちんとお世辞を言うべきだ。

523・答案：2

譯文：你可真會說話啊。

お世辞：奉承（話），恭維（話）

▶お世辞をいう。／說客套話。

選項1應該替換成「祝辞」，意為「賀詞」、「祝詞」。

選項3應該替換成「世間話」，意為「閒聊」。

選項4應該替換成「お礼」，意為「謝意」。

524. 根深い

1 木を植えるために根深い穴を掘った。
2 彼はその問題に根深い偏見を持っている。
3 それでは、ここに座って、根深く息を吸ってください。
4 話が難しすぎて、あまり根深くは理解できなかった。

524・答案：2

譯文：他對那個問題抱有根深蒂固的偏見。

根深い：①植物的根扎得很深 ②根深蒂固

▶古い因習が根深く残る。／陋習根深蒂固。

選項1應該替換成「深い」，意為「深」。

選項3應該替換成「深く」，意為「深深地」。

選項4應該替換成「深く」，意為「深入」、「深刻」。

525. 愛想

1 田中さんは愛想の証しに彼女にイヤリングを贈った。
2 彼はついに妻に愛想を尽かされた。
3 鈴木さんは古いアルバムに愛想があった。
4 笑顔の素敵な小野さんは非常に良い愛想を人に与える。

525・答案：2

譯文：他最終被妻子厭棄了。

愛想：①（待人的態度）親切 ②款待 ③顧客付錢

▶愛想がいい。／和藹可親。

選項1應該替換成「愛情」，意為「愛情」、「愛戀」。

選項3應該替換成「愛着」，意為「留戀」。

選項4應該替換成「印象」，意為「印象」。

526. そらす

1 課長が渡辺さんと二人で話したいと言うので彼は席をそらした。
2 木村さんはシャツのボタンをそらした。
3 話しながら目をそらすのは失礼である。
4 準備が調ったので計画を行動にそらした。

526・答案：3

譯文：邊跟人說話邊看別的地方很沒禮貌。

逸(そ)らす：①偏離，錯過 ②岔開，扭轉 ③得罪人
▶話を逸らす。／岔開話題。
選項1應該替換成「外した」，意為「離席」。
選項2應該替換成「外した」，意為「解開」。
選項4應該替換成「移した」，意為「實行」、「開展」。

527. 際立つ

1 この二つの意見には際立った違いはない。
2 10時間かけてやっと山の頂上に際立った。
3 彼は疑惑を際立って否定した。
4 捜査の末、やっと真相が際立った。

527・答案：1

譯文：這兩種意見沒有顯著區別。

際立(きわだ)つ：顯著，突出，清晰，格外顯眼
▶際立って成績がよい。／成績突出。
選項2應該替換成「辿り着いた」，意為「到達」。
選項3應該替換成「はっきり」，意為「直截了當」。
選項4應該替換成「表立った」，意為「公開」。

528. 月並み

1 生まれたばかりの子どもは月並みに背が伸びるものだ。
2 月並みには、外国の地名はカタカナで書かれている。
3 休日出勤が月並みで、疲れがたまり、ついに体を壊してしまった。
4 これは月並みな文章に過ぎない。

528・答案：4

譯文：這不過是篇普通的文章。

月並(つきな)み：①每月，月月 ②平凡，平庸
▶月並みな工夫／平庸的辦法
選項1應該替換成「月ごと」，意為「每個月」。
選項2應該替換成「普通」，意為「一般」、「通常」。
選項3應該替換成「当たり前」，意為「當然」。

第一週
第二週
第三週　第四天
第四週
第五週

529. リスなどの動物はよく<u>雑木林</u>でどんぐりを拾う。

1　ざつぼくりん
2　ぞうきばやし
3　ぞうきりん
4　ざっきばやし

529・答案：2

譯文：松鼠等動物經常在雜木林中撿拾橡子。

雑：音讀為「ざつ」，例如「雑誌（ざっし）」；音讀還可讀作「ぞう」，例如「雑巾（ぞうきん）」。

木：音讀為「もく」，例如「樹木（じゅもく）」；訓讀為「き」，例如「木の芽（き の め）」；訓讀還可讀作「こ」，例如「木の葉（こ の は）」。

林：音讀為「りん」，例如「森林（しんりん）」；訓讀為「はやし」，例如「林（はやし）」。

---

530. 日本の歴史を<u>根本</u>から研究しなおした。

1　こんほん
2　こんぽん
3　こんぼん
4　こんもと

530・答案：2

譯文：從源頭重新研究日本歷史。

根：音讀為「こん」，例如「根気（こん き）」；訓讀為「ね」，例如「屋根（や ね）」。

本：音讀為「ほん」，例如「本質（ほんしつ）」；訓讀為「もと」，例如「旗本（はたもと）」。

---

531. その通りの交通が一時間<u>遮断</u>された。

1　しょたん
2　しゃたん
3　しょだん
4　しゃだん

531・答案：4

譯文：那條道路暫時禁行一小時。

遮：音讀為「しゃ」，例如「遮光（しゃこう）」；在動詞中讀作「さえぎ」，例如「遮る（さえぎ る）」。

断：音讀為「だん」，例如「判断（はんだん）」；在動詞中讀作「た」，例如「断つ（た つ）」；在動詞中還可讀作「ことわ」，例如「断る（ことわ る）」。

しょだん：寫成「処断」，意為「裁決」、「判決」；也可以寫成「初段」，意為「一段」、「初段」。

▶法の処断が下される。／依法判決。

532. この植物は陰湿な地に生育する。

1 いんしつ
2 いんじつ
3 おんしつ
4 おんじつ

532・答案：1

譯文：這種植物生長在陰暗潮濕的地方。

陰：音讀為「いん」，例如「陰鬱」；在動詞中讀作「かげ」，例如「陰る」。

湿：音讀為「しつ」，例如「湿度」；在動詞中讀作「しめ」，例如「湿る」。

おんしつ：寫成「音質」，意為「音質」；也可以寫成「温室」，意為「溫室」。

▶楽器が音質／樂器的音質
▶温室効果／溫室效應

533. この辞書は重宝しています。

1 じゅぼう
2 じゅうぼう
3 ちょうほう
4 ちょうぼう

533・答案：3

譯文：這本字典很方便實用。

重：音讀為「じゅう」，例如「重量」；音讀還可讀作「ちょう」，例如「尊重」；訓讀為「おも」，例如「重い」；在動詞中讀作「かさ」，例如「重ねる」。

宝：音讀為「ほう」，例如「宝石」；訓讀為「たから」，例如「宝物」。

注意：「重宝」既可讀作「ちょうほう」，也可讀作「じゅうほう」。讀作「じゅうほう」時只作名詞使用，意為「寶物」。

534. 人間は相互の親睦を図るべきだ。

1 しんりく
2 しんにく
3 しんもく
4 しんぼく

534・答案：4

譯文：人類應該努力做到和睦相處。

親：音讀為「しん」，例如「親戚」；訓讀為「おや」，例如「親指」；訓讀為「した」，例如「親しい」。

睦：音讀為「ぼく」，例如「和睦」；訓讀為「むつ」，例如「睦まじい」。

第一週

第二週

第三週

第四天

第四週

第五週

535. その話は初耳だ。

1 しょじ
2 はつじ
3 はつみみ
4 ういみみ

535・答案：3

譯文：這話真是頭一次聽到。

初：音讀為「しょ」，例如「初日」；訓讀為「はつ」，例如「初恋」；訓讀還可讀作「うい」，例如「初孫」；在動詞中讀作「はじ」，例如「初まる」。

しょじ：寫成「所持」，意為「持有」；也可以寫成「諸事」，意為「諸事」、「萬事」。

▶所持品／持有物

▶諸事万端整える。／萬事俱備。

536. 彼の政界での影響力は甚大だ。

1 かんだい
2 がんだい
3 しんだい
4 じんだい

536・答案：4

譯文：他在政界的影響力巨大。

甚：音讀為「じん」，例如「甚大」；訓讀為「はなは」，例如「甚だしい」。

大：音讀為「だい」，例如「大学」；音讀還可讀作「たい」，例如「大会」；訓讀為「おお」，例如「大きい」。

537. エンジンの故障で飛行機が墜落した。

1 たいらく
2 ついらく
3 すいらく
4 ていらく

537・答案：2

譯文：飛機因引擎故障墜落。

墜：音讀為「つい」，例如「墜死」；在動詞中讀作「お」，例如「墜ちる」。

落：音讀為「らく」，例如「落伍」；在動詞中讀作「お」，例如「落とす」。

ていらく：寫成「低落」，意為「低落」、「下跌」、「降低」。

▶株価低落／股價下跌

538. 会議の後、懇親会が開かれた。

1 きんしんかい
2 こんしんかい
3 くんしんかい
4 けんしんかい

538・答案：2

譯文：會議結束後，舉辦了聯歡會。

懇：音讀為「こん」，例如「懇切」；訓讀為「ねんご」，例如「懇ろ」。

親：音讀為「しん」，例如「親切」；訓讀為「おや」，例如「親子」；訓讀為「した」，例如「親しい」。

会：音讀為「かい」，例如「会話」；音讀還可讀作「え」，例如「会釈」；在動詞中讀作「あ」，例如「会う」。

539. 刑事が容疑者を<u>尾行</u>する。

1　ひこう
2　びこう
3　いこう
4　そこう

539・答案：2

譯文：刑警跟蹤嫌犯。

尾：音讀為「び」，例如「首尾」；訓讀為「お」，例如「尾羽」。

行：音讀為「こう」，例如「銀行」；音讀也可讀作「ぎょう」，例如「行事」；音讀還可讀作「あん」，例如「行脚」；在動詞中讀作「い」或「ゆ」，例如「行く」、「行く」；在動詞中還可讀作「おこな」，例如「行う」。

ひこう：寫成「飛行」，意為「飛行」；也可以寫成「非行」，意為「不良行為」、「失足」。

▶飛行機／飛機

▶非行少年／不良少年

いこう：寫成「以降」，意為「之後」、「以後」；也可以寫成「移行」，意為「轉變」、「改行」、「過渡」。

▶十時以降／十點以後

▶新制度へ移行する。／向新制度過渡。

そこう：寫成「素行」，意為「平素的行為」。

▶素行が悪い。／平時表現不好。

540. 一審で判決を受けたが納得できない場合には、<u>控訴</u>することができます。

1　こうそ
2　こうそう
3　くそ
4　くうそ

540・答案：1

譯文：若不服一審判決，可以進行上訴。

控：音讀為「こう」，例如「控除」；在動詞中讀作「ひか」，例如「控える」。

訴：音讀為「そ」，例如「訴訟」。在動詞中讀作「うった」，例如「訴える」。

こうそう：寫成「高層」，意為「高層」；也可以寫成「構想」，意為「構想」。

▶高層ビル／高層建築

▶未来都市を構想する。／構想未來都市。

第三週 ▶ 第五天

練習問題	解說

541. この作家の若い頃の作品を読んだが、文章が（　　）よかった。

1　まぶしくて
2　たくましくて
3　けわしくて
4　ういういしくて

541・答案：4

譯文：讀了這位作家年輕時的作品，感覺文字十分青澀。

初々しい：天真爛漫，純真無邪
▶初々しい花嫁／清純的新娘
眩しい：①耀眼，刺眼 ②光彩奪目
▶眩しいほどに美しい女性／光彩奪目女性
逞しい：①健壯，魁梧 ②旺盛，堅強
▶逞しい若者／健壯的年輕人
険しい：①險峻，崎嶇 ②險惡，艱險 ③嚴厲，可怕
▶険しい道／崎嶇的道路

542. 小野選手は、けがによる長い（　　）を感じさせないすばらしい活躍をした。

1　ポーズ
2　ストップ
3　スペース
4　ブランク

542・答案：4

譯文：小野選手在場上實力超群，讓人感覺不到他曾因傷長時間缺賽。

ブランク：空白，空閒，空檔
▶三年間のブランク／三年的空窗期
ポーズ：①姿勢，造型 ②外表，偽裝
▶ポーズをつくる。／擺好姿勢。
ストップ：①停止，中止 ②車站
▶話はそこでストップした。／話說到那裡就沒再繼續了。
スペース：①空間，空白 ②宇宙
▶スペースを置く。／留空。

543. その不当な行為に対して（　　）を抑えられなかった。

1　怒り
2　祈り
3　過ち
4　叫び

543・答案：1

譯文：面對這些不正當行為，我抑制不住心裡的怒火。

怒り：憤怒，生氣
▶怒りを買う。／惹人生氣。
祈り：祈禱，祝願
▶祈りをささげる。／祈禱。
過ち：錯誤，過錯，罪過
▶過ちを認める。／認錯。
叫び：喊叫，叫聲，呼聲
▶民衆の叫び／人民的呼聲

544. 涙が出そうになるの を（　）こらえ た。

1 ずらっと
2 さっと
3 ぱっと
4 ぐっと

544・答案：4

譯文：努力忍著不讓眼淚流出來。

ぐっと：①使勁，一口氣 ②更加 ③深受感動
▶ぐっと飲む。／一口氣喝下。
ずらっと：一長排，成排地
▶本がずらっと並んでいる。／書擺成一排。
さっと：驟然，突然，猛然
▶風がさっと吹き抜けた。／突然刮起了風。
ぱっと：①突然，一下子 ②出色 ③一下子擴散出去
▶ぱっと立ち上がった。／突然站起身來。

545. （　）というとこ ろで助けてもらっ た。

1 あえて
2 あわや
3 まさか
4 まれに

545・答案：2

譯文：在危急關頭得救了。

あわや：差一點，眼看就要
▶あわや間に合わないところだった。／險些沒趕上。
敢えて：①硬要，強行 ②（後接否定）未必
▶あえてやる。／偏要做。
まさか：①莫非，怎能，難道 ②萬一，一旦
▶まさかの場合／萬一
稀：稀少，稀罕
▶稀な美人／罕見的美人

546. 人から聞いたことを （　）報告するこ とはない。

1 単一
2 均一
3 逐一
4 随一

546・答案：3

譯文：從別人那裡聽來的事情不用逐一報告。

逐一：逐一，一一
▶逐一報告する。／逐一報告。
単一：①單獨 ②單一
▶単一行動／單獨行動
均一：均一，均等
▶千円均一／一律一千日圓
随一：首屈一指，第一名
▶当代随一の名筆家／當代首屈一指的著名書法家

547. お客さんにあまり（　　）してはいけない。

1　なさけなく
2　なつかしく
3　なまなましく
4　れなれしく

547・答案：4

譯文：對待客人不要過分親暱。

馴れ馴れしい：愛裝熟的，毫不拘禮，過分親暱
▶なれなれしい態度／過分親暱的態度
情けない：非常可憐，悲慘
▶情けない声を出す。／發出慘叫。
懐かしい：懷念，留戀，眷戀
▶故郷が懐かしい。／懷念故鄉。
生生しい：①活生生，栩栩如生 ②非常新
▶記憶にまだ生生しい。／記憶猶新。

548. 根も葉もないうわさを（　　）しまった。

1　言いあてて
2　言いふらして
3　言いまかして
4　言いあらわして

548・答案：2

譯文：到處散播謠言。

言い触らす：揚言，散布，鼓吹
▶人の悪口を言い触らす。／到處説別人壞話。
言い当てる：言中，猜中
▶うまく言い当てる。／正好猜中。
言い負かす：說服，駁倒
▶相手を言い負かす。／說服對方。
言い表す：用語言表達
▶言葉では言い表せない。／無以言表。

549. ごちそうを出して客を（　　）。

1　あつかった
2　あじわった
3　もてなした
4　やりとおした

549・答案：3

譯文：拿出好酒好菜招待客人。

もてなす：①招待，請客 ②接待，對待
▶来賓をもてなす。／招待來賓。
扱う：①使用 ②處理 ③經營 ④對待
▶事件を扱う。／處理事件。
味わう：①品味，品嚐 ②欣賞 ③體驗
▶当地の名産を味わう。／品嚐當地美食。
やり通す：做完，完成
▶仕事を最後までやり通す。／把工作做完。

550.

550. （　　　）の交通法規
ではまだ許可されて
いない。

1　現況
2　現行
3　実行
4　実在

550・答案：2

譯文：現行的交通法規還不允許（這種行為）。

現行：現行，正在實行
▶現行の法律／現行的法律
現況：現狀，況況
▶出版界の現況はあまりよくない。／出版界的現狀不太
好。
実行：實行，付諸行動
▶口先だけで実行しない。／光說不練。
実在：實際存在
▶この小説のモデルは実在する。／這本小說裡描寫的人物
確實存在。

551.

551. 字を（　　　）に書く
男の人が多いよう
だ。

1　物好き
2　無邪気
3　明朗
4　ぞんざい

551・答案：4

譯文：好像很多男性寫字很潦草。

ぞんざい：草率，粗魯，不禮貌
▶ぞんざいに扱う。／草率處理。
物好き：好奇心強，好事（者）
▶物好きな人／好事者
無邪気：①天真無邪，單純 ②幼稚
▶無邪気な人／單純的人
明朗：①明朗，開朗 ②清明，公正
▶明朗闊達／豁達開朗

552.

552. 彼は50人の客を招い
て大盤（　　　）をし
た。

1　身振り
2　振る舞い
3　見張り
4　見合い

552・答案：2

譯文：他盛情款待了50位客人。

振る舞い：①舉止，動作 ②請客，款待
▶無作法な振る舞い／舉止粗魯
身振り：姿態，姿勢
▶大げさな身振り／誇張的姿勢
見張り：看守，監視
▶見張りを置く。／派人看守。
見合い：①對視，相視 ②相親
▶見合い結婚／相親結婚
注意：「大盤振る舞い」為慣用表達方式，意為「盛情款
待」，還可寫成「椀飯振る舞い」。

第一週
第二週
第三週
第五天
第四週
第五週

553. 事ここに至っては（　　）しても遅い。

1　言い伝え
2　言い回し
3　言いがかり
4　言い訳

553・答案：4

譯文：事已至此，即使解釋也遅了。

言い訳（いわけ）：辯解，藉口，解釋
▶言い訳の手紙を出す。／寫信解釋。
言い伝え（いつた）：傳說
▶土地の言い伝え／當地的傳說
言い回し（いまわ）：說法，措辭，表達方式
▶言い回しがまずい。／措辭欠妥。
言いがかり：找碴，挑毛病，挑釁
▶言いがかりをつける。／找碴。

554. （　　）冷たい水を飲むとお腹を壊しますよ。

1　こぞって
2　はるかに
3　まして
4　やたらに

554・答案：4

譯文：隨意喝冷水會喝壞肚子的。

やたらに：胡亂，隨便，任意
▶やたらにお金を使う。／亂花錢。
こぞって：都，全，一致
▶こぞって反対する。／一致反對。
はるかに：遙遠，遠遠，遠比
▶はるかに優勢を保つ。／保持絕對優勢。
まして：何況，況且
▶この辺りは昼でも人通りが少ない、まして夜ともなると、怖くて一人では歩けない。／這附近白天都沒什麼人，更何況晚上，一個人根本不敢走。

555. 従業員にも経営への（　　）が認められている。

1　関知
2　関与
3　関節
4　関門

555・答案：2

譯文：員工們也可以參與公司經營。

関与（かんよ）：干預，參與
▶政策決定に関与する。／參與決策。
関知（かんち）：相干，有關
▶一切関知しない。／一概不知。
関節（かんせつ）：關節
▶関節がはずれる。／關節脱臼。
関門（かんもん）：①關卡　②難關，關口
▶国家試験の関門を突破した。／通過了國家考試這一難關。

556. 記念品を参会者に
（　　）配ってくだ
さい。

1　気安く
2　止めどなく
3　漏れなく
4　難なく

556・答案：3

譯文：請把紀念品發給所有與會者。

漏れなく：全部，一個不漏

▶漏れなく当たる。／全猜中。

気安い：不拘泥，不必客氣

▶気安く何でも話せる。／不必客氣隨便說。

止めどなく：沒完沒了，無止境

▶止めどなく話す。／喋喋不休。

難なく：容易地，輕鬆地，不費力地

▶難なくすり抜ける。／輕而易舉地蒙混過關。

---

557. 資金不足で事業の発
展に支障を（　　）。

1　いたした
2　きたした
3　はたした
4　みたした

557・答案：2

譯文：資金不足阻礙了事業的發展。

来す：招來，招致，造成，引起

▶異状を来す。／引發異常。

致す：①引起，招致 ②動詞「する」的敬語

▶君に我が身をいたす。／為您效勞。

果たす：①完成，實現 ②（接動詞ます形後）完全，徹底

▶念願を果たす。／得償所願。

満たす：①充滿，填滿 ②滿足

▶腹を満たす。／吃飽肚子。

注意：「支障を来す」為慣用表達方式。

---

558. （　　）お許しくだ
さい。もう二度とい
たしません。

1　何なりと
2　何かと
3　なんにも
4　何とぞ

558・答案：4

譯文：請您原諒，我再也不會這麼做了。

何卒：請，務必

▶なにとぞよろしく。／請多關照。

何なりと：無論如何，不管什麼

▶何なりと勝たなければならない。／無論如何都要贏。

何かと：各方面，這個那個

▶何かとお世話になります。／各方面請多關照。

何にも：①無論什麼，什麼也 ②絲毫，完全

▶地位も財産も何にもない。／既沒有地位也沒有財產。

第一週
第二週
第三週
第五天
第四週
第五週

559. 子供たちは（　　）逃げる魚を見事に捕まえました。

1　あやしく
2　やかましく
3　たどたどしく
4　すばしこく

559・答案：4

譯文：孩子們靈巧地抓住了飛速游走的魚。

すばしこい：敏捷，靈活
▶すばしこい子供／動作敏捷的孩子
怪しい：①可疑 ②糟糕 ③奇怪
▶この答えは怪しい。／這個回答靠不住。
喧しい：①吵鬧，喧嘩 ②囉嗦，嘮叨 ③嚴厲，嚴格 ④挑剔
▶食べ物に喧しい人／吃東西很講究的人
たどたどしい：①蹣跚，不敏捷 ②不熟練，不流利，結巴
▶たどたどしい歩き方／蹣跚的步伐

---

560. 希望は（　　）消えてしまった。

1　いやしく
2　ひさしく
3　むなしく
4　せわしく

560・答案：3

譯文：期望落空了。

虚しい：①虚偽，空洞 ②徒勞 ③虚幻，不可靠
▶虚しい夢／虚幻的夢
卑しい：①低賤，卑微 ②破舊，不好看 ③卑鄙，下流 ④嘴饞，貪婪
▶卑しい生まれ／出身低賤
久しい：好久，許久，久違
▶久しい昔／很久以前
忙しい：忙碌，匆忙
▶余事に忙しい。／忙於其他事。

---

561. （　　）この難局を乗り切るべきかと彼は考え込んでしまった。

1　いかが
2　いかにも
3　いかにして
4　いかにせよ

561・答案：3

譯文：他苦苦思索應該怎樣渡過難關。

いかにして：①怎麼樣，如何 ②想方設法 ③多麼
▶いかにして再興すべきか。／該怎樣實現復興呢？
いかが：如何，怎麼樣，行嗎
▶おひとついかがでしょうか。／要不要來一個呢？
如何にも：①真的，的確 ②果然，誠然
▶いかにも学者らしい。／儼然是個學者。

562.

悪天候のため、着陸できない場合は別の空港へ向かうか、出発空港に（　　　）ことがある。

1 取り下げる
2 取り戻す
3 引き止める
4 引き返す

562・答案：4

譯文：飛機因天氣惡劣而無法降落的時候，有時會飛往其他機場，有時會返航。

引き返す：返回，折回
▶来た道を引き返す。／原路返回。
取り上げる：①舉起 ②沒收，剝奪 ③採納
▶本を取り上げる。／沒收書本。
取り戻す：取回，收回，恢復
▶健康を取り戻す。／恢復健康。
引き止める：①拉住，止住 ②勸阻 ③挽留
▶客を引き止める。／挽留客人。

563.

この子は絵が上手だ。（　　　）画家になれるかもしれない。

1 あげくのはてに
2 いつのまにか
3 いっそのこと
4 ことによると

563・答案：4

譯文：這個孩子畫畫很棒，說不定能成為畫家。

ことによると：可能，也許，說不定
▶彼はことによると家にいないかもしれない。／他也許碰巧不在家。
挙句の果てに：結果，到頭來
▶挙句の果てに妻に逃げられた。／結果妻子離家出走了。
いつの間にか：不知不覺，不知何時
▶いつの間にか秋になった。／不知不覺到了秋天。
いっそのこと：寧可，索性，乾脆
▶いっそのこと思いきって打ち明けようか。／乾脆心一橫把話挑明吧。

564.

この工事には（　　　）があった。

1 足掛け
2 足切り
3 手がかり
4 手抜き

564・答案：4

譯文：這項工程有偷工減料。

手抜き：偷工
▶手抜きした仕事／幹活偷工減料
足掛け：①使絆子 ②前後大約
▶足掛けをする。／使絆子。
足切り：預考淘汰
▶足切りをする。／在選拔考試前進行預考淘汰。
手がかり：線索，頭緒
▶犯人捜索の手がかりをつかんだ。／獲得了搜尋犯人的線索。

第一週
第二週
第三週
第五天
第四週
第五週

565. 強いモチベーション を持って仕事をする 必要がある。

1 意欲
2 自覚
3 条件
4 待遇

565・答案：1

譯文：工作時需要有很強的動機。

モチベーション：動機，幹勁
▶目標に対するモチベーションが上がる。／完成目標的幹勁十足。
意欲（いよく）：熱情，積極性
▶意欲を高める。／提高積極性。
自覚（じかく）：自覺
▶自分の立場をよく自覚している。／很清楚自己的立場。
待遇（たいぐう）：①待遇 ②款待
▶待遇改善／改善待遇

566. そのような不当な処 置にいきどおりを禁 じ得なかった。

1 怒り
2 喜び
3 悲しみ
4 楽しみ

566・答案：1

譯文：對於這種不當處置，不禁感到憤怒。

憤（いきどお）り：憤慨，憤怒，生氣
▶憤りを発する。／發怒。
怒（いか）り：憤怒，生氣
▶怒り心頭に発する。／非常憤怒。

567. 審判はフェアな態度 を取るべきだ。

1 公平な
2 活発な
3 厳しい
4 冷静な

567・答案：1

譯文：裁判員應持公正的態度。

フェア：公平，公正，光明正大
▶フェアな態度／公正的態度
公平（こうへい）：公平，公正
▶公平に分ける。／公平分配。

568. 娘は臆病で、暗がり を恐がる。

1 あきっぽい
2 こわがり
3 病気がち
4 わがまま

568・答案：2

譯文：女兒膽小怕黑。
臆病：膽小，膽怯
▶臆病者／膽小鬼
怖がり：膽小，膽怯
▶妹はひどい怖がりだ。／妹妹非常膽小。
飽きっぽい：動不動就厭煩，沒耐性
▶飽きっぽい性格／容易厭倦的性格
病気がち：經常生病
▶彼は病気がちだ。／他常常生病。
我儘：任性，為所欲為
▶わがままを言う。／説任性的話。

569. 彼女は世にもまれな 美人だ。

1 よくある
2 ときどきある
3 ほとんどない
4 まったくない

569・答案：3

譯文：她是世間少有的美人。
稀：稀少，稀罕
▶極めて稀な動物／極為珍稀的動物
殆ど：幾乎，大部分
▶昨夜はほとんど寝ていない。／昨晚幾乎沒睡。

570. 今日は存分に楽しん でください。

1 思いきり
2 ゆったり
3 わくわく
4 まるっきり

570・答案：1

譯文：今天請盡情地享受吧。
存分：盡量，盡情，盡興
▶存分に腕を振るう。／盡情發揮。
思い切り：①斷念，死心 ②盡情地，痛快地
▶思い切り遊びまくる。／盡情玩耍。
ゆったり：①從容，寬裕 ②寬鬆，寬敞
▶ゆったりした態度／鎮定自若的態度
わくわく：心撲通撲通地跳，興奮
▶胸がわくわくする。／心撲通撲通地跳。
まるっきり：完全，根本，一概
▶まるっきり無駄だ。／完全不行。

練習問題	解説

571. 拍車をかける

1 締め切りが迫っていたので、仕事に<u>拍車をかけた</u>。
2 大地震が国の財政の悪化に<u>拍車をかけた</u>。
3 人柄の悪い医者は入院中の患者に退院の<u>拍車をかけた</u>。
4 彼は友人が落ち込んでいるのを見てやさしく<u>拍車をかけた</u>。

571・答案：2

譯文：大地震加速了國家財政的惡化。

はくしゃ
拍車をかける：加速，加快，促進，推動
▶物価値上げがインフレに拍車をかける。／物價上漲加劇了通貨膨脹。
選項1應該替換成「馬力をかけた」，意為「賣力工作」、「加把勁」。
選項3應該替換成「圧力をかけた」，意為「施加壓力」。
選項4應該替換成「情けをかけた」，意為「憐愛」、「同情」。

572. 所定

1 この件に関しては市の条例に<u>所定</u>されている。
2 新幹線の切符は座席を<u>所定</u>できる。
3 リモコンで部屋の温度の<u>所定</u>を変えた。
4 先生方は<u>所定</u>の位置に着いてください。

572・答案：4

譯文：請老師們到指定位置。

しょてい
所定：指定，規定
▶所定の用紙に書いてください。／請寫在規定的紙上。
選項1應該替換成「規定」，意為「規定」。
選項2應該替換成「指定」，意為「指定」。
選項3應該替換成「設定」，意為「設定」。

573. 軌道

1 その人の言動は<u>軌道</u>を逸していた。
2 事業は<u>軌道</u>に乗らなかった。
3 うちの会社は今後規模を拡大する<u>軌道</u>らしい。
4 あいつは最初から<u>軌道</u>を立てて論理的に話した。

譯文：事業沒有步入正軌。

軌道（きどう）：軌道，路線

▶軌道に乗た。／步入正軌。

選項1應該替換成「規範」，意為「規範」。

選項3應該替換成「方針」，意為「方針」。

選項4應該替換成「筋道」，意為「理由」、「道理」。

---

574. 重宝

1 その制度を変えるには、皆さんの意見を<u>重宝</u>して聞くべきだ。
2 使いやすいのが新製品の<u>大きな重宝</u>だ。
3 この本は参考にするのに<u>重宝</u>だ。
4 この試験では文法の知識だけでなく、会話力も<u>重宝</u>している。

譯文：這本書是值得參考的寶典。

重宝（ちょうほう）：①寶貝 ②便利，方便 ③愛惜，珍視

▶この写真は彼にとって重宝だ。／這張照片是他的寶貝。

選項1應該替換成「尊重して」，意為「尊重」。

選項2應該替換成「利点」，意為「優點」、「長處」。

選項4應該替換成「重視されている」，意為「重視」。

---

575. おおまか

1 そんな<u>おおまか</u>な事ではないので、気にしないでください。
2 <u>おおまか</u>な場で公表する。
3 人は<u>おおまか</u>犬一匹も通らない。
4 工務店から<u>おおまか</u>な見積りを取った。

譯文：從建築公司拿到了粗略的報價。

大まか（おお）：①不拘小節 ②粗枝大葉，粗略，草率

▶おおまかに述べる。／簡單説明。

選項1應該替換成「大きな」，意為「重大」。

選項2應該替換成「おおやけの」，意為「公開」。

選項3應該替換成「おろかな」，意為「就連」。

576. ずれ

1 今月の給料は先月と5万円もずれがあった。
2 二人の間には意見のずれがあった。
3 どちらにしろ、たいしたずれがない。
4 両者の間にずれはつけない。

576・答案：2

譯文：兩人意見有分歧。

ずれ：①分歧，不一致 ②偏離，錯位

▶父と子の間には考え方のずれがあった。／父子之間想法不一致。

選項1應該替換成「差」，意為「差額」。

選項3應該替換成「差」，意為「差別」。

選項4應該替換成「区別」，意為「區別」。

577. 手足が麻痺している。

1 まひ
2 まふ
3 まび
4 まぶ

577・答案：1

譯文：手腳發麻。

麻：音讀為「ま」，例如「亜麻(あま)」；訓讀為「あさ」，例如「麻糸(あさいと)」。

痺：音讀為「ひ」，例如「麻痺(まひ)」；在動詞中讀作「しび」，例如「痺(しび)れる」。

578. 五十歳を過ぎても肌が若々しい。

1 すばやい
2 きたらわしい
3 わかわかしい
4 こころよい

578・答案：3

譯文：年過五十肌膚還很細嫩。

若：音讀為「じゃく」，例如「若年(じゃくねん)」；音讀也可讀作「にゃく」，例如「老若(ろうにゃく)」；音讀還可讀作「にゃ」，例如「般若(はんにゃ)」；訓讀為「わか」，例如「若(わか)い」；訓讀還可讀作「も」，例如「若(も)しくは」。

すばやい：寫成「素早い」，意為「敏捷」、「俐落」。

▶動作が素早い。／動作敏捷。

こころよい：寫成「快い」，意為「高興」、「愉快」、「爽快」。

▶快い雰囲気／愉快的氛圍

579. 先日いただいた種が やっと<u>発芽</u>しました。

1 はつめ
2 はつが
3 はっき
4 ほっき

579・答案：2

譯文：之前您給的種子終於發芽了。

発：音讀為「はつ」，例如「出発」；音讀還可讀作「ほつ」，例如「発作」；在動詞中讀作「あば」，例如「発く」；在動詞中還可讀作「た」，例如「発つ」。

芽：音讀為「が」，例如「胚芽」；訓讀為「め」，例如「芽」。

はっき：寫成「発揮」，意為「發揮」、「施展」。
▶実力を発揮する。／發揮實力。

ほっき：寫成「発起」，意為「發起」、「策劃新的事項」。
▶発起人／發起人

580. <u>暗闇</u>から猫が飛び出してきた。

1 あんいん
2 あんおん
3 くらやみ
4 くろやみ

580・答案：3

譯文：從黑暗中跑出一隻貓。

暗：音讀為「あん」，例如「明暗」；訓讀為「くら」，例如「暗い」。

闇：音讀為「あん」，例如「闇夜」；訓讀為「やみ」，例如「闇市」。

581. 彼は巨額の金を病院に贈ると<u>遺言</u>した。

1 いげん
2 けんげん
3 いいごん
4 ゆいごん

581・答案：4

譯文：他在遺言中說要把巨額財產捐給醫院。

遺：音讀為「い」，例如「遺産」；音讀還可讀作「ゆい」，例如「遺言」；在動詞中讀作「のこ」，例如「遺す」。

言：音讀為「げん」，例如「言語」；音讀還可讀作「ごん」，例如「無言」；訓讀為「こと」，例如「一言」；在動詞中讀作「い」，例如「言う」。

いげん：寫成「威厳」，意為「威嚴」。
▶威厳に満ちた態度／態度威嚴

けんげん：寫成「権限」，意為「權限」。
▶権限外の事項／權限之外的事

注意：「遺言」還可讀作「いごん」，這種讀法通常用在法律相關的場合。

582. 不法労働者たちは雇い主から<u>虐待</u>されていた。

1 がくたい
2 がくだい
3 ぎゃくたい
4 ぎゃくだい

582・答案：3

譯文：非法勞動者們受到雇主的虐待。

虐：音讀為「ぎゃく」，例如「虐政（ぎゃくせい）」；在動詞中讀作「しいた」，例如「虐（しいた）げる」。

待：音讀為「たい」，例如「招待（しょうたい）」；在動詞中讀作「ま」，例如「待（ま）つ」。

---

583. この国は自然の恵みを<u>享受</u>している。

1 きゅうじゅ
2 きょうじゅ
3 きゅうじゅう
4 きょうじゅう

583・答案：2

譯文：這個國家受到了大自然的恩賜。

享：音讀為「きょう」，例如「享楽（きょうらく）」。

受：音讀為「じゅ」，例如「受験（じゅけん）」；在動詞中讀作「う」，例如「受（う）ける」。

---

584. 彼女は歌が<u>抜群</u>にうまい。

1 ばつくん
2 ばっくん
3 ばつぐん
4 ばっぐん

584・答案：3

譯文：她的歌聲格外動聽。

抜：音讀為「ばつ」，例如「抜剣（ばっけん）」；在動詞中讀作「ぬ」，例如「抜（ぬ）ける」。

群：音讀為「ぐん」，例如「群集（ぐんしゅう）」；訓讀為「む」，例如「群（む）れ」；在動詞中讀作「むら」，例如「群（むら）がる」。

---

585. 新しい<u>試み</u>は失敗した。

1 いどみ
2 のぞみ
3 こころみ
4 たくらみ

585・答案：3

譯文：新嘗試失敗了。

試：音讀為「し」，例如「試験（しけん）」；在動詞中讀作「ため」，例如「試（ため）す」；在動詞中還可讀作「こころ」，例如「試（こころ）みる」。

いどみ：寫成「挑み」，意為「挑戰」、「挑釁」、「競爭」。
▶世界記録に挑む。／挑戰世界紀錄。

のぞみ：寫成「望み」，意為「希望」、「願望」；也可以寫成「臨み」，意為「面臨」、「來臨」、「臨近」、「親臨」、「對待」、「處理」。
▶望みを託す。／寄託希望。
▶試合に臨む。／參加比賽。

たくらみ：寫成「企み」，意為「企圖」、「陰謀」、「壞主意」。
▶企みを見抜く。／看穿（對方的）企圖。

586. 家賃が2か月滞っていた。

1　つまって
2　いばって
3　とどまって
4　とどこおって

586・答案：4

譯文：已經拖欠兩個月的房租了。

滞：音讀為「たい」，例如「滞在」；在動詞中讀作「とどこお」，例如「滞る」。

つまる：寫成「詰まる」，意為「堵塞」、「擠滿」、「縮短」、「困窘」。

▶予定が詰まっている。／計劃排得滿滿的。

いばる：寫成「威張る」，意為「吹牛」、「擺架子」、「逞威風」。

▶その品なら威張ったものだ。／這東西很值得誇耀。

とどまる：寫成「留まる」或「止まる」，意為「停留」、「滯留」、「停止」。

▶叫ぶだけに止まる。／僅是喊叫而已。

587. 出席した女優たちがパーティーに彩りを添えた。

1　いろどり
2　あざけり
3　かたより
4　はかどり

587・答案：1

譯文：女演員們的到場為晚會增添了光彩。

彩：音讀為「さい」，例如「彩色」；在動詞中讀作「いろど」，例如「彩る」。

あざけり：寫成「嘲り」，意為「嘲笑」。

▶嘲りを買う。／被嘲笑。

かたより：寫成「偏り」或「片寄り」，意為「不均衡」、「片面」、「偏袒」。

▶栄養の片寄りがひどい。／營養嚴重失衡。

はかどり：寫成「捗り」，意為「進展順利」。

▶仕事が捗る。／工作進展順利。

588. 山の中腹に茶屋がある。

1　なかはら
2　なかふく
3　ちゅうはら
4　ちゅうふく

588・答案：4

譯文：半山腰有家茶館。

中：音讀為「じゅう」，例如「一晩中」；音讀還可讀作「ちゅう」，例如「中央」；訓讀為「なか」，例如「中の間」。

腹：音讀為「ふく」，例如「腹案」；訓讀為「はら」，例如「腹いせ」。

589. 小村先生の恩に（　　）ためにも勉学に励みたい。

1 沿う
2 合わせる
3 返す
4 報いる

589・答案：4

譯文：為了報答小村老師的恩情，勉勵自己用功學習。

報いる：①報答，報償，答謝 ②報復，報仇

▶恩に報いる。／報恩。

沿う：沿，順，按照

▶川に沿って山を下る。／沿著河邊下山。

合わせる：①合併 ②統一，使一致 ③配合

▶力を合わせて働く。／同心協力地工作。

返す：①歸還 ②翻過來 ③報答，回敬

▶恩を返す。／報恩。

590. 彼女の字は全くお（　　）の通りだ。

1 原本
2 根本
3 手本
4 資本

590・答案：3

譯文：她的字寫得像字帖一樣。

手本：①字帖，畫帖 ②模範，楷模

▶手本を見て書く。／照著字帖寫。

原本：①原書 ②根本，本源

▶原本に忠実に訳す。／忠實翻譯原書。

根本：根本，根源

▶根本原理／根本原理

資本：資本

▶資本所得／資本所得

591. （　　）となれば私も働きます。

1 いざ
2 いま
3 さて
4 それ

591・答案：1

譯文：一旦需要，我也去上班。

いざ：①一旦 ②來吧，好啦

▶いざという時／緊急時刻

592. 一行の中に彼がいないのが（　　）。

1 あっけなかった
2 おかしかった
3 むなしかった
4 ものたりなかった

592・答案：4

譯文：同行者之中沒有他，感到美中不足。

物足りない：不夠充足，感到欠缺

▶物足りない説明／説明不夠充分

あっけない：太簡單，沒意思

▶あっけなく敗れる。／輕易敗北。

虚しい：①虚偽，空洞 ②徒勞 ③虚幻，不可靠

▶虚しい笑い／虚偽的笑容

593. UNは代表的な（　）な組織の一つだ。

1　インフォメーション
2　インターチェンジ
3　インタビュー
4　インターナショナル

593・答案：4

譯文：聯合國是有代表性的國際組織之一。

インターナショナル：國際，國際的
▶インターナショナルオーガニゼーション／國際組織
インフォメーション：①訊息，資訊，消息，資料 ②傳達室，詢問處
▶インフォメーションデスク／詢問處
インターチェンジ：①交流道 ②匝道
▶巡査がインターチェンジに立っている。／警察站在高速公路的匝道上。
インタビュー：採訪，訪問
▶独占インタビュー／獨家訪問

---

594. 世の中で全てを（　）与えてくれるのは両親だけだろう。

1　いわれなく
2　おしみなく
3　さりげなく
4　そっけなく

594・答案：2

譯文：在這個世界上，只有父母慷慨地為我們獻出所有。

惜しみない：慷慨，毫不吝惜
▶惜しみない称賛を送る。／大為稱讚。
謂われない：無端，平白無故
▶謂われない差別／無端歧視
さり気ない：無意，毫不在乎，若無其事
▶さり気ない様子で／若無其事的樣子
素っ気ない：冷淡，無情，不客氣
▶そっけなく断る。／毫不客氣地拒絕。

---

595. 彼には（　）問題もない。

1　なにとぞ
2　何なら
3　なにゆえ
4　何ら

595・答案：4

譯文：他沒有任何問題。

何ら：（後接否定）絲毫，任何
▶何らの便りもない。／杳無音信。
何卒：請，務必
▶なにとぞお体を大切に。／請保重身體。
何なら：①如果有必要，如果您希望的話 ②如有不便
▶何なら私が行きます。／需要的話我就去。
何故：何故，為何，為什麼
▶別になにゆえってこともない。／並沒有什麼原因。

596. （　）フランス料理を食べたいなら、フランスへ行ったほうがいい。

1　抜本的な
2　根本的な
3　本格的な
4　本質的な

596・答案：3

譯文：如果想吃道地的法國菜，最好到法國去。
本格的：①正式的 ②真正的，道地的
▶本格的な戦争／全面戦爭
抜本的：根本的，徹底的
▶抜本的な改革／徹底改革
根本的：根本的
▶根本的な原因／根本原因
本質的：本質上的
▶本質的な問題／本質問題

---

597. それは若い父親が生まれたての自分の子供を見ている（　）場面だった。

1　なごりおしい
2　はらだたしい
3　ほほえましい
4　なやましい

597・答案：3

譯文：那是年輕的父親看見自己剛出生的孩子的溫馨場面。
微笑ましい：令人欣慰，引人微笑
▶ほほえましい親子連れ／令人莞爾的一家子
名殘り惜しい：依依惜別，戀戀不捨
▶君と別れるのは名殘り惜しい。／與你分別真讓我戀戀不捨。
腹立たしい：可氣，令人氣憤
▶腹立たしい事件が起こった。／發生了令人生氣的事情。
悩ましい：①惱人的，令人煩惱的 ②迷人，誘人
▶悩ましい香水のかおり。／迷人的香水味。

---

598. 今度は満開の頃を（　）訪れたいものです。

1　見付けて
2　見極めて
3　見張っで
4　見計らって

598・答案：4

譯文：下次想在盛開的時候去賞花。
見計らう：①斟酌，看著辦 ②估計
▶間を見計らう。／擇機。
見付ける：①看到，找到 ②看慣，眼熟
▶犯人を見付ける。／發現罪犯。
見極める：①看到最後，看清，看透 ②研究明白 ③鑑定
▶結果を見極める。／看到結果。
見張る：戒備，看守，監視
▶門を見張る。／看門。

599. 生活上の困難に
（　）、一生懸命
働いている。

1 立ち会って
2 立ち寄って
3 立ち竦んで
4 立ち向かって

599・答案：4

譯文：**直面生活的困難，努力工作。**

立<ruby>た</ruby>ち向<ruby>む</ruby>かう：①應付，對待 ②抗擊，迎敵

▶各種の挑戦に立ち向かう。／直面各種挑戰。

立<ruby>た</ruby>ち会<ruby>あ</ruby>う：到場，在場，出席

▶手術に立ち会う。／觀摩手術。

立<ruby>た</ruby>ち寄<ruby>よ</ruby>る：①靠近，走近 ②順便去，順路去

▶木陰に立ち寄る。／靠近樹蔭。

立<ruby>た</ruby>ち竦<ruby>すく</ruby>む：驚呆，嚇呆

▶呆然と立ち竦む。／嚇得一動不動。

600. 彼はつまらないこと
ですぐ（　）を曲
げる。

1 ゆび
2 ひざ
3 へそ
4 かかと

600・答案：3

譯文：**他會因為無聊的小事立刻鬧起彆扭來。**

臍<ruby>へそ</ruby>を曲<ruby>ま</ruby>げる：乖僻，鬧彆扭，怪僻

注意：「指を曲げる」、「膝を曲げる」、「踵を曲げる」
均不構成慣用表達方式。

第一週

第二週

第三週
第六天

第四週

第五週

練習問題	解説

601. 彼にそのことを言わ
ないと、（　　）と
思われるよ。

1　あせくさい
2　ふるくさい
3　みずくさい
4　めんどうくさい

601・答案：3

譯文：你不告訴他那件事，他會認為你很見外。

水臭い：①因水分多而不夠味，味道淡，鹽分少 ②客套，
不親近，見外

▶黙っていたとは水臭い。／（你）不告訴我，真是太見外
了。

汗臭い：有汗味

▶汗臭いシャツ／有汗味的襯衫

古臭い：陳舊，陳腐，古老

▶古臭い物の考え方／陳腐的想法

面倒臭い：非常麻煩，極其費事

▶面倒臭い仕事／非常麻煩的工作

---

602. 今日は（　　）な用
件で早退した。

1　プライド
2　プライバシー
3　プライベート
4　プロフィール

602・答案：3

譯文：今天由於私事早退了。

プライベート：①私人的，個人的 ②非公開的

▶プライベートタイム／私人時間

プライド：自尊心，自豪感

▶プライドが高い。／自尊心很強。

プライバシー：隱私

▶プライバシーの権利／隱私權

プロフィール：①側面像 ②人物簡介，人物評論

▶あの専門家のプロフィール／那位專家的個人簡介

603. 彼の心にはなおもある疑いが（　　）。

1　とまっていた
2　かげっていた
3　しずんでいた
4　ひそんでいた

603・答案：4

譯文：他的心裡還是藏著某種疑問。

潜む：①藏起來讓人看不見 ②隱含，潛在
▶魚が水底に潜む。／魚藏在水底。

泊まる：停留，滯留
▶ハワイに一週間泊まる。／在夏威夷待一週。

陰る：①變暗，陽光被遮住，太陽西斜 ②表情陰沉
▶庭が陰る。／庭院變暗了。

沈む：①沉沒 ②降落，下沉 ③消沉，鬱悶 ④陷入
▶水中に沈む。／沉沒在水中。

---

604. 不注意で転んだ彼は足がひどく（　　）いた。

1　焦がれて
2　蒸れて
3　腫れて
4　崩れて

604・答案：3

譯文：他走路不小心跌倒了，腳腫得很厲害。

腫れる：腫脹
▶手が腫れる。／手腫了。

焦がれる：①嚮往，渴望 ②思慕，想念
▶故郷に焦がれる。／思念故鄉。

蒸れる：①蒸熟，燜熟 ②悶熱
▶室内が蒸れる。／室內很悶熱。

崩れる：①崩潰，倒塌 ②走形，凌亂 ③天氣變壞 ④換成零錢 ⑤行情急劇下跌
▶豪雨で建物が崩れる。／暴雨使房屋倒塌。

---

605. 毎日来ていた小野さんからの連絡が、突然（　　）途絶えたので心配だ。

1　きっかり
2　くっきり
3　ばったり
4　ぴったり

605・答案：3

譯文：每天都與我聯繫的小野先生突然斷了聯繫，真讓人擔心。

ばったり：①突然倒下 ②突然遇見 ③突然中止
▶銃弾を受けてばったりと倒れる。／中彈倒下。

きっかり：①整，正好 ②清楚，明顯
▶列車はきっかり時間通りに到着した。／列車準時抵達。

くっきり：清楚，分明，顯眼
▶くっきりとした写真／清晰的照片

ぴったり：①緊密，嚴實 ②恰好，正合適 ③說中，猜中
▶この色はあの人にぴったりする。／這個顏色很適合他。

606.

つまらないことでお母さんとけんかしてしまったけど、もう（　　）を張るのに疲れたので明日謝ろう。

1　強気
2　弱気
3　意地
4　生意気

606・答案：3

譯文：因為小事和媽媽吵架了，不想再賭氣了，所以打算明天向她道歉。

意地：①心術，用心 ②固執，倔強 ③貪婪，貪吃

▶意地っ張りで勝ち気／爭強好勝

強気：①要強，強硬 ②（行情）看漲

▶強気の発言／強硬的發言

弱気：①軟弱，膽怯 ②行情疲軟

▶弱気になる。／變得軟弱。

生意気：驕傲，狂妄

▶生意気盛りの少年／盛氣凌人的少年

注意：「意地を張る」為慣用表達方式，意為「固執己見」。

607.

10時半の（　　）便でニューヨークへ行った。

1　折り返し
2　掛け直し
3　払い戻し
4　振り出し

607・答案：1

譯文：乘坐十點半的回程班機去紐約了。

折り返し：①折邊，翻折 ②折回，回程 ③立即

▶折り返し運転／區間往返運行

掛け直し：重新撥打

▶後でもう一度お掛け直しください。／請您等會再打過來吧。

払い戻し：退還，退款

▶料金の払い戻し／退還費用

振り出し：①出發點，開始，開端 ②開票，發票

▶振り出しに戻る。／重新回到起點。

608.

何世紀にもわたって栄えていたその都市は完全に（　　）。

1　やぶれた
2　ほろびた
3　おちいった
4　しりぞいた

608・答案：2

譯文：那個曾經繁榮了數個世紀的城市完全消失了。

滅びる：滅亡，不復存在

▶伝統産業は滅びる危険にある。／傳統產業有消亡的危險。

破れる：撕破，破損

▶夢が破れる。／美夢破滅。

陥る：①落入，掉進 ②陷入，墜入

▶苦境に陥る。／陷入困境。

退く：①倒退，後退 ②退出，離開 ③退職，退位

▶社会を退く。／隱居。

609.

彼女はよく休みの時間を利用して寝たきり老人の（　　）をしている。

1　介入
2　介護
3　厄介
4　媒介

609・答案：2

譯文： 她經常利用休息時間照顧臥床不起的老人。

介護（かいご）：①護理，看護 ②照顧
▶年老いた父を介護する。／照顧年邁的父親。
介入（かいにゅう）：介入，干預
▶紛争に介入する。／介入糾紛。
厄介（やっかい）：①麻煩，難對付 ②照料，照應
▶ご厄介になります。／承蒙多方照顧。
媒介（ばいかい）：媒介，傳播，傳染
▶伝染病を媒介する。／傳播傳染病。

610.

渡辺さんの演説には人を震え上がらせるような（　　）があった。

1　活力
2　引力
3　迫力
4　権力

610・答案：3

譯文： 渡邊先生的演講有一種令人震撼的感染力。

迫力（はくりょく）：扣人心弦，感染力
▶迫力に欠ける。／缺乏感染力。
活力（かつりょく）：活力
▶活力にあふれた町／充滿活力的城市
引力（いんりょく）：引力，萬有引力
▶引力の法則／萬有引力定律
権力（けんりょく）：權力
▶支配権力／支配權

611.

この国の経済は石油の輸出に（　　）している。

1　委託
2　委任
3　依頼
4　依存

611・答案：4

譯文： 這個國家的經濟依賴於石油出口。

依存（いそん）：依靠，依存，賴以生存
▶依存心が強い。／依賴心很強。
委託（いたく）：委託，託付
▶販売業務の委託／寄售
委任（いにん）：①委任 ②委託
▶全権を委任する。／全權委託。
依頼（いらい）：①委託，請求 ②依賴，依靠
▶依頼状／委託書

612. 盗難が心配ならばあまり大きなお金は持って行かないほうが（　　）です。

1　無実
2　無断
3　無難
4　無敵

612・答案：3

譯文：如果擔心（錢）被偷，最好不要攜帶大量現金出門。

無難（ぶなん）：無災無難，沒有缺點，無可非議，說得過去

▶無難な人選／無可非議的人選

無実（むじつ）：①不是事實，沒有根據 ②不誠實

▶有名無実／有名無實

無断（むだん）：擅自，私自

▶無断欠席／曠課

無敵（むてき）：無敵，戰無不勝

▶無敵な勇者／無敵勇士

---

613. 彼は健やかな精神の持ち主である。

1　賢い
2　美しい
3　健康な
4　幸福な

613・答案：3

譯文：他身心健康。

健やか（すこ）：健壯，健康

▶健やかに成長する。／茁壯成長。

健康（けんこう）：健康，健壯，健全

▶健康な体／健康的體魄

賢い（かしこ）：①聰明，伶俐 ②周到，沒有疏漏

▶賢い子／聰明的孩子

---

614. 人にはおのおのの長所も短所もある。

1　各自
2　二人で
3　まとめて
4　忘れず

614・答案：1

譯文：每個人都有自己的長處和短處。

各々（おのおの）：各自，各位

▶おのおの一つずつ持つ。／每人各拿一個。

各自（かくじ）：各自，各人

▶各自持参／各自攜帶

---

615. 資金を上手に活用し、社会に報いる。

1　運行
2　活躍
3　通過
4　運用

615・答案：4

譯文：靈活使用資金，回報社會。

活用（かつよう）：活用，有效利用

▶資源を活用する。／有效利用資源。

運用（うんよう）：運用，高明地使用

▶資産を運用する。／運用資產。

運行（うんこう）：運行，行駛

▶列車運行表／列車時刻表

活躍（かつやく）：活躍，大顯身手

▶芸能界で活躍する。／在演藝圈大顯身手。

通過（つうか）：通過

▶予算案が議会を通過する。／預算案通過議會審議。

616. 大会は滞りなく終了した。

1 問題なく
2 静かに
3 休むことなく
4 準備不足のまま

616・答案：1

譯文：大會順利閉幕。

<ruby>滞<rt>とどこお</rt></ruby>りなく：圓滿，無阻

▶結婚式は滞りなく済んだ。／婚禮圓滿結束。

---

617. これ以上彼を苦しめるのは残酷だ。

1 ひどい
2 かなしい
3 だいたんだ
4 よけいだ

617・答案：1

譯文：再繼續折磨他就太殘忍了。

<ruby>残酷<rt>ざんこく</rt></ruby>：殘酷，殘忍

▶残酷な仕打ち／殘酷的對待

<ruby>大胆<rt>だいたん</rt></ruby>：大膽

▶大胆な発想／大膽的想法

<ruby>余計<rt>よけい</rt></ruby>：①多餘 ②更加，格外

▶余計な心配／過慮

---

618. 新聞に出ている有名なレストランに行ったが、味はそこそこだった。

1 とても悪かった
2 とてもよかった
3 まあまあだった
4 思ったとおりだった

618・答案：3

譯文：去了上過報紙的有名餐廳，味道還可以。

そこそこ：①匆忙，草草了事 ②大約，左右，將近 ③還可以，過得去

▶そこそこの成績／還可以的成績

まあまあ：還可以，過得去

▶まあまあの出来だ。／品質還可以。

---

619. ちょくちょく

1 彼はちょくちょく我が家を訪ねる。
2 かわいい猫がちょくちょくと走り回っている。
3 1年前から、ちょくちょくと留学の計画を進めている。
4 言いたいことがあるなら、ちょくちょくせずにはっきり言ってください。

619・答案：1

譯文：他經常來我家做客。

ちょくちょく：時常，往往

▶最近ちょくちょく事故が起きる。／最近常發生事故。

選項2應該替換成「ちょこちょこ」，意為「小步走」。

選項3應該替換成「ちゃくちゃく」，意為「扎扎實實地」。

選項4應該替換成「くよくよ」，意為「擔心」、「悶悶不樂」。

620. 手配

1 言葉が通じないあの人に<u>手配</u>でコミュニケーションを取った。

2 結婚式の<u>手配</u>は着々と進んでいる。

3 彼は彼女に告白するために心の<u>手配</u>をした。

4 小林さんは<u>手配</u>のかかる仕事はいつも部下にやらせる。

620・答案：2

譯文：婚禮的籌備工作正順利進行著。

手配：①籌備，安排，布置 ②通緝

▶手配済み／已經安排好了

選項1應該替換成「手ぶり」，意為「打手勢」。

選項3應該替換成「準備」，意為「準備」。

選項4應該替換成「手数」，意為「麻煩」。

---

621. お手上げ

1 ご希望の方はどうぞ<u>お手上げ</u>ください。

2 二人の幸せを祈って<u>お手上げ</u>しましょう。

3 <u>お手上げ</u>になる前に何か打つ手がありそうなものだ。

4 先生に<u>お手上げ</u>されたら、どうしていいのか分からない。

621・答案：3

譯文：認輸之前好像還有什麼招數。

お手上げ：投降，束手無策，認輸

▶みんなに問いつめられて、彼はすっかりお手上げだ。／被大家一再追問，他完全沒轍了。

選項1應該替換成「手を上げて」，意為「舉手」。

選項2應該替換成「手合わせ」，意為「雙手合十」。

選項4應該替換成「手放」，意為「放手不管」。

622. 好況

1 来週のパーティーは、友人が大勢来てくれるのできっと好況になると思う。
2 この映画の犯人が警察から逃げる場面は、緊張感があって私の好況だ。
3 知り合いの紹介で就職できるなんて、彼は好況をつかんだと思う。
4 失業者を減らすためには好況が必要である。

第一週 第二週 第三週 第七天 第四週 第五週

622・答案：4

譯文：想降低失業率，必須使經濟繁榮。

好況（こうきょう）：繁榮，景氣，興盛

▶市場が好況を呈する。／市場呈現繁榮景象。

選項1應該替換成「盛況」，意為「盛況」。

選項2應該替換「好物」，意為「喜歡的食物」。

選項3應該替換成「幸運」，意為「幸運」、「運氣」。

623. あやうく

1 ずっと温めてきた夢があやうくかなった。
2 彼女はあやうく一人で旅行に出かけた。
3 あやうくはしごから落ちるところだった。
4 あやうく1点差で負けてしまった。

623・答案：3

譯文：險些從梯子上摔下來。

危うく（あや）：險些，差一點，幾乎

▶危うく乗り過ごすところだった。／差點坐過站。

選項1應該替換成「ようやく」，意為「終於」、「總算」。

選項2應該替換成「寂しく」，意為「孤單」、「寂寞」。

選項4應該替換成「惜しくも」，意為「可惜」、「遺憾」。

219

624. のどか

1 <u>のどか</u>な傾向なので、鈴木さんは皆から好かれている。
2 わたしの家は<u>のどか</u>な坂道を上った所にある。
3 おばあちゃんは<u>のどか</u>な顔をしていた。
4 この問題はもっと<u>のどか</u>な方法で解決するべきだ。

624・答案：3

譯文：老奶奶表情平靜。

のどか：①晴朗 ②恬靜，寧靜 ③悠閒
▶のどかな気分／悠閒的心境
選項1應該替換成「淑やか」，意為「嫻靜」。
選項2應該替換成「緩やか」，意為「坡度小」。
選項4應該替換成「楽」，意為「簡單」、「輕鬆」。

625. 彼女は<u>師匠</u>について琴を習っている。

1 しせき
2 しきん
3 しそう
4 ししょう

625・答案：4

譯文：她跟著師父學琴。

師：音讀為「し」，例如「医師（いし）」。
匠：音讀為「しょう」，例如「名匠（めいしょう）」；訓讀為「たくみ」，例如「匠（たくみ）」。

626. <u>拙い</u>私を導きくださいまして、感謝の念に堪えません。

1 つたない
2 はかない
3 つれない
4 せつない

626・答案：1

譯文：十分感謝您的諄諄教誨。

拙：音讀為「せつ」，例如「拙作（せっさく）」；訓讀為「つたな」，例如「拙（つたな）い」。
はかない：寫成「儚い」或「果敢ない」，意為「短暫」、「不可靠」、「虛幻」。
▶はかない命／短暫的生命
つれない：意為「冷淡」、「薄情」、「無動於衷」。
▶つれなく断る。／冷淡拒絕。
せつない：寫成「切ない」，意為「難受」、「苦悶」、「痛苦」。
▶恋人を失い切ない思いにかられる。／失去戀人十分悲傷。

627. 鈴木さんは自分の才能を<u>誇示</u>している。

1　こし
2　こうし
3　ごうじ
4　こじ

627・答案：4

譯文：鈴木一直炫耀自己的才華。

誇：音讀為「こ」，例如「誇大^{こ だい}」；在動詞中讀作「ほこ」，例如「誇^{ほこ}る」。

示：音讀為「し」，例如「示唆^{し さ}」；音讀還可讀作「じ」，意為「示威^{じ い}」；在動詞中讀作「しめ」，例如「示^{しめ}す」。

---

628. 友達の昇進を<u>妬ん</u>でいる。

1　うらやんで
2　つかんで
3　にくんで
4　ねたんで

628・答案：4

譯文：嫉妒朋友升遷。

妬：音讀為「と」，例如「嫉妬^{しっと}」；在動詞中讀作「ねた」，例如「妬^{ねた}む」。

うらやむ：寫成「羨む」，意為「羨慕」、「嫉妒」。
▶合格した友達を羨む。／羨慕考上的朋友。

つかむ：寫成「掴む」，意為「抓住」、「獲得」。
▶手がかりを掴む。／獲得線索。

にくむ：寫成「憎む」，意為「憎惡」、「憎恨」。
▶戦争を憎む。／憎惡戰爭。

---

629. この2年間<u>屈辱</u>に甘んじてきました。

1　くつぞく
2　くつじょく
3　くつしん
4　くっしん

629・答案：2

譯文：這兩年一直忍受著屈辱。

屈：音讀為「くつ」，例如「窮屈^{きゅうくつ}」。

辱：音讀為「じょく」，例如「栄辱^{えいじょく}」；在動詞中讀作「はずかし」，例如「辱^{はずかし}める」。

---

630. <u>似顔絵</u>を描くことが上手な人もいる。

1　じがんえ
2　にがんえ
3　にがおえ
4　にせがおえ

630・答案：3

譯文：也有人很擅長畫肖像畫。

似：音讀為「じ」，例如「類似^{るい じ}」；在動詞中讀作「に」，例如「似^にる」。

顔：音讀為「がん」，例如「顔料^{がんりょう}」；訓讀為「かお」，例如「笑顔^{え がお}」。

絵：音讀為「え」，例如「絵印^{え いん}」；音讀還可讀作「かい」，例如「絵画^{かい が}」。

練習問題	解説

631. 船を操縦する人は十分注意すべきだ。

1 そうじゅう
2 しょうじゅう
3 そうしょう
4 しょうじょう

631・答案：1

譯文：駕船的人應該十分小心。

操：音讀為「そう」，例如「操業」；在動詞中讀作「あやつ」，例如「操る」。

縦：音讀為「じゅう」，例如「縦横」；訓讀為「たて」，例如「縦横」。

そうしょう：寫成「相承」，意為「相傳」、「相承」。

▶父子相承／父子相傳

しょうじょう：寫成「症状」，意為「症狀」。

▶禁断症状／戒斷症狀

632. 祖母は満面に微笑を浮かべていた。

1 びそう
2 びしょう
3 ちょうそう
4 ちょうしょう

632・答案：2

譯文：祖母滿臉微笑。

微：音讀為「び」，例如「微風」；訓讀為「かす」，例如「微か」。

笑：音讀為「しょう」，例如「嘲笑」；在動詞中讀作「わら」，例如「笑う」。

注意：「微笑む」讀作「ほほえむ」。

633. ここは極東随一の良港である。

1 たいいち
2 たいいつ
3 ずいいち
4 ずいいつ

633・答案：3

譯文：這是遠東地區首屈一指的港口。

随：音讀為「ずい」，例如「随意」；訓讀為「まにま」，例如「随に」；在動詞中讀作「したが」，例如「随う」。

一：音讀為「いち」，例如「一度」；音讀還可讀作「いつ」，例如「唯一」；訓讀為「ひと」，例如「一粒」。

634. その子は鳥を狙って撃った。

1 かかって
2 とって
3 ねらって
4 もらって

634・答案：3

譯文：那個孩子瞄準小鳥射擊。

狙：音讀為「そ」，例如「狙撃」；在動詞中讀作「ねら」，例如「狙う」。

635. 配偶者とは、夫に対
して妻を、また、妻
に対して夫を、それ
ぞれ指して言う言葉
です。

1 はいぐしゃ
2 はいぐうしゃ
3 はいくしゃ
4 はいくうしゃ

635・答案：2

譯文：配偶是指丈夫或妻子。

配：音讀為「はい」，例如「配慮」；在動詞中讀作「く
ば」，例如「配る」。

偶：音讀為「ぐう」，例如「偶然」；訓讀為「たま」，例
如「偶には」。

者：音讀為「しゃ」，例如「医者」；訓讀為「もの」，例
如「若者」。

636. 彼女に心底からほれ
ている。

1 しんそこ
2 しんでい
3 こころぞこ
4 こころてい

636・答案：1

譯文：我打從心底喜歡她。

心：音讀為「しん」，例如「心臓」；訓讀為「こころ」，
例如「心遣い」。

底：音讀為「てい」，例如「底部」；訓讀為「そこ」，例
如「心底」。

注意：本題中「心底」讀作「しんそこ」，意為「內心深
處」、「心底」、「發自內心的」。另外，「心底」也可讀
作「しんてい」，意為「內心深處」。

637. 個々の事情を
（　　）、方針を立
てた。

1 かまえて
2 かまって
3 ふんで
4 ふまえて

637・答案：4

譯文：根據各自的情況制定方針。

踏まえる：①踩，踏 ②根據，依據
▶過去の経験を踏まえる。／根據過去的經驗。

構える：①建造 ②架勢，擺出姿勢 ③準備好 ④捏造
▶口実を構える。／找藉口。

構う：①（多用於否定）關心，擔心，干涉 ②理睬，照顧
③調戲，逗弄
▶ペットを構う。／逗寵物玩。

踏む：①踏，踏上 ②實踐，經歷
▶釘を踏む。／踩到釘子。

638. ボートは橋の下を（　　）抜けた。

1　たぐり
2　なぐり
3　もぐり
4　くぐり

638・答案：4

譯文：小艇從橋下穿過。

潜り抜ける：①穿過，穿越 ②闖過，渡過

▶難関を潜り抜けた。／渡過難關。

注意：「たぐぬく」、「殴りぬく」、「潜りぬく」均不構成複合動詞。

639. そんな（　　）言葉を口にするな。

1　まちどおしい
2　はしたない
3　ひさしい
4　ややこしい

639・答案：2

譯文：不要說粗話。

はしたない：粗俗，下流

▶はしたない言葉遣い／說話粗魯

待ち遠しい：盼望已久，等候已久

▶春が待ち遠しい。／急切盼望春天到來。

久しい：好久，許久，久違

▶久しい昔／很久以前

ややこしい：複雜，糾纏不清

▶ややこしい問題／複雜的問題

640. 彼は社内のいろいろな意見の（　　）をはかった。

1　調和
2　調合
3　調整
4　調停

640・答案：1

譯文：他設法協調了公司內部的各種意見。

調和：調和，和諧

▶調和のとれた絵／和諧的畫

調合：調配，調劑，配藥

▶薬を調合する。／配藥。

調整：調整，修正，調節

▶値段の調整／調整價格

調停：調停，調解

▶紛争を調停する。／調解紛爭。

641. 異質な文化も（　）できるようになりたいものだ。

1 受理
2 受給
3 受領
4 受容

641・答案：4

譯文：希望能接納不同性質的文化。

受容（じゅよう）：採納，接受，接納

▶外国文化を受容する。／接納外國文化。

受理（じゅり）：受理，接受

▶入学願書を受理する。／受理入學申請書。

受給（じゅきゅう）：領取

▶年金の受給／領取養老金

受領（じゅりょう）：領取，接收，收取

▶受領証／收據

---

642. この道路は（　）中につき通行禁止だ。

1 改修
2 改正
3 改善
4 改革

642・答案：1

譯文：這條道路因改建施工而禁止通行。

改修（かいしゅう）：修復，改建

▶改修工事／改建工程

改正（かいせい）：修改，修正，修訂，改正

▶法律を改正する。／修改法律。

改善（かいぜん）：改善，改進

▶待遇を改善する。／改善待遇。

改革（かいかく）：改革，革新

▶改革開放路線をとる。／實行改革開放。

---

643. かすみで遠くの山が（　）いた。

1 くだけて
2 だらけて
3 とろけて
4 ぼやけて

643・答案：4

譯文：因為雲霧繚繞，遠處的山朦朧不清。

ぼやける：模糊，不清楚

▶意識がぼやける。／神志不清。

砕ける（くだ）：①破碎 ②洩氣 ③平易近人

▶意志が砕ける。／頹廢。

だらける：散漫，鬆懈，吊兒郎當

▶だらけた生活／散漫的生活

蕩ける（とろ）：①溶化 ②陶醉，心蕩神馳

▶心がとろけるような甘いささやき／令人陶醉的甜言蜜語

644. この生地は洗濯機で
洗うと（　　　）。

1　傷む
2　腐る
3　壊す
4　割る

644・答案：1

譯文：這種布料用洗衣機洗會受損。

傷む：①疼痛 ②苦惱，傷心 ③破損，損壞

▶ご飯が傷む。／飯餿了。

腐る：①腐爛，壞 ②腐朽，生鏽 ③消沉，失望，沮喪

▶心まで腐ったやつ／狼心狗肺的傢伙

壊す：①破壞，毀壞 ②損害，損傷 ③換零錢

▶腹を壊す。／腹瀉。

割る：①分割 ②打破 ③稀釋

▶薪を割る。／劈柴。

---

645. 減税法案は（　　　）
となった。

1　見送り
2　見出し
3　見積もり
4　見逃し

645・答案：1

譯文：減税法案被擱置了。

見送り：①送行，送別 ②延緩，暫緩 ③觀望

▶富士山の観光旅行は見送りとなる。／去富士山旅行的計劃被擱置了。

見出し：①標題，題目 ②目錄，索引 ③選出，選拔

▶人の目を引く見出し／引人注目的標題

見積もり：估計，估價單

▶費用の見積もりをする。／估算費用。

見逃し：①看漏，錯過 ②饒恕，寬恕

▶どうかお見逃しを。／請饒恕。

---

646. 何をすれば心の
（　　　）を取り戻せ
るでしょうか。

1　安否
2　安全
3　平安
4　平穏

646・答案：4

譯文：如何才能恢復內心的平靜呢？

平穏：平穩，平靜

▶事態が平穏に復する。／局勢恢復平靜。

安否：是否平安無事

▶安否を尋ねる。／問安。

安全：安全，保險，平安

▶安全第一主義／安全第一的原則

平安：平安，太平

▶平安な世の中／太平之世

辨析：「安全」指沒有危險，「平安」指身心、國家、社會等因無事而安穩，「平穩」指沒有變化。

647. 公共事業を発注する
際、業者の間で
（　　）が行われ、
事件となった。

1 配送
2 登録
3 談合
4 団結

647・答案：3

**譯文：公共事業招標時，業者相互串通投標，演變成了
一起（非法）事件。**

談合（だんごう）：①商議，商量 ②串通投標

▶何事も談合で解決できる。／任何事情都能透過商量解
決。

---

648. その事件のために両
家の関係に（　　）
が入った。

1 とげ
2 へり
3 ぐち
4 ひび

648・答案：4

譯文：由於那件事，兩家的關係出現了裂痕。

罅（ひび）：①裂紋，裂口 ②裂痕，不和

▶友情に罅が入る。／友情出現裂痕。

刺（とげ）：刺

▶刺を抜く。／拔刺。

縁（へり）：邊，緣

▶崖の縁に立つ。／站在懸崖邊。

愚痴（ぐち）：牢騷，抱怨

▶愚痴をこぼす。／發牢騷。

注意：「罅が入る」為慣用表達方式，意為「心靈受到創
傷」、「（關係）出現裂痕」。

---

649. 長男の受験で家中が
（　　）している。

1 ばりばり
2 ぴりぴり
3 びりびり
4 ぽりぽり

649・答案：2

譯文：由於長子要考試了，全家人都提心吊膽的。

ぴりぴり：①火辣辣，辣乎乎 ②神經繃得緊緊的，戰戰兢
兢，提心吊膽

▶ぴりぴりした人／神經質的人

ばりばり：①撕開、揭去紙張的聲音 ②幹活俐落，幹勁十
足

▶ばりばりと勉強する。／積極學習。

びりびり：①嘩嘩地 ②酥麻，因強烈刺激而發麻 ③（紙或
布等）破碎

▶コンセントに触れたらびりびりときた。／一碰到插座就
被電了一下。

ぽりぽり：咯吱咯吱

▶ぽりぽりと煎餅を食べる。／咯吱咯吱地嚼著米果。

227

650. 嵐の影響が関東
　　　　（　　）に及ぶ。

1　円満
2　一円
3　円盤
4　楕円

650・答案：2

譯文：暴風雨将影響日本關東一帶。
一円：①一日圓 ②一帶，一片
▶京阪神一円に広がる。／擴展到京阪神一帶。
円満：圓滿，沒有缺點
▶紛争は円満に解決した。／糾紛圓滿解決。
円盤：①圓盤 ②鐵餅 ③唱片
▶空飛ぶ円盤／飛碟
楕円：橢圓
▶楕円軌道／橢圓軌道

---

651. お爺ちゃんはその話
を聞いたら、思わず
1960年代を（　　）
したという。

1　回覧
2　解消
3　回想
4　回避

651・答案：3

譯文：爺爺聽了那席話，不禁回想起1960年代。
回想：回想，回憶，回顧
▶学生時代を回想する。／回憶學生時期。
回覧：傳閱
▶社内で雑誌を回覧する。／在公司內部傳閱雜誌。
解消：解除，消除
▶婚約を解消する。／解除婚約。
回避：回避，躲避，避免
▶責任を回避する。／推卸責任。

---

652. （　　）として行く
ことを拒絶した。

1　断固
2　断言
3　断念
4　断絶

652・答案：1

譯文：斷然拒絕前往。
断固：斷然，堅決，果斷
▶断固たる態度／果斷的態度
断言：斷言
▶断言はできない。／不敢斷言。
断念：斷念，死心
▶調査を断念する。／放棄調查。
断絶：①滅絕，絕種 ②斷絕
▶国交断絶／斷絕邦交

653. 従業員は就業規則に（　　）業務をします。

1　則って
2　凝らして
3　研いで
4　逸らして

653・答案：1

譯文：從業人員按照規定工作。

則る：遵照，根據，效法

▶規則に則る。／遵守規則。

凝らす：①凝神，講究 ②僵硬，不靈活

▶工夫を凝らす。／悉心鑽研。

研ぐ：①擦亮，打磨 ②淘 ③磨利

▶刀を研ぐ。／把刀磨利。

逸らす：①偏離，錯過 ②岔開，扭轉 ③得罪人

▶顔を逸らす。／把臉轉過去。

---

654. 道を歩いていると、（　　）大学時代の歌を思い出した。

1　未然に
2　好調に
3　故意に
4　不意に

654・答案：4

譯文：走在路上，忽然想起了大學時代的歌曲。

不意：冷不防，突然，出其不意

▶不意の来客／不速之客

未然：未然，事件尚未發生

▶事故を未然に防ぐ。／防患於未然。

好調：順暢，情況好，勢頭好

▶事業が好調に進む。／事業發展順利。

故意：故意，蓄意

▶故意に反則する。／故意犯規。

---

655. 50年前なら（　　）、今そんなことを信じてる人はいません。

1　てっきり
2　かりに
3　てきぱき
4　まだしも

655・答案：4

譯文：若是50年前還難說，但現在可不會有人相信那種事情。

まだしも：還算，還好，還行

▶まだしも雪のほうがよい。／還是下雪好。

てっきり：一定，無疑，肯定

▶今日はてっきり晴れると思ったのに。／本以為今天肯定會是晴天。

仮に：①假定，假使 ②臨時，姑且

▶かりに私があなたの立場だったら……／假如我是你的話……

てきぱき：①俐落，敏捷 ②直截了當

▶てきぱきと答える。／直截了當地回答。

656. 老人は（　　）足ど
りで通りを歩いて
行った。

1　やかましい
2　たどたどしい
3　はなはだしい
4　ほほえましい

656・答案：2

譯文：老人步履蹣跚地走過馬路。

たどたどしい：①蹣跚，不敏捷 ②不熟練，不流利，結巴
▶たどたどしく歩いてきた。／蹣跚地走來。
喧(やかま)しい：①吵鬧，喧嘩 ②囉嗦，嘮叨 ③嚴厲，嚴格 ④挑剔
▶隣の人が喧しくてよく眠れなかった。／隔壁的人太吵，
我沒睡好。
甚(はなは)だしい：很，甚，非常
▶非常識も甚だしい。／非常無知。
微笑(ほほえ)ましい：令人欣慰，引人微笑
▶ほほえましい光景／令人欣慰的情景

---

657. このレストランの肉
料理はどれも（　　）
がある。

1　ボリューム
2　バランス
3　カロリー
4　ホームシック

657・答案：1

譯文：這家餐館的肉類料理無論哪道量都很足。

ボリューム：①體積 ②分量 ③音量
▶ボリュームを上げる。／提高音量。
バランス：平衡，平均，均衡
▶バランスを取る。／保持平衡。
カロリー：卡路里，熱量
▶カロリーの高い良質の石炭／熱量多的優質煤
ホームシック：思鄉，想家
▶ホームシックにかかる。／想家。

---

658. あの人はいつまでも
（　　）している。

1　くよくよ
2　のろのろ
3　ひっそり
4　ふんわり

658・答案：1

譯文：那個人總是悶悶不樂的。

くよくよ：想不開，垂頭喪氣，悶悶不樂
▶くよくよするな。／不要擔心。
のろのろ：遲緩，慢吞吞地
▶のろのろと進む。／緩慢前進。
ひっそり：①寂靜，靜悄悄 ②默默地，不顯眼地
▶ひっそり静まりかえる。／靜悄悄。
ふんわり：鬆軟，輕飄飄地
▶ふんわりした布団／鬆軟的被窩

659. 部屋は本が散らばって足の（　　）もなかった。

1　置き場
2　出し場
3　踏み場
4　踊り場

659・答案：3

譯文：**房間裡書散落了一地，連個落腳之處都沒有。**

足の踏み場もない：凌亂不堪，沒有落腳之處

注意：「足の踏み場もない」為固定搭配。

660. 彼らは私の素性を（　　）したようだ。

1　探究
2　探偵
3　探知
4　探索

660・答案：3

譯文：**他們好像發現了我的身世。**

探知：探知，發覺，發現

▶鉱脈を探知する。／發現礦脈。

探究：探究，鑽研

▶真理の探究／探究真理

探偵：偵探

▶私立探偵／私人偵探

探索：①探索，搜尋 ②搜索（罪犯），搜捕

▶史料の探索／搜集史料

注意：題幹中「素性」讀作「すじょう」，意為「身世」、「來歷」。

練習問題	解説

661. ニューヨークに到着することをあらかじめ彼らに知らせるべきです。

1　何度も
2　くわしく
3　前もって
4　できれば

661・答案：3

譯文：應該預先通知他（我們）到達紐約的事。

予め：事先，預先
▶予め用意する。／預先準備。
前もって：事先，預先
▶前もって連絡する。／提前聯繫。

---

662. 入会しても大したメリットはない。

1　機会
2　危険
3　利益
4　困難

662・答案：3

譯文：即使成為會員也沒什麼太大的好處。

メリット：價值，優點，好處
▶何のメリットもない。／一點好處都沒有。
利益：①利潤，盈利 ②利益，好處
▶利益を得る。／獲利。

---

663. 麻薬の密売をびしびし取り締まる。

1　おどおど
2　疎か
3　容赦なく
4　厳か

663・答案：3

譯文：嚴厲打擊毒品走私。

びしびし：嚴厲，不容分說
▶びしびし叱る。／嚴厲斥責。
容赦なく：不姑息，不留情
▶容赦なく時が過ぎる。／時光無情地逝去。
おどおど：惴惴不安，提心吊膽，戰戰兢兢
▶この子は人前に出るとおどおどする。／這孩子見人就緊張。
疎か：疏忽，草率，馬虎，不認真
▶管理が疎かだ。／管理不善。
厳か：莊嚴，嚴肅，莊重，威嚴
▶厳かに宣言する。／鄭重宣布。

664. 彼は大通りに店を<u>構えている</u>。

1 借りた
2 移した
3 建てた
4 売った

664・答案：3

譯文：他在大街上開了家店。

構える：①建造 ②架勢，擺出姿勢 ③準備好 ④捏造

▶店を構える。／開店。

---

665. 彼女の<u>しなやかな</u>指が好きだ。

1 たくましい
2 はげしい
3 柔軟な
4 迅速な

665・答案：3

譯文：我喜歡她柔軟的手指。

しなやか：①柔軟，柔韌 ②優美，溫柔

▶しなやかな指／柔軟的手指

柔軟：①柔軟 ②靈活

▶柔軟な体／柔軟的身體

逞しい：①健壯，魁梧 ②旺盛，堅強

▶苦境を逞しく克服する。／堅強地戰勝困境。

迅速：迅速

▶迅速な対処／迅速處理

---

666. 彼は<u>そそくさと</u>部屋を出ていった。

1 しずかに
2 げんきに
3 はりきって
4 あわただしく

666・答案：4

譯文：他匆匆忙忙地出了房間。

そそくさ：匆匆忙忙，急急忙忙

▶そそくさと帰った。／匆匆忙忙地回去了。

慌ただしい：慌張，匆忙，不穩

▶慌ただしく旅立つ。／匆忙啟程。

張り切る：①拉緊，繃緊 ②幹勁十足 ③緊張

▶張り切った気分／緊張的氣氛

---

667. 付き添う

1 メールといっしょに写真を<u>付き添って</u>送った。
2 この仕事には危険が<u>付き添う</u>。
3 母親が<u>付き添って</u>その子を学校に行かせた。
4 あの政治家には常に悪いうわさが<u>付き添っている</u>。

667・答案：3

譯文：孩子在母親的陪同下去了學校。

付き添う：護理，陪伴，照顧

▶病人に付き添う。／護理病人。

選項1應該替換成「添付して」，意為「附上」、「添加」。

選項2應該替換成「伴う」，意為「跟著」、「伴隨」。

選項4應該替換成「流れて」，意為「傳播」。

233

668. 全快

1 インフルエンザはもう<u>全快</u>しましたか。
2 運動して大量に汗をかいたときは、シャワーを浴びると<u>全快</u>する。
3 次に出発する電車は<u>全快</u>するので、それに乗ると早く目的地に着く。
4 この映画は脚本も俳優の演技もおもしろく、始めから終わりまで<u>全快</u>した作品だ。

668・答案：1

譯文：你流感已經痊癒了嗎？

全快（ぜんかい）：痊癒

▶全快祝い／慶祝痊癒

選項2應該替換成「爽快」，意為「爽朗」、「舒暢」。

選項3應該替換成「全速前進」，意為「全速前進」、「全速運行」。

選項4應該替換成「大笑い」，意為「大笑」。

669. 移転

1 事務所は<u>移転</u>の準備で忙しい。
2 彼は総務課から営業課へ<u>移転</u>することになった。
3 古いコンピューターシステムから新しいシステムに<u>移転</u>した。
4 時間がないので、次の目的地までタクシーで<u>移転</u>することにした。

669・答案：1

譯文：事務所忙於準備搬家。

移転（いてん）：遷移，搬家，轉移

▶移転先／新地址

選項2應該替換成「異動」，意為「工作調動」。

選項3應該替換成「移行」，意為「轉移」、「過渡」。

選項4應該替換成「移動」，意為「移動」。

670. 引き締める

1 その人はネクタイをきつめに引き締めた。
2 彼はずっと部屋に引き締めた。
3 彼女は心配して顔を引き締めた。
4 警察は違法駐車を引き締めた。

670・答案：3

譯文：她因為擔心而繃緊了臉。

引き締める：①繃緊 ②縮減
▶気を引き締める。／集中精力。
選項1應該替換成「締めた」，意為「繫緊」、「繫牢」。
選項2應該替換成「引きもった」，意為「閉門不出」。
選項4應該替換成「取り締まった」，意為「懲戒」。

671. 大目

1 彼は僕の失敗を大目に見てくれた。
2 仕事でミスをして部長から大目を食らった。
3 切手を大目に買っておいた。
4 犬の散歩は弟の大目だ。

671・答案：1

譯文：他沒有深究我的失敗。

大目に見る：寬恕，饒恕，不深究，睜一隻眼閉一隻眼
▶過失を大目に見る。／寬恕過錯。
選項2應該替換成「大目玉」，意為「斥責」。
選項3應該替換成「多め」，意為「多一些」。
選項4應該替換成「役目」，意為「任務」、「職責」。

672. とだえる

1 昨日から降り続いた雪が、ようやくとだえた。
2 大地震が起こり、テレビ局は番組をとだえてニュースを伝えた。
3 体調が悪いので、今日は仕事を早めにとだえることにした。
4 降り続いていた雨の落ちる音がとだえた。

672・答案：4

譯文：接連不斷的雨聲停止了。

途絶える：斷絕，中斷
▶息子からの便りが途絶えた。／兒子的消息斷了。
選項1應該替換成「やんだ」，意為「停止」。
選項2應該替換成「中断して」，意為「中斷」。
選項3應該替換成「済ます」，意為「弄完」。

673. 流行語はすぐに<u>廃れ</u>る。

1　かれる
2　こわれる
3　しおれる
4　すたれる

673・答案：4

譯文：流行語很快就會過時。

廃：音讀為「はい」，例如「廃棄」；在動詞中讀作「すた」，例如「廃る」。

かれる：寫成「枯れる」，意為「枯萎」、「乾枯」；也可以寫成「涸れる」，意為「乾涸」、「枯竭」。

▶花が枯れる。／花枯死。

▶水の涸れた川／乾涸的河流

こわれる：寫成「壊れる」或「毀れる」，意為「破碎」、「弄壊」、「故障」。

▶テレビが壊れた。／電視機壞了。

しおれる：寫成「萎れる」，意為「枯萎」、「灰心喪氣」、「氣餒」。

▶花が萎れる。／花枯萎。

674. 彼になにか悪い<u>企み</u>がありそうだ。

1　たくらみ
2　あやぶみ
3　つつしみ
4　うらやみ

674・答案：1

譯文：他似乎打著什麼壞主意。

企：音讀為「き」，例如「企画」；在動詞中讀作「たくら」，例如「企む」；在動詞中還可讀作「くわだ」，例如「企てる」。

あやぶむ：寫成「危ぶむ」，意為「擔心」、「掛念」。

▶合格が危ぶまれる。／擔心能否及格。

つつしむ：寫成「慎む」，意為「謹慎」、「節制」、「恭謹」。

▶言動を慎む。／謹言慎行。

うらやむ：寫成「羨む」，意為「羨慕」、「嫉妒」。

▶試験に合格したクラスメートを羨む。／羨慕考上（學校）的同學。

675. 彼女は一抹の<u>危惧</u>の 念を抱く。

1　きく
2　きくう
3　きぐ
4　きぐう

675・答案：3

譯文：她心懷一絲恐懼。

危：音讀為「き」，例如「危険」;訓讀為「あぶ」,例如「危ない」;訓讀還可讀作「あや」,例如「危うい」。

惧：音讀為「ぐ」,例如「危惧」;在動詞中讀作「おそ」,例如「惧れる」。

きく：寫成「菊」,意為「菊花」。

きぐう：寫成「奇遇」,意為「奇遇」、「巧遇」。

▶こんなところで会うなんて奇遇だね！／在這裡碰到你, 可真巧啊！

676. 班長は<u>適宜</u>警告を与 えた。

1　てきせん
2　てきかつ
3　てきとう
4　てきぎ

676・答案：4

譯文：班長給出了適當的警告。

適：音讀為「てき」,例如「適当」;在動詞中讀作「かな」,例如「適う」。

宜：音讀為「ぎ」,例如「便宜」;訓讀為「よろ」,例如「宜しい」。

てきせん：寫成「敵船」,意為「敵船」。

▶敵船が見えた。／發現敵船。

てきとう：寫成「適当」,意為「適當」、「恰當」。

▶適当な温度／適當的溫度

677. 彼の学風を<u>慕って</u>、 多くの若者が集まっ て来た。

1　したって
2　になって
3　うやまって
4　みまって

677・答案：1

譯文：許多年輕人因敬仰他的學問而聚集於此。

慕：音讀為「ぼ」,例如「慕情」;在動詞中讀作「した」,例如「慕う」。

になう：寫成「担う」,意為「擔」、「挑」、「擔負」、「承擔」。

▶重責を担う。／身負重任。

うやまう：寫成「敬う」,意為「尊敬」、「尊重」。

▶親を敬う。／尊敬父母。

みまう：寫成「見舞う」,意為「探望」、「遭受（災害 等）」。

▶友人を見舞う。／探望朋友。

678. ナイフを研ぎ澄ました。

1 もぎ
2 つぎ
3 はぎ
4 とぎ

678・答案：4

譯文：把刀磨亮。

研：音讀為「けん」，例如「研修」；在動詞中讀作「と」，例如「研ぐ」。

もぐ：寫成「捥ぐ」，意為「揪」、「扭」、「擰掉」。

▶リンゴをもぐ。／將蘋果從樹枝上扭下來。

はぐ：寫成「剥ぐ」，意為「剥下」、「揭開」、「脫掉」、「奪取」。

▶皮を剥ぐ。／剝皮。

注意：「研ぎ澄ます」為複合動詞，意為「把刀磨亮」、「把刀磨利」、「使精神緊張」。

679. A航空は2010年1月19日に経営破綻した。

1 はせん
2 はたん
3 ぱじょう
4 やぶだん

679・答案：2

譯文：A航空公司於2010年1月19日破產。

破：音讀為「は」，例如「破壊」；在動詞中讀作「やぶ」，例如「破れる」。

綻：音讀為「たん」，例如「破綻」；在動詞中讀作「ほころ」，例如「綻ばす」。

680. 次の試合に勝てば3位に浮上する。

1 しんこう
2 ふじょう
3 うきか
4 くじょう

680・答案：2

譯文：打贏下一場比賽的話，可以升到第三名。

浮：音讀為「ふ」，例如「浮力」；在動詞中讀作「う」，例如「浮かぶ」。

しんこう：寫成「振興」，意為「振興」。

▶地域振興に努力する。／致力於地方振興。

くじょう：寫成「苦情」，意為「抱怨」、「不滿」、「申訴」、「投訴」。

▶隣に苦情を持ち込む。／向鄰居提意見。

681. 彼の自信は一挙に崩れ去った。

1 いちきょ
2 いつきょ
3 いっきょ
4 ひときょ

681・答案：3

譯文：他的自信被一下子擊潰了。

一：音讀為「いち」，例如「一度」；音讀還可讀作「いつ」，例如「唯一」；訓讀為「ひと」，例如「一粒」。

挙：音讀為「きょ」，例如「選挙」；在動詞中讀作「あ」，例如「挙げる」；在動詞中還可讀作「こぞ」，例如「挙る」。

682. 彼は<u>執念</u>深く女につきまとった。

1 しつねん
2 しっねん
3 しゅうねん
4 じゅうねん

682・答案：3

譯文：他被一個不依不饒的女人纏著。

執：音讀為「しつ」，例如「執筆」；音讀還可讀作「しゅう」，例如「執着」；在動詞中讀作「と」，例如「執り行う」。

念：音讀為「ねん」，例如「入念」。

しつねん：寫成「失念」，意為「遺忘」、「忘卻」。

▶名前を失念する。／忘記名字。

---

683. 交渉は5時間後にやっと<u>妥結</u>した。

1 たけつ
2 だけつ
3 たっけつ
4 だっけつ

683・答案：2

譯文：交渉五個小時後終於達成了協議。

妥：音讀為「だ」，例如「妥協」。

結：音讀為「けつ」，例如「結果」；在動詞中讀作「ゆ」，例如「結わえる」；在動詞中還可讀作「むす」，例如「結ぶ」。

---

684. わたくしは彼の行動に<u>懐疑</u>を抱いた。

1 かいき
2 かいぎ
3 けんき
4 けんぎ

684・答案：2

譯文：我對他的行為產生了懷疑。

懷：音讀為「かい」，例如「懐中」；訓讀為「ふところ」，例如「懐具合」；訓讀還可讀作「なつ」，例如「懐かしい」。

疑：音讀為「ぎ」，例如「疑問」；在動詞中讀作「うたが」，例如「疑う」。

---

685. 彼女は髪の毛が（　　）と肩に垂れていた。

1 ばさばさ
2 ぱさぱさ
3 ふさふさ
4 ぼさぼさ

685・答案：3

譯文：她濃密的頭髮下垂至肩。

ふさふさ：（毛髮等）濃密的樣子

▶ふさふさした髪／濃密的秀髮

ばさばさ：乾枯，乾燥，蓬亂

▶ばさばさの髪の毛／乾枯的頭髮

ぱさぱさ：乾枯，乾巴巴

▶このパンはぱさぱさだ。／這個麵包很乾。

ぼさぼさ：①頭髮蓬亂的樣子 ②發呆

▶頭をぼさぼさにしている。／頭髮蓬亂。

686. 自転車のタイヤが（　　）したので、仕方がなく取り替えた。

1 パンク
2 ダウン
3 マーク
4 オープン

686・答案：1

譯文：自行車的輪胎爆了，不得已換了新胎。

パンク：①扎破，破裂，爆胎 ②擁擠不堪

▶タイヤがパンクする。／輪胎爆了。

ダウン：①降落，下降 ②撃倒，倒下

▶ノックダウン／撃倒

マーク：①標記，符號 ②盯住，留心 ③創造紀錄

▶鉛筆でつけたマークを擦り消す。／擦掉鉛筆做的記號。

オープン：開放，公開

▶オープンな態度で話し合う。／以坦率的態度協商。

687. 法案は参議院に（　　）された。

1 放送
2 回想
3 送付
4 送還

687・答案：3

譯文：法案被送到了参議院。

送付：送達，送交，發送，寄出

▶合格通知を送付する。／寄送合格通知書。

放送：播放，廣播

▶テレビで放送する。／在電視上播放。

回想：回想，回憶，回顧

▶回想にふける。／陷入回憶之中。

送還：遣返，遣送

▶強制送還／強制遣返

688. そのような目標はとても（　　）できない。

1 達成
2 調達
3 到達
4 到着

688・答案：1

譯文：那樣的目標是不可能達成的。

達成：達成，告成

▶目標達成／達成目標

調達：①供給，購置 ②籌措，籌辦

▶資金を調達する。／籌措資金。

到達：到達，達到

▶結論に到達する。／得出結論。

到着：到達，抵達

▶到着便／抵達的航班

689. 私たちは（　　）こ
とから知り合った。

1　ひょんな
2　シャイな
3　はるかな
4　めったな

第
一
週

689・答案：1

譯文：我們偶然相識。

ひょんな：奇怪的，意外的，偶然的

▶ひょんなことで知り合う。／偶然相識。

シャイ：害羞，靦腆

▶シャイな性格／性格內向

遥か：遙遠

▶遥るかな未来／遙遠的未來

めった：胡亂，魯莽

▶めったなことをしてはいけない。／不要胡來。

第
二
週

690. （　　）を代表して
心よりお礼を申し上
げます。

1　一連
2　一様
3　一同
4　一面

第
三
週

690・答案：3

譯文：謹代表全體人員衷心表示感謝。

一同：大家，全體，全員

▶職員一同／全體職員

一連：①一連串，一系列 ②一串

▶一連の計略／連環計

一様：①尋常，普通 ②一樣，同樣

▶尋常一様の男／普通的男人

一面：①一面，（事物的）一個方面 ②第一版，頭版 ③全
體

▶一面性／片面性

第
四
週

第
二
天

第
五
週

練習問題	解説

691. 見た目はいいけど味が（　）です。

1　ひとしきり
2　いまいち
3　ねこそぎ
4　かすか

691・答案：2

譯文：**看上去不錯，但味道差了點。**

今一：差一點，再稍微，再些許
▶いまいち迫力がない。／不夠扣人心弦。
一頻り：一陣，一時，一會兒
▶一頻り話が弾む。／一時談得很起勁。
根こそぎ：①連根挖出 ②全部，一點不留
▶根こそぎ持っていく。／全部拿走。
微か：①微弱 ②模糊，隱約
▶かすかな声／微弱的聲音

692. ここの労働者の（　）は地方出身者である。

1　大半
2　後半
3　半端
4　半身

692・答案：1

譯文：**這裡的工人大多來自地方城市。**

大半：過半，多半，大部分
▶大半の支持を得る。／得到大部分人的支持。
後半：後半，後半場
▶後半戦／後半場比賽
半端：①零星 ②不徹底 ③廢物
▶半端な気持ち／心裡不上不下
半身：半身，上半身或下半身
▶上半身／上半身

693. 君の議論は根拠が（　）だ。

1　病弱
2　虚弱
3　軟弱
4　薄弱

693・答案：4

譯文：**你的論據不充分。**

薄弱：①軟弱，薄弱 ②不充分，不可靠
▶意志薄弱な人／意志薄弱的人
病弱：病弱，身體虛弱
▶病弱な人／身體虛弱的人
虚弱：虛弱，體弱多病
▶虚弱な体／身體虛弱
軟弱：①鬆軟 ②軟弱，懦弱
▶軟弱な男／懦弱的男人

694. 彼はその一曲で
（　　）楽壇に名を
はせた。

1　一気

2　一向

3　一切

4　一躍

694・答案：4

譯文：他憑藉那首歌曲馳名樂壇。

一躍：一躍，一舉

▶一躍有名になる。／一舉成名。

一気：一口氣，一下子

▶一気に飲み干す。／一口氣喝光。

一向：①（後接否定）一點也（不）②完全

▶一向平気だ。／完全不在乎。

一切：①一切，全部 ②完全

▶一切知らない。／完全不知道。

---

695. 彼はジョギングをし
て健康の（　　）を
はかった。

1　増進

2　増強

3　増殖

4　増収

695・答案：1

譯文：他透過慢跑使身體變得更加健康了。

増進：増進，増強

▶社会福祉の増進／増進社會福利

増強：加強，増強

▶兵力の増強／加強兵力

増殖：①増殖 ②増生

▶細胞が増殖する。／細胞増生。

増収：増加收入，増加產量

▶農作物の増収をはかる。／實現農作物増產。

---

696. 彼は上司の機嫌を取
る（　　）を心得て
いる。

1　あじ

2　かい

3　すべ

4　おち

696・答案：3

譯文：他懂得取悅上司的方法。

術：手段，方法，辦法

▶なす術もない。／毫無辦法。

味：①味覺 ②滋味，樂趣 ③趣味

▶人生の味／人生的滋味

甲斐：值得，價值

▶苦労の甲斐がない。／白忙一場。

落ち：①遺漏，疏忽 ②結果，下場

▶恥をかくのが落ちだ。／最後落得個丟人的下場。

697. 申請書は（　　）の書式に従って書くことになっている。

1 仮定
2 一定
3 定形
4 定年

697・答案：2

譯文：規定申請書按照固定的格式書寫。

いっ てい
一定：①穩定，一定 ②某種程度

▶一定のレベルに達しない。／沒有達到規定的水準。

か てい
仮定：假定，假設

▶仮定に基づく新聞記事／根據假設寫出的新聞報導

ていけい
定形：固定的形狀，規範

▶定形を保つ。／保持固定形狀。

てい ねん
定年：退休年齡

▶定年退職／到退休年齡退休

---

698. 二人は公園を一回り（　　）した。

1 散策
2 散漫
3 散発
4 発散

698・答案：1

譯文：兩人在公園裡散了一圈步。

さんさく
散策：散步，隨便走走

▶街を散策する。／在街上隨便走走。

さんまん
散漫：渙散，鬆散，不緊湊

▶注意が散漫だ。／注意力不集中。

さんぱつ
散発：①零星地發射 ②不時發生

▶放火事件が散発する。／不時發生縱火事件。

はっさん
発散：①散發，發洩，抒發 ②光線向四周擴散

▶花がよいにおいを発散する。／花散發香味。

---

699. 二人の間に（　　）愛情が芽生えているらしい。

1 ちっぽけな
2 ものほしそうな
3 ほのかな
4 ほやほやな

699・答案：3

譯文：兩人之間隱約萌生了愛情。

ほのか：模糊，隱約

▶ほのかに見える光／隱約可見的光線

ちっぽけ：極小

▶ほんのちっぽけな子供／小不點

も ほ
もの欲しそう：眼饞，想得到

▶もの欲しそうな顔／想要得到某種東西的表情

ほやほや：①剛出鍋，熱氣騰騰 ②剛剛，不久

▶新婚ほやほやの夫婦／新婚夫婦

700. ご飯はまだ（　　）ありますから御遠慮なく。

1　どっしり
2　ぞんざい
3　ふんだんに
4　ぼうだいに

700・答案：3

譯文：還有很多飯，請不要客氣。

ふんだんに：充分，充足
▶食糧はふんだんにある。／食物充足。
どっしり：①沉甸甸 ②威嚴而穩重
▶どっしりと重い荷物／沉甸甸的行李
ぞんざい：草率，粗魯，不禮貌
▶ぞんざいな言葉／粗魯的話
膨大：龐大，巨大
▶膨大な計画／龐大的計劃

701. 彼の新曲が大（　　）した。

1　キャッチ
2　タッチ
3　アップ
4　ヒット

701・答案：4

譯文：他的新歌大受歡迎。

ヒット：①打中 ②成功，受歡迎
▶新曲がヒットする。／新歌大受歡迎。
キャッチ：①捕捉，接收 ②接球 ③捕手
▶情報をキャッチする。／接收資訊。
タッチ：①觸碰 ②涉及 ③筆觸，指法
▶繊細なタッチ／筆觸細膩
アップ：提高，上漲，升起
▶賃金のアップ／漲工資

702. 彼女は興奮しやすい（　　）だ。

1　はら
2　うで
3　たち
4　わざ

702・答案：3

譯文：她是容易興奮的性格。

質：①天性，資質，性格 ②品質
▶質が悪い。／壞心眼。
腹：①肚子 ②內心，想法 ③度量
▶腹を探る。／探測內心的想法。
腕：①胳膊 ②腕力 ③本領，技能
▶腕に物を言わせる。／憑力氣解決問題。
技：技能，技術，手藝，本領
▶技を競う。／比本領。

703. 新入社員の仕事を（　　）するのが私たちの役目である。

1　サポート
2　セーブ
3　リラックス
4　ビジネス

703・答案：1

譯文：支援新員工的工作是我們的職責。

サポート：支援，支持，幫助
▶仕事をサポートする。／支援工作。
セーブ：①救助 ②節約，節省
▶酒をセーブして飲む。／酒省著喝。
リラックス：輕鬆，放鬆，緩和
▶リラックスムード／輕鬆的氣氛
ビジネス：工作，事業，買賣，商業
▶サイドビジネス／副業

704. 人々は（　　）カーキ色の服を着ている。

1　一概に
2　一向に
3　一度に
4　一様に

704・答案：4

譯文：大家都清一色地穿著卡其色衣服。

一様に：①尋常，普通 ②一樣，同樣
▶一様に反対する。／一致反對。
一概に：一概，籠統地
▶一概には言えない。／不能一概而論。
一向に：①（後接否定）一點也（不）②完全
▶一向に便りがない。／一點消息也沒有。
一度に：一次，同時，一下子
▶盆と正月が一度に来たよう。／雙喜臨門。

705. 時計を（　　）してまだ見つからない。

1　忘却
2　喪失
3　紛失
4　紛糾

705・答案：3

譯文：弄丟了手錶，還沒找到。

紛失：遺失，丟失
▶身分証明書を紛失する。／遺失身分證。
忘却：忘記，遺忘
▶金を返すことを忘却する。／忘記還錢。
喪失：喪失
▶自信を喪失する。／喪失信心。
紛糾：糾紛，混亂
▶事態が紛糾する。／事態混亂。

706. 彼は年齢に（　　）
落ち着いて答えた。

1 たくましく
2 たのしく
3 ふさわしく
4 すがすがしく

706・答案：3

譯文：他以與其年齡相稱的沉穩態度回答了問題。

相応しい：適合，相稱

▶詩に相応しい言葉／適用於詩詞的詞語

逞しい：①健壯，魁梧 ②旺盛，堅強

▶逞しい体／健壯的體魄

清々しい：神清氣爽，舒暢

▶清々しい朝／神清氣爽的早晨

---

707. 彼に（　　）会って
いない。

1 ことごとく
2 ひさしく
3 めまぐるしく
4 いちじるしく

707・答案：2

譯文：我和他好久沒見面了。

久しい：好久，許久，久違

▶分かれて久しい。／分別好久了。

ことごとく：（常用於貶義）全部，所有

▶財産をことごとく失う。／失去所有財產。

目まぐるしい：眼花繚亂，目不暇給

▶目まぐるしく変化する。／瞬息萬變。

著しい：明顯，顯著，格外突出

▶著しい変化／顯著的變化

---

708. 通知書が1軒1軒に
（　　）された。

1 配布
2 配分
3 配置
4 配当

708・答案：1

譯文：挨家挨戶發了通知書。

配布：散發，分發

▶ビラを配布する。／散發傳單。

配分：分配

▶遺産を配分する。／分配遺產。

配置：安排，布置

▶人員の配置／人事安排

配当：①分配 ②分紅

▶時間を配当する。／分配時間。

---

709. 彼の病状は極めて悪
い。

1 一番
2 少々
3 非常に
4 わずかに

709・答案：3

譯文：他的病情非常糟糕。

極めて：非常，極其

▶極めて残念に思う。／非常遺憾。

僅か：一點

▶わずか一秒の差で負けた。／以一秒之差落敗。

710. 息子の病気を案じて何度も電話した。

1 期待して
2 計画して
3 心配して
4 予想して

710・答案：3

譯文：由於擔心兒子的病，我打了很多次電話給他。

案じる：①擔心，掛念 ②思考，思索

▶身の上を案じる。／擔心（自己的）命運。

---

711. 彼が何をもくろんでいるのか皆見当がつかない。

1 展開している
2 拡大している
3 企てている
4 束ねている

711・答案：3

譯文：大家都猜不到他在謀劃什麼。

目論む：企圖，謀劃

▶一攫千金を目論む。／企圖一下子發大財。

企てる：①計劃 ②企圖

▶謀反を企てる。／企圖謀反。

展開：①展開，開展，展現 ②逐步擴展

▶事件の展開／事件的展開

拡大：擴大，擴張

▶勢力を拡大する。／擴張勢力。

束ねる：①包，捆 ②管理，整頓

▶髪を束ねる。／束髮。

---

712. あの人は話してみるとかなりのインテリだ。

1 著名人
2 資産家
3 知識人
4 投資家

712・答案：3

譯文：他說話很有學者風範。

インテリ：知識分子，知識階層

▶インテリ風の男／有學者風範的男子

知識人：知識分子，文化人

▶父は知識人だ。／父親是知識分子。

著名人：名人，名士

▶彼は著名人だ。／他是名人。

資産家：資本家

▶資産家が多い。／有很多資本家。

投資家：投資家

▶彼は投資家だ。／他是投資家。

713. 鈴木さんはその組織を<u>牛耳っていた</u>ようだ。

1　支配していた
2　支援していた
3　リードしていた
4　作っていた

第一週 ▼

713・答案：1

譯文：鈴木先生好像控制著那個組織。

牛耳る（ぎゅうじる）：操縱，控制

▶グループを牛耳る。／操縱集團。

支配（しはい）：支配，控制

▶他人の支配を脱する。／擺脫別人的控制。

リード：①帶領，率領 ②領先，超過

▶会社をリードする。／領導公司。

支援（しえん）：支援

▶全力をあげて支援する。／全力支援。

---

714. ここに企業が工場を建てたことで、町は<u>よみがえった</u>。

1　さらに汚くなった
2　また活気が出てきた
3　もっと有名にあった
4　突然人気が出てきた

第二週 ▼

714・答案：2

譯文：企業在這裡建了工廠，使這座城市的經濟復甦了。

蘇る（よみがえる）：復甦，復興

▶記憶が蘇る。／恢復記憶。

第三週 ▼

---

715. 着目

1　あの人は犯行現場を<u>着目</u>した。
2　ある現象に<u>着目</u>して新しいものを発見するかもしれない。
3　あの先生は各生徒の個性に<u>着目</u>している。
4　山の頂上は晴れていて、とても<u>着目</u>が良かった。

第四週 ▼ 第三天

715・答案：2

譯文：著眼於某個現象有可能發現新事物。

着目（ちゃくもく）：著眼，注目

▶IT産業に着目する。／著眼於IT產業。

選項1應該替換成「目撃」，意為「目擊」。

選項3應該替換成「注目」，意為「重視」。

選項4應該替換成「眺め」，意為「景色」。

第五週 ▼

716. 気がかり

1 警察は犯人逮捕の<u>気がかり</u>をつかんだ。
2 明日の空模様が<u>気がかり</u>だ。
3 帰宅して初めて、財布を落としたことに<u>気がかり</u>した。
4 病気は一向に回復せず、小野さんは<u>気がかり</u>が増すばかりだった。

716・答案：2

譯文：擔心明天的天氣。

気がかり：擔心，惦記，掛念

▶新しい製品の評判が気がかりでなりません。／對新產品的評論擔心得不得了。

選項1應該替換成「手がかり」，意為「線索」。

選項3應該替換成「気付いた」，意為「發現」。

選項4應該替換成「心配」，意為「擔心」。

辨析：「気がかり」和「心配」都意為「擔心」。「気がかり」是指擔心事物的發展過程、動向或趨勢；「心配」是指事情令人煩惱或苦惱，擔心其結果會不好。因此選項4不能用「気がかり」。

717. 劣る

1 体重がどんどん<u>劣って</u>きた。
2 この点で私は彼に<u>劣る</u>。
3 数学の成績がだんだん<u>劣って</u>きた。
4 あの店のカメラの値段は、他の店より<u>劣っている</u>。

717・答案：2

譯文：在這點上我不如他。

劣る：劣，次，不如，比不上

▶能力技術が人に劣る。／技術能力不如別人。

選項1應該替換成「減って」，意為「減少」。

選項3應該替換成「下がって」，意為「下降」。

選項4應該替換成「安くなって」，意為「便宜」。

718. しのぐ

1 列車は早朝に国境を<u>しのいだ</u>。
2 1万人を<u>しのぐ</u>観客が会場に集まった。
3 やっと彼女の夢が<u>しのいだ</u>。
4 東京は人口において大阪を<u>しのいでいる</u>。

718・答案：4

譯文：東京在人口方面遠超大阪。

凌ぐ：①忍耐，忍受 ②躲避，排除 ③凌駕，超過

▶この点で彼をしのぐ者はひとりもいない。／在這點上沒人能超過他。

選項1應該替換成「超えた」，意為「越過」。

選項2應該替換成「超える」，意為「超過」。

選項3應該替換成「叶った」，意為「實現」。

719. おいおい

1 始めて日本に来た時は、何もわからず<u>おいおい</u>していた。
2 あの子も<u>おいおい</u>自分が間違っていたと気付くでしょう。
3 明日のパーティーには<u>おいおい</u>何か持参することにしよう。
4 つまらない演説が<u>おいおい</u>続き、みなが居眠りを始めた。

719・答案：2

譯文：那個孩子也會漸漸發現自己錯了吧。

おいおい：逐漸，漸漸

▶おいおい慣れてくるだろう。／會漸漸習慣吧。

選項1應該替換成「おどおど」，意為「惴惴不安」、「擔心」。

選項3應該替換成「めいめい」，意為「各自」。

選項4應該替換成「だらだら」，意為「冗長」。

720. 採算

1 出張のおおまかな<u>採算</u>を立てた。
2 到着駅で乗り越しの<u>採算</u>をした。
3 この取引は<u>採算</u>がとれるだろう。
4 彼は悪い仲間との関係を<u>採算</u>した。

720・答案：3

譯文：這筆交易划得來吧？

採算：核算

▶今後は採算が合う地域に集中して出店する。／今後會集中在能盈利的地區開店。

選項1應該替換成「予算」，意為「預算」。

選項2應該替換成「精算」，意為「補票」。

選項4應該替換成「解除」，意為「解除」。

注意：「採算がとれる」意為「划算」、「能盈利」。

| 練習問題 | 解說 |

---

721. どうやら急場を<u>凌ぐ</u>
ことができた。

1　あえぐ
2　しのぐ
3　あおぐ
4　すすぐ

721・答案：2

譯文：總算擺脫了危機。

凌：音讀為「りょう」，例如「凌辱（りょうじょく）」；在動詞中讀作「しの」，例如「凌ぐ（しのぐ）」。

あえぐ：寫成「喘ぐ」，意為「喘息」、「喘氣」、「苦於」、「掙扎」。

▶不調に喘ぐ。／十分不順。

あおぐ：寫成「扇ぐ」，意為「扇風」。

▶うちわで扇ぐ。／用扇子扇風。

すすぐ：寫成「濯ぐ」，意為「洗滌」。

▶洗濯物を水で濯ぐ。／用水漂洗衣物。

---

722. 日本チームは大差で
フランスチームに<u>敗
北</u>を喫させた。

1　はいほく
2　ばいほく
3　はいぼく
4　ばいぼく

722・答案：3

譯文：日本隊以巨大分差讓法國隊吞下敗績。

敗：音讀為「はい」，例如「失敗（しっぱい）」；在動詞中讀作「やぶ」，例如「敗れる（やぶれる）」。

北：音讀為「ほく」，例如「北上（ほくじょう）」；訓讀為「きた」，例如「北国（きたぐに）」。

---

723. 海外旅行者<u>必携</u>のガ
イドブックはこれ
だ。

1　ひっけい
2　しっけい
3　ひったい
4　しったい

723・答案：1

譯文：這是出國旅行者必備的導遊書。

必：音讀為「ひつ」，例如「必要（ひつよう）」；訓讀為「かなら」，例如「必ず（かならず）」。

携：音讀為「けい」，例如「携帯（けいたい）」；在動詞中讀作「たずさ」，例如「携わる（たずさわる）」。

しっけい：寫成「失敬」，意為「失敬」、「失禮」。

▶失敬千万／非常失禮

しったい：寫成「失態」，意為「失態」、「出醜」。

▶大失態／十分失態

724. 上司は彼の申し出を<u>承諾</u>した。

1 そうじゃく
2 しょうじゃく
3 そうだく
4 しょうだく

724・答案：4

譯文：上司同意了他的請求。

承：音讀為「しょう」，例如「承認」；在動詞中讀作「うけたまわ」，例如「承る」。

諾：音讀為「だく」，例如「快諾」。

725. <u>溺死</u>の男を助けた。

1 じゃくし
2 ちゃくし
3 できし
4 てきし

725・答案：3

譯文：救起溺水的男人。

溺：音讀為「でき」，例如「溺愛」；在動詞中讀作「おぼ」，例如「溺れる」。

死：音讀為「し」，例如「死者」；在動詞中讀作「し」，例如「死ぬ」。

726. お客様のお荷物を安全にお届けするためには、発送されるお荷物を適切に<u>梱包</u>していただくことが重要です。

1 こんぽう
2 こんつみ
3 こうほ
4 こんぼう

726・答案：1

譯文：為了使客人寄送的包裹能被安全送達，仔細打包很重要。

梱：音讀為「こん」，例如「同梱」。

包：音讀為「ほう」，例如「包装」；在動詞中讀作「つつ」，例如「包む」。

こうほ：寫成「候補」，意為「候補」、「候選人」。

▶会長の候補に推す。／推選為會長的候選人。

こんぼう：寫成「棍棒」，意為「棍子」、「棒子」、「棍棒」。

▶棍棒で殴る。／用棍棒毆打。

727. 私は6年の結婚生活に（　　）を打つことになりました。

1 ゲスト
2 ピリオド
3 フロント
4 コンパス

727・答案：2

譯文：我結束了六年的婚姻生活。

ピリオド：①句號 ②終止，結束 ③（體育比賽中）局，盤

▶文末にピリオドを打つ。／在句末標上句號。

ゲスト：①客人，嘉賓 ②特邀演員，客串演員

▶彼はテレビ番組にゲストとして出演した。／他作為嘉賓參演了電視節目。

フロント：①正面，前面 ②接待櫃台 ③戰線，前線

▶フロントガラス／擋風玻璃

コンパス：①指南針，羅盤 ②圓規 ③步幅

▶コンパスが大きい。／步伐大。

第一週
第二週
第三週
第四週
第四天
第五週

728. そんな黒闇の場所で
彼女は一抹の（　　）
の念を抱いた。

1　危機
2　危害
3　危惧
4　危篤

728・答案：3

譯文：在那麼漆黑的地方，她的心中有一絲恐懼。

危惧：畏懼，擔心

▶子供の前途を危惧する。／擔心孩子的前途。

危機：危機

▶危機一髪という時／千鈞一髪之際

危害：危害，災禍，災害

▶危害をこうむる。／受災。

危篤：危篤，病危，病重而即將死去

▶彼は危篤状態だ。／他生命垂危。

---

729. 先生の教えをいつも
（　　）に置いてい
た。

1　丹念
2　執念
3　念願
4　念頭

729・答案：4

譯文：銘記老師的教誨。

念頭：心頭，心上

▶念頭に置く。／放在心上。

丹念：細心，精心

▶丹念に校正する。／細心校對。

執念：固執，執念

▶執念を燃やす。／念念不忘。

念願：心願，願望，夙願

▶多年の念願／多年的願望

---

730. 酒がとてもおいしく
て何杯でも飲めそう
だったが、（　　）
にしておいた。

1　じきじき
2　ほどほど
3　ぐでんぐでん
4　ひっきりなし

730・答案：2

譯文：酒很好喝，本來可以多喝幾杯，但還是適可而止
為好。

ほどほど：恰當，適當，適可而止

▶冗談もほどほどにしなさい。／開玩笑也要適度。

じきじき：直接，親自，當面

▶じきじきにお話ししたい。／想與你當面談談。

ぐでんぐでん：爛醉如泥，酩酊大醉

▶ぐでんぐでんに酔っ払う。／喝得爛醉如泥。

ひっきりなし：接連不斷，絡繹不絕

▶車がひっきりなしに通る。／車輛絡繹不絕。

731. 彼はその名簿を
（　　）して返して
よこした。

1　一覧
2　閲覧
3　探索
4　探査

731・答案：1

譯文：他看了一眼名冊後就還給我了。

一覧（いちらん）：一覽，瀏覽

▶ご一覧を請う。／敬請過目。

閲覧（えつらん）：閱覽，查閱

▶公衆の閲覧に供する。／供大眾閱覽。

探索（たんさく）：①探索，搜尋 ②搜索（罪犯），搜捕

▶犯人の行方を探索する。／搜尋犯人的下落。

探査（たんさ）：探究，探測

▶地質探査隊／地質探勘隊

---

732. そんなことは（　　）
聞いたことがない。

1　かつて
2　いっそ
3　やがて
4　いたって

732・答案：1

譯文：從來沒有聽說過那種事。

かつて：①曾經，以前 ②（後接否定）從來（沒有）

▶かつてない大惨事／空前的大慘案

いっそ：寧可，索性，乾脆

▶飛び飛びの休日ならいっそ連休にしてしまおう。／與其東一天西一天地休假，乾脆休個長假好了。

やがて：①不久，馬上 ②大約，將近，差不多 ③結果，歸根究柢

▶やがて夜になった。／天不久就黑了。

いたって：極其，很

▶いたって健康だ。／極其健康。

---

733. この老人はかなり
（　　）ところまで
事実を知っているら
しかった。

1　あっけない
2　きわどい
3　しぶとい
4　けむたい

733・答案：2

譯文：據說這個老人已經無限接近事情的真相了。

きわどい：①千鈞一髮，危急萬分 ②接近，幾乎，差一點就超過限度

▶きわどいところで助かった。／千鈞一髮之際得救了。

あっけない：太簡單，沒意思

▶あっけない幕切れ／草草收場

しぶとい：①頑強 ②固執

▶土俵際がしぶとい。／關鍵時刻挺得住。

煙たい（けむたい）：①煙霧嗆人的 ②畏縮，局促不安

▶煙たくて目を開けていられない。／被煙嗆得睜不開眼睛。

734. このような多種多様
な問題を（　）処
理することは不可能
だ。

1　一括
2　一挙
3　一斉
4　一律

734・答案：1

譯文：這些形形色色的問題不可能一起處理。

一括（いっかつ）：總括

▶一括払い／一次付清

一挙（いっきょ）：一舉，一下子

▶敵を一挙に粉砕する。／一舉粉碎敵人。

一斉（いっせい）：一齊，同時

▶一斉射撃／同時射撃

一律（いちりつ）：一律，沒有例外

▶千篇一律／千篇一律

---

735. 出産地を（　）し
て販売する食品会社
がたくさんあるよう
だ。

1　偽証
2　偽装
3　偽善
4　偽名

735・答案：2

譯文：好像有很多假冒原產地進行銷售的食品公司。

偽装（ぎそう）：偽裝，掩飾

▶偽装結婚／假結婚

偽証（ぎしょう）：偽證

▶偽証罪／偽證罪

偽善（ぎぜん）：偽善，虛偽

▶偽善的言辞／虛偽的言辭

偽名（ぎめい）：假名，化名

▶偽名口座／假名帳戶

---

736. 先生は生徒たちの申
し出を（　）し
た。

1　自認
2　承認
3　認識
4　公認

736・答案：2

譯文：老師已經批准了學生的申請。

承認（しょうにん）：批准，同意，承認

▶正式に承認する。／正式批准。

自認（じにん）：自己承認

▶失敗したことを自認する。／自己承認失敗。

認識（にんしき）：認識，識別，理解

▶認識が浅い。／粗淺的認識。

公認（こうにん）：公認，正式承認，正式許可

▶公認記録／公認的記録

737. それは契約の第5条に
（　　）する。

1　該当
2　順応
3　相当
4　適応

737・答案：1

譯文：那符合合約第五條的規定。

該当_{がいとう}：符合，適合，相當
▶募集要領に該当する。／符合招募條件。
順応_{じゅんのう}：順應，適應，合乎
▶環境に順応する。／適應環境。
相当_{そうとう}：①相配 ②相當於，等於 ③很
▶日本の外務大臣に相当する。／相當於日本的外務大臣。
適応_{てきおう}：適應，適合
▶時代の要求に適応する。／適應時代的要求。
辨析：「該当」表示與某條件相符；「順応」表示隨外部條件的變化而發生變化；「相当」表示地位等正合適；「適応」表示符合某種情況，或改變做法、想法以符合環境。因此本題選「該当」。

738. 彼らに対する（　　）
の色を隠さなかっ
た。

1　軽度
2　軽傷
3　軽蔑
4　軽減

738・答案：3

譯文：毫不掩飾對他們的蔑視。

軽蔑_{けいべつ}：輕蔑，輕視，蔑視
▶軽蔑の眼で見る。／藐視。
軽度_{けいど}：輕度，輕微
▶軽度の近視／輕度近視
軽傷_{けいしょう}：輕傷
▶軽傷を負う。／受了輕傷。
軽減_{けいげん}：減少，減輕
▶負担を軽減する。／減輕負擔。

257

第一週 ⌄

第二週 ⌄

第三週 ⌄

第四週 ⌄ 第四天

第五週 ⌄

739. グローバル化の発展により、各国では（　　）の人が増える一方だ。

1　外見
2　外来
3　外交
4　外面

739・答案：2

譯文：隨著全球化不斷發展，各個國家的外國人越來越多了。

外来：外來，舶來
▶外来の文化を吸収する。／吸收外來文化。
外見：外表，外貌，外觀，表面
▶外見で人を判断する。／以貌取人。
外交：①外交 ②對外事務，外勤
▶外交交渉／外交談判
外面：①外面 ②表面
▶実情は外面からはわからない。／從表面上看不出實際情況如何。

740. 彼らは（　　）何か相談していた。

1　ぼそぼそ
2　ぽんぽん
3　ほれぼれ
4　けちけち

740・答案：1

譯文：他們嘀嘀咕咕的，不知道在商量些什麼。

ぼそぼそ：①嘀咕（小聲說話的樣子）②乾巴巴
▶ぼそぼそしたパン／乾巴巴的麵包
ぽんぽん：①劈哩啪啦 ②直截了當地，興沖沖地，勁頭十足地
▶花火がぽんぽんあがる。／劈哩啪啦地放煙火。
ほれぼれ：令人神往
▶ほれぼれするようないい男／有魅力的男人
けちけち：吝嗇，小氣
▶けちけちするな！／別那麼小氣！

741. 講演者はしばしばその点に（　　）した。

1　口頭
2　口調
3　言及
4　言動

741・答案：3

譯文：演講者多次提及那一點。

言及：言及，提及，提到
▶社会問題に言及する。／提及社會問題。
口頭：口述，口頭
▶口頭試問／口試
口調：語調，腔調
▶厳しい口調で言う。／用嚴厲的語氣說。
言動：言行
▶言動に注意せよ。／要注意言行。

742. 何をするにも常軌を
　　（　　）ことのない
　　よう注意しなさい。

1　脱する
2　逸する
3　害する
4　損する

742・答案：2

譯文：請注意無論做什麼事都不要打破常規。
逸する：①脱離，離開 ②失去，漏掉
▶チャンスを逸する。／失去機會。
脱する：①逃出，逃脱 ②脱落，漏掉
▶敵地から脱する。／逃離敵境。
害する：①傷害，損害 ②殺害 ③妨礙，危害
▶交通を害する。／妨礙交通。
損する：損失，虧損，吃虧
▶損して得取れ。／吃小虧占大便宜。

---

743. 今、私は人生の
　　（　　）に立ってい
　　る。

1　路面
2　路線
3　航路
4　岐路

743・答案：4

譯文：現在我正處於人生的分岔口。
岐路：歧路，岔道
▶話が岐路に入る。／談話偏離了主題。
路面：路面，路上
▶路面舗装／鋪路
路線：①交通線路 ②手段，方針
▶交通路線図／交通線路圖
航路：①航線，航道 ②航海
▶航路を開く。／開闢航路。

---

744. 田中さんは一度言い
　　出したら絶対に自
　　己の主張を曲げない
　　（　　）男だ。

1　強固な
2　薄情な
3　強情な
4　頑丈な

744・答案：3

譯文：田中是一個固執的男人，話一說出口絕不改變。
強情：頑固，固執
▶強情を張る。／頑固。
強固：堅強，堅定，鞏固
▶強固な意志／堅定的意志
薄情：薄情，薄情寡義
▶ひどく薄情な人／極其薄情的人
頑丈：健壯，強健，堅固，結實
▶頑丈に包んである。／包得很結實。

745. その件はすっかりこ
　　　じれてしまった。

1　増えた
2　解決した
3　変化した
4　複雑化した

745・答案：4

譯文：那件事完全無法推進下去了。

拗れる：①彆扭，執拗 ②複雜化，惡化

▶話が拗れる。／商談不順利。

複雑化：複雜化

▶複雑化の要因／複雜化的原因

---

746. 念のためもう一度申
　　　し上げます。

1　仕上がる
2　まず始めに
3　確認のため
4　失礼ですが

746・答案：3

譯文：慎重起見，我再說一次。

念のため：慎重起見

▶念のため調べ直す。／慎重起見，重新調查。

---

747. おじいさんが死んだ
　　　といつわって仕事を
　　　休んだ。

1　登録して
2　署名して
3　うそを言って
4　掲げて

747・答案：3

譯文：謊稱爺爺去世而沒去上班。

偽る：①假裝，扭曲事實，假冒 ②欺騙，哄騙

▶事実を偽る。／扭曲事實。

嘘：謊言

▶うそをつく。／撒謊。

掲げる：①升起，舉起 ②撩起，掀 ③登載 ④提出，指出

▶旗を掲げる。／升旗。

748. 若い二人は古くから<u>のしきたり</u>を破った。

1　規則
2　秩序
3　習慣
4　運命

748・答案：3

譯文：**兩個年輕人打破了自古以來的習俗。**

仕来り：慣例，老規矩
▶その家の仕来り／那家的慣例
習慣：①風俗，習俗 ②習慣
▶日本人の習慣／日本人的習慣
規則：規則
▶規則を守る。／遵守規則。
秩序：秩序，次序
▶秩序を乱す。／擾亂秩序。
運命：命運，運氣
▶運命に任せる。／聽天由命。
辨析：「仕来り」強調的是長期延續下來的行為標準或習慣，未必成文；「規則」強調的是用文字明確規定的、大家共同遵守的制度、章程或法則。因此本題不能選「規則」。

---

749. 彼は<u>フォーマルな</u>服装を着て会議に出席した。

1　正式な
2　高級な
3　一般的な
4　伝統的な

749・答案：1

譯文：**他穿著正裝參加會議。**

フォーマル：正式的，禮節性的
▶フォーマルウェア／禮服

---

750. 彼女は私にいつも<u>そっけない</u>応待をしている。

1　素直な
2　とても短い
3　無駄のない
4　関心がなさそうな

750・答案：4

譯文：**她對我總是很冷淡。**

素っ気ない：冷淡，無情，不客氣
▶そっけない態度で客をもてなす。／冷淡地招待客人。
素直：坦率，老實，純樸
▶素直な性格／純樸的性格

練習問題	解説

751. この物語は<u>フィクション</u>です。

1 創作
2 想定
3 芸術
4 模倣

751・答案：1

譯文：這個故事是虛構的。

フィクション：①虛構 ②杜撰故事，小說
▶ノンフィクション／報導文學
そうさく
創作：①創作 ②捏造，編造
▶創作意欲／創作欲望
そうてい
想定：假想，設想
▶火事を想定した訓練／消防演習
もほう
模倣：模仿，仿照
▶模倣芸術／模仿藝術

---

752. まずは宝物のありかを見つけてください。

1 理由
2 所在
3 影響
4 解決策

752・答案：2

譯文：首先請尋找寶物的下落。

あ か
在り処：下落，所在
▶財宝のありか／財寶下落
しょざい
所在：①所在，下落 ②所作所為
▶所在地／所在地
かいけつさく
解決策：解決辦法
▶解決策を講じる。／設法解決。

---

753. <u>当面</u>の問題は日本の経済だ。

1 さしあたり
2 つかのま
3 やがて
4 そのうち

753・答案：1

譯文：當前的問題是日本經濟。

とうめん
当面：當前，面臨
▶当面の目標／當前的目標
さ あ
差し当たり：當前，目前，暫時
▶差し当たり必要なものだけを買う。／目前只買需要的東西。
つか ま
束の間：剎那間，瞬間
▶つかの間も忘れない。／片刻難忘。
やがて：①不久，馬上 ②大約，將近，差不多 ③結果，歸根究柢
▶やがて一年になる。／大約有一年了。
そのうち：①近日 ②一會
▶そのうち会いましょう。／過些日子再見面吧。

754. この小説のプロット はややこしい。

1 簡単だ
2 複雑だ
3 おもしろい
4 つまらない

754・答案：2

譯文：這篇小說的情節太複雜。

ややこしい：複雜，糾纏不清
▶ややこしい上下関係／複雜的上下級關係
複雑：複雜
▶複雑な気持ち／複雜的心情

755. 話し方はつたないが 心に訴えるものが あった。

1 おとっている
2 ゆうぼうだ
3 おおげさだ
4 らんぼうだ

755・答案：1

譯文：雖然說話方式有些拙劣，但還是能夠打動人心。
拙い：①拙劣，不高明 ②遲鈍 ③運氣不好
▶つたない文字／拙劣的文字
劣る：劣，次，不如，比不上
▶品質が劣る。／品質低劣。
有望：有望，有希望，有前途
▶将来有望な若者／前途有望的年輕人
大袈裟：誇張，小題大做
▶おおげさに言う。／言過其實。
乱暴：①粗暴，粗魯 ②粗糙，不工整
▶乱暴な言葉遣い／粗魯的言語

756. 父に車を買ってくれ とせがんだ。

1 要求した
2 接近した
3 抱きついた
4 困らせた

756・答案：1

譯文：央求父親給我買車。

せがむ：央求，乞求
▶小遣いをせがむ。／央求零用錢。
抱き付く：抱住，摟住
▶母親に抱きつく。／抱住媽媽。

757. 二人の関係はこのと ころぎくしゃくして きたらしい。

1 強くなって
2 円満でなくなって
3 活発になって
4 不自然になって

757・答案：4

譯文：兩人的關係最近好像變得不太自然。

ぎくしゃく：生硬，不自然
▶お互いの仲がぎくしゃくする。／關係生硬。
不自然：不自然，做作
▶不自然な笑顔／不自然的笑容
円満：圓滿，沒有缺點
▶夫婦円満／夫妻和睦
活発：活潑，活躍
▶活発な子／活潑的孩子

第一週
第二週
第三週
第四週
第五天
第五週

758. 彼らは優勝を張り合っている。

1 競争している
2 協力している
3 無視している
4 喧嘩している

758・答案：1

譯文：他們在爭奪冠軍。

張り合う：①競爭，對抗 ②爭執

▶隣のクラスと張り合う。／和隔壁班競爭。

競争：競爭，爭奪

▶生存競争／生存競爭

協力：協力，合作

▶協力を惜しまない。／全力合作。

無視：無視

▶反対意見を無視する。／無視反對意見。

喧嘩：吵架，打架

▶喧嘩を売る。／找架吵。

759. そんなのはいんちきに決まっている。

1 あやしい
2 うそだ
3 信じられない
4 まともじゃない

759・答案：2

譯文：這肯定是騙人的花招。

いんちき：作弊，造假

▶いんちきをする。／作弊。

怪しい：①可疑 ②糟糕 ③奇怪

▶怪しい人／奇怪的人

真面：①迎面 ②正經，認真

▶まともに勉強する。／認真學習。

760. 彼は自分の仕事にプライドを持っている。

1 栄え
2 誇り
3 自慢
4 得意

760・答案：2

譯文：他以自己的工作為榮。

プライド：自尊心，自豪感

▶プライドを傷つける。／傷害自尊心。

誇り：榮譽，自豪，驕傲

▶誇りを持つ。／驕傲。

栄え：興盛，興旺

▶栄えいやます。／越來越興盛。

自慢：自滿，自誇

▶自慢たらたら話す。／一個勁地自誇。

得意：①老主顧 ②拿手，擅長 ③得意

▶得意な顔／春風得意的樣子

761. <u>あながち君ばかりが</u>悪いわけではない。

1 今回は
2 ちっとも
3 めったに
4 かならずしも

第一週 ∨

761・答案：4

譯文：也不全是你的錯。

あながち：未必，不見得
▶あながちそうとは限らない。／未必是那樣。
必ずしも：未必，不一定
▶必ずしも賛成ではない。／不一定贊成。
ちっとも：（後接否定）一點也（不）
▶ちっとも疲れていない。／一點也不累。
めったに：（後接否定）幾乎（不），很（少）
▶めったに出掛けない。／很少出門。

762. このカーディガンは<u>だぶだぶだ</u>。

1 破れた
2 汚れた
3 大きすぎる
4 小さすぎる

762・答案：3

譯文：這件開襟衫鬆鬆垮垮的。

だぶだぶ：①肥大 ②肥胖 ③滿，晃蕩
▶ズボンがだぶだぶになる。／長褲太鬆了。
破れる：撕破，破損
▶くぎに引っ掛けて袖が破れた。／袖子被釘子劃破了。

763. もれる

1 荷物がトラックから<u>もれ</u><u>て</u>しまった。
2 眠気を<u>もれて</u>、家に帰った。
3 スピーチが終わった瞬間、彼の口からため息が<u>もれた</u>。
4 今朝の雨で土が<u>もれてい</u><u>る</u>。

763・答案：3

譯文：演講結束的瞬間，他不禁鬆了口氣。

漏れる：①漏，洩漏 ②走漏，洩露 ③流出 ④落榜，被淘汰
▶情報が漏れる。／資訊洩露。
選項1應該替換成「落ちて」，意為「掉落」。
選項2應該替換成「催して」，意為「覺得」。
選項4應該替換成「潤って」，意為「濕潤」。

第二週 ∨
第三週 ∨
第四週 ∨ 第五天
第五週 ∨

764. 追い抜く

1 この支店の売上高は本店を追い抜いた。

2 鈴木さんは20分遅れて、やっと彼女に追い抜いた。

3 彼は先に出発した彼女の後を追い抜いた。

4 わたしは今でも理想を追い抜いている。

764・答案：1

譯文：這家分店的銷售額超過了總店。

追い抜く：①趕過，超越 ②勝過

▶ゴール間際で追い抜いた。／快到終點時超了過去。

選項2應該替換成「追いついた」，意為「追上」。

選項3應該替換成「追いかけた」，意為「追趕」。

選項4應該替換成「追いつづけて」，意為「一直追趕」。

---

765. さぞ

1 さぞびっくりしたことだろう。

2 彼はさぞプロの選手になってみせると誓った。

3 木村さんは試験に合格してさぞうれしかったようだ。

4 あの人は教師になるにはさぞ知識が不足していた。

765・答案：1

譯文：你一定很吃驚吧。

さぞ：想必，一定

▶ご両親もさぞお喜びになるでしょう。／您的父母一定也很高興吧。

選項2應該替換成「きっと」，意為「一定」。

選項3應該替換成「とても」，意為「非常」。

選項4應該替換成「まだ」，意為「仍然」。

---

766. こなす

1 食べすぎておなかをこなしてしまった。

2 彼でもこの仕事を3日でこなすことはできまい。

3 あの人は冷静に敵の攻撃をこなした。

4 社長は命令に逆らった社員をこなした。

766・答案：2

譯文：就算是他也不可能只用三天就把這個工作做完吧。

熟す：①運用自如 ②做完，完成

▶楽器なら何でもこなす人なんだ。／只要是樂器，（他）樣樣精通。

選項1應該替換成「壊して」，意為「搞壞」。

選項3應該替換成「潰した」，意為「擊退」。

選項4應該替換成「懲した」，意為「懲罰」。

767. 駆け引き

1 全商品を30パーセント駆け引きで売る。
2 彼は商売の駆け引きにうとい。
3 彼は駆け引きに手を出して、借金を抱えてしまった。
4 収入と支出を計算したら、駆け引きゼロになった。

767・答案：2

譯文：他做買賣不善於討價還價。

駆け引き：①討價還價，策略，手腕 ②在戰場上臨機應變地指揮

▶外交交渉で巧みに駆け引きをする。／在外交談判上巧妙地運用策略。

選項1應該替換成「割り引き」，意為「打折」。

選項3應該替換成「賭け事」，意為「賭博」。

選項4應該替換成「差し引き」，意為「餘額」。

768. 手がかり

1 このタオルは手がかりが柔らかくて気持ちいい。
2 ずっと連絡のない友人のことが手がかりで、手紙を書いた。
3 お世話になった人に会いたいが、連絡先の手がかりがまったくない。
4 レストランの料理よりも、母の手がかりの料理のほうがおいしい。

768・答案：3

譯文：想見見曾經關照過我的人，但是不知道對方的聯繫方式。

手がかり：線索，頭緒

▶問題を解く手がかりがない。／毫無解決問題的頭緒。

選項1應該替換成「手ざわり」，意為「手感」。

選項2應該替換成「気がかり」，意為「擔心」。

選項4應該替換成「手づくり」，意為「親手做」。

769. 彼らの侵入を<u>阻む</u>。

1 からむ
2 ねたむ
3 はばむ
4 いたむ

769・答案：3

譯文：阻止他們入侵。

阻：音讀為「そ」，例如「阻止」；在動詞中讀作「はば」，例如「阻む」。

からむ：寫成「絡む」，意為「纏上」、「纏繞」、「死纏爛打」、「無理取鬧」、「密切相關」、「緊密結合」。
▶釣り糸が絡む。／漁線纏在了一起。

ねたむ：寫成「妬む」或「嫉む」，意為「嫉妒」。
▶仲間の出世を妬む。／嫉妒朋友的成功。

いたむ：寫成「痛む」，意為「疼痛」；也可以寫成「傷む」，意為「疼痛」、「苦惱」、「傷心」、「破損」、「損壞」。
▶腰が痛む。／腰痛。
▶袖口が傷んだ。／袖口破了。

770. 英語は<u>必修科目</u>となっている。

1 ひつしゅう
2 ひっしゅう
3 ひっす
4 ひっすう

770・答案：2

譯文：英語是必修科目。

必：音讀為「ひつ」，例如「必要」；訓讀為「かなら」，例如「必ず」。

修：音讀為「しゅ」，例如「修行」；音讀還可讀作「しゅう」，例如「研修」。

ひっす：寫成「必須」，意為「必要」、「不可缺少」。
▶必須の条件／必要條件

771. <u>無難</u>な道を選ぼう。

1 むねん
2 ひなん
3 ふなん
4 ぶなん

771・答案：4

譯文：選擇安全的道路。

無：音讀為「む」，例如「有無」；音讀還可讀作「ぶ」，例如「無事」；訓讀為「な」，例如「無い」。

難：音讀為「なん」，例如「困難」；訓讀為「むずか」，例如「難しい」；訓讀還可讀作「かた」，例如「難い」。

ひなん：寫成「非難」，意為「責難」、「譴責」、「非難」。
▶非難を浴びる。／受到責難。

772. 彼のおしゃべりには辟易する。

1 へきい
2 べきい
3 へきえき
4 べきえき

772・答案：3

譯文：我真是服了他的長舌。

辟：音讀為「へき」，例如「辟易」。

易：音讀為「えき」，例如「貿易」；音讀還可讀作「い」，例如「容易」；訓讀為「やさ」，例如「易しい」。

773. 驚いて呆然としてしまった。

1 ほぜん
2 ほうぜん
3 ぼぜん
4 ぼうぜん

773・答案：4

譯文：（他）嚇傻了。

呆：音讀為「ほう」，例如「阿呆」；在動詞中讀作「あき」，例如「呆れる」。

然：音讀為「ねん」，例如「天然」；音讀還可讀作「ぜん」，例如「偶然」。

ほぜん：寫成「保全」，意為「保全」。

▶環境を保全する。／保護環境。

774. あの双子はいつも紛らわしい服を着ている。

1 わずらわしい
2 まぎらわしい
3 はじらわしい
4 ねぎらわしい

774・答案：2

譯文：那對雙胞胎總是穿一樣的衣服，很難分辨。

紛：音讀為「ふん」，例如「紛争」；在動詞中讀作「まぎ」，例如「紛れる」。

わずらわしい：寫成「煩わしい」，意為「麻煩」、「繁瑣」、「令人煩惱」。

▶近所付き合いが煩わしい。／處理鄰里關係很麻煩。

775. アメリカのペンフレンドと（　）を続けている。

1 文書
2 文面
3 文語
4 文通

775・答案：4

譯文：和美國的筆友保持著書信聯繫。

文通：通信，寫信聯繫

▶文通が絶える。／音信斷絕。

文書：文件，文書

▶重要文書／重要文件

文面：字面，大意，主要內容

▶文面から読み取る。／從文章中領會。

文語：①古文，文言文 ②書面語

▶文語文法／文言語法

776. （　　）値段で消費
者を騙す方法は慎む
べきだ。

1　不当な
2　不全な
3　不服な
4　不調な

776・答案：1

譯文：注意不能採取以不正當價格欺騙消費者的方法。

<ruby>不当<rt>ふとう</rt></ruby>：①不正當，不合理 ②非法

▶不当な利益／非法利益

<ruby>不全<rt>ふぜん</rt></ruby>：不全，不良，不完善

▶発育不全／發育不良

<ruby>不服<rt>ふふく</rt></ruby>：不服從，不心服

▶命令に不服を唱える。／不服從命令。

<ruby>不調<rt>ふちょう</rt></ruby>：①不適 ②不順利，不成功

▶商売が不調だ。／生意不順。

---

777. 病気の原因を（　　）
に調べた。

1　観念
2　肝要
3　入念
4　肝心

777・答案：3

譯文：仔細檢查病因。

<ruby>入念<rt>にゅうねん</rt></ruby>：細心，仔細，精細

▶彼の仕事は入念だ。／他的工作做得很仔細。

<ruby>観念<rt>かんねん</rt></ruby>：①観念，理念 ②覺悟，死心

▶観念しろ！／你死心吧！

<ruby>肝要<rt>かんよう</rt></ruby>：關鍵，重要，要害

▶肝要な点／要點

<ruby>肝心<rt>かんじん</rt></ruby>：重要，緊要，關鍵

▶肝心な時／關鍵時刻

---

778. そのスーツケースを
（　　）人はいな
かった。

1　引き受ける
2　引き取る
3　引き上げる
4　引き下げる

778・答案：2

譯文：沒有人來取回那個旅行箱。

<ruby>引き取る<rt>ひ　と</rt></ruby>：①離開，退出 ②取回 ③接著說

▶荷物を引き取る。／取回行李。

<ruby>引き受ける<rt>ひ　う</rt></ruby>：①承擔，接受 ②繼承

▶責任を引き受ける。／承擔責任。

<ruby>引き上げる<rt>ひ　あ</rt></ruby>：①往上提，提升 ②提高 ③收回，撤回

▶税率を引き上げる。／提高税率。

<ruby>引き下げる<rt>ひ　さ</rt></ruby>：①拉下 ②降低 ③後退 ④撤回

▶コストを引き下げる。／降低成本。

779. 会議で自分の意見を通そうとするなら事前の（　　）がどうしても必要だ。

1 遠回り
2 根回し
3 裏返し
4 後回し

779・答案：**2**

譯文：想讓自己的提議在會議上通過，事先溝通是有必要的。

根回し：①修根 ②事先溝通，做準備工作

▶根回しがよくできている。／準備工作做得很周到。

遠回り：①繞遠，繞道 ②委婉，間接

▶人を避けて遠回りをする。／躲開人繞道走。

裏返し：翻過來

▶靴下を裏返しに履く。／襪子穿反了。

後回し：推遲，往後推，擱置

▶面倒な仕事は後回しにする。／麻煩的事往後推。

780. ちょっとした誤算が彼の未来を（　　）にしてしまった。

1 打ち消し
2 台無し
3 片思い
4 ど忘れ

780・答案：**2**

譯文：很小的失誤斷送了他的前途。

台無し：弄壞，糟蹋，斷送

▶努力が台無しになる。／努力白費了。

打ち消し：否認，否定

▶打ち消し文／否定句

片思い：單戀，單相思

▶せつない片思い／痛苦的單相思

ど忘れ：突然忘記，一時想不起來

▶相手の名前をど忘れする。／突然忘記對方的名字。

練習問題	解説

781. 新政府は過去の不当な処遇の（　　）策を約束した。

1　救急
2　救出
3　救済
4　救命

781・答案：3

譯文：新政府承諾將為以前的不合理待遇進行補償。

救済：救濟
▶救済措置／救濟措施
救急：搶救，急救，救護
▶救急箱／急救箱
救出：救出，搶救
▶救出に赴く。／前去搶救。
救命：救命，救生
▶救命ボート／救生艇
注意：「救済策」意為「救濟措施」、「補償措施」。

782. 夏も終わり（　　）秋になった。

1　いきおいよく
2　ながらく
3　いつしか
4　いささか

782・答案：3

譯文：夏天結束，不知不覺就入秋了。

いつしか：不知不覺，不知何時
▶いつしか年月が経った。／不知不覺時光已逝。
勢いよく：生長情勢良好，茂盛
▶農産物が勢いよく生長している。／農作物生長情勢良好。
長らく：長久，長時間
▶長らくご無沙汰しました。／久疏問候。
些か：①略微，稍微 ②一點，一些 ③（後接否定）毫（不）
▶いささか祝意を表す。／聊表賀忱。

783. 来年度は新しい教科書を（　　）することになった。

1　決行
2　採択
3　選考
4　結成

783・答案：2

譯文：下一年度要選定新的教科書。

採択：採納，通過
▶決議を採択する。／通過決議。
決行：堅決進行，照常進行
▶雨天決行／風雨無阻
選考：選拔，權衡
▶選考に漏れる。／落選。
結成：結成，組成，組建
▶新党を結成する。／組建新黨派。

---

784. 彼は世界平和に大いに（　　）をあげた。

1　功績
2　功名
3　成績
4　成立

784・答案：1

譯文：他為世界和平立下了巨大功勞。

功績：功績，功勞
▶功績のある人／立功的人
功名：功名
▶功名を争う。／爭功名。
成績：成績，成果
▶素晴らしい成績を上げる。／取得非凡的成績。
成立：成立，締結，達成
▶取引が成立した。／買賣成交了。

---

785. 小野さんとは長く付き合っているから、何も（　　）する必要がない。

1　気落ち
2　気兼ね
3　気立て
4　気晴らし

785・答案：2

譯文：和小野認識很長時間了，沒必要拘束。

気兼ね：拘束，顧慮，客氣
▶隣人に気兼ねする。／對鄰居客氣。
気落ち：洩氣，沮喪，氣餒
▶エラーで気落ちする。／因失誤而氣餒。
気立て：性格，脾氣
▶気立てのよい子／脾氣好的孩子
気晴らし：散心，消愁，解悶
▶気晴らしに散歩する。／散步解悶。

786. 委員会はその件を調
査する（　　）を与
えられた。

1 権威
2 権限
3 人権
4 主権

786・答案：2

譯文：委員會被賦予了調查此事的權限。

権限：權限

▶警察権限の外／警察權限以外的事情

権威：①權勢，權威 ②專家

▶権威のある本／具權威性的書

人権：人權

▶人権を守る。／保護人權。

主権：主權

▶主権国／主權國家

---

787. （　　）なことに首
相は被災地を素通り
した。

1 心労
2 心外
3 心中
4 心境

787・答案：2

譯文：令人意外的是，首相路過災區卻沒有前往。

心外：①意外 ②遺憾

▶心外な出来事／意外事件

心労：①操勞，操心 ②精神疲勞

▶心労が絶えない。／不停操心。

心中：①一同自殺，殉情 ②比喻同生死、共命運

▶仕事と心中する。／與工作同生共死。

心境：心情，心境，精神狀態

▶複雑な心境／複雜的心情

---

788. 車などが緊急通行車
両の通行の妨害と
なっている時は、そ
の車の運転手に対し
て必要な（　　）を
とることを命じるこ
とがあります。

1 処理
2 処方
3 処置
4 処分

788・答案：3

譯文：當車輛妨礙緊急車輛通行的時候，有時會命令該車司機採取必要的措施。

処置：①處置，採取措施 ②醫療處理，治療

▶応急処置／緊急措施

処理：解決問題，辦理事務

▶仕事を処理する。／處理工作。

処方：①處理方法 ②處方

▶処方箋／處方箋

処分：①處理，處置 ②處分，處罰

▶退学処分／退學處分

辨析：「処置」是指妥善處理；「処理」是指穩妥地處理事務，徹底解決問題；「処分」是指賣掉、扔掉不要的東西，也可以表示對違反規則的人給予應有的懲罰。本題測驗「処置をとる」，其他詞均不與「とる」一起使用。

789. そんな大役はとても 私には（　　）。

1　絡まれない
2　臨まれない
3　務まらない
4　埋まらない

789・答案：3

譯文：我無法勝任那個重要職務。

務まる：能夠勝任，能夠完成
▶君ならきっとその役目が務まる。／你一定能勝任那項工作。
絡む：①纏上，纏繞 ②死纏爛打，無理取鬧 ③密切相關，緊密結合
▶色恋が絡む。／涉及戀愛問題。
臨む：①面臨 ②來臨，臨近 ③親臨 ④對待，處理
▶海に臨んでいるホテル／面朝大海的飯店
埋まる：①埋上，埋沒 ②占滿，擠滿 ③填補 ④彌補
▶木の葉に埋まる。／被樹葉埋沒。

790. この子はよく言うことを聞くので、ちっとも（　　）が掛からない。

1　手際
2　手順
3　手数
4　手配

790・答案：3

譯文：這個孩子很聽話，一點也不麻煩。

手数：麻煩，費事
▶手数がかかる。／麻煩。
手際：方法，技巧
▶手際がよい。／處事方法巧妙。
手順：（做事的）順序，步驟
▶手順が狂う。／順序混亂。
手配：①籌備，安排，布置 ②通緝
▶人員を手配する。／安排人員。

791. 鈴木さんは何も言わずにじっと私を（　　）いた。

1　なげいて
2　にらんで
3　ぼやいて
4　つぶやいて

791・答案：2

譯文：鈴木先生一言不發，目不轉睛地瞪著我。

睨む：瞪，怒目而視
▶彼は怒った目で私を睨んだ。／他生氣地瞪了我一眼。
嘆く：①嘆息，悲嘆，哀嘆 ②感慨
▶不幸な身の上を嘆く。／悲嘆不幸的身世。
ぼやく：嘟囔，發牢騷
▶いつも何かしらぼやいている。／總是在發牢騷。
呟く：嘟囔，發牢騷
▶不平をつぶやく。／發牢騷。

275

792. 宝石は金庫に（　　）に保管されている。

1 厳密
2 厳格
3 厳重
4 厳正

792・答案：3

譯文：寶石一直被牢牢地鎖在保險箱裡。

厳重（げんじゅう）：嚴重，嚴格，嚴厲
▶厳重な検査をする。／進行嚴格的檢查。

厳密（げんみつ）：周密，嚴密，仔細
▶厳密に調べる。／周密地調查。

厳格（げんかく）：嚴格，嚴肅，嚴厲
▶厳格な父を持つ。／（我）有個嚴厲的父親。

厳正（げんせい）：嚴正
▶厳正に裁判する。／嚴正地審判。

793. この会社の経営者が替わってから、商品の品質も<u>ぐんと</u>良くなってきた。

1 一段と
2 迅速に
3 勢いよく
4 一躍

793・答案：1

譯文：這家公司換了經營者之後，商品的品質變好很多。

ぐんと：①使勁 ②格外，更加
▶ぐんと引き立つ。／格外好看。

一段と（いちだんと）：格外，更加
▶一段と美しい。／更加美麗。

一躍（いちやく）：一躍，一舉
▶一躍名が知れわたった。／一舉成名。

794. わが社は今まではい<u>くたの</u>困難を切り抜けてきた。

1 ひどい
2 特別な
3 いつでも
4 たくさんの

794・答案：4

譯文：我們公司至今為止克服了許多困難。

幾多（いくた）：許多，無數
▶いくたの辛酸をなめる。／<u>歷盡艱辛</u>。

795. 今のところ急な仕事が<u>立て込んでいて</u>、手一杯です。

1 とても重要で
2 主張が多くて
3 滞っていて
4 集中していて

795・答案：4

譯文：急需完成的工作都趕在了一起，非常忙碌。

立て込む（たてこむ）：①擁擠 ②事情多，繁忙
▶事務が立て込む。／事務繁忙。

滞る（とどこおる）：①停滯，拖延 ②拖欠
▶交通が滞る。／交通堵塞。

796. 税制改革に関してみんなの<u>コメント</u>を求める。

1 経緯
2 計画
3 詳細
4 見解

796・答案：4

譯文：就稅制改革徵求大家的意見。

コメント：評論，講解，點評
▶コメントを求める。／徵求意見。
けんかい
見解：見解
▶見解の相違／見解不同
けいい
経緯：①經度和緯度 ②事情的經過，原委
▶事件の経緯を聞く。／詢問事件的經過。

797. 仕事の<u>めど</u>がまだつかない。

1 目論見
2 見通し
3 面目
4 言い訳

797・答案：2

譯文：工作還沒有眉目。

めど
目処：目標，頭緒
▶目処が立つ。／有頭緒。
みとお
見通し：①瞭望 ②預期，指望 ③看穿
▶見通しが立つ。／有指望。
もくろみ
目論見：計劃，企圖，意圖
▶目論見が外れる。／計劃落空。
めんもく
面目：臉面，名譽，體面
▶面目を保つ。／保住面子。
いわけ
言い訳：辯解，藉口，解釋
▶言い訳は聞きたくない。／不想聽藉口。

注意：「目処が付く」為慣用表達方式，意為「有眉目」。
「目処が付ける」也為慣用表達方式，意為「找準目標」。

798. 時間を自由に<u>操れる</u>としたら素晴らしい。

1 紹介できる
2 説得できる
3 コメントできる
4 コントロールできる

798・答案：4

譯文：要是能夠自由地操控時間該多好啊！

あやつ
操る：①耍弄 ②開動，駕駛 ③操縱，控制 ④掌握
▶世論を操る。／操縱輿論。
コントロール：控制，調節，支配，管理
▶温度をコントロールする。／控制溫度。
せっとく
説得：說服，勸服
▶説得力が足りない。／缺乏說服力。
コメント：評論，講解，點評
▶コメントをお願いします。／請您點評。

799. 社長の職を引き受け
るよう<u>粘り強く</u>彼を
説得した。

1 大勢で
2 自信を持って
3 強い言い方で
4 最後まで続けて

799・答案：**4**

譯文：耐心地說服他擔任總經理一職。
粘り強い：①黏性強 ②堅韌不拔，有耐心
▶粘り強く機会を待っている。／耐心地等待機會。

---

800. メリーは自分は美し
いと<u>うぬぼれてい
た</u>。

1 自信がなかった
2 わがままだった
3 得意になっていた
4 注意が足りなかった

800・答案：**3**

譯文：瑪麗認為自己很美，十分自大。
自惚れる：自我陶醉，驕傲，自大
▶天才だと自惚れる。／認為自己是天才而自滿。
得意：①老主顧 ②拿手，擅長 ③得意
▶得意な学科／擅長的科目
我儘：任性，為所欲為
▶わがままに育つ。／嬌生慣養。

---

801. 彼の<u>本音</u>が分からな
い。

1 言伝
2 お世辞
3 野心
4 本心

801・答案：**4**

譯文：不懂他內心真正的想法。
本音：真心話
▶本音をはく。／説出真心話。
本心：真心，真心話
▶本心を明かす。／説出真心話。
言伝：口信，傳話
▶言伝を頼む。／托人帶個口信。
世辞：奉承（話），恭維（話）
▶世辞を言う。／説客套話。
野心：①野心 ②抱負
▶野心的な作品／有野心的作品

802. 行方不明の子供の生命が大いに危ぶまれている。

1 脅かされている
2 冷やかされている
3 心配されている
4 阻まれている

802・答案：3

譯文：失蹤孩子的性命令人擔憂。

危ぶむ：擔心，掛念

▶結果が危ぶまれる。／結果令人擔心。

脅かす：①威脅 ②逼迫

▶平和が脅かされる。／威脅和平。

冷やかす：①嘲弄 ②只問價錢卻不買

▶店を冷やかして歩いた。／逛商店時，只問價錢但什麼也不買。

阻む：阻止，阻擋，阻礙

▶敵の侵入を阻む。／阻止敵人入侵。

803. 彼女はてきぱきと仕事を片付けた。

1 勢いよく
2 手際よく
3 心地よく
4 快く

803・答案：2

譯文：她俐落地處理完工作。

てきぱき：①俐落，敏捷 ②直截了當

▶てきぱき働く。／俐落地工作。

手際：方法，技巧

▶話を手際よくまとめる。／巧妙地總結這段話。

心地よい：愉快，心情舒暢

▶心地よいそよ風／清爽的微風

快い：①高興，愉快 ②爽快

▶快く引き受ける。／爽快地接受。

804. この研究所では薬物の管理がずさんだ。

1 不十分だ
2 未完成だ
3 いい加減だ
4 無意識だ

804・答案：3

譯文：這個研究所的藥物管理很混亂。

ずさん：①偷工減料，粗糙，不細緻 ②杜撰

▶ずさんな工事／馬虎的工程

いい加減：①適當，適可而止 ②馬虎，胡亂

▶いい加減なことを言う。／隨口胡説。

不十分：不充分，不足

▶証拠不十分／證據不足

未完成：未完成

▶未完成の作品／未完成的作品

無意識：無意識，不知不覺

▶無意識状態／無意識狀態

805. 一晩中徹夜して、もうくたくただった。

1　のどがかわいていた
2　おなかがすいていた
3　眠かった
4　疲れていた

805・答案：4

譯文：熬了一整夜，已經疲憊不堪。

くたくた：①疲憊，精疲力竭 ②用太舊而變形

▶体がくたくたになる。／身體疲憊不堪。

渇く：①渇 ②渇望

▶喉が渇く。／口渇。

空く：①空 ②空腹 ③空閒

▶お腹が空いた。／肚子餓了。

806. その女はつつましい身なりをしていた。

1　質素な
2　貧乏な
3　遠慮がちな
4　消極的な

806・答案：1

譯文：那個女人穿著樸素。

慎ましい：①儉樸 ②恭謹，拘謹

▶慎ましく暮らす。／儉樸地生活。

質素：樸素，儉樸

▶質素に暮らす。／儉樸地生活。

貧乏：貧窮，貧困

▶貧乏な暮らし／貧窮的生活

遠慮がち：客氣，講客套話

▶遠慮がちに話す。／說話客氣。

807. 休み中にはどしどし本を読んだ方がよい。

1　ぜひ
2　かならず
3　たくさんの
4　すぐに

807・答案：3

譯文：休息時最好多讀些書。

どしどし：①連續不斷，形容事情順利進行的樣子 ②咚咚聲，形容腳步很重的樣子

▶どしどしご応募ください。／歡迎報名。

808. 初めての決勝進出で<u>プレッシャー</u>が掛かっていた。

1　圧縮
2　干渉
3　交渉
4　重圧

808・答案：4

譯文：第一次打進決賽，壓力很大。

プレッシャー：壓力，緊張
▶プレッシャーが掛かる。／感到壓力。
重圧（じゅうあつ）：重壓，沉重的壓力
▶重圧に耐える。／承受重壓。
圧縮（あっしゅく）：壓縮，縮短
▶原稿を半分に圧縮する。／把原文壓縮一半。
干渉（かんしょう）：干涉，介入
▶人事に干渉する。／干涉人事。
交渉（こうしょう）：①談判，交涉 ②關係，聯繫
▶交渉が決裂する。／交涉失敗。

---

809. 彼女の手首は細くて<u>きゃしゃ</u>だ。

1　太った
2　不健康だ
3　弱そうだ
4　丈夫そうだ

809・答案：3

譯文：她的手腕很纖細。
華奢（きゃしゃ）：①苗條，纖細 ②不結實
▶華奢な体つき／體型苗條

---

810. <u>やましい</u>気持ちがあるから答えられないのだ。

1　照れくさい
2　恥をかくような
3　はしたない
4　後ろめたい

810・答案：4

譯文：心中有愧，所以無法回答。
疚しい（やま）：內疚，心中有愧
▶心に疚しいところがある。／心中有愧。
後ろめたい（うし）：內疚，心中有愧
▶後ろめたい気持ち／內疚的心情
照れくさい（て）：害羞，難為情
▶人前で話すのは照れくさい。／在人前講話很難為情。
恥（はじ）：①羞恥，丟臉 ②可恥
▶恥をかく。／丟臉。
はしたない：粗俗，下流
▶はしたない言葉／粗話

281

練習問題	解說

811. 取り持つ

1 A国が両国間の和平を<u>取り持った</u>。

2 あのコンビニではお酒も<u>取り持っている</u>。

3 雨が降ってきたので洗濯物を<u>取り持った</u>。

4 アパートの大家と契約を<u>取り持った</u>。

811・答案：1

譯文：**A國在兩國間進行和平斡旋。**

取り持つ：①應酬，接待 ②調停，斡旋，撮合

▶二人の間を取り持つ。／撮合二人的關係。

選項2應該替換成「取り扱っている」，意為「經營」、「銷售」。

選項3應該替換成「取り込んだ」，意為「收進來」。

選項4應該替換成「取り消した」，意為「取消」。

812. 恐れ入る

1 突然雷が鳴って、<u>恐れ入った</u>。

2 <u>恐れ入りますが</u>、もう一度繰り返してください。

3 みんなの前で話すのは本当に<u>恐れ入る</u>ことだ。

4 失敗を<u>恐れ入らず</u>に、なんでもチャレンジしてみるべきだ。

812・答案：2

譯文：**實在不好意思，請您重複一遍。**

恐れ入る：①真對不起 ②欽佩 ③吃驚

▶君の腕まえには恐れ入った。／你真有本事，我很佩服。

選項1應該替換成「怖かった」，意為「令人害怕」。

選項3應該替換成「恐れる」，意為「令人害怕」。

選項4應該替換成「恐れず」，意為「不畏懼」。

813. きっぱり

1　渡辺さんはうそをつかないきっぱりとした人間だ。
2　親と彼女の考えはきっぱりと違う。
3　シャワーを浴びて頭がきっぱりとした。
4　私は彼の協力をきっぱりあきらめた。

813・答案：4

譯文：我斷然拒絕了他的幫助。

きっぱり：斷然，乾脆，明確
▶きっぱりした態度／態度果斷
選項1應該替換成「正直な」，意為「老實」。
選項2應該替換成「はっきり」，意為「完全」。
選項3應該替換成「すっきり」，意為「清爽」。

---

814. 潔い

1　夏の夕方、海から吹く涼しい風が潔い。
2　彼は潔く自分の過ちを認めた。
3　時間がないので、結論を潔く説明させていただきます。
4　風邪の予防のため、家に帰ったら、まず手を洗って潔くしてください。

814・答案：2

譯文：他乾脆地承認了自己的錯誤。

いさぎよ
潔い：①清高，純潔 ②勇敢，果斷，乾脆
▶潔い心／純潔的心
選項1應該替換成「爽やかだ」，意為「清爽」。
選項3應該替換成「簡潔に」，意為「簡潔」。
選項4應該替換成「清潔に」，意為「乾淨」。

---

815. 直面

1　彼らは大きな困難に直面した。
2　このことは友達と直面して話そうと思っている。
3　昨日は偶然、池袋で田中さんに直面してびっくりした。
4　この化粧水は直面すると効果があります。

815・答案：1

譯文：他們直面巨大的困難。

ちょくめん
直面：直面，面對
▶現実に直面して初めて事の真相を知った。／直面現實以後才明白事情的真相。
選項2應該替換成「対面」，意為「碰面」、「見面」。
選項3應該替換成「遭遇」，意為「遇見」。
選項4應該替換成「洗面」，意為「洗臉」。

816. 指図

1 田中先生が私の間違いを
　すぐに指図した。
2 その子が「飛行機だ」と
　空を指図した。
3 説明書の指図どおりに
　作ったのに、機械が動か
　ない。
4 彼は早朝出発するよう彼
　らに指図した。

816・答案：4

譯文：他指使他們一早出發。

指図（さしず）：指示，指使

▶指図を受ける。／收到指示。

選項1應該替換成「指摘」，意為「指出」。
選項2應該替換成「指差（し）」，意為「用手指著」。
選項3應該替換成「指示」，意為「指令」。
辨析：「指図」多用於日常事項，表示當場讓人做某事；「指示」則多用於事務、職務。

817. 駐車場はコンクリート舗装だ。

1 ほそう
2 ほうそう
3 ほしょう
4 ほうしょう

817・答案：1

譯文：停車場是混凝土路面。

舗：音讀為「ほ」，例如「店舗（てんぽ）」。
装：音讀為「そう」，例如「変装（へんそう）」；音讀還可讀作「しょう」，例如「装束（しょうぞく）」；在動詞中讀作「よそお」，例如「装（よそお）う」。
ほうそう：寫成「放送」，意為「播放」、「廣播」。
▶7時から放送します。／七點開播。
ほしょう：寫成「保障」，意為「保障」；也可以寫成「補償」，意為「補償」、「賠償」。
▶安全保障／安全保障
▶補償金／補償金
ほうしょう：寫成「褒賞」，意為「獎賞」、「褒獎」。
▶褒賞金／獎金

818. この問題はそれとは別途に考えねばならない。

1 べつと
2 べっと
3 べつず
4 べっとう

818・答案：2

譯文：必須換一種思考方式來看待這個問題。

別：音讀為「べつ」，例如「決別（けつべつ）」；在動詞中讀作「わか」，例如「別（わか）れる」。
途：音讀為「と」，例如「前途（ぜんと）」。

819. めいめいの仕事の<u>分</u><u>担</u>を決めよう。

1 ぶたん
2 ぶんたん
3 ぶだん
4 ぶんだん

819・答案：2

譯文：來決定一下各自承擔的工作。

分：音讀為「ぶん」，例如「分別」；音讀還可讀作「ふん」，例如「二分間」；在動詞中讀作「わ」，例如「分ける」。

担：音讀為「たん」，例如「担保」；在動詞中讀作「かつ」，例如「担ぐ」；在動詞中還可讀作「にな」，例如「担う」。

---

820. <u>窓辺</u>から富士山が見えますよ。

1 そうへん
2 まどへん
3 まどべ
4 まどなべ

820・答案：3

譯文：窗外可以看見富士山。

窓：音讀為「そう」，例如「窓外」；訓讀為「まど」，例如「窓口」。

辺：音讀為「へん」，例如「辺地」；音讀還可讀作「べ」，例如「野辺」；訓讀為「あた」，例如「辺り」。

---

821. ホールの前に大勢の人が<u>群</u>がっている。

1 むれがって
2 むらがって
3 ちりがって
4 ちらがって

821・答案：2

譯文：大廳前聚集著很多人。

群：音讀為「ぐん」，例如「群集」；訓讀為「む」，例如「群れ」；在動詞中讀作「むら」，例如「群がる」。

---

822. この事件では私はいわば<u>野次馬</u>です。

1 やじうま
2 やじば
3 のじうま
4 のじば

822・答案：1

譯文：在這件事中我是看熱鬧的。

野：音讀為「や」，例如「分野」；訓讀為「の」，例如「野原」。

次：音讀為「じ」，例如「次回」；在動詞中讀作「つ」，例如「次ぐ」。

馬：音讀為「ば」，例如「馬車」；訓讀為「うま」，例如「馬」。

823. バラは咲いて十日後に（　　）。

1 老いた
2 老けた
3 しおれた
4 しびれた

823・答案：3

譯文：玫瑰開了十天就枯萎了。

萎れる：①枯萎 ②灰心喪氣，氣餒
▶がっかりして萎れる。／灰心喪氣。
老いる：上年紀，年老，衰老
▶老いてますます盛ん。／老當益壯。
老ける：①上年紀 ②老化
▶年齢よりずっと老けて見える。／看上去比實際年齡老。
痺れる：①麻木，發麻 ②興奮，陶醉
▶足が痺れた。／腿麻了。

824. 彼の正体を知って（　　）した。

1 幻滅
2 幻覚
3 幻想
4 幻影

824・答案：1

譯文：了解他的本來面目後幻想破滅了。

幻滅：幻想破滅
▶結婚生活に幻滅する。／對婚姻生活感到幻滅。
幻覚：幻覺，錯覺
▶幻覚が起きる。／產生錯覺。
幻想：幻想，空想
▶幻想から覚める。／從幻想中清醒過來。
幻影：幻影，幻象
▶成功の幻影を追い求める。／追求成功的幻象。

825. 彼の与えた損害は私が（　　）いたします。

1 代案
2 代用
3 代行
4 代弁

825・答案：4

譯文：他造成的損失由我來賠償。

代弁：①替人賠償 ②代辦事務，代言
▶治療費を代弁する。／替人償還醫療費。
代案：替代方案
▶代案を出す。／提出替代方案。
代用：代替別的東西使用
▶代用品／替代品
代行：代辦，代理
▶校長の事務を代行する。／代理校長的事務。

826. この事実は口が（　　）も言えない。

1 暴れて
2 叫んで
3 裂けて
4 破れて

826・答案：3

譯文：打死我也不能說出事情的真相。

裂ける：裂開，破裂

▶地面が裂ける。／地面裂開。

暴れる：①胡鬧，鬧 ②活躍，大膽行動

▶酒に酔って暴れる。／喝醉了大鬧。

叫ぶ：①大聲叫，呼喊 ②呼籲

▶怒って叫ぶ。／怒吼。

破れる：撕破，破損

▶水道管が破れる。／水管爆裂。

注意：「口が裂けても」後接否定，意為「絕對不告訴別人」。

827. 部屋に入ると、何か問題があったらしく、（　　）雰囲気が漂っていた。

1 おもおもしい
2 よそよそしい
3 そそっかしい
4 ほほえましい

827・答案：1

譯文：一進入房間，就感到氣氛比較沉重，似乎發生了什麼事。

重々しい：①沉重，笨重 ②莊重，嚴肅 ③沉悶，鬱悶

▶重々しい足音／沉重的腳步聲

よそよそしい：冷淡，見外，疏遠

▶よそよそしい口ぶり／冷淡的語氣

そそっかしい：冒失，粗心大意

▶そそっかしい人／冒失鬼

微笑ましい：令人欣慰，引人微笑

▶ほほえましい家族団欒の光景／溫馨的家族團圓光景

828. 田村さんに離婚歴があることは（　　）の秘密となっている。

1 公式
2 公然
3 公約
4 公用

828・答案：2

譯文：田村離過婚已經是一個公開的秘密了。

公然：公然，公開

▶公然たる事実／公開的事實

公式：正式

▶A国を公式訪問する。／正式訪問A國。

公約：公約，諾言

▶公約に背く。／違背公約；違背諾言。

公用：①公務，公事 ②公用，公共的事物

▶公用で出張する。／因公出差。

829. 急な停電で暗闇の中を（　）で戸口へ行った。

1　てかげん
2　てごたえ
3　てさぐり
4　てざわり

829・答案：3

譯文：因為突然停電，我摸黑走向門口。

手探り：①摸，摸黑　②摸索，探索

▶手探りで暗闇を進む。／摸黑前進。

手加減：①手法，技巧，竅門　②酌情處理

▶判定を手加減する。／酌情判定。

手応え：①手感　②反應，回應

▶いくら教えてもさっぱり手応えがない。／怎麼教都沒反應。

手触り：手感，觸感

▶軟らかい手触り／柔軟的觸感

---

830. 二度とそんなことをしないよう彼に（　）してください。

1　告訴
2　勧告
3　宣告
4　告白

830・答案：2

譯文：請您勸他不要再做那樣的事了。

勧告：勧告，勧說

▶降伏を勧告する。／勧降。

告訴：犯罪行為的被害人向偵查機關申告犯罪事實

▶告訴状／訴狀

宣告：①宣告，宣布　②宣判

▶宣告猶予／宣告猶豫（緩宣告）

告白：告白，表白，說出心中的祕密

▶過去の罪を告白する。／坦白過去犯下的罪行。

---

831. 彼の発表が今後の研究に（　）するところは大きい。

1　寄付
2　寄贈
3　寄与
4　寄生

831・答案：3

譯文：他發表的成果對今後的研究有很大貢獻。

寄与：貢獻，有助於

▶積極的な寄与をする。／做出積極貢獻。

寄付：捐獻，捐贈

▶寄付を募る。／募捐。

寄贈：贈送，捐贈

▶母校に図書を寄贈する。／向母校捐贈圖書。

寄生：①寄生　②依靠他人生活

▶寄生虫／寄生蟲

832. そんな理不尽な制約に（　）されたくない。

1　拘束
2　警戒
3　把握
4　抑圧

832・答案：1

譯文：我不想被那種毫無道理的條件束縛。

拘束（こうそく）：束縛，約束，限制，拘束

▶身柄を拘束する。／限制人身自由。

警戒（けいかい）：警戒，警惕

▶津波を警戒する。／警惕海嘯的發生。

把握（はあく）：①緊握 ②掌握，充分理解

▶文の内容を十分把握する。／充分理解文章的內容。

抑圧（よくあつ）：①壓制，壓迫 ②壓抑

▶抑圧が加えられる。／受到壓制。

833. 学校が終わると、子供たちは（　）帰って行った。

1　さっさと
2　せっせと
3　ちらっと
4　がらりと

833・答案：1

譯文：一放學孩子們就馬上回家了。

さっさと：毫不猶豫，迅速

▶さっさと歩きなさい。／快點走。

せっせと：拼命地，一個勁地

▶せっせと稼ぐ。／拼命掙錢。

ちらっと：①一閃，一晃，一瞥 ②略微，偶爾

▶友人の姿をちらっと見る。／瞥見朋友的身影。

がらりと：①形容猛地打開門窗的聲音或樣子 ②物體碰撞、落地時的巨大聲音 ③狀況急劇變化

▶がらりと態度が一変する。／態度突然轉變。

834. 意志の弱い彼が、禁煙を続けられるかは（　）ことだ。

1　うたがわしい
2　ふさわしい
3　このましい
4　あつかましい

834・答案：1

譯文：他意志薄弱，能否堅持戒菸令人懷疑。

疑わしい（うたがわしい）：①有疑問，不確定 ②靠不住，說不定 ③可疑，奇怪

▶疑わしい者／可疑分子

相応しい（ふさわしい）：適合，相稱

▶彼に相応しい仕事／適合他的工作

好ましい（このましい）：令人喜歡的，令人滿意的

▶好ましい返事／令人滿意的答覆

厚かましい（あつかましい）：厚臉皮

▶厚かましいやつ／厚顏無恥的傢伙

第一週
第二週
第三週
第四週
第七天
第五週

835. 大臣は（　　）答弁
で厄介な質問をかわ
した。

1　たからかな
2　おそまつな
3　さかんな
4　たくみな

835・答案：4

譯文： 大臣以精彩的答辯避開了棘手的提問。

巧み：巧妙，技巧，匠心
▶巧みな細工／精巧的工藝品
高らか：高聲，大聲
▶声高らかに歌う。／高聲歌唱。
お粗末：①粗糙 ②疏忽，怠慢
▶なんともお粗末な話だ。／實在是些無聊的話。
盛ん：①熱烈，盛大 ②繁榮 ③大力，大肆，再三
▶盛んな拍手／熱烈的掌聲

---

836. 彼は母を保険に
（　　）しようとし
た。

1　宣告
2　報告
3　勧誘
4　誘惑

836・答案：3

譯文： 他勸說媽媽買保險。

勧誘：勸說，勸誘
▶勧誘を断る。／拒絕勸誘。
宣告：①宣告，宣布 ②宣判
▶審判はアウトを宣告する。／裁判（將此球）判為出界。
報告：報告，告知
▶出張報告／出差報告
誘惑：誘惑，引誘
▶誘惑に負ける。／禁不住誘惑。

---

837. 今（　　）に機械化
された工場が増える
一方だ。

1　高価
2　高級
3　高度
4　高等

837・答案：3

譯文： 現在高度機械化的工廠越來越多。

高度：高度，高速，高級
▶高度経済成長／經濟高速增長
高価：高價，昂貴
▶高価な品物／高價品
高級：①高，高級 ②高檔，上等
▶高級品／上等貨
高等：高等，上等，高級
▶高等技術／高級技術
辨析：「高価」指價格高昂；「高級」指內容優良，有相當高的水準；「高度」指與其他相比，水準更高；「高等」指與其他相比，層次居上。

838. あらゆる可能性を（　　）考えてごらん。

1　うっかり
2　うっとり
3　じっくり
4　じっとり

第一週
第二週
第三週
第四週　第七天
第五週

838・答案：3

譯文：你要仔細考慮所有的可能性。

じっくり：慢慢地，不慌不忙地，仔細地

▶じっくり時間をかける。／踏踏實實地下功夫。

うっかり：馬虎，糊里糊塗，粗心

▶うっかりした過ち／無心之過

うっとり：陶醉，入迷，出神

▶うっとりと聞きほれる。／聽得出神。

じっとり：濕淋淋，潮濕，汗流浹背

▶じっとりしている。／潮濕。

839. 人は、（　　）相手に対しては自分も強く出ようと思うものだ。

1　手厳しい
2　手痛い
3　手荒い
4　手強い

839・答案：4

譯文：面對勁敵，人就會想變得更強。

手強い：難對付

▶手強いライバル／勁敵

手厳しい：厲害，嚴厲，毫不通融

▶手厳しい批判／嚴厲的批評

手痛い：厲害，嚴重，受害的程度深

▶手痛い打撃／沉重的打擊

手荒い：粗暴，粗魯

▶手荒く扱う。／粗暴對待。

840. 暗くなるにつれて恐怖心が（　　）。

1　呼んだ
2　募った
3　努めた
4　費やした

840・答案：2

譯文：隨著天黑，我越來越害怕。

募る：①（某種感情）越來越厲害 ②招募，徵集

▶会員を募る。／招募會員。

努める：①盡力，致力 ②（忍著心理或肉體上的痛苦）勉強做

▶解決に努める。／盡力解決。

費やす：①花費，消耗 ②浪費

▶時間を費やす。／費時。

練習問題	解説

841. 長く強い日射しに晒しているので、本の表紙が（　　）。

1　退けた
2　白けた
3　化けた
4　透けた

841・答案：2

譯文：由於在強烈的陽光下久曬，書的封皮已經褪色了。

白ける：①褪色，掉色，發白 ②掃興，敗興

▶写真が白ける。／照片褪色。

退ける：①擊敗，擊退 ②使離開，使遠離 ③撤銷，罷免

▶挑戦者を退ける。／擊敗挑戰者。

化ける：①變化 ②化裝，喬裝

▶狐が美人に化ける。／狐狸變美人。

透ける：透，透過

▶木の間から湖が透けて見える。／透過樹林可以看到湖泊。

---

842. あなたの会費は私が（　　）おきました。

1　立て替えて
2　差し替えて
3　引き出して
4　持ち出して

842・答案：1

譯文：你的會費由我墊付了。

立て替える：墊付，代付

▶切符代を立て替える。／墊付票款。

差し替える：更換，調換，替換

▶メンバーを差し替える。／換人。

引き出す：①抽出，拉出 ②（設法）引出，發揮 ③（從銀行）提取

▶本棚から本を引き出す。／從書架上抽出書來。

持ち出す：①拿出去，帶出去 ②提出 ③開始有

▶条件を持ち出す。／提出條件。

第一週
第二週
第三週
第四週
第五週
第一天

843. 棒でつついてみると川底になにか重い物がある（　　）があった。

1　手あたり
2　手ごたえ
3　手さぐり
4　手まねき

843・答案：2

譯文：用棍棒戳了一下河底，感覺河床上有某個重物。

手応え：①手感 ②反應，回應

▶熱心に働きかけても手応えがない。／儘管積極推動，卻還是沒什麼成果。

手当り：①觸感，手感 ②手頭，身邊 ③線索

▶手当りがよい。／手感不錯。

手探り：①摸，摸黑 ②摸索，探索

▶解決法を手探りする。／摸索解決辦法。

手招き：招手

▶彼女に向かって手招きする。／向她招手。

844. 警察は3日にわたり容疑者を厳しく（　　）した。

1　追及
2　追放
3　追従
4　追突

844・答案：1

譯文：警察對嫌疑人進行了持續三天的嚴厲審問。

追及：①追趕，趕上 ②追究，追問

▶原因の追及／追究原因

追放：①驅逐，趕出去 ②開除，革職

▶公職を追放する。／開除公職。

追従：追從，追隨

▶上司に追従する。／追隨上司。

追突：追撞

▶追突事故／追撞事故

845. そうおおげさに褒められると（　　）。

1　しんどい
2　つたない
3　しぶい
4　くすぐったい

845・答案：4

譯文：被那般表揚，真不好意思。

くすぐったい：①害羞，難為情 ②發癢，癢癢

▶くすぐったいような心持ち／害羞的心情

しんどい：疲勞，累

▶一人でやるのはしんどい。／一個人做太累了。

拙い：①拙劣，不高明 ②遲鈍 ③運氣不好

▶運がつたない。／運氣不好。

渋い：①澀，發澀 ②古樸，素雅 ③憂鬱，陰沉 ④吝嗇，小氣

▶この柿はしぶい。／這個柿子很澀。

846. 生徒を（　　）して博物館へ見学に行く。

1 引退
2 引率
3 強引
4 索引

846・答案：**2**

譯文：帶領學生參觀博物館。

引率：率領，帶領

▶引率教師／帶隊老師

引退：引退，退役

▶引退試合／告別賽

強引：強制，強行

▶強引に事を進める。／強行推進。

索引：索引

▶五十音順の索引／按五十音排序的索引

---

847. 彼は父と将来のことで口論した。

1 おしゃべり
2 私語
3 言い争い
4 ディベート

847・答案：**3**

譯文：他和父親為了將來的發展吵了一架。

口論：爭論，爭吵

▶つまらないことで口論する。／因微不足道的事爭吵。

言い争い：爭吵，拌嘴

▶二人で言い争いしている。／兩個人正在爭吵。

私語：私語，耳語

▶私語を交わす。／竊竊私語。

ディベート：辯論

▶日本語でディベートする。／用日語辯論。

---

848. かねてからの予定に従って進めてください。

1 以前
2 開始
3 多数
4 本人

848・答案：**1**

譯文：請按照原先的計劃進行。

予て：事先，原先，早先

▶予ての打ち合わせどおりにする。／按照事先説好的做。

849. 頭痛を<u>和らげる</u>ため
に、薬を飲んだ。

1 調和する
2 温和する
3 緩和する
4 飽和する

849・答案：3

譯文：為了緩解頭痛吃了藥。
和らげる：①使緩和，使柔和 ②使明白易懂
▶声を和らげる。／放軟聲調。
緩和：緩和，放寬
▶緊張を緩和する。／緩解緊張感。
調和：調和，和諧
▶色が調和している。／顏色很協調。
温和：溫和，溫柔
▶温和な人柄／為人穩重
飽和：飽和
▶飽和人口／人口處於飽和狀態

---

850. 彼は<u>おどおど</u>して何
も言えずに立ってい
た。

1 明るい声で
2 上品な態度で
3 疲れた様子で
4 落ち着かない様子で

850・答案：4

譯文：他惴惴不安，一言不發地站著。
おどおど：惴惴不安，提心吊膽，戰戰兢兢
▶おどおどした目つき／惴惴不安的眼神

---

851. 男は<u>うつむいて</u>歩み
去った。

1 まっすぐ前を見て
2 あちこち見て
3 後ろを向いて
4 下を向いて

851・答案：4

譯文：那個男人低著頭走了。
俯く：低頭，臉朝下，向下傾斜
▶叱られて俯く。／受到叱責而低下頭。

第一週
第二週
第三週
第四週
第五週
第一天

852. その時彼女は何やら<u>つぶやいて</u>いた。

1　早口で言って
2　はっきり言って
3　ゆっくり言って
4　小さい声で言って

852・答案：4

譯文：那時她小聲嘟囔了句什麼。

呟く：嘟囔，發牢騷
▶不満げにつぶやく。／不満地小聲嘟囔。
早口：說話快
▶早口に言う。／說得很快。

853. <u>体裁</u>で人を判断するのは良くないと思う。

1　見た目
2　流行
3　ファッション
4　ムード

853・答案：1

譯文：我覺得以貌取人不太好。

体裁：①外觀，外表 ②形象 ③體裁 ④奉承（話）
▶体裁が悪い。／不體面。
見た目：外表，看起來
▶見た目が良い。／外表不錯。
流行：流行，時髦
▶流行を追う。／緊跟流行。
ファッション：①流行 ②時裝
▶ファッション業界／時裝業
ムード：氛圍，情緒
▶ムードが盛り上がる。／情緒高漲。

854. 彼は何かに<u>おびえた</u>ような顔をしていた。

1　怒っている
2　困っている
3　怖がっている
4　喜んでいる

854・答案：3

譯文：他好像在害怕什麼。

怯える：①害怕，恐懼 ②做惡夢
▶怯えたような目つき／恐懼的目光
怖がる：害怕，懼怕
▶犬を怖がる。／怕狗。

855. 20歳以上の方が家族に<u>内緒</u>でクレジットカードを作ることは可能となっている。

1　すぐに忘れて
2　ずっと伝えていって
3　仲間と一緒に考えて
4　他の人には隠れて

855・答案：4

譯文：20歳以上的人可以背著家人辦理信用卡。

内緒：①祕密，不公開 ②家事，生計
▶内緒の話／祕密

856. あの質問ににわかには返答できなかった。

1 すぐに
2 まったく
3 もはや
4 およそ

856・答案：1

譯文：沒能立刻回答那個問題。

俄（にわか）：突然，立刻
▶にわかには判断がつかない。／無法馬上判斷。
直（す）ぐに：立即，馬上
▶すぐに帰る。／立刻回去。
もはや：（事到如今）已經
▶もはや手遅れだ。／為時已晚。
凡（およ）そ：大概，大體上
▶凡その見通し／大概估計

---

857. これは君にうってつけの仕事だ。

1 難しい
2 大変いい
3 まあまあいい
4 あまり良くない

857・答案：2

譯文：這是一份非常適合你的工作。

うってつけ：適合，恰當
▶彼にうってつけの役／適合他的角色

---

858. ろくに考えもしないで契約書に署名してしまった。

1 親しく
2 十分に
3 くわしく
4 まったく

858・答案：2

譯文：沒有好好考慮就在合約上簽了字。

碌（ろく）に：（後接否定）充分地，滿足地
▶ろくに見もしないで買ってしまった。／沒好好看過就買了。

---

859. このいすに座るとリラックスした気分になる。

1 やわらぐ
2 くつろぐ
3 横たわる
4 寝そべる

859・答案：2

譯文：一坐到這把椅子上就覺得很放鬆。

リラックス：輕鬆，放鬆，緩和
▶リラックスした気分になる。／覺得很放鬆。
寛（くつろ）ぐ：①輕鬆，自在 ②放鬆，鬆弛 ③不拘禮節
▶休日に家族と寛ぐ。／休息日與家人一起放鬆一下。
和（やわ）らぐ：①緩和 ②柔軟，柔和
▶態度が和らぐ。／態度緩和。
寝（ね）そべる：橫臥，俯臥，趴
▶長椅子に寝そべる。／躺在長椅上。

第一週
第二週
第三週
第四週
第五週
第一天

860. 彼の意見は私たちの
　　と<u>食い違っている</u>。

1　争っている
2　誤っている
3　ゆずりあわない
4　かみあわない

860・答案：4

譯文：他與我們意見不一致。

食い違う：有分歧，不一致
▶言い分が食い違う。／意見不一致。
噛み合う：①咬合 ②相合，達成一致 ③互相撕咬
▶議論の歯車が噛み合わない。／辯論未達成一致。
争う：①爭奪 ②爭鬥 ③爭論
▶優勝を争う。／爭奪冠軍。
誤る：錯誤，搞錯
▶誤った考え／錯誤的想法
譲り合う：相讓
▶席を譲り合う。／互相讓座。

861. この町の郵便はいつ
　　も遅れるので、<u>じ</u>
　　<u>れったい</u>。

1　いらいらする
2　うきうきする
3　はらはらする
4　むかむかする

861・答案：1

譯文：這座城市的郵遞總是很慢，令人著急。

焦れったい：令人著急，心焦，焦躁
▶約束した友達が来なくて焦れったい。／約好的朋友沒
來，真讓人著急。
苛々：①著急，焦急 ②刺痛
▶いらいらしながらバスを待つ。／焦急地等待公車。
浮き浮き：高興，興奮
▶心が浮き浮きする。／喜不自禁。
はらはら：①飄落，撲簌 ②擔心，憂慮 ③頭髮散落
▶涙がはらはらと落ちる。／眼淚撲簌簌地落下。
むかむか：①反胃 ②怒火直冒
▶あの態度にむかむかする。／一看到（對方）那種態度我
就非常生氣。

第一週∨

第二週∨

第三週∨

第四週∨

第五週∨
第一天

862. 事故現場にはおびた
だしい血が流れてい
た。

1 おっかない
2 ややこしい
3 たくさんの
4 わずかな

862・答案：3

譯文：事故現場流了大量的血。

おびただ
夥しい：①大量，大批 ②非常，很

▶おびただしい数／大數目

おっかない：可怕，令人害怕，令人提心吊膽

▶夜道はおっかない。／走夜路讓人害怕。

ややこしい：複雜，糾纏不清

▶ややこしく考えないで。／不要想得太複雜。

わず
僅か：一點

▶残りわずか／只剩一點

863. 私は干渉されるのは
嫌いだ。

1 取り組み
2 口出し
3 割り込み
4 頭出し

863・答案：2

譯文：我不喜歡被別人干涉。

かんしょう
干渉：干涉，介入

▶子供に干渉しすぎる。／對孩子過分干涉。

くちだ
口出し：插嘴，多嘴

▶部外者は口出しするな。／外人不要插嘴。

と く
取り組み：①致力於 ②組合，配合

▶公害問題への取り組み／致力於治理公害

わ こ
割り込み：插隊

▶割り込み禁止／禁止插隊

864. 優秀な卒業生が大学
院に進まないことは
なげかわしい。

1 嬉しい
2 残念だ
3 予想外だ
4 期待どおりだ

864・答案：2

譯文：優秀的畢業生不繼續讀研究所，真令人惋惜。

なげ
嘆かわしい：可嘆，令人嘆息

▶嘆かわしい世の中／可嘆的塵世

865. 彼女に何気なく近付こうとした。

1 細かく
2 やさしく
3 そっけなく
4 さりげなく

865・答案：4

譯文：想若無其事地靠近她。

何気ない：坦然自若，無意，不動聲色，若無其事

▶何気ないふりをする。／装作若無其事的様子。

さり気ない：無意，毫不在乎，若無其事

▶さり気なく話しかける。／若無其事地與人攀談。

素っ気ない：冷淡，無情，不客氣

▶そっけない態度／冷淡的態度

866. 彼女は情のこまやかな人だ。

1 神経質な
2 繊細な
3 鋭い
4 素早い

866・答案：2

譯文：她是一個感情細膩的人。

細やか：①細膩 ②體貼入微

▶細やかな気くばり／細心照顧

繊細：①纖細，纖弱 ②細膩

▶繊細な感情／細膩的感情

神経質：神經質，敏感

▶他人の評価に神経質になる。／對別人的評價很敏感。

鋭い：①鋒利 ②猛烈，嚴厲 ③敏銳

▶頭が鋭い。／頭腦靈活。

素早い：敏捷，俐落

▶素早い動き／敏捷的動作

867. この商品は当店だけのオリジナルなものだ。

1 代表的な
2 独自な
3 特殊な
4 単独の

867・答案：2

譯文：這個商品是本店獨創的。

オリジナル：原創，獨創

▶オリジナルな発想／原創的想法

868. 妻に<u>ねちねち</u>といやみを言った。

1　すぐに
2　しつこく
3　大きな声で
4　人に聞こえないように

868・答案：**2**

譯文：妻子絮絮叨叨地說著令人討厭的話。

ねちねち：①囉嗦，絮絮叨叨，糾纏不休 ②黏糊

▶ねちねち文句を並べる。／沒完沒了地挑毛病。

しつこい：①（色、香、味等）濃，油膩 ②執拗，糾纏不休

▶しつこく言う。／喋喋不休。

---

869. 長年の苦労がついに<u>実を結んだ</u>。

1　始まった
2　先進した
3　成功した
4　繋がった

869・答案：**3**

譯文：常年的辛苦努力終於取得了成果。

実を結ぶ：①結果 ②成功，努力有了結果

▶日頃の努力が実を結ぶ。／平日的努力有了結果。

---

870. 今日は<u>ひとまず</u>これで終わりにしましょう。

1　いそいで
2　いったん
3　ひとりで
4　短い時間で

870・答案：**2**

譯文：今天暫且先到這裡吧。

一先ず：暫且，暫時，姑且

▶ひとまず安心だ。／暫且安心。

一旦：①暫且，姑且 ②一旦，萬一

▶一旦家へ帰って出直す。／暫且回趟家再出門。

練習問題	解說

871. おおげさ

1 物価が10年間でおおげさ に上昇した。
2 その部屋からおおげさな 音が聞こえてきた。
3 部長に直接意見するなん て、彼にときどきおおげ さなことをする。
4 彼女はなんでもおおげさ に言う。

871・答案：4

譯文：她不管什麼事都誇大其詞。

大袈裟：誇張，小題大做

▶おおげさに書きたてる。／大書特書。

選項1應該替換成「大幅」，意為「大幅」。
選項2應該替換成「大き」，意為「大的」。
選項3應該替換成「大胆」，意為「大膽」。

872. 甘やかす

1 彼女は息子を甘やかしす ぎた。
2 小島さんはいつも周りに 甘やかした声を出してい る。
3 砂糖がちょっと足りな かったので、入れて甘や かした。
4 いつまでも遊んで暮らし たいなんて、そんな甘や かした考えではいけな い。

872・答案：1

譯文：她過於溺愛兒子。

甘やかす：嬌縱，溺愛

▶甘やかした子／被慣壞了的孩子

選項2應該替換成「甘えた」，意為「撒嬌」。
選項3應該替換成「甘くした」，意為「增加甜度」。
選項4應該替換成「甘い」，意為「天真」。

873. 差し支える

1 おしゃべりをして授業を<u>差し支えない</u>でほしい。
2 彼の皮肉に彼女は気分を<u>差し支えた</u>。
3 仕事で大変な父を家族全員が<u>差し支えた</u>。
4 飲み過ぎると明日の仕事に<u>差し支えます</u>よ。

873・答案：4
譯文：酒喝多了會影響明天的工作。
差し支える：障礙，有影響
▶べつに差し支えはない。／沒什麼影響。
選項1應該替換成「邪魔しないで」，意為「不要打擾」。
選項2應該替換成「害した」，意為「搞壞」。
選項3應該替換成「支えた」，意為「支持」。

874. 心がける

1 母の手術が成功するよう神に<u>心がけた</u>。
2 両親は息子の将来を<u>心がけて</u>いた。
3 彼は彼女が結婚しない理由を<u>心がけて</u>いた。
4 人の気に障らないようにいつも<u>心掛けて</u>いる。

874・答案：4
譯文：時刻注意不做讓人不開心的事情。
心がける：注意，留心，記在心裡
▶安全第一を心がける。／注意安全第一。
選項1應該替換成「祈った」，意為「祈禱」。
選項2應該替換成「心配して」，意為「擔心」。
選項3應該替換成「聞いて」，意為「問」。

875. 勘弁

1 田中さんは約束を破っては、<u>勘弁</u>ばかりしている。
2 彼にも言いたいことは山ほどあったが、ぐっと<u>勘弁</u>した。
3 大人がそんな無責任なことをするのは<u>勘弁</u>されない。
4 今度だけは<u>勘弁</u>してください。

875・答案：4
譯文：你就原諒我這一次吧。
勘弁：原諒，寬恕，容忍
▶こんなに恥をかかされては勘弁ならぬ！／（你）讓我如此丟臉，怎能原諒！
選項1應該替換成「言い訳」，意為「藉口」。
選項2應該替換成「我慢」，意為「忍耐」。
選項3應該替換成「容赦」，意為「寬恕」。

876. 過大

1 栄養素を過大にとることは、むしろ体に害を与える。

2 美容については情報過大といえるほど、おおくの著作が出てきた。

3 その作家は実力もないのに、過大に評価されている。

4 一日に二試合もするという過大な日程で、試合をしなければならなかった。

876・答案：3

譯文：那位作家明明沒什麼實力，卻被給予了過高的評價。

過大（かだい）：過大，過高

▶過大な期待／過高的期待

選項1應該替換成「過剰」，意為「過剩」。

選項2應該替換成「過多」，意為「過多」。

選項4應該替換成「過密」，意為「過密」。

877. ぐったり

1 今日は休みなのでぐったり休みたい。

2 空は暗くてぐったり見える。

3 眼鏡を忘れたので目の前がぐったりしている。

4 彼女は疲れ果ててぐったりしてしまった。

877・答案：4

譯文：她累得精疲力竭。

ぐったり：軟弱無力，精疲力竭

▶高熱でぐったりする。／因發高燒渾身沒力。

選項1應該替換成「ゆっくり」，意為「好好地」。

選項2應該替換成「うっすら」，意為「昏暗」。

選項3應該替換成「ぼんやり」，意為「模糊」。

878. 異議

1 昨日の会議では結論が出なかったため、異議が行われることになった。
2 二人はその計画について異議を持っている。
3 鈴木選手は不公平な審判に対して異議した。
4 彼は私の提案に異議を申し立てた。

譯文：他對我的提議提出了不同的意見。

異議（いぎ）：異議，不同的意見

▶町の道路計画に異議をとなえる。／對於城市的道路規劃提出不同意見。

選項1應該替換成「再議」，意為「再議」。

選項2應該替換成「異見」，意為「異議」。

選項3應該替換成「抗議」，意為「抗議」。

注意：「異議」為名詞，後面不能直接接「する」，所以選項3錯誤。

879. でたらめ

1 部屋の中がでたらめなので誰にも見せられない。
2 ガラスが割れてでたらめになってしまった。
3 あの話はでたらめだった。
4 この周辺は建物が多くてでたらめだ。

譯文：根本沒那回事。

でたらめ：毫無道理，胡說八道

▶でたらめな帳簿／一本爛帳

選項1應該替換成「めちゃくちゃ」，意為「亂七八糟」。

選項2應該替換成「台無し」，意為「損壞」。

選項4應該替換成「乱雑」，意為「混亂」。

880. 冴える

1 新しいナイフは冴えていて切りやすい。
2 触った感じは冴えていて、絹のようだった。
3 ゆうべは目が冴えて眠れなかった。
4 川の水は、とても冴えていて、川底までよく見えた。

譯文：昨晚睡不著覺。

冴える（さえる）：①寒冷 ②清澈，鮮明 ③清爽，清醒 ④高超，精湛

▶冴えた月／明亮的月光

選項1應該替換成「切れて」，意為「鋒利」。

選項2應該替換成「滑って」，意為「光滑」。

選項4應該替換成「澄んで」，意為「清澈」。

881. ずばり

1 彼は卑怯者とずばりと
　言ってのけた。
2 時がたてば、ずばり解決
　するだろう。
3 木村さんは、ずばり研究
　者という枠にはおさまら
　ないほどの奇人です。
4 彼の声は父親の声とずば
　りだった。

881・答案：1

譯文：他直截了當地揭穿了卑鄙之人。

ずばり：（常用「ずばりと」的形式）①鋒利 ②一語道破
▶ずばりと急所をつく。／一針見血地擊中要害。

選項2應該替換成「やがて」，意為「最終」。

選項3應該替換成「まったく」，意為「簡直」。

選項4應該替換成「そっくり」，意為「酷似」。

882. 表向き

1 この件は表向きにしない
　でもらいたい。
2 絵の表向きが完全に乾く
　まで触ってはいけない。
3 表向きだけでなく、人間
　性も磨かなければならな
　い。
4 ここは大勢の人が集まる
　表向きの場所なので禁煙
　です。

882・答案：1

譯文：希望你不要對外公開這件事。

表向き：①表面上、外表上 ②公開
▶表向き許可されたわけではない。／沒有公開承認這件
事。

選項2應該替換成「表面」，意為「表面」。

選項3應該替換成「外見」，意為「外觀」。

選項4應該替換成「公共」，意為「公共」。

883. ちらっと

1 彼の後ろ姿が<u>ちらっと</u>見えた。
2 申し訳ありませんが、ロビーで<u>ちらっと</u>お待ちいただけますか。
3 朝からとても天気がよく、青い空に太陽が<u>ちらっと</u>輝いている。
4 招待客が多かったため、準備した料理が<u>ちらっと</u>なくなった。

883・答案：1

譯文：瞥見了他的背影。

ちらっと：①一閃，一晃，一瞥 ②略微，偶爾

▶ちらっと見えた。／一晃而過。

選項2應該替換成「ちょっと」，意為「稍微」。

選項3應該替換成「ぎらぎらと」，意為「耀眼」。

選項4應該替換成「すぐに」，意為「立即」、「馬上」。

884. こだわる

1 父に小遣いをうまく<u>こだわる</u>弟がうらやましい。
2 初の出展だが、鑑賞に<u>こだわる</u>作品だった。
3 太郎はお年寄りを<u>こだわる</u>優しい若者だ。
4 済んだことにいつまでも<u>こだわる</u>な。

884・答案：4

譯文：不要總是拘泥於過去的事情。

拘る：①拘泥 ②特別在意，講究

▶勝敗にこだわる。／計較勝負。

選項1應該替換成「もらう」，意為「得到」。

選項2應該替換成「堪える」，意為「值得」。

選項3應該替換成「手伝う」，意為「幫助」。

第一週
第二週
第三週
第四週
第五週
第二天

885. 害する

1 無理をして病気を<u>害して</u>しまった。

2 開発にともなって、環境が<u>害されている</u>。

3 巨額の投資により、会社の経営状況を<u>害して</u>しまった。

4 母は働き過ぎて健康を<u>害した</u>。

885・答案：4

譯文：母親因過度勞累損害了健康。

害する<small>がい</small>：①傷害，損害 ②殺害 ③妨礙，危害

▶感情を害する。／傷害感情。

選項1應該替換成「患って」，意為「罹患」。

選項2應該替換成「破壊されて」，意為「破壊」。

選項3應該替換成「損害して」，意為「損害」。

---

886. 著しい

1 近年志願者は<u>著しく</u>増加している。

2 渡辺さんは<u>著しい</u>性格で、たびたび問題を起こした。

3 これは<u>著しい</u>作家が書いた作品だそうだ。

4 <u>著しい</u>音を立てて、車は壁にぶつかった。

886・答案：1

譯文：近年來志願者人數顯著增加。

著<small>いちじる</small>しい：明顯，顯著，格外突出

▶彼の認識には著しい変化が見られる。／他的認識有了顯著的轉變。

選項2應該替換成「頑固な」，意為「頑固的」。

選項3應該替換成「著名な」，意為「著名的」。

選項4應該替換成「凄まじい」，意為「驚人的」。

887. ひるむ

1 あの偉人の像は大きな
　シートに<u>ひるまれてい</u>
　た。
2 相手が大きいからといっ
　て、<u>ひるむ</u>ことはない。
　実力はこちらがもっと<u>上</u>
　だ。
3 何度も見た映画なのに、
　また感動して、目が<u>ひる</u>
　<u>んで</u>しまった。
4 年をとったせいか、最
　近、おなかが<u>ひるんでき</u>
　た。

887 ・ 答案：2
**譯文：雖說對手身材龐大，但是不要畏怯。我們的實力
更勝一籌。**
<ruby>怯<rt>ひる</rt></ruby>む：畏怯，怯陣
▶困難にひるまない。／不畏困難。
選項1應該替換成「包まれて」，意為「包」、「裹」。
選項3應該替換成「潤んで」，意為「濕潤」。
選項4應該替換成「弛んで」，意為「鬆弛」。

888. きっかり

1 彼は<u>きっかり</u>約束の時間
　に遅れた。
2 彼女は部屋を<u>きっかり</u>し
　てから寝ることにしてい
　る。
3 十時<u>きっかり</u>に出発す
　る。
4 風呂の湯加減は<u>きっかり</u>
　良かった。

888 ・ 答案：3
譯文：十點整出發。
きっかり：①整，正好 ②清楚，明顯
▶8千円きっかり受け取りました。／收到八千日圓整。
選項1應該替換成「すっかり」，意為「徹底」。
選項2應該替換成「きっちり」，意為「整齊」。
選項4應該替換成「ちょうど」，意為「正」、「恰好」。

練習問題	解説

889. 彼の残した金は兄弟3人に平等に<u>分配</u>された。

1 ふはい
2 ふんぱい
3 ぶんはい
4 ぶんぱい

889・答案：4

譯文：他剩下的錢被兄弟三人平分了。

分：音讀為「ぶん」，例如「分別（ぶんべつ）」；音讀還可讀作「ふん」，例如「二分間（にふんかん）」；在動詞中讀作「わ」，例如「分（わ）ける」。

配：音讀為「はい」，例如「配列（はいれつ）」；在動詞中讀作「くば」，例如「配（くば）る」。

ふはい：寫成「腐敗」，意為「腐爛」、「腐敗」。

▶政治の腐敗／政治腐敗

890. 彼女の演奏は<u>完璧</u>といっても過言ではありません。

1 かんべき
2 かんぺき
3 こんぺき
4 がんぺき

890・答案：2

譯文：她的演奏堪稱完美。

完：音讀為「かん」，例如「完全（かんぜん）」。

璧：音讀為「へき」，例如「壁画（へきが）」；訓讀為「かべ」，例如「壁紙（かべがみ）」。

こんぺき：寫成「紺碧」，意為「深藍」、「湛藍」。

▶紺碧の空／湛藍的天空

891. 彼は両家の仲直りのための<u>仲介</u>を申し出た。

1 ちゅうかい
2 なかがい
3 なかげ
4 ちゅうがい

891・答案：1

譯文：他自告奮勇去當兩家人的和事佬。

仲：音讀為「ちゅう」，例如「仲夏（ちゅうか）」；訓讀為「なか」，例如「仲直（なかなお）り」。

介：音讀為「かい」，例如「紹介（しょうかい）」。

なかがい：寫成「仲買」，意為「經紀」。

▶仲買人／經紀人

ちゅうがい：寫成「中外」，意為「內外」、「國內外」。

▶中外の事情に通じる。／知曉國內外事務。

892. 2語の間にコンマを挿入する。

1 てんにゅう
2 ちゅうにゅう
3 さにゅう
4 そうにゅう

892・答案：4

譯文：在兩個詞中間插入逗號。

挿：音讀為「そう」，例如「挿花（そうか）」；在動詞中讀作「はさ」，例如「挿む」；在動詞中也可讀作「す」，例如「挿げる（す）」；在動詞中還可讀作「さ」，例如「挿す（さ）」。

入：音讀為「にゅう」，例如「入国（にゅうこく）」；在動詞中讀作「はい」，例如「入る（はい）」；在動詞中還可讀作「い」，例如「入れる（い）」。

てんにゅう：寫成「転入」，意為「遷入」、「轉入」。
▶転入生／轉學生

ちゅうにゅう：寫成「注入」，意為「注入」、「灌輸」。
▶注入教育／填鴨式教育

893. 彼の体からは汗が滴り落ちていた。

1 たぎり
2 したたり
3 あふれり
4 たれり

893・答案：2

譯文：汗水從他的身上滴落。

滴：音讀為「てき」，例如「点滴（てんてき）」；在動詞中讀作「したた」，例如「滴る（したた）」。

たぎる：寫成「滾る」，意為「翻滾」、「沸騰」、「高漲」。
▶血が滾る。／熱血沸騰。

あふれる：寫成「溢れる」，意為「溢出」、「充滿」、「擠滿」。
▶涙が溢れる。／噙著淚水。

たれる：寫成「垂れる」，意為「滴」、「下垂」。
▶雲が低く垂れる。／雲層低垂。

894. 不幸にして事故に遭われた場合、せめて損害を償ってもらわなければなりません。

1 つぐなって
2 まかなって
3 かばって
4 そなって

894・答案：1

譯文：不幸遭遇事故的時候，至少可以尋求補償。

償：音讀為「しょう」，例如「償却（しょうきゃく）」；在動詞中讀作「つぐな」，例如「償う（つぐな）」。

まかなう：寫成「賄う」，意為「供給」、「籌措」。
▶医療費を賄う。／籌集醫療費。

かばう：寫成「庇う」，意為「袒護」、「庇護」。
▶仲間を庇う。／袒護朋友。

第一週
第二週
第三週
第四週
第五週
第三天

895. 高山の山頂は酸素が<u>希薄</u>だ。

1　しぼ
2　しはく
3　きぼ
4　きはく

895・答案：4

譯文：高山的山頂上氧氣稀薄。

希：音讀為「き」，例如「希望」；音讀還可讀作「け」，例如「希有」；訓讀為「まれ」，例如「希」；在動詞中讀作「こいねが」，例如「希う」。

薄：音讀為「はく」，例如「薄志」；訓讀為「うす」，例如「薄い」；訓讀還可讀作「すすき」，例如「薄」。

しぼ：寫成「思慕」，意為「思慕」。

▶別れた母を思慕する。／思念不在身邊的母親。

きぼ：寫成「規模」，意為「規模」。

▶世界的な規模／世界規模

---

896. 彼らは会社の内情に<u>疎</u>かった。

1　うとかった
2　にぶかった
3　ひさしかった
4　そがかった

896・答案：1

譯文：他們不了解公司的內情。

疎：音讀為「そ」，例如「疎遠」；訓讀為「おろそ」，例如「疎か」；訓讀還可讀作「うと」，例如「疎い」。

にぶい：寫成「鈍い」，意為「鈍」、「微弱」、「遲鈍」。

▶切れ味の鈍い刀／刀子鈍了

ひさしい：寫成「久しい」，意為「好久」、「許久」、「久違」。

▶大学を卒業してひさしい。／大學畢業好久了。

---

897. 彼は職務怠慢で職を失った。

1　たいまん
2　だいまん
3　ていまん
4　たまん

897・答案：1

譯文：他因玩忽職守被免職。

怠：音讀為「たい」，例如「怠惰」；訓讀為「だる」，例如「怠い」；在動詞中讀作「おこた」，例如「怠る」；在動詞中還可讀作「なま」，例如「怠ける」。

慢：音讀為「まん」，例如「傲慢」。

---

898. 彼は<u>敏捷</u>に行動する。

1　ひんしょう
2　びんしょう
3　びんてい
4　ひんてい

898・答案：2

譯文：他行動敏捷。

敏：音讀為「びん」，例如「敏感」；訓讀為「さと」，例如「敏い」。

捷：音讀為「しょう」，例如「捷報」；訓讀為「はや」，例如「捷い」。

899. 彼は盆栽を楽しみつ
つ静かに<u>余生</u>を送っ
た。

1　よしょう
2　ゆせい
3　ゆしょう
4　よせい

899・答案：**4**

譯文：他每天擺弄盆裡的花木，安靜地度過餘生。

余：音讀為「よ」，例如「余裕」；在動詞中讀作「あ
ま」，例如「余る」。

生：音讀為「しょう」，例如「一生」；音讀還可讀作「せ
い」，例如「一年生」；訓讀為「なま」，例如「生ビー
ル」；訓讀還可讀作「き」，例如「生真面目」；在動詞中
讀作「う」，例如「生む」；在動詞中也可讀作「は」，
例如「生やす」；在動詞中還可讀作「い」，例如「生き
る」。

---

900. ジョンソンさんに英
作文を<u>添削</u>しても
らった。

1　てんしょう
2　てんせき
3　てんさく
4　てんさつ

900・答案：**3**

譯文：讓強森幫忙修改英語作文。

添：音讀為「てん」，例如「添加」；在動詞中讀作
「そ」，例如「添える」。

削：音讀為「さく」，例如「削除」；在動詞中讀作「け
ず」，例如「削る」。

---

901. 彼は1億円を<u>収賄</u>し
た。

1　しゅゆう
2　しゅうわい
3　しゅうかい
4　しゅよう

901・答案：**2**

譯文：他收取了一億日圓的賄賂。

収：音讀為「しゅう」，例如「収穫」；在動詞中讀作「お
さ」，例如「収める」。

賄：音讀為「わい」，例如「賄賂」；在動詞中讀作「まか
な」，例如「賄う」。

しゅうかい：寫成「集会」，意為「集會」。

▶集会を開く。／舉行集會。

しゅよう：寫成「主要」，意為「主要」。

▶主要内容／主要內容

902. 血が<u>凝固</u>してかさぶ
たになった。

1 ぎょうこ
2 きょうこ
3 ぎこ
4 ぎこう

902・答案：**1**

譯文：血凝固之後結痂了。

凝：音讀為「ぎょう」，例如「凝結」；在動詞中讀作
「こ」，例如「凝らす」。

固：音讀為「こ」，例如「固定」；訓讀為「かた」，例如
「固い」。

きょうこ：寫成「強固」，意為「堅強」、「堅定」、「鞏
固」。

▶強固な意志／堅定的意志

ぎこう：寫成「技巧」，意為「技巧」。

▶技巧をこらす。／鑽研技巧。

---

903. 日本が一方的に欧米
文化を<u>摂取</u>するとい
う一方通行のもので
す。

1 せつしゅう
2 せつじゅ
3 せっしゅう
4 せっしゅ

903・答案：**4**

譯文：日本單方面地吸收歐美文化。

摂：音讀為「せつ」，例如「摂食」；在動詞中讀作
「と」，例如「摂る」。

取：音讀為「しゅ」，例如「観取」；在動詞中讀作
「と」，例如「取る」。

---

904. 失敗を繰り返してい
るうちに完全な自信
<u>喪失</u>に陥った。

1 そうしつ
2 もしつ
3 ちゅうしつ
4 いしつ

904・答案：**1**

譯文：經過無數次失敗後，他完全喪失了自信。

喪：音讀為「そう」，例如「喪家」；訓讀為「も」，例如
「喪服」。

失：音讀為「しつ」，例如「過失」；訓讀為「う」，例如
「失せ物」；在動詞中讀作「うしな」，例如「失う」；在
動詞中還可讀作「な」，例如「失くす」。

いしつ：寫成「異質」，意為「不同性質」。

▶異質の文化／不同性質的文化

905. 師走の街は年越し準備で大忙しです。

1 しそう
2 しはしり
3 しはそう
4 しわす

905・答案：4

譯文：十二月的街道，大家都忙著準備過年。

師：音讀為「し」，例如「師匠（ししょう）」。

走：音讀為「そう」，例如「走者（そうしゃ）」；在動詞中讀作「はし」，例如「走（はし）る」。

しそう：寫成「思想」，意為「思想」、「想法」、「認識」。

▶思想家／思想家

注意：「師走」讀作「しわす」，意為「十二月」。

日語中對月份的別稱如下：「睦月（むつき）」、「如月（きさらぎ）」、「彌生（やよい）」、「卯月（うづき）」、「皐月（さつき）」、「水無月（みなづき）」、「文月（ふみづき）」、「葉月（はづき）」、「長月（ながつき）」、「神無月（かんなづき）」、「霜月（しもつき）」、「師走（しわす）」。

---

906. 天気予報では、明日は東北地方で一時時雨れると言っていた。

1 じうれる
2 しぐれる
3 ときうれる
4 しくれる

906・答案：2

譯文：天氣預報說明天東北地區時有陣雨。

時：音讀為「じ」，例如「時間（じかん）」；音讀還可讀作「し」，例如「時雨（しぐれ）」；訓讀為「とき」，例如「時々（ときどき）」；訓讀還可讀作「と」，例如「時計（とけい）」。

雨：音讀為「う」，例如「雨期（うき）」；訓讀為「あめ」，例如「大雨（おおあめ）」；訓讀也可讀作「さめ」，例如「小雨（こさめ）」；訓讀還可讀作「あま」，例如「雨戸（あまど）」。

---

907. 田中さんのお姉さんは長髪のきれいな人です。

1 ちょうぱつ
2 なががみ
3 ちょうはつ
4 ながかみ

907・答案：3

譯文：田中的姐姐是一個留著長髮的美女。

長：音讀為「ちょう」，例如「長距離（ちょうきょり）」；訓讀為「なが」，例如「長（なが）い」；在動詞中讀作「た」，例如「長（た）ける」。

髮：音讀為「はつ」，例如「金髮（きんぱつ）」；訓讀為「かみ」，例如「髮型（かみがた）」。

908. 彼の<u>挙動</u>がおかしい
ので、警官がつけて
行った。

1 きょうどう
2 きょうど
3 きょどう
4 きょど

908・答案：3

譯文：他鬼鬼祟祟的，因此警察跟了上去。

挙：音讀為「きょ」，例如「挙行」；在動詞中讀作
「あ」，例如「挙がる」；在動詞中還可讀作「こぞ」，例
如「挙る」。

動：音讀為「どう」，例如「動作」；在動詞中讀作「う
ご」，例如「動く」。

きょうどう：寫成「共同」，意為「共同」、協同」。

▶共同作業／協同作業

きょうど：寫成「郷土」，意為「郷土」、「故土」。

▶郷土料理／地方菜

---

909. 昨日デパートで<u>木綿</u>
のシャツを1枚買いま
した。

1 きめん
2 こわた
3 もめん
4 もくめん

909・答案：3

譯文：昨天在百貨買了一件棉布襯衫。

木：音讀為「もく」，例如「木材」；訓讀為「き」，例如
「木肌」；訓讀還可讀作「こ」，例如「木の葉」。

綿：音讀為「めん」，例如「綿密」；訓讀為「わた」，例
如「綿」。

---

910. 景色がとても綺麗
で、<u>舗装</u>された道な
ので、快適でした。

1 ほそう
2 ほうそう
3 ほうしょう
4 ほしょう

910・答案：1

譯文：這條路景色很美，路面又鋪得很好，所以走起來
很舒服。

舗：音讀為「ほ」，例如「舗道」。

装：音讀為「そう」，例如「装置」；音讀還可讀作「しょ
う」，例如「衣装」；在動詞中讀作「よそお」，例如「装
う」。

ほうそう：寫成「包装」，意為「包装」。

▶包装紙／包装紙

ほうしょう：寫成「報償」，意為「補償」、「報復」。

▶報償金／補償金

ほしょう：寫成「保証」，意為「保證」、「擔保」。

▶保証付き／有保證

注意：「老舗」為特殊讀音，讀作「しにせ」。

911. <u>雑貨</u>店にもいろいろ
な種類があることを
ご存じでしょうか。

1 ざつか

2 ざっか

3 ざつっか

4 ざっつか

---

912. 日本からの<u>出入国</u>手
続きは下記のような
流れになっておりま
す。

1 しゅにゅうこく

2 しゅにゅっこく

3 しゅつにゅっこく

4 しゅつにゅうこく

911・答案：2

譯文：你知道雜貨店也有很多不同的種類嗎？

雑：音讀為「ざつ」，例如「雑談（ざつだん）」；音讀還可讀作「ぞう」，例如「雑巾（ぞうきん）」。

貨：音讀為「か」，例如「貨幣（かへい）」。

912・答案：4

譯文：日本的出入境手續是按照以下的流程辦理的。

出：音讀為「しゅつ」，例如「出場（しゅつじょう）」；在動詞中讀作「だ」，例如「出し抜く（だしぬく）」；在動詞中還可讀作「で」，例如「出くわす（でくわす）」。

入：音讀為「にゅう」，例如「入会（にゅうかい）」；在動詞中讀作「い」，例如「入れ替える（いれかえる）」；在動詞中還可讀作「はい」，例如「入る（はいる）」。

国：音讀為「こく」，例如「国産（こくさん）」；訓讀為「くに」，例如「国々（くにぐに）」。

第一週

第二週

第三週

第四週

第五週

第三天

317

練習問題	解説
913. カーテンの色を変えるだけで、部屋の印象が（　　）変わる。 1　ぐっと 2　やけに 3　まめに 4　むっと	**913・答案：1** **譯文：只是改變窗簾的顏色，房間的氛圍就會全然不同。** ぐっと：①使勁，一口氣 ②更加 ③深受感動 ▶ぐっと冷え込む。／氣溫驟降。 やけに：非常，特別 ▶値段がやけに高い。／非常貴。 まめ：①勤懇，勤快 ②健康 ③認真 ▶まめに働く。／認真工作。 むっと：①發火，生氣 ②臭氣沖天，悶 ▶人いきれでむっとする。／人太多了，很悶。
914. この会社はデザイン性より機能性に（　　）した商品開発を行っている。 1　着実 2　着手 3　着地 4　着目	**914・答案：4** **譯文：這家公司在產品開發方面，比起外觀設計，更加注重產品的功能。** 着目：著眼，注目 ▶未知の分野に着目する。／著眼於未知的領域。 着実：踏實，扎實，穩健 ▶着実な仕事ぶり／踏實的工作風格 着手：著手，動手 ▶品種の改良に着手する。／著手改良品種。 着地：①落地，著陸 ②目的地 ▶着地払い／貨到付款

915. 彼のために背広を
（　　）してあげ
た。

1　結束
2　調達
3　達成
4　導入

915・答案：2

譯文：為他購置了一套西裝。
調達（ちょうたつ）：①供給，置辦 ②籌措，籌辦
▶旅費を調達する。／籌措路費。
結束（けっそく）：①捆綁 ②團結
▶結束を固める。／加強團結。
達成（たっせい）：達成，告成
▶目標達成／達成目標
導入（どうにゅう）：導入，引入，引進
▶外資導入／引進外資

---

916. 不意に立ち退きを言
い渡されて（　　）
してしまった。

1　めきめき
2　おろおろ
3　がやがや
4　すやすや

916・答案：2

譯文：突然被命令撤退，大家都不知道如何是好。
おろおろ：①坐立不安，不知所措 ②嗚咽，抽泣
▶おろおろと歩き回る。／團團轉。
めきめき：顯著，迅速
▶めきめきと上達する。／進步顯著。
がやがや：大聲喧嘩，吵吵嚷嚷
▶表ががやがやしている。／外面人聲鼎沸。
すやすや：睡得香甜的樣子
▶すやすやと眠っている。／睡得正香。

---

917. その切り傷は（　　）
をしてもらったほう
がいい。

1　手引き
2　手取り
3　手当て
4　手抜き

917・答案：3

譯文：那處刀傷處理一下比較好。
手当て（てあ）：①準備 ②處理，治療
▶応急手当て／應急處理
手引き（てび）：①引導，引路，嚮導 ②入門書
▶内部に手引きする。／引導人走進裡面。
手取り（てど）：純收入，實際收入
▶月給は税金などをひかれるので手取りは少なくなる。／
工資因為要扣税，所以實際收入變少了。
手抜き（てぬ）：偷工
▶工事に手抜きがある。／工程偷工減料。
注意：「手当て（てあ）」意為「準備」、「處理」、「治療」，
「手当（てあて）」意為「津貼」、「補助」。

第一週
第二週
第三週
第四週
第五週
第四天

918. 専門的な（　）を受けることによって心の問題を取り除くことができた。

1　オリエンテーション
2　カウンセリング
3　カリキュラム
4　ガイド

918・答案：2

譯文：接受了專業的心理諮詢，消除了心理問題。

カウンセリング：心理諮詢，諮詢服務
▶カウンセリングを兼ねる。／兼做心理諮詢。
オリエンテーション：①定位，定向 ②新員工培訓，新生入學教育
▶自分のオリエンテーションを決める。／確定自己的定位。
カリキュラム：教學計劃，課程計劃
▶カリキュラムを作る。／制訂教學計劃。
ガイド：指南，嚮導
▶観光ガイド／旅遊指南

919. 入社式で入社後の（　）を聞かれたら、しっかり応えられますか。

1　自信
2　原点
3　執念
4　抱負

919・答案：4

譯文：如果在入職典禮上問你今後的打算，你能好好回答嗎？

抱負（ほうふ）：抱負
▶抱負を語る。／談抱負。
自信（じしん）：自信
▶自信がある。／有自信。
原点（げんてん）：出發點，原點，起點
▶原点にかえって考えてみよう。／回歸原點重新考慮。
執念（しゅうねん）：固執，執念
▶執念を燃やす。／念念不忘。

920. 物干し竿を使って、衣類をハンガーにかけ、日に（　）洗濯物を乾かしましょう。

1　晒して
2　焼けて
3　出して
4　当たって

920・答案：1

譯文：使用曬衣桿把衣物掛在晾衣架上，在太陽底下晾乾。

晒す（さら）：①曝曬 ②曝光 ③置身於危險中 ④專注地看
▶日にさらして肌を焼く。／太陽曬黑了皮膚。
焼ける（や）：①燃燒 ②烤熱 ③曬黑 ④變紅
▶家が焼ける。／房子起火。

921. 毎日十時（　　）店を開きます。

1　きりきり
2　ありあり
3　ぐったり
4　きっちり

921・答案：4

譯文：商店每天十點整開門。

きっちり：整，正好，恰好，正合適
▶足にきっちり合った靴／正好合腳的鞋子
きりきり：①拉緊 ②敏捷 ③劇痛
▶弓をきりきりと引き絞る。／用力拉緊弓弦。
ありあり：清清楚楚地，明明白白地
▶ありありと目に浮かぶ。／歷歷在目。
ぐったり：軟弱無力，精疲力竭
▶疲れてぐったりする。／累得精疲力竭。

922. 浮気によって生じた夫婦間の（　　）を埋めることができず離婚を決意した。

1　幅
2　溝
3　境
4　嘘

922・答案：2

譯文：夫妻間因出軌而導致的隔閡無法消除，最後決定離婚。

溝〔みぞ〕：①隔閡 ②排水溝
▶溝が深まる。／隔閡加深。
幅〔はば〕：①寬度 ②靈活性 ③差價，幅度
▶机の幅／桌子的寬度
境〔さかい〕：①邊界 ②界線
▶生死の境／生死界線
嘘〔うそ〕：謊言
▶嘘をつく。／撒謊。

923. クラスの生徒が（　　）流感にやられた。

1　軒並み
2　足並み
3　人並み
4　月並み

923・答案：1

譯文：班裡的學生全都得了流感。

軒並み〔のきなみ〕：①成排的屋簷 ②家家戶戶 ③依次，一律
▶軒並みに訪問する。／挨家挨戶地拜訪。
足並み〔あしなみ〕：①步伐，腳步 ②步調
▶足並みをそろえる。／統一步調。
人並み〔ひとなみ〕：普通人，一般人
▶人並み勝れた。／出眾。
月並み〔つきなみ〕：①每月，月月 ②平凡，平庸
▶月並みの例会／每月例會

第一週
第二週
第三週
第四週
第五週
第四天

924. 両親に反対されて
も、自分の意思を
（　　）経験はあり
ますか。

1　やり通した
2　刺し通した
3　終始した
4　貫いた

924・答案：4

譯文：即便父母反對也要堅持自己的意願，你有過類似的經歷嗎？

貫く：①穿過，貫穿 ②堅持，貫徹
▶初志を貫く。／堅持初心。
やり通す：做完，完成
▶仕事を最後までやり通す。／把工作做完。
刺し通す：①刺穿 ②穿串
▶お腹を刺し通す。／刺穿腹部。
終始：始終，從頭到尾，一貫
▶あいまいな答弁に終始する。／回答始終模棱兩可。

---

925. この文では、日本経
済や地域経済の
（　　）を含めて中
小企業の景気動向を
分析した。

1　傾向
2　志向
3　動向
4　意向

925・答案：3

譯文：該文章分析了包括日本經濟、地域經濟的動向在內的中小企業發展狀況。

動向：動向
▶社会の動向／社會動向
傾向：傾向，趨勢
▶物価は上昇の傾向にある。／物價有上漲的趨勢。
志向：志向，意向
▶志向と信念を同じくする。／志同道合。
意向：意向，打算，意圖
▶相手の意向を汲み取る。／察覺對方的意圖。

---

926. 一生懸命働く人に
とって甘いお菓子の
差し入れやランチの
ご馳走も嬉しいけれ
ど、何より一番嬉し
いのは上司からの
（　　）の言葉で
す。

1　手当
2　ねぎらい
3　訴え
4　救い

926・答案：2

譯文：對於努力工作的人來說，送他們甜點或者請他們吃頓午餐，他們也許會很高興，但是最讓他們感到高興的是來自上司的慰問。

労い：慰勞，犒勞
▶先生からのねぎらい／來自老師的慰問
手当：津貼，補助
▶月々の手当／每月的津貼
訴え：申訴
▶訴えを起こす。／提起訴訟。
救い：挽救，拯救
▶救いを求める。／求救。

927. 彼女は彼の言ったことについて思いを（　　）。

1　取り巻いた
2　回した
3　囲んだ
4　巡らした

927・答案：4

譯文：她反覆思索他說的話。
巡らす：①思考，動腦筋 ②圍上，攔上 ③旋轉
▶計略を巡らす。／出謀劃策。
取り巻く：①包圍，圍繞 ②捧場，逢迎
▶ファンに取り巻かれる。／被粉絲圍住。
回す：①轉動，扭轉 ②（依次）傳遞，傳送 ③調職
▶こまを回す。／轉陀螺。
囲む：①圍上，包圍 ②下（圍棋）
▶森に囲まれた家／被森林包圍的房子

---

928. 情報を集めながら、ある程度の（　　）な計画を立ててみよう。

1　大まか
2　大幅
3　大柄
4　大半

928・答案：1

譯文：一邊收集資訊，一邊制訂個粗略的計劃吧。
大まか：①不拘小節 ②粗枝大葉，粗略，草率
▶おおまかな計算／粗略的計算
大幅：①寬幅 ②大幅，廣泛
▶大幅な異動／大幅調動
大柄：①身材高大 ②大花紋
▶大柄な男／身材高大的男子
大半：過半，多半，大部分
▶大半を失う。／損失過半。

---

929. わたしはあいつに（　　）を握られているから、あまり偉そうなことは言えない。

1　強み
2　弱み
3　悪み
4　中み

929・答案：2

譯文：我被那個傢伙抓住了把柄，所以不敢大放厥詞。
弱み：短處，弱點，缺點
▶弱みがある。／有缺點。
強み：長處，強處，優點
▶強みを発揮する。／發揮長處。

第一週
第二週
第三週
第四週
第五週
第四天

930. 2種類以上の目薬を
　　　（　　）場合は、5
　　　分以上間隔をあけま
　　　しょう。

1　いれる
2　おとす
3　ぬる
4　さす

930・答案：4

譯文：滴兩種以上的眼藥水時，要間隔5分鐘以上。
目薬をさす：滴眼藥水

---

931. 道路工事が（　　）
　　　進行している。

1　黙々と
2　堂々と
3　段々と
4　着々と

931・答案：4

譯文：道路施工正在順利進行。
着々：①順利地 ②扎實地
▶準備が着々と進む。／準備工作正在順利進行。
黙々：默默，不聲不響
▶黙々と働く。／默默地幹活。
堂々：①威嚴，莊重 ②坦蕩，光明正大
▶堂々とした態度／光明正大的態度
段々：逐漸
▶段々と明るくなる。／漸漸變亮。

---

932. なぜか抱っこすると
　　　うちの子二人のほう
　　　が（　　）重いので
　　　す。

1　がっしり
2　ずっしり
3　ぎっしり
4　どっしり

932・答案：2

譯文：不知道為什麼，我家兩個孩子抱起來重多了。
ずっしり：沉重，沉甸甸
▶ずっしりとした手ごたえ／手感沉甸甸的
がっしり：①粗壯，健壯 ②嚴肅，牢固
▶がっしりとした体つき／健壯的體格
ぎっしり：滿滿的
▶観客席がぎっしり埋まる。／觀眾席坐得滿滿的。
どっしり：①沉甸甸 ②威嚴而穩重
▶どっしりした態度／穩重的態度

933. ホストファミリーの皆さんにきちんとお礼を言えなかったことが（　　）です。

1 心配り
2 心残り
3 心構え
4 心当たり

933・答案：2

譯文：沒能鄭重地向寄宿家庭的各位表示感謝，心裡很遺憾。

心残り：①牽掛，掛念 ②遺憾
▶今学問を止めては心残りがする。／現在就放棄求學，感到很遺憾。
心配り：關心，關懷，照料
▶暖かな心配り／溫暖的關懷
心構え：心理準備
▶万一の心構えをする。／做好心理準備以防萬一。
心当たり：猜想，頭緒，線索
▶心当たりを探す。／尋找線索。

---

934. 彼も一緒に来るべきだと私は大きな声で（　　）。

1 言い張った
2 言いつけた
3 言いそびれた
4 言いふらした

934・答案：1

譯文：我大聲堅持他也應該一起來。

言い張る：堅持，堅定主張，固執己見
▶自分が無実だと言い張る。／堅持自己是被冤枉的。
言い付ける：①吩咐 ②告狀
▶仕事を言いつける。／吩咐工作。
言いそびれる：沒能說出
▶小言も言いそびれる。／不滿也沒能說出來。
言い触らす：揚言，散布，宣揚，鼓吹
▶うわさを言い触らす。／散布謠言。

---

935. 大学でも高校に続き、かなり（　　）と勉強することとなります。

1 がっちり
2 みっちり
3 きっちり
4 もっちり

935・答案：2

譯文：即便上了大學，也要繼續高中的做法，一絲不苟地努力學習。

みっちり：嚴格地，充分地
▶みっちり仕込む。／嚴格教導。
がっちり：①堅固，健壯，牢固 ②精打細算
▶がっちりした体／結實的身體
きっちり：整，正好，恰好，正合適
▶きっちりと片付く。／收拾得整整齊齊。

第一週
第二週
第三週
第四週
第五週
第四天

936. 「急がば回れ」という言葉を（　）、まずは落ち着こう。

1　留意して
2　心打たれて
3　胸に響いて
4　胸に刻んで

936・答案：4

譯文：要牢記「欲速則不達」，先冷靜下來吧。

胸に刻む：銘記，牢牢記住
▶自分の言ったことを胸に刻む。／要牢記自己説過的話。
留意：留意，注意
▶健康に留意する。／注意健康。
心打たれる：令人感動，令人佩服
▶彼の業績が人々の心打たれる。／他取得的業績令人佩服。
胸に響く：打動人心
▶胸に響く言葉／打動人心的話語

---

937. そのときは何とも思わなかったんだけど、後になってから、（　）腹が立ってきた。

1　あまりに
2　うかつに
3　無性に
4　むやみに

937・答案：3

譯文：當下沒想太多，但是事後想起來卻非常生氣。

無性に：①不問是非，就知道，一味地 ②非常
▶無性に信じ込む。／一味相信。
あまりに：過分，很
▶あまりに飲まないほうがいい。／還是不要多喝比較好。
うかつに：①粗心大意，馬虎 ②囉嗦
▶うかつに手を出すと危ない。／隨意出手是很危險的。
無闇に：①胡亂，隨便 ②過度，過分
▶むやみにのどが渇く。／喉嚨乾到不行。

---

938. そんな「電車で毎朝（　）あの人」に恋してしまったという経験はありますか。

1　見かける
2　見つける
3　見つめる
4　見上げる

938・答案：1

譯文：你是否曾經愛上過每天早晨都能在電車裡遇見的那個人？

見掛ける：見到，遇見
▶駅でよく見かける人／經常在車站遇見的人
見付ける：①看慣，常見 ②找到，找出
▶仕事を見つけた。／找到工作。
見詰める：注視，凝視
▶顔をじっと見つめる。／目不轉睛地盯著臉。
見上げる：①抬頭看，仰視 ②敬仰，敬重
▶空を見上げる。／仰望天空。

939. 今回は、第一印象で（　　）を与えるための3つのポイントをお伝えします。

1　好物
2　好調
3　好意
4　好感

939・答案：4

譯文：這次我想為大家介紹在第一印象中給人留下好感的三個要點。

好感：好感

▶好感を抱く。／抱有好感。

好物：喜歡的食物

▶僕の好物はカレーライスだ。／我喜歡吃咖喱飯。

好調：順暢，情況好，勢頭好

▶仕事は好調に運んでいる。／工作進展順利。

好意：好意，善意

▶好意な態度／善意的態度

940. 最近（　　）が優れないなと思ったら、自分の心の状態や体の症状を確認してみましょう。

1　気運
2　気分
3　気概
4　気位

940・答案：2

譯文：如果覺得最近身體不舒服，請去檢查一下自己的精神狀態和身體狀況吧。

気分：①身體狀況 ②心情 ③氣氛

▶気分が悪くなる。／身體不舒服。

気運：氣勢

▶気運が高まる。／氣勢高昂。

気概：氣概，氣魄

▶気概に富む。／有氣魄。

気位：氣派，氣度，派頭

▶気位が高い。／架子大。

注意：「気分が優れない」為慣用表達方式，意為「身體不舒服」。

327

練習問題	解説

941. 本当に素晴らしい演奏で、はじめから終わりまで（　　）ほどでした。

1　目が回る
2　砂を歯む
3　鳥肌が立つ
4　血の気が引く

941・答案：3

譯文：這是一段非常精彩的演奏，我自始至終都激動不已。

鳥肌が立つ：起雞皮疙瘩，非常激動，非常興奮
▶演出を見て鳥肌が立った。／看了演出激動不已。
目が回る：①眼花，頭暈　②非常忙
▶目が回るような毎日／每天忙得暈頭轉向
砂を歯む：沒意思，枯燥，無味
▶食事は砂をかむようでした。／吃飯無味。
血の気が引く：面如土色
▶恐怖に血の気が引く。／嚇得面如土色。

942. 最初は（　　）ように振舞っていた私だが、どうにも気になって彼女に声をかけた。

1　なんとかなる
2　何事もなかった
3　なんともいえない
4　なにも気にしない

942・答案：2

譯文：起初我裝作沒事一樣，但後來實在放心不下，就向她開了口。

何事もない：沒發生特別的事
▶その時は何事もなくすんだ。／那時也沒發生特別的事就過去了。
何とかなる：有轉機，能應付，有辦法
▶努力すればなんとかなる。／只要努力肯定會有辦法的。
何ともいえない：無法形容，難說
▶10年先のことは何ともいえない。／十年後會怎樣還很難說。
何も気にしない：沒那麼介意
▶僕の言ったことをなにも気にしないようだ。／他好像沒那麼介意我說的話。

943. 医学部は難関だが、（　　　）挑戦してみることにした。

1　もはや
2　まして
3　あえて
4　かえって

943・答案：3

譯文：雖然醫學部很難考，但還是決定試著挑戰一下。

敢えて：①硬要，強行 ②（後接否定）未必
▶あえて危険をおかす。／硬要冒險。
もはや：（事到如今）已經
▶もはや手遅れだ。／為時已晚。
まして：何況，況且
▶大人でも無理なのだから、まして子供にできるわけがない。／大人都做不到，更何況孩子呢？
かえって：反倒，反而
▶前よりかえって悪い。／反倒不如以前。

---

944. この薬1錠で、（　　　）効き目が表れる。

1　さぞ
2　いっそ
3　たちどころに
4　一概に

944・答案：3

譯文：吃了這一粒藥就立即生效了。

たちどころに：立即，立刻
▶たちどころに解決する。／立即解決。
さぞ：想必，一定
▶さぞご心配のことでしょう。／想必很擔心吧。
いっそ：寧可，索性，乾脆
▶こんなにつらい思いをするぐらいなら、いっそ離婚してしまいたい。／與其像現在這樣受苦，不如離婚算了。
一概に：一概，籠統地
▶一概に信じるわけこはいかない。／不能全盤相信。

---

945. 同僚に仕事を頼んだら、（　　　）に嫌な顔をされた。

1　あからさま
2　惨め
3　まとも
4　軽やか

945・答案：1

譯文：麻煩同事幫忙做工作，結果對方明顯露出不悅的臉色。

あからさま：直言不諱，公開，直截了當
▶あからさまに言う。／直説。
惨め：惨不忍睹，悲惨
▶惨めな姿／惨不忍睹的情形
真面（まとも）：①迎面 ②正經，認真
▶勉強にまともに取り組む。／認真學習。
軽やか（かろ）：輕快，輕盈
▶軽やかな足取り／輕快的腳步

第一週
第二週
第三週
第四週
第五週
第五天

946.

鈴木さんとは小学校以来の付き合いだから、何を考えているか、（　　）ようにわかる。

1　手にする
2　手に取る
3　手に乗る
4　手に入る

946・答案：2

譯文：我和鈴木從小學開始就認識，所以我很清楚他在想什麼。

手に取る：瞭如指掌
▶相手の動きが手に取るようにわかる。／十分清楚對方的動向。
手にする：①手拿著 ②置於自己的支配下 ③據為己有
▶遺産を手にする。／將遺產據為己有。
手に乗る：中計，上當，受騙
▶敵の手には乗らない。／沒有上敵人的當。
手に入る：①收到 ②到手，得到
▶やっと部屋が手に入った。／房子終於到手了。

947.

部長は、自分には（　　）がないと、責任逃れをするだけだった。

1　非
2　害
3　毒
4　罰

947・答案：1

譯文：部長說自己沒有過錯，一個勁地逃避責任。

非：①非 ②錯誤，過錯
▶非を認める。／承認錯誤。
害：害，損害
▶健康に害がある。／有害健康。
毒：①毒 ②壞影響 ③惡毒
▶毒にも薬にもならない。／無害無益。
罰：①處罰，懲罰 ②報應
▶罰を受ける。／受罰。

948.

先輩や同僚に手伝ってもらう場合、まずは上司に話して（　　）を得ます。

1　承知
2　合意
3　了承
4　合点

948・答案：3

譯文：請前輩或同事幫忙的時候，首先應報告上司，得到上司的同意。

了承：諒解，同意，承認
▶了承を得る。／得到諒解。
承知：①同意，贊成 ②知道，了解 ③原諒
▶解約の件は承知できない。／不同意解約。
合意：同意，商量好，達成協議
▶合意に達する。／達成協議。
合点：①同意，答應 ②領會，了解，明白
▶合点がいく。／能理解。

949. ものごとを（　　）
よく進められたら、
もっと自由な時間が
増えるはずだ。

1　要領
2　手順
3　細工
4　ポイント

949・答案：1

譯文：如果能有條不紊地做事，就會有更多的自由時間。

要領：①要點，重要之處 ②訣竅

▶要領を教える。／授以訣竅。

手順：（做事的）順序，步驟

▶手順よく家事を片付ける。／井井有條地處理家務。

細工：①手工藝 ②費盡心機，精心

▶事前に細工する。／事前精心策劃。

ポイント：①要點，重點 ②分數 ③點

▶出題の要点／出題的要點

950. 今回は未経験の業務
であるため、（　　）
な点も多く、皆様に
はご迷惑をおかけす
るかと思います。

1　不得意
2　不似合い
3　不愉快
4　不慣れ

950・答案：4

譯文：因為這次是我沒有接觸過的業務，所以有很多不熟悉的地方，想必會給各位添麻煩。

不慣れ：不習慣，不熟練，不熟悉

▶不慣れな仕事／不熟悉的工作

不得意：不擅長，不精通，不拿手

▶不得意な科目／不擅長的科目

不似合い：不適合，不般配

▶不似合いなネックレス／不適合的項鍊

不愉快：不愉快，不高興

▶不愉快そうな顔／看似不快的表情

951. その部屋には、
（　　）数の古美術
品が陳列されていま
す。

1　みすぼらしい
2　みぐるしい
3　おびただしい
4　うっとうしい

951・答案：3

譯文：那個房間裡陳列著大量的古代美術作品。

夥しい：①大量，大批 ②非常，很

▶おびただしい出血／流了很多血

みすぼらしい：寒酸，破舊，難看

▶みすぼらしい格好／寒酸的樣子

みぐるしい：①難看，骯髒 ②丟臉，沒面子

▶ひげが伸びてみぐるしい。／鬍子長了很難看。

うっとうしい：①陰沉，沉悶 ②厭煩

▶長雨つづきでうっとうしい。／一直下雨，真煩人。

952. 庭の木が1本倒れていて驚いたものの、さほど大きな問題もなくて（　　）ほっとした。

1 いつしか
2 ひとまず
3 さしあたり
4 あわや

952・答案：2

譯文：院子裡有棵樹倒了，我嚇了一跳，但好在沒什麼大問題，便暫且放下心來。

一先ず：暫且，暫時，姑且
▶ひとまずやめにする。／暫且放心了。

いつしか：不知不覺，不知何時
▶いつしか秋になった。／不知不覺到了秋天。

差し当たり：當前，目前，暫時
▶さしあたり暮らしに困っている。／目前為生活所困。

あわや：差一點，眼看就要
▶あわや大惨事となるところだった。／差點釀成大禍。

---

953. 急速に大学進学者が増加する中で、大学生の学力（　　）が話題になり始めたのは、2000年ごろのことだった。

1 減点
2 低迷
3 減少
4 低下

953・答案：4

譯文：2000年前後，考入大學的人數急劇增加，大學生的學力下降開始成為話題。

低下：①降低，下降 ②（力量、技術水準、品質等）下降
▶技術が低下する。／技術水準下降。

減点：扣分
▶誤字は減点する。／錯別字會扣分。

低迷：①雲等在低空飄浮，瀰漫 ②低迷
▶景気が低迷する。／景氣低迷。

減少：減少，降低
▶児童数が減少している。／兒童數量正在減少。

---

954. お店のメニューから料理を選んで住所を入力するだけで、自宅まで（　　）してくれます。

1 配達
2 配給
3 供与
4 供給

954・答案：1

譯文：只要從店家的菜單中選擇菜餚然後輸入地址，就會送餐到家。

配達：投遞，投送
▶新聞を配達する。／投遞報紙。

配給：①分配 ②配給
▶救援物資を配給する。／分配救援物資。

供与：供給，提供
▶技術供与／提供技術

供給：供給，供應
▶食料を供給する。／供給食物。

955.

今は新しい電気製品
を買っても、古いの
を無料で（　　）く
れない。

1　ひきとって
2　ひきおこして
3　ひきかえして
4　ひきとめて

955・答案：1

譯文：現在即便是買了新電器，也不會免費收回舊電器。

引き取る：①離開，退出 ②取回 ③接著說
▶駅からトランクを引き取る。／從車站取回皮箱。
引き起こす：①引起 ②扶起，拉起
▶倒れた電柱を引き起こす。／立起倒下的電線桿。
引き返す：返回，折回
▶来た道を引き返す。／原路返回。
引き止める：①拉住，止住 ②勸阻 ③挽留
▶馬をひきとめる。／勒住馬。

956.

ズボンを買いに行っ
たが、私に合うサイ
ズがなかったので、
（　　）もらうこと
にした。

1　とりよせて
2　とりしまって
3　とりもどして
4　とりあつかって

956・答案：1

譯文：去買褲子，但是沒有適合我的尺碼，所以決定讓他們調貨寄過來。

取り寄せる：①用手拽過來 ②索取，讓人把東西拿來
▶メーカーからカタログを取り寄せる。／向廠家索取產品目錄。
取り締まる：①監管，管束，監督 ②取締
▶警察は場内を取り締まる。／警察維持場內秩序。
取り戻す：取回，收回，恢復
▶勉強の遅れを取り戻す。／補上落後的學習進度。
取り扱う：①擺弄 ②處理，辦理 ③對待
▶大人として取り扱う。／當成大人看待。

957. 田中社長が（　　）を発揮して改革を実行して、やっと苦境を乗り切ることができました。

1　マスター
2　インフォメーション
3　リーダーシップ
4　チームワーク

957・答案：3

譯文：田中總經理發揮領導能力實行改革，終於渡過了難關。

リーダーシップ：領導地位，領導權，領導能力
▶リーダーシップに欠ける。／缺乏領導能力。
マスター：①精通，掌握 ②主人，老板
▶喫茶店のマスター／咖啡店店長
インフォメーション：①訊息，資訊，消息，資料 ②傳達室，詢問處
▶インフォメーションリトリーバル／資料檢索
チームワーク：全隊配合，團隊合作
▶チームワーク精神／團隊合作精神

958. うちの店はお客様に満足していただけるようにと、鮮度と味に徹底的に（　　）活魚料理でおもてなしをしています。

1　つらぬいた
2　思い込んだ
3　とらわれた
4　こだわった

958・答案：4

譯文：我們店為了讓顧客滿意，用重視新鮮度和味道的活魚料理招待客人。

拘る：①拘泥 ②特別在意，講究
▶銘柄にこだわる。／特別在意品牌。
貫く：①穿過，貫穿 ②堅持，貫徹
▶初志をつらぬく。／堅持初心。
思い込む：①深信，認定 ②下決心
▶嘘を本当だと思い込む。／把謊言信以為真。
捕らわれる：被捕，被束縛
▶外見にとらわれるな。／不要被外表束縛。

959. その人は、誰かを
　　 待っているのか
　　 （　　）映画館の入
　　 口の方を見ていた。

1 しきりに
2 うんと
3 うとうと
4 ぺこぺこ

959・答案：1

譯文：那個人頻繁地看向電影院的入口處，像是在等人。

しきりに：①頻繁地，再三，不斷 ②熱心，強烈
▶雪がしきりに降っている。／雪下個不停。
うんと：①很多 ②狠，用力，使勁
▶金がうんとある。／錢有的是。
うとうと：迷迷糊糊，似睡非睡的樣子
▶退屈な講演にうとうとする。／演講太無聊，聽到打瞌睡。
ぺこぺこ：①餓 ②點頭哈腰 ③肚子餓
▶上役にぺこぺこする。／對上司點頭哈腰。

---

960. （　　）そうな時に
　　 力を与えてくれるお
　　 すすめの本を紹介し
　　 ていきます。

1 こぼし
2 くじけ
3 たおれ
4 かたむき

960・答案：2

譯文：（我想）介紹一些能在我們遭受挫折的時候帶給我們力量的書。

挫<small>くじ</small>ける：受挫，氣餒
▶たび重ねる失敗にもくじけない。／百折不撓。
零<small>こぼ</small>す：①撒落，掉 ②發牢騷，抱怨
▶愚痴をこぼす。／抱怨。
倒<small>たお</small>れる：①倒下 ②垮台 ③破産，倒閉 ④病倒
▶柱が倒れた。／柱子倒了。
傾<small>かたむ</small>く：①傾斜，偏 ②偏向 ③傾心於 ④衰落
▶日が傾く。／太陽落山。

第一週
第二週
第三週
第四週
第五週
第五天

練習問題	解說
961. この辺りは家が<u>びっしり</u>建ち並んでいる。 1 きちんと 2 確実に 3 忘れることなく 4 隙間なく	**961・答案：4** **譯文：這一帶的房子建得很密。** びっしり：滿滿的，排得密密的 ▶びっしりと人で埋まる。／人擠得滿滿的。 隙間（すきま）：縫，間隙 ▶戸の隙間／門縫 きちんと：規矩地，準確地 ▶きちんとした身なり／穿著整齊
962. 先輩が手伝ってくれたおかげで、研究が<u>はかどっている</u>。 1 スムーズだ 2 ハートだ 3 ロスしている 4 カットしている	**962・答案：1** **譯文：多虧了前輩幫助我，研究才得以順利進展。** 捗（はかど）る：進展順利 ▶仕事が捗る。／工作進展順利。 スムーズ：順利，順暢 ▶交渉がスムーズに進行する。／談判順利推進。 ハート：①心，心臟 ②紅心 ▶彼女のハートをとらえる。／抓住她的心。 ロス：①損失 ②浪費 ▶1割のロス／損失十分之一
963. 生徒たちは、<u>思い思い</u>に好きな本を手に取った。 1 よく考えて 2 言いたいことを全部 3 考えながら少しずつ 4 みんなが好きなように	**963・答案：4** **譯文：學生們各自拿到了喜歡的書。** 思い思い（おもおも）：各自 ▶思い思いの道に進む。／各走各的路。

964. 私が門をあけると犬がすかさず飛び出してきた。

1 すぐに
2 一人だけで
3 見つからないように
4 二人から離れないで

964・答案：1

譯文：我剛打開大門，狗就立刻飛奔過來。

透かさず：立刻，立即，不失時機
▶透かさず質問する。／當即質問。
直ぐに：立即，馬上
▶すぐに帰る。／立刻回去。
見付かる：①被發現，被看見 ②能找到
▶仕事が見付かる。／找到工作。

965. 彼は同じオリエンテーションを二回にも参加した。

1 歓迎会
2 講演会
3 説明会
4 新年会

965・答案：3

譯文：同樣的新員工培訓，他參加了兩次。

オリエンテーション：①定位，定向 ②新員工培訓，新生入學訓練
▶新入生にオリエンテーションを行う。／對新生實施入學訓練。
説明会：說明會
▶説明会を行う。／舉辦說明會。
歓迎会：歡迎會
▶歓迎会を催す。／舉辦歡迎會。
講演会：講演會
▶講演会をする。／舉辦講演會。
新年会：新年宴會
▶新年会をする。／舉辦新年宴會。

966. うちの店長は分が悪いとすぐとぼけるんだから、たちが悪いよね。

1 聞かないふりをする
2 知らないふりをする
3 忘れないふりをする
4 見ないふりをする

966・答案：2

譯文：我們店長一遇到形勢不利就馬上裝傻，真差勁啊。

惚ける：①裝糊塗 ②腦筋遲鈍 ③出洋相
▶とぼけたって駄目だ。／裝糊塗也沒用。

第一週
第二週
第三週
第四週
第五週
第六天

967. のどかな生活が送りたいとなれば田舎を選ばざるを得ないんでしょうか。

1　さわやかな
2　健康的な
3　穏やかな
4　自由な

967・答案：3

譯文：想要過悠閒的生活就必須住在鄉下嗎？

のどか：①晴朗 ②恬靜，寧靜 ③悠閒

▶のどかな田園風景／恬靜的田園風光
穏やか：①平靜，平穩 ②溫和，安詳 ③穩妥，妥當

▶穏やかな天気／晴朗的天氣
爽やか：①爽快 ②清楚

▶さわやかな初秋の朝／清爽的初秋早晨

968. うちの会社で働く人は、自ら発言し、やりきることができる人が好ましいと思う。

1　望ましい
2　喜ばしい
3　素晴らしい
4　目覚しい

968・答案：1

譯文：希望我們公司的員工都是暢所欲言、做事始終如一的人。

好ましい：令人喜歡的，令人滿意的

▶好ましい結果／令人滿意的結果
望ましい：最理想的，最好的

▶望ましい結果／理想的結果
喜ばしい：可喜，喜悅，高興

▶喜ばしい知らせ／可喜的消息
目覚しい：驚人，顯著

▶目覚しい進歩／進步顯著

969. やっとの思いで受験に合格して、嬉しさと楽しみで胸が一杯になった。

1　ぐっときた
2　ガーンとなった
3　ツボにはまった
4　ガツンとやれた

969・答案：1

譯文：終於考上（學校），心中滿是喜悅。

胸が一杯になった：內心充滿某種情感

▶悲しみで胸が一杯になった。／心中充滿悲傷。

ぐっと：①使勁，一口氣 ②更加 ③深受感動

▶その一言がぐっときた。／那一句話打動了我的心。

ガーンと：印象深刻

▶ガーンとなる画面／印象深刻的畫面

ツボにはまる：①正中下懷 ②掌握要點

▶あの映画がツボにはまって涙がとまらない。／那部電影戳中了我的淚點，讓我哭得稀里嘩啦的。

970. 比較などくだらない
のですが、モテる男
になるために、ほか
の男と<u>圧倒的な差</u>を
つけることは重要で
す。

1 力で相手を押さえつける
2 ほかと比べて非常に勝っ
ている
3 程度がどんどん強くなる
4 急激に激しい勢いで起こ
る

970・答案：2

譯文：雖然與別人比很無聊，但是為了成為受歡迎的男
人，必須有戰勝其他男人的決定性優勢。

圧倒的：壓倒性的，絕對的
▶圧倒的な勝利／壓倒性勝利

971. <u>永遠の友情のあかし</u>
として、みんなの写
真を使ってマグカッ
プを作成してみまし
た。

1 記念
2 事実
3 証明
4 方法

971・答案：3

譯文：作為永恆友情的證明，用大家的照片做了一個馬
克杯。

証：證據，證明
▶証を立てる。／作證。

972. 長く続く映画史で
は、宗教問題や政治
問題、過激な暴力描
写などさまざまな問
題で<u>物議を醸した</u>問
題作はたくさんあ
る。

1 説明
2 議題
3 提案
4 議論

972・答案：4

譯文：在漫長的電影史中，有很多因宗教問題、政治問
題、過激的暴力描寫等各種各樣問題而引起爭議的作
品。

物議：眾人的批評
▶物議をかもす。／引起爭議。

973. あれだけ流行した
ケータイ小説文化
は、一体なぜ<u>廃れて</u>
しまったのでしょう
か。

1　中止されて

2　破棄されて

3　廃止されて

4　流行しなくなって

973・答案：4

譯文：當時那麼流行的手機小說文化到底為何衰落了呢？

廃れる：廢除，過時，衰敗

▶廃れた歌／過時的歌

---

974. 皆さま、どうぞ学会
をよりよくするため
の<u>建設的</u>なご意見を
お寄せください。

1　地道な

2　前向きの

3　不可欠な

4　肝心の

974・答案：2

譯文：各位，為了使本學會有更好的發展，請大家提供建設性意見。

建設的：建設性

▶建設的な意見／建設性意見

前向き：積極，進步

▶前向きの人生観／積極的人生觀

地道：扎實，實實在在，踏踏實實

▶地道な人／踏踏實實的人

不可欠：不可缺少

▶現代人に不可欠の知識／現代人不可缺少的知識

肝心：重要，緊要，關鍵

▶肝心な事柄／要緊事

---

975. さすがにこの辺りは
おまわりさんだらけ
で、<u>物々しい</u>警戒態
勢ですね。

1　勇ましい

2　ずうずうしい

3　厳重な

4　物騒な

975・答案：3

譯文：這一帶淨是警察，戒備森嚴。

物々しい：①森嚴　②威嚴　③小題大作

▶空港は物々しい警戒だ。／機場戒備森嚴。

厳重：嚴重，嚴格，嚴厲

▶厳重な警戒／戒備森嚴

勇ましい：①勇敢，勇猛　②活潑，生機勃勃　③振奮人心，雄壯

▶勇ましく戦う。／勇敢地戰鬥。

図々しい：厚顔無恥，厚臉皮

▶ずうずうしい人間／厚臉皮的人

物騒：①不太平，不安寧　②危險

▶物騒な世の中／世道險惡

976. 今はもっぱら論文執筆に打ち込んでいる。

1　ひたすら
2　しきりに
3　盛んに
4　真面目に

976・答案：**1**

譯文：現在專注於寫論文。

もっぱら：專心致志，淨，專門
▶もっぱら練習に励む。／專心練習。
ひたすら：一味，一個勁地
▶ひたすら勉学に励む。／一心用功學習。
しきりに：①頻繁地，再三，不斷 ②熱心，強烈
▶頻りにうなずく。／頻頻點頭。

---

977. 選手も必死の形相でボールに食らい付いて勝利への執念を見せた。

1　体面
2　面目
3　顔立ち
4　顔つき

977・答案：**4**

譯文：運動員拼命護著球的表情讓我們看到了他對勝利的執著。

形相（ぎょうそう）：神色，面相，樣子
▶恐ろしい形相／令人害怕的神色
顔つき（かお）：表情，神情
▶疲れた顔つき／疲勞的神情
体面（たいめん）：體面，面子
▶体面を保つ。／保持體面。
面目（めんもく）：臉面，名譽，體面
▶面目をつぶす。／丟臉。
顔立ち（かおだ）：容貌，長相
▶顔立ちがいい。／長相好看。

---

978. 彼はそそくさと部屋を出ていった。

1　あくせく
2　あたふた
3　せいぜい
4　はきはき

978・答案：**2**

譯文：他匆匆忙忙地出了房間。

そそくさ：匆匆忙忙，急急忙忙
▶そそくさと出掛ける。／急急忙忙外出。
あたふた：慌忙，慌慌張張
▶あたふたと家に駆け込む。／慌忙跑進家裡。
あくせく：辛辛苦苦，忙忙碌碌
▶あくせくと働く。／辛苦工作。
せいぜい：①盡力，盡量 ②至多，充其量
▶せいぜい3千円ぐらいしか稼げない。／最多只能賺到三千日圓。
はきはき：乾脆，爽快
▶はきはきと答える。／爽快地回答。

979. あの人は苦しい息の下から<u>とぎれとぎれ</u>に話している。

1　連続的に
2　順序よく
3　一辺に
4　断片的に

979・答案：**4**

譯文：那個人一邊痛苦地喘著氣，一邊斷斷續續地說話。

とぎれとぎれ：斷斷續續，時斷時續

▶とぎれとぎれに言う。／斷斷續續地說。
断片的：片段的，部分的，零碎的

▶断片的な知識／零碎的知識
連続的：連續的

▶連続的に変化する。／連續變化。
順序よく：按順序

▶順序よく整理する。／按順序整理。
一辺：一方，一側

▶一辺に倒れる。／倒向一側。

---

980. 相手が優勝候補のチームとあっては、<u>どだい</u>勝ち目はない。

1　てんで
2　ひととおり
3　おおかた
4　なにぶん

980・答案：**1**

譯文：正因為對手是奪冠熱門的隊伍，所以（我們）根本沒有勝算。

どだい：本來，根本，壓根

▶どだいむりな要求だ。／本來就是不合理的要求。
てんで：（後接否定）簡直，根本，壓根

▶てんでだめだ。／根本不行。
一通り：①大概，粗略 ②普通，一般

▶英語が一通りできる。／略懂英語。
大方：①大部分，大概 ②一般人，大家 ③大約，差不多

▶おおかたの見当／大致估計
何分：①某種，某些 ②請 ③若干，多少 ④畢竟

▶何分の寄付をする。／多少捐一些錢。

---

981. 滞在中は、<u>何かと</u>お世話になることと存じますが、なにとぞよろしくお願い申し上げます。

1　なんでも
2　いろいろと
3　なぜか
4　なにより

981・答案：**2**

譯文：在此逗留期間，還請您多多關照。

何かと：各方面，這個那個

▶何かと迷惑をかける。／添各種麻煩。

982. 写真に写っている帽子の男は<u>正しく</u>私の夫です。

1 とりわけ
2 一般に
3 確かに
4 いささか

982・答案：3

譯文：照片上戴著帽子的男人確實是我丈夫。

<ruby>正<rt>まさ</rt></ruby>しく：確實，正是，沒錯

▶まさしく彼の声だ。／確實是他的聲音。

とりわけ：特別，格外

▶とりわけ美しい。／特別美麗。

<ruby>些<rt>いささ</rt></ruby>か：①略微，稍微 ②一點，一些 ③（後接否定）毫（不）

▶いささか謝意を表す。／聊表謝意。

---

983. 田中さんはいつも<u>シックな</u>ネクタイをしている。

1 地味な
2 派手な
3 しゃれた
4 華美な

983・答案：3

譯文：田中總是繫著時髦的領帶。

シック：①時髦，漂亮 ②有品味

▶シックな髪型／時髦的髮型

しゃれる：打扮入時，時髦

▶しゃれた服／時髦的衣服

<ruby>華美<rt>かび</rt></ruby>：華美，美麗

▶華美な舞台衣裳／華美的戲服

---

984. その人は誰にでも<u>なれなれしい</u>態度をとる。

1 いやらしい
2 ずるい
3 このましい
4 したしそうな

984・答案：4

譯文：那個人不管跟誰都很親暱。

<ruby>馴<rt>な</rt></ruby>れ<ruby>馴<rt>な</rt></ruby>れしい：愛裝熟的，毫不拘禮，過分親暱

▶なれなれしい人／愛裝熟的人

---

985. 会議に遅れて<u>決まり悪そう</u>に部屋に入ってきた。

1 はずかしそう
2 もうしわけなさそう
3 しかたなさそう
4 ものたりなさそう

985・答案：1

譯文：開會遲到了，我不好意思地走進房間。

<ruby>決<rt>き</rt></ruby>まり<ruby>悪<rt>わる</rt></ruby>い：害羞，不好意思，難為情

▶決まり悪い思いをする。／覺得不好意思。

第一週
第二週
第三週
第四週
第五週
第六天

練習問題	解說

986. かえりみる

1 消防士は危険を<u>かえりみず</u>大火の中に飛び込んだ。
2 何か忘れたらしく、彼は急いで家に<u>かえりみた</u>。
3 うちの栄養水を飲むと、十歳は若く<u>かえりみる</u>。
4 新しい遊園地が作られたので、町はすっかり<u>かえりみて</u>しまった。

986・答案：1

譯文：消防員不顧危險衝進大火中。
顧みる：①顧慮，擔心 ②回顧，回想 ③照顧
▶他人をかえりみるゆとりはない。／沒有心思擔心他人。
選項2應該替換成「帰った」或「戻った」，意為「回去」、「返回」。
選項3應該替換成「見えるようになる」，意為「看起來好像」。
選項4應該替換成「変わって」，意為「改變」、「變化」。

987. 乏しい

1 7月になると、夏休みが<u>乏しい</u>。
2 あの人の身なりは<u>乏しい</u>です。
3 今回の地震の被害者に対して、金額は<u>乏しい</u>が気持ちだけでも寄付したいです。
4 この国には石油が<u>乏しくて</u>、主に輸入に頼っている。

987・答案：4

譯文：這個國家石油資源匱乏，主要依靠進口。
乏しい：①缺乏，不足 ②貧困
▶知識と経験に乏しい。／缺少知識和經驗。
選項1應該替換成「待ち遠しい」，意為「盼望已久」。
選項2應該替換成「卑しい」，意為「品行卑劣」。
選項3應該替換成「少ない」，意為「（數量和程度）少」。

988. しゃくにさわる

1 僕は子供のうちから音楽嫌いで、二十歳前後の頃は、音楽という言葉を聞いても<u>しゃくにさわる</u>ほどであった。

2 年をとったからか、6階までの階段の上り下りは<u>しゃくにさわる</u>。

3 テレビの音小さくしてよ。<u>しゃくにさわって</u>勉強できない。

4 くしゃくしゃするんだったら、外にでも行って<u>しゃくにさわって</u>きたら？

988・答案：1

譯文：我從小就不喜歡音樂，二十歲左右的時候，甚至聽到音樂這個詞就會生氣。

<ruby>癪<rt>しゃく</rt></ruby>に<ruby>障<rt>さわ</rt></ruby>る：生氣，發怒

▶癪に障る態度。／令人生氣的態度。

選項2應該替換成「骨が折れる」，意為「費勁」。

選項3應該替換成「気が散って」，意為「走神」。

選項4應該替換成「気を晴らして」，意為「消愁」、「解悶」。

989. 手を入れる

1 先生が特定の学生の<u>手を入れる</u>のはよくないことだと思う。

2 トンネルが崩れたのは、<u>手を入れた</u>工事が原因だと言われている。

3 申し訳ないけど、私が書いたこの報告書、ちょっと<u>手を入れて</u>くれませんか。

4 小野さんに<u>手を入れた</u>先生は、彼の両親を呼び出した。

989・答案：3

譯文：對不起，你能幫我修改一下我寫的這份報告嗎？

<ruby>手<rt>て</rt></ruby>を<ruby>入<rt>い</rt></ruby>れる：①加工，修理 ②修改 ③搜捕

▶原稿に手を入れる。／修改原稿。

選項1應該替換成「肩を持つ」，意為「袒護」。

選項2應該替換成「手を抜いた」，意為「偷工減料」。

選項4應該替換成「手を焼いた」，意為「棘手」、「難以處理」。

990. こってり

1 昨夜、泥棒はこの窓から<u>こってり</u>忍び込んだらしい。

2 近頃は<u>こってり</u>眠れなくて疲れがとれない。

3 ある日、電車の中で40代と思しき女性が<u>こってり</u>と化粧をしていた。

4 この二三日、雨が降ったり止んだりで<u>こってり</u>しない天気ですね。

990・答案：3

譯文：有一天，我在電車裡看到一位四十多歲濃妝豔抹的女性。

こってり：味道濃郁，色彩濃厚

▶こってりした中華料理／油膩的中菜

選項1應該替換成「こっそり」，意為「悄悄地」、「偷偷地」。

選項2應該替換成「ぐっすり」，意為「酣然入睡」。

選項4應該替換成「はっきり」，意為「爽快」。

991. あれこれ

1 彼は試験に失敗して、<u>あれこれ</u>自分が惜けなくなった。

2 <u>あれこれ</u>みなを待たせておいて、「すみません」ぐらいの一言は言えよ。

3 梅雨時の<u>あれこれ</u>した氣候が好きではない。

4 あの人は金錢問題で<u>あれこれ</u>言われている。

991・答案：4

譯文：那個人因金錢問題被議論紛紛。

あれこれ：這個那個，各種各樣

▶あれこれの例をあげる。／列舉各式各樣的例子。

選項1應該替換成「つくづく」，意為「深切」。

選項2應該替換成「さんざん」，意為「狠狠地」。

選項3應該替換成「じめじめ」，意為「潮濕」。

992. なおかつ

1　言ってはいけないのに、なおかつ口を滑らしてしまった。
2　不景気になればなおかつ失業率も高い。
3　こんなにひどい目にあっても、彼はなおかつ諦めようとしなかった。
4　手抜き工事だったので、事故が起きたのもなおかつの結果だ。

992・答案：3

譯文：儘管如此倒霉，他仍然沒有放棄。

尚且つ：①不僅如此，而且 ②仍然，還是
▶頭がよく、なおかつ心が優しい。／（他）頭腦聰明，而且心地善良。
選項1應該替換成「つい」，意為「不由得」。
選項2應該替換成「もちろん」，意為「當然」。
選項4應該替換成「当然」，意為「理所當然」。

993. ひそひそ

1　子供がひそひそ育つことを願ってやみません。
2　図書館でひそひそ話をしていたら、隣の人に注意された。
3　そのおじいさんは杖を突きながら危なそうにひそひそと歩いていた。
4　父はお酒に酔ってるのかひそひそした足取りで帰ってきた。

993・答案：2

譯文：在圖書館小聲說話，被旁邊的人制止了。

ひそひそ：悄悄地，偷偷地
▶耳もとでひそひそ話す。／在耳邊竊竊私語。
選項1應該替換成「すくすく」，意為「健康」。
選項3應該替換成「よろよろ」，意為「搖搖晃晃」、「蹣跚」。
選項4應該替換成「ふらふら」，意為「搖晃」。

994. ナンセンス

1 会議での彼の質問は、ナンセンスな発言だった。
2 部屋が汚いとほかの面でもナンセンスな人ではないかと思う。
3 このビデオカメラは、お年寄りでもナンセンスに操作できる。
4 今日はナンセンスに意見交換をしましょう。

994・答案：1

譯文：他在會議上的提問毫無意義。

ナンセンス：無意義，荒謬
▶ナンセンスなストーリー／荒謬的故事
選項2應該替換成「ルーズ」，意為「鬆懈」、「懶散」。
選項3應該替換成「スムーズ」，意為「順利」。
選項4應該替換成「フランク」，意為「坦率」。

995. 広大

1 地球砂漠化を防ぐには広大な労力と費用がかかるが、各国は協力すべきだ。
2 宇宙開発には広大な予算が必要だ。
3 ピラミッドに近づいてみると、あまりに広大なのでびっくした。
4 昔の不在地主には広大な土地を所有していたものが多い。

995・答案：4

譯文：以前，離鄉的地主大多擁有大片的土地。

広大（こうだい）：廣闊，廣大，遼闊
▶広大な平野／廣闊的平原
選項1應該替換成「莫大」，意為「極大」。
選項2應該替換成「膨大」，意為「龐大」。
選項3應該替換成「巨大」，意為「巨大」。

996. あくる

1 あくる総選挙に備えて各政党は対策を練っている。
2 あくる8月8日は、私たちの結婚記念日だった。
3 あくる5日は亡き父の一周忌なので、家族で墓参りに行く予定だ。
4 今回の件に関してはあくる角度から検討しなければならない。

996・答案：3

譯文：下個月五號是已故父親的一週年忌辰，打算全家一起去掃墓。

あくる：下（個），第二，翌
▶あくる年／翌年
選項1應該替換成「きたる」，意為「下一次的」。
選項2應該替換成「さる」，意為「剛過去的」。
選項4應該替換成「あらゆる」，意為「所有」。

997. 目に余る

1 田中さんの態度は目に余るから、注意したほうがいい。
2 林さんはきれいだが、それを目に余っているので、みんなに嫌われている。
3 娘の宿題を手伝ってやったが、難しくて目に余った。
4 その事件は犯人が残した手袋から目に余った。

997・答案：1

譯文：田中的態度令人無法容忍，最好提醒他一下。

目(め)に余(あま)る：無法容忍，太過分
▶わがままが目に余る。／那種任性的行為令人無法容忍。
選項2應該替換成「鼻にかけている」，意為「傲慢」。
選項3應該替換成「手に余った」，意為「力不能及」。
選項4應該替換成「足がついた」，意為「有線索」。

第一週
第二週
第三週
第四週
第五週
第七天

998. 手回し

1 <u>手回し</u>にならないうちに最善の手を打ってください。
2 寒くなる前に<u>手回し</u>よく冬支度をする。
3 この家は<u>手回し</u>しないことには住めない。
4 ガードマンは議事堂を<u>手回し</u>して警備した。

998・答案：2

譯文：在天氣變冷之前，預先做好過冬的準備。

手回し：準備，布置，安排
▶手回しがいい。／準備得很好。
選項1應該替換成「手遅れ」，意為「耽誤」、「錯過時機」。
選項3應該替換成「手入れ」，意為「修理」。
選項4應該替換成「手分け」，意為「分工」。

999. フェア

1 桜は虫に弱く、枝を折った傷から細菌に感染して枯れてしまう<u>フェア</u>な木です。
2 この型は、シックなインテリアにもなじみやすい、<u>フェア</u>なデザインの扇風機です。
3 当店の自慢料理は、おいしく<u>フェア</u>なベジタリアン料理です。
4 今回の試合では、大怪我につながるような悪質な反則も少なく、<u>フェア</u>な戦いが多かった。

999・答案：4

譯文：在此次比賽中，導致嚴重受傷的惡意犯規比較少，大多都是公平較量。

フェア：公平，公正，光明正大
▶フェアな態度／公正的態度
選項1應該替換成「デリケート」，意為「脆弱」。
選項2應該替換成「スリム」，意為「細長」。
選項3應該替換成「ヘルシー」，意為「健康」。

1000. まるごと

1 単語だけ覚えるよりも文章を<u>まるごと</u>暗記したほうが、力がつく。
2 彼は<u>まるごと</u>研究に打ち込んでいたので、結婚するチャンスを失った。
3 よりよい生活環境を作るため、不満なり<u>まるごと</u>、住民の素直な声を聞きたい。
4 長年の公害問題訴訟も<u>まるごと</u>和解が成立しそうだ。

譯文：與其只記單字，不如把整篇文章都背下來，這樣更能提高能力。

まるごと：整個，完整，全部
▶まるごと飲み込む。／整個吞下去。
選項2應該替換成「ひたすら」，意為「一味」、「一個勁地」。
選項3應該替換成「なんなり」，意為「無論什麼」。
選項4應該替換成「どうやら」，意為「好不容易才」。

原來如此 系列 J050

JLPT新日檢【N1文字‧語彙】經典1000題大作戰：
4大題型重點分析＋35天高效複習破解N1文字及語彙！

透過經典1000題來熟能生巧，文字語彙是N1測驗的滿分關鍵！

編　著	李曉東
審　定	〔日〕高見澤孟、陳岩
顧　問	曾文旭
社　長	王毓芳
編輯統籌	耿文國、黃璽宇
主　編	吳靜宜
執行主編	潘妍潔
執行編輯	吳芸蓁、吳欣蓉
美術編輯	王桂芳、張嘉容
特約編輯	菜鳥
法律顧問	北辰著作權事務所　蕭雄淋律師、幸秋妙律師

初　版	2021年11月
出　版	出版捷徑文化出版事業有限公司
電　話	（02）2752-5618
傳　真	（02）2752-5619

定　價	新台幣420元／港幣140元
產品內容	1書

總 經 銷	采舍國際有限公司
地　址	235新北市中和區中山路二段366巷10號3樓
電　話	（02）8245-8786
傳　真	（02）8245-8718

港澳地區經銷商	和平圖書有限公司
地　址	香港柴灣嘉業街12號百樂門大廈17樓
電　話	（852）2804-6687
傳　真	（852）2804-6409

本書圖片由Shutterstock提供

捷徑Book站

國家圖書館出版品預行編目資料

JLPT新日檢【N1文字‧語彙】經典1000題大作戰 / 李曉東編著. -- 初版. -- 臺北市：捷徑文化, 2021.11
　面；　公分. （原來如此：J050）
ISBN 978-986-5507-82-4(平裝)

1. 日語　2. 詞彙　3. 能力測驗

803.189　　　　　　　　　　110015774